J. S. Ellen
Leija
Traum Reihe
Band 1

J. S. Ellen

Leija –

Der Fluch der Träumerin

Urban Fantasy

Impressum

Bibliografische Information der Deutschen Nationalbibliothek:
Die Deutsche Nationalbibliothek verzeichnet diese Publikation
in der Deutschen Nationalbibliografie;
detaillierte bibliografische Daten sind im Internet
über http://dnb.dnb.de abrufbar.

Die automatisierte Analyse des Werkes, um daraus
Informationen insbesondere über Muster, Trends und
Korrelationen gemäß §44b UrhG („Text und Data Mining")
zu gewinnen, ist untersagt.

Lektorat: Lektorat Zeilenherz
Korrektorat: Lektorat Zeilenherz
Cover: Ria Raven

Verlag: BoD • Books on Demand GmbH, In de Tarpen 42,

22848 Norderstedt

Druck: Libri Plureos GmbH, Friedensallee 273, 22763 Hamburg

ISBN: 978-3-7597-0346-0

Liebe Leserinnen und Leser,

dieses Buch enthält potenziell triggernde Inhalte.
Deswegen befindet sich auf Seite 325 eine Triggerwarnung.

J. S. Ellen

Prolog

Als Kind hatte ich eine blühende Fantasie. Eine, die über „Der Boden ist Lava" und andere wundersame Spiele weit hinausreichte. Meine Welt war mir oft fremd und ich wusste zum Teil nicht, wann ich träumte oder wann ich wach war. Ich sah Wesen um mich herum, die nicht hergehörten. Zumindest schien sie außer mir kein anderer Mensch zu sehen.

So geschah es, dass ich im Alter von vier Jahren einen Freund hatte, den niemand wahrnahm. Alle sagten, ich hätte ihn mir ausgedacht, machten sich über mich lustig und grenzten mich aus. Selbst meine Adoptiveltern waren beunruhigt. Ich verstand die ganze Aufregung nicht, denn er tat keinem etwas.

Milo - so hatte ich ihn genannt - war etwa so groß wie eine Katze und hatte wuscheliges Fell. Viel mehr Gemeinsamkeiten hatte er mit einem solchen Stubentiger aber nicht.

Anders als dieser besaß er fünf Schwänze, wobei jeder einer anderen Tierart zuzuordnen war. Der erste war der eines Skorpions, der zweite eines Löwen, der mittlere eines Kapuzineraffen, der vierte eines Drachen und der letzte eines Elefanten. Sein mehrfach gemustertes Fell war ebenso spannend wie der Rest. Auch seine vier Pfoten stammten von verschiedenen Tieren. Wie bei einem Greifen waren die Fänge eines Adlers vorne und die Tatzen eines Löwen hinten.

Doch je öfter ich mit Milo spielte und die Kinder aus dem Kindergarten ignorierte, umso schlimmer wurde das Verhalten meiner Adoptiveltern. Anfangs taten sie es als Phase ab, später als eine psychische Störung. Damals hatte ich logischerweise keine Ahnung, was genau das heißen sollte. Milo erklärte mir dann, dass Erwachsene oft nicht in der Lage waren, zu sehen, was um sie herum alles Wunderbares geschah, und deswegen nach etwas suchten, das rational erklärbar war. Doch auch das verstand ich zu der Zeit nicht.

So beließ es Milo dabei und war einfach für mich da. Er half mir, das Verhalten der Erwachsenen zu verstehen und mich nicht davon angegriffen zu fühlen. Es gab aber auch genug Tage, an denen er mich ohne viele Worte tröstete. Das waren die Tage, an denen ich mich wieder nicht verstanden fühlte, bei meinen Adoptiveltern nicht weiterkam oder sie immer überforderter mit mir wurden. Aber egal wie schlimm etwas war, Milo war die ganze Zeit da und unterstützte mich.

Kurz vor meinem sechsten Geburtstag schleppten sie mich zu einem Arzt und nach einigen Wechseln hatten sie einen gefunden, mit dem sie zufrieden waren und der mir wirklich helfen konnte.

Das sagten zumindest meine Adoptiveltern.

Von heute auf morgen war Milo verschwunden. Lange hatte ich ihm nachgeweint, ihn vermisst und überall gesucht. Erfolglos. Und als ich älter wurde, konnte ich nicht mehr mit Sicherheit sagen, ob ich ihn erfunden oder ob es ihn tatsächlich gegeben hatte. Damals, als ich klein war, war ich der felsenfesten Überzeugung, dass Milo real war. Aber waren sich nicht alle Kinder mit imaginären Freunden sicher, dass ihrer wirklich existierte?

Leider war das nicht alles, was verschwand. Ich verlor die Gabe zu träumen, büßte die Leichtigkeit eines Kindes und den unschuldigen Blick für die Welt ein.

Doch das Schlimmste?

Ich verlor meine Fantasie.

Kapitel 1

Wieder und wieder sah ich auf die Uhr und zählte die Sekunden bis zum Feierabend. Sechzig an der Zahl, die sich wie Kaugummi zogen. Zwischendurch fiel mein Blick auf meine Kollegen. Zombiemäßig starrten sie auf die Bildschirme, festgekettet wie Hunde an einer Leine.

Ich schnaufte resigniert, denn mir erging es nicht besser. Mit dem Kugelschreiber zwischen meinen Fingern klopfte ich im Takt des Sekundenzeigers auf den Schreibtisch. Als zählte er mit mir mit. Es fühlte sich wie eine Unendlichkeit an, weil ich erst dann mein Telefon ausstellen und endlich aus diesem Büro verschwinden konnte.

Wenn ich den heutigen Arbeitstag herumbekam, hatte ich es geschafft. Es war Freitag und das Wochenende stand so knapp vor der Tür. Der Geruch von leckerem Essen und meiner Lieblingsdecke kitzelte regelrecht in meiner Nase. Ich wollte nur noch weg hier. Von all den Kollegen und deren Ausdünstungen, von den nervigen Stimmen um mich herum und dem muffigen Dunst des Alltags.

Mein Blick glitt zu dem leeren Wasserglas auf meinem Schreibtisch, das ich in der letzten Stunde nicht auffüllen konnte, weil es die Regeln verboten, den Platz zu verlassen. Die abgestandene und verbrauchte Luft im Raum machte meinen Durst unerträglich. Ich schluckte trocken und schwang mit meinem Stuhl hin und her. Abwartend.

Mein persönliches Gefängnis war ein Großraumbüro, in dem ich tagtäglich acht Stunden mithilfe eines Headsets an einem Computer gefesselt war. Immer beobachtet und kontrolliert. Wie lange brauchte ich heute? Wie viele Calls schaffte ich? Machte ich zu viele Pausen oder zu wenig? Erreichte ich meine Zahlen? War ein guter oder ein schlechter Tag?

Zahlen, Zahlen, Zahlen. Sie bestimmten alles.

Obwohl das Büro hell gestaltet und von Fensterfronten umrandet war, war es wie eine dunkle Höhle. Es nahm einem jegliches Licht. Ich fühlte es in mir und sah es an meinen Kollegen. Jene, die neu anfingen, waren motiviert, wollten sich beweisen und zeigten, was sie konnten. Doch je länger man hier war, umso mehr verfiel man und wurde Teil einer monotonen Masse. Wie ein Einheitsbrei.

Alle waren gleich. Individuen waren nicht gewünscht und wurden ausgemerzt. Dabei wurde Innovation und Ideenreichtum als unbrauchbar und überheblich dargestellt. War man anders, wurde man so lange zurechtgeschnitten, bis man passte oder ging. Hatte man Ideen, hatten nicht nur die Kollegen einen abfälligen Blick für einen übrig. Man fügte sich automatisch ein. Hier war es besser, in der Masse unterzugehen, als herauszustechen. Sowohl positiv als auch negativ. Und dennoch war es der Job, den ich bis jetzt am längsten in meinem Leben hatte halten können.

Gerade als ich dabei war, die letzten zehn Sekunden countdownmäßig in Gedanken herunterzuzählen, klingelte das Telefon. Mit einem Augenrollen nahm ich das Gespräch an und brabbelte lustlos die Begrüßungsformel herunter, die uns so lange eingeimpft worden war, dass man sie selbst im Schlaf herunterbetete.

Ich hoffte, dass mein Gesprächspartner schnell zum Punkt kam. Ich wollte doch nur hier weg. Leider musste der Kunde sich erst einmal Luft machen. So meckerte er los und erzählte mir Dinge, die nichts mit seinem Problem zu tun hatten und dennoch wichtig genug für ihn waren, um gesagt zu werden. Nach etwa einer Minute ununterbrochenem Getose versuchte ich höflich zu Wort zu kommen, um mich zu erkundigen, was ich denn für den Mann tun könnte. Mit mäßigem Erfolg.

Eine erneute Schimpftirade begann. Ich zuckte resignierend mit den Schultern, lehnte mich in meinem Stuhl zurück und sah aus dem Fenster. Das konnte dauern.

„Sind Sie noch dran, Frau … Wie war noch mal Ihr Name?" Erschrocken zuckte ich zusammen. Hatte ich doch glatt vergessen, Regel Nummer eins anzuwenden: Immer dem Gesprächspartner durch Laute signalisieren, dass man noch am Apparat war. So räusperte ich mich und antwortete höflich: „Mein Name ist Mary Mayson und natürlich höre ich Ihnen zu, Herr Fried. Wenn Sie kurz …"

Wieder unterbrach er mich und verlor sich in wüsten Beschimpfungen. Dinge wie „Nie funktioniert hier irgendwas" reihten sich an „Dann werde ich eben kündigen" und „Ich beschwere mich beim Vorstand".

Ich schmunzelte, weil das nicht die ersten Gespräche dieser Art waren. Also beantwortete ich seine Aussagen mit: „Hm. Ich kann Sie verstehen und wenn Sie möchten …", doch immer wieder fiel er mir ins Wort. Und ich versuchte, ihm zu versichern, dass ich ihm helfen wollte, sofern er mich ließ. Doch das tat er nicht.

Allmählich verlor ich die Geduld und stoppte letztendlich seinen Wutausbruch etwas unsanft und unhöflich. „Herr Fried, warum haben Sie angerufen?" Ohne eine Antwort abzuwarten, legte ich los: „Sie wollten, dass man Ihnen hilft? Dann lassen Sie mich meinen Job machen und genau das tun. Es bringt nichts, wenn Sie nur rummeckern und mir nicht einmal die Chance geben, etwas zu sagen." Ich atmete kurz ein und aus.

Nicht ausfallend werden, Mary. Du brauchst den Job. Noch eine Kundenbeschwerde kannst du dir nicht leisten.

„In der Zeit, in der Sie geschimpft haben, habe ich einige Klicks gemacht und Ihr Problem gelöst. Falls es wider Erwarten doch nicht erledigt sein sollte, rufen Sie gerne wieder an."

Ein knapper Moment des Schweigens folgte, welchen er schließlich mit einer Entschuldigung unterbrach. Er stammelte einen kurzen Dank und beendete das Gespräch.

Endlich Feierabend! Jetzt nichts wie weg hier. Eilig ging ich zu meinem Spind, schloss mein Headset und mein Nachschlagewerk ein, schnappte mir meine Tasche und sprintete, nur halb in meiner Jacke steckend, zur U-Bahn. Ich hoffte darauf, sie noch zu bekommen, wurde aber nach einem Blick auf die Uhr meines Handys direkt von einer erneuten Welle schlechter Laune gebremst. Das würde ich niemals rechtzeitig schaffen.

Also ließ ich mir Zeit, trottete gemütlich weiter in Richtung der U-Bahn-Station, steckte mir meine Kopfhörer in die Ohren und wählte Musik aus, die mich normalerweise aus jeder schlechten Phase herausholte. Also scrollte ich schnell durch meine Playlist und wählte alles von Taylor Swift aus, was ich finden konnte. Ich sollte mir mal langsam ein Album von der Sängerin anlegen, dann würde das alles etwas schneller gehen. Geduld war gerade nicht meine Stärke.

Endlich trafen die ersten Klänge auf mein Trommelfell und ich wartete auf die Ablenkung. Auf das entspannte Gefühl, das sich normalerweise regte. Doch diesmal passierte nichts. Immer wieder erklang die Stimme des letzten Kunden in meinen Ohren.

„Sie haben ja keine Ahnung! Wie würde es Ihnen gehen, wenn man so mit Ihren Sachen umgehen würde? Finden Sie das gut?"

Ich atmete tief ein und aus, konzentrierte mich auf die Musik, hörte und spürte die nächsten Klänge. Dennoch schossen meine Gedanken wieder zum Kunden.

„Sind denn alle inkompetent? In welcher Zeit sind wir gelandet?"

Meine Nackenhaare stellten sich auf. Es war hoffnungslos. Selbst die ruhigste Musik hätte mich nicht mehr entspannen können. Also riss ich mir die Stöpsel heraus, stopfte sie unsanft in ihre Ladebox und warf sie in meine Jackentasche.

Dann wartete ich auf die U-Bahn und starrte dabei gedankenlos auf meine Füße. Meine Stiefel hatten schon bessere Tage hinter sich. Während ich sie betrachtete, wackelte ich mit den Zehen und unterdrückte ein erneutes Seufzen. Wo konnte ich Geld einsparen, damit ich mir für den herannahenden Winter vernünftige Schuhe kaufen konnte? Der Hungerlohn reichte gerade mal für die

Fixkosten und nicht wirklich zum Leben, doch irgendwie schaffte ich es immer. Also diesmal auch.

Während der Bahnfahrt versuchte ich weiter mich zu beruhigen, doch zwischen all den Menschen in der überfüllten U-Bahn war dieses Unterfangen chancenlos. So kam ich etliche an mir vorbeirauschende Bilder, unzählige Haltestellen und Menschenmassen später zu Hause an.

Achtlos warf ich meine Jacke an die Garderobe. Ob sie hängen blieb, konnte ich nicht mehr sehen. Ich hatte Hunger und ging schnurstracks in die Küche. Meine Schuhe streifte ich mir im Laufen ab und freute mich über den weichen Boden unter meinen Füßen.

Meine kleine Zweizimmerwohnung hatte nicht viel Komfort, doch für den Teppich war ich dankbar. Ohne ihn hätte ich ständig kalte Füße. Denn ich sparte, wo es für mich akzeptabel war. In dem Fall an der Heizung. Die restlichen Bewohner des mehrstöckigen Hauses heizten genug, um eine minimale Grundwärme bei mir zu erzeugen.

Ich durchkreuzte das Wohnzimmer und erreichte endlich mein Ziel. Schwungvoll zog ich den Kühlschrank auf und starrte in einen weißen, beleuchteten, aber leeren Kasten. Na ja, nicht ganz leer. Zwei Flaschen Hugo standen in der Tür. Sie halfen wohl nicht gegen meinen Hunger. Mein Magen knurrte, er gab mir recht.

„Mist!" Frustriert knallte ich die Tür zu, lehnte mich mit dem Rücken dagegen, sah an die Decke und suchte nach einem Plan B.

Ach, was soll's. Schulterzuckend nahm ich den Prospekt meines Lieblingslieferdienstes vom Kühlschrank und studierte es ausgiebig. Ich grinste in mich hinein. Kurz meldete sich mein schlechtes Gewissen, denn eigentlich wollte ich abnehmen. Das Problem dabei war, dass selbst kochen so anstrengend und definitiv nur etwas für gut organisierte Menschen war. *Haha, nicht mein Fachgebiet.*

Also nicht, dass ich jetzt aussah wie ein Elefant, aber ich wollte schon darauf achten, was ich aß, damit ich nicht wie einer endete. Meine Figur hätte ich als sportlich und schlank bezeichnet. Ab und an schaffte ich es sogar – na ja, eher seltener, aber ich gelobte Besserung – zu joggen.

Wenn ich dieses Thema mal bei meiner besten Freundin Fay ansprach, kam oft zurück: „Wo willst du denn abnehmen? Am Ohrläppchen?" Lächelnd ließ ich ihre Kommentare an mir abprallen, denn meine Meinung war eine andere. Fay kannte mich nur bekleidet.

Im Kopf ging ich die ganze Zeit den Prospekt durch und schwankte noch zwischen Lasagne und Pizza. Doch erst einmal wollte ich es mir gemütlich machen. So band ich mir, den Feierabend einläutend, mein Haar zu einem Knoten zusammen. Anders als erhofft, war es noch immer feuerrot.

Schon als Kind fand ich diese Farbe schrecklich und fühlte mich mit ihr bestraft. In jeder meiner Lebensphasen war mein Haar Thema Nummer eins. Angefangen im Kindergarten, als die Kinder mich mit einem feuerspuckenden Drachen verglichen, über die Schulen, in denen ich bei den Beschimpfungen zwischen Pumuckl und dem Sams wählen konnte, bis hin zur Arbeitswelt, in der die dummen Sprüche auf eine andere Ebene gezogen wurden. Dort durfte ich mich mit Aussagen wie „Rost im Dach, Wasser im Keller" vergnügen. Das Niveau sank, umso älter ich wurde.

Mit den Händen am Zopf beschäftigt, verschwand ich im Badezimmer. Wie bei meinen Haaren fragte ich mich auch bei meinen Augen, von wem ich diese wohl hatte. Von meiner Mutter oder meinem Vater? Schnell schob ich den Gedanken beiseite, denn leider wusste ich nichts von ihnen. Nicht einmal ein Bild gab es, auf dem sie zu sehen waren. Keiner, der mir von ihnen erzählen konnte, niemand, der sie kannte.

Das helle Grau meiner Augen war ungewöhnlich. Etwas Ähnliches hatte ich bisher nicht gesehen. Ich richtete meinen Blick auf den Spiegel und betrachtete die Frau, die mir daraus entgegensah. Erschrocken stellte ich fest, dass ich genauso genervt aussah, wie ich mich fühlte. Meiner persönlichen Hölle sei Dank.

Ich wusch mir das Make-up aus dem Gesicht, schlüpfte in meine bequemste Jogginghose und zog mir ein T-Shirt mit einem blöden Spruch an. Heute trug ich mein schwarzes Lieblings-

Oversized-Shirt, auf dem stand: „Wir sind hier nicht bei wünsch dir was, wir sind hier bei so isses!" Ich liebte diese Shirts. Nur leider waren die in meinem Alter nichts mehr, womit man draußen herumlaufen sollte.

Vor Kurzem hatte ich meinen einundzwanzigsten Geburtstag gefeiert und seitdem dachte ich ein wenig anders über mein Leben als noch davor. Obwohl ich vermutlich zu jung für eine Midlife-Crisis war, stiegen die ersten Symptome immer mal wieder an die Oberfläche.

Fay zog mich deswegen regelmäßig auf. Sie machte sich lustig über meine Schwarzmalerei und Torschlusspanik. Aber ich fand es gar nicht so abwegig, denn ich war leider noch immer und blöderweise dauerhaft Single. Irgendwie sollte es nicht so klappen mit den Männern. Keiner hielt mich lange genug aus, als dass man es als etwas Ernstes hätte bezeichnen können.

Während um mich herum im Freundeskreis die Ersten in festen und schon längeren Beziehungen steckten, wollte sich so etwas bei mir nicht einstellen. Es waren immer nur Liebeleien und nie ernsthafte Beziehungen. Und wenn ich mich darüber beschwerte, versuchte Fay, mich aufzubauen und erwähnte in ihrer Argumentationskette mehrfach, dass ich doch noch jung war und grundlos Panik schob. Nicht jeder hätte im Leben seinen Traumpartner schon gefunden. Sie kam dann mit diesen altertümlichen Floskeln um die Ecke von wegen: „Jeder Topf findet seinen Deckel". Oder solche cleveren Sprüche wie: „Man muss viele Frösche küssen, bis man seinen Prinzen findet".

Bla, bla, bla. Na klar, sie hatte auch gut reden. Immerhin war sie mit Mark schon sechzehn Monate zusammen. Woher ich das so genau wusste? Sie schmierte mir die genauen Zahlen immer wieder aufs Brot. Und obwohl ich wusste, dass sie es nicht böse meinte, war ich schon ein bisschen gekränkt.

Erst letztens hatte ich einen fadenscheinigen Grund erfunden, um unser Gespräch zu beenden. Sie schwärmte ohne Punkt und Komma von Mark. Wie lieb er war und höflich. Wie sehr ihre Eltern ihn mochten und wie perfekt er im Allgemeinen war.

Natürlich freute ich mich für sie. Wir beide waren nicht umsonst wie Pech und Schwefel. Doch dann gab es die Phasen, in denen ich es nicht ertrug. In denen mein Inneres mir Fragen um die Ohren haute, auf die ich keine Antworten fand. Was hatte sie, was ich nicht hatte? Wieso fand ich einfach keinen Typen, der mich wollte und es mit mir aushalten konnte?

Wütend stampfte ich durch meine Wohnung, schnappte mir mein Handy aus meiner Handtasche, die noch immer zwischen Flur und Wohnzimmer auf dem Boden lag, drapierte meine Tasche auf der Kommode und schmiss mich wenig galant auf die Couch. Ich surfte kurz durch die sozialen Netzwerke und schrieb Fay eine Nachricht.

Hey, Fay. Na, wie läuft es im Krankenhaus? Irgendwelche spannenden Geschichten? Hattest du auch so einen beschissenen Tag wie ich? Wünsch dir noch 'ne schnelle Schicht. Meld dich, wenn's vorbei ist. Lov U

Soweit ich wusste, arbeitete sie noch, würde sich danach jedoch direkt melden. Jeden Tag quatschten und lästerten wir über alles und jeden. Und wenn sie länger Schicht hatte, musste ich mich gedulden, bevor ich meinen Frust mit ihr teilen konnte.

Fay war meine bessere Hälfte. Sie erdete mich und hielt zu mir, obwohl ich echt unausstehlich sein konnte. Denn meine Stimmung konnte stärker schwanken als eine Herz-Rhythmus-Kurve während eines Marathons. War ich in der einen Minute noch total euphorisch, enthusiastisch oder einfach nur gut gelaunt, schlug es dann oft ohne Grund schlagartig um.

Dann verlor meine Welt ihre Farben, wurde schwarz, nahm jedes Licht mit sich und ließ mich in tiefster Finsternis zurück. Meine Gefühle wurden dumpf, waren kaum noch da und trugen mich in die Melancholie. Diese Wechsel kamen auch für mich immer plötzlich und nicht nachvollziehbar. Es überforderte mich und hob meine Welt aus den Fugen.

Zum Glück war dann Fay da, die mich unterstützte. Sie half mir aus meiner Dunkelheit und ließ mich an ihrem Licht teilhaben.

Ihrem großen Herzen verdankte ich, dass sie sich nicht abwandte. Dafür liebte ich sie.

Nachdem meine Handysucht zumindest mäßig gestillt war, bestellte ich beim Italiener um die Ecke dann doch den Klassiker. Weder Lasagne noch Pizza. Ich brauchte Routine und wählte Spaghetti Bolognese und einen Salat. Nicht, dass ich jetzt doch gesund leben wollte, aber sonst wäre ich nicht auf den Mindestbestellwert gekommen.

Während ich auf das Essen wartete, räumte ich hier und da einen Teil meines Chaos beiseite und wischte den gröbsten Staub auf den Möbeln mit der Hand weg. Das Klingeln an der Wohnungstür erlöste mich von meiner Aufräumerei und ich hastete in den Flur.

Als ich mein Essen fertig in mich hineingestopft hatte, saß ich auf der Couch und sah wie ein Idiot in die Glotze. Es lief nur Müll, im wahrsten Sinne des Wortes. Auf dem einen Sender fand ich sich gegenseitig anschreiende Menschen vor. Auf dem nächsten sah man Menschen in anderem Kontext ebenfalls brüllend. Danach bekam ich nicht mehr mit, worum es ging. Schon wieder irgendein Reality-Mist.

Mittlerweile überlegte ich wirklich, wie tief Fernsehsender graben mussten, um ein solch unterirdisches Niveau zu erreichen. Ich hatte auf einen Action-Film gehofft oder auf eine Schnulze, eben etwas, das meine Gedanken in eine andere Richtung drehen ließ. Vergebens.

Frustriert schaltete ich das Ding aus, denn auch dieser Weg der Entspannung funktionierte heute irgendwie nicht. Noch immer rauschte das Blut zu schnell durch meine Adern. Meine Nerven waren gereizt. Nervös zuckte mein Bein und auch meine Hände fummelten immer an irgendetwas herum.

So griff ich zum letzten Mittel. Wasser half eigentlich immer. Ich entschloss mich kurzerhand, unter die Dusche zu springen und dann den Abend als beendet zu erklären. Vielleicht wäre es sinnvoll gewesen, erst zu duschen, bevor ich mich umzog. Doch ungewöhnliche Situationen erfordern ungewöhnliche Methoden.

Und tatsächlich lag ich bereits um einundzwanzig Uhr im Bett. Etwas entspannter und irgendwie noch nicht so müde. Gerade als ich die Augen schloss, vibrierte mein Handy auf dem Nachtschrank. Im Dunkeln tastete ich nach dem wild blinkenden Ding und sah auf das Display. Fay rief an.

„Was gibt's, Fay?"

„Ey … Warst du es nicht, die mir geschrieben hatte, ich sollte mich melden? Ich dachte, du hättest etwas Megamäßiges zu erzählen. Und jetzt bist du genervt, weil ich anrufe?"

Fay kannte mich einfach zu gut. Sie bemerkte am Klang meiner Stimme, in welcher Stimmung ich war.

„Sorry. Ich lieg schon im Bett."

„Du tust was?" Fay begann aus voller Kehle zu lachen. Mein mittelmäßiger Verteidigungsversuch war somit gescheitert. „Ist das dein Ernst, Mary? Schwing dich aus den Federn, wir haben Wochenende. Ich bin in 'ner halben Stunde bei dir und hole dich ab. Wir machen heute die Stadt unsicher. Keine Widerrede."

Bevor ich Einwände hätte äußern können, hatte Fay bereits das Gespräch beendet. Und da ich meine Freundin kannte, wusste ich, dass mir nichts anderes übrig blieb, als mich ins Badezimmer zu schleifen und ein bisschen Make-up aufzulegen. Wenn sich Fay etwas in den Kopf gesetzt hatte, konnte man sie nicht davon abbringen. Zur Not hätte sie mich auch im Gammellook mitgeschleppt.

Nach etwa einer halben Stunde klingelte es erneut an der Wohnungstür. Nur mit einer Jeans und meinem roten Spitzen-BH bekleidet, ließ ich Fay herein und rannte sofort zurück ins Badezimmer, um mich fertig zu machen. Ich schloss mich nicht im Badezimmer ein, wie immer, wenn Fay da war. So konnten wir uns unterhalten, solange ich meine Haare stylte.

Ein kleines Detail hatte ich in all der Hektik jedoch nicht bemerkt. Fay war nicht allein. Jemand räusperte sich. Ich schluckte. Es war ein männliches Räuspern.

Erschrocken quiekte ich auf und stieß mit einem etwas zu heftigen Tritt die Badezimmertür zu. Dort, wo die beiden standen, hatten sie einen perfekten Blick auf mich.

„Macht es euch bequem, ich bin gleich fertig!", rief ich durch die nun geschlossene Tür. Hektisch griff ich nach meinem Top und achtete auf die Geräusche aus dem Wohnzimmer. Ich hörte die männliche Stimme etwas sagen und Fays Kichern als Antwort. Mehr nicht. Wer auch immer ihr Begleiter war, den ersten Eindruck hatte ich vermasselt.

Klasse, Mary, super gemacht.

Darum bemüht, einen kühlen Kopf zu bewahren, klammerte ich mich am Waschbecken fest und betrachtete mich im Spiegel. Ich atmete mehrfach tief ein und aus. Hatte ich tatsächlich gerade halb nackt einem Fremden die Tür geöffnet? Wie peinlich!

Weiterhin die Luft einziehend und ausstoßend ließ ich meinen Kopf sinken. Ich klammerte mich noch panischer an das Waschbecken, versuchte die Röte aus meinem Gesicht zu vertreiben und sprach mir selbst Mut zu.

Nur keine Panik, Mary. Alles wird gut.

Fay hatte ihm bestimmt schon erklärt, dass das nicht mein normales Verhalten war. Hoffte ich zumindest. Ich prüfte noch einmal den Sitz meiner Kleidung. Meine Jeans schmiegte sich um meine Kurven und war geschlossen. Mein enges Top, das ich unter dem Pullover anziehen wollte, bedeckte nun auch alles, was bedeckt gehörte.

Nur mein Pullover lag auf dem Sofa, auf dem meine Gäste höchstwahrscheinlich Platz genommen hatten. Denn mehr Sitzmöglichkeiten gab meine Wohnung nicht her. Ich zupfte mir noch meine gewellten Haare in Position und straffte die Schultern, um dann zu meinen Gästen zu stoßen, als wäre das gerade alles nicht passiert.

„Kleinen Moment noch." Mit diesen Worten eilte ich an dem jungen Mann vorbei, der auf meiner Couch saß. Als ich direkt neben ihm war, vibrierte das Blut in meinen Adern. Ein wenig so, als würde es auf etwas aufmerksam machen. Ich schüttelte das merkwürdige Gefühl ab - keine Ahnung, was das war -, griff nach meinem Pullover und zog ihn mir über. Dann setzte ich mich den beiden gegenüber, auf die Kante meines Couchtisches.

„Mary, darf ich dir Chris vorstellen?" Fay zwinkerte mir zu. In ihrer Sprache bedeutete das so viel wie: Er ist Single und würde bestimmt zu dir passen.

Wie magisch angezogen, sog sich mein Blick an dem jungen Mann in meinem Wohnzimmer fest. Es war, als hätte ich mich nicht mehr unter Kontrolle. Egal, wie sehr ich es wollte, mein Blick klebte an Chris. Ich versuchte es wenigstens nicht so offensichtlich zu machen. Also tarnte ich mein unbeholfenes Starren und wendete mich ein Stück von ihm ab. Dabei betrachtete ich ihn immer wieder kurz aus dem Augenwinkel. Wie er auf der Couch saß, bildete er einen heftigen Kontrast zu meiner Wohnung.

Obwohl ich vorhin ein wenig aufgeräumt hatte, sprach meine Wohnung vom gut durchdachten Durcheinander. Die Möbel waren wild gemixt, nichts passte so richtig zusammen. Doch ich mochte es, ich liebte das Kuddelmuddel und fühlte mich in einer sehr geordneten, klinischen Umgebung unwohl. Und trotz des Chaos und seiner Vollkommenheit hatte ich das Gefühl, als gehöre Chris genau hierher.

Seine gesamte Ausstrahlung passte perfekt zu dem wenigen Licht, das durch das Fenster von den Straßenlaternen zu uns strahlte. Geheimnisvoll und irgendwie undurchschaubar sah er mich an. Während dieses kurzen Blickes meinte ich, so etwas wie ein Erkennen in seinen Augen aufblitzen zu sehen, doch es war zu schnell weg, als dass ich es genau hätte sagen können. Ich fragte mich, was oder wen er erkannt haben mochte.

Wie aus weiter Ferne drangen Fays Worte in meine Ohren, doch ich verstand nichts davon. Zu sehr war ich von Chris vereinnahmt.

Seine Kleidung war sorgsam ausgewählt. So hätte er sowohl zu einem Date als auch zu einem offizielleren Essen gehen können. Beim Gedanken an eine Verabredung mit ihm stolperte für den Bruchteil einer Sekunde mein Herz. *O mein Gott.* Was war hier los? Chris brachte mich durcheinander. Ich konnte nicht anders und sah wieder in seine Richtung. Betrachtete die Wand hinter ihm und konnte ihn dabei nur unscharf erkennen. Doch das machte nichts. Auch farblich passte er mit seiner Kleidung genau in meine

Wohnung. Er hatte exakt die Farben für sein Outfit gewählt, die meinen Geschmack trafen. Dunkel und mit kleinen hellen Akzenten.

Ich musste aufpassen. Nicht, dass ich zu sabbern begann. Auch seine Körperhaltung bewunderte ich. Er saß nach hinten gelehnt, seine langen Beine überschlagen. Der rechte Knöchel ruhte auf dem linken Knie. Chris wirkte keineswegs nervös, was mich ein wenig aus dem Konzept brachte, denn seine Anwesenheit machte definitiv etwas mit mir.

Ich spürte seine Nähe, obwohl er nicht wirklich nah war. Es prickelte auf meiner Haut und kleine Schauer rasten durch mich hindurch, je nachdem, wie sein Blick mich traf. Immer wieder erwischte ich mich dabei, wie ich in seine Augen sah und versuchte zu verstehen, was das zu bedeuten hatte, wo dieses Gefühl von Vertrautheit herkam, das von ihm ausging und ich nicht verstand.

Es war anders, als ich es bisher erlebt hatte. Anders, als ich es mir jemals hätte vorstellen können. Ohne es zu wollen, drehten sich meine Gedanken um ihn. Wo er wohl lebte und was er sonst tat. Ich wollte alles von ihm wissen. Jedes noch so kleine Detail.

Das Gefühl, dass er zu mir gehörte, wurde übermächtig. Unbewusst hatte ich mich immer weiter zu ihm hinübergeneigt. Erst als Fays Stimme zu mir durchdrang, korrigierte ich meine Haltung und setzte mich aufrecht. Irritiert zog ich kurz meine Strähnen zurecht, als wäre das alles der Plan gewesen, wieso ich mich vorgebeugt hatte.

„Chris arbeitet seit Kurzem bei mir auf Station als Assistenzarzt", holte Fay mich ins Hier und Jetzt. Noch ein Zwinkern. Fast hätte ich – trotz meiner Verwirrung wegen Chris - losgelacht. Das Zwinkern, das auf ihrem Gesicht erschien, sah aus, als hätte sie sich am Auge verletzt. Ihre Mimik machte dabei Bewegungen, die ich keinem Menschen zugeschrieben hätte. Doch auch das konnte sie nicht entstellen.

Fay sah wie üblich fantastisch aus. Sie trug ebenfalls eine Jeans und einen weiten Pullover, der farblich auf ihre grünen Augen abgestimmt war. Doch im Gegensatz zu mir sah es an ihr sexy aus.

Das war typisch für sie. Man hätte sie in einen Kartoffelsack stecken können, sie war einfach immer hübsch.

Weiter ihre Mimik betrachtend, während sie unaufhörlich redete, konnte ich mich gerade noch bremsen. Bevor ein Lachen meiner Kehle entwich, schluckte ich es hinunter.

„Hi, Chris. Du bist also der neue Kollege, von dem Fay mir so viel erzählt hat. Freut mich, dich kennenzulernen."

Höflich stand er auf, nickte mir lächelnd zu und hielt mir die Hand hin. „Die Freude ist ganz auf meiner Seite. Ich hoffe, sie hat nur Gutes erzählt." Er zwinkerte.

Rasch erhob ich mich vom Couchtisch und reichte ihm zitternd meine Hand. O mein Gott. Diese Stimme. Sie verschlug mir den Atem und ich hatte kurz das Gefühl, ohnmächtig zu werden. In dem vollen und tiefen Klang schwang eine wohlige Wärme mit, die sich um mein Herz legte.

Ich war kaum imstande, auf ihn zu reagieren. Mit seiner Bewegung schwebte ein Hauch seines Duftes zu mir herüber. Chris' Geruch nach Sonne und Sandelholz umhüllte mich, ließ mich die Welt um mich herum vergessen. Ich sah zaghaft in seine Augen und war sofort hin und weg.

Als sich dann unsere Hände trafen, rauschte das Blut nur so durch meine Adern. Ich musste aufpassen, dass mein Atem weiter floss. Seine Hand war weich und passte perfekt in meine. Ein warmer Schauer rann über meinen Körper und ich genoss ganz heimlich seine Berührung und seine Aufmerksamkeit.

Berauscht durch das Gefühl von Haut an Haut griff seine Nähe nach meiner Seele. Ich spürte das Pulsieren seines Herzens in seiner Hand und wollte mein gesamtes Sein in sie legen. Felsenfest davon überzeugt, dass er sorgfältig und liebevoll damit umgehen würde. Und gleichzeitig wollte ich seins in meine nehmen und halten. Bis in alle Ewigkeit.

Oje, war Chris ein Fall für spontane Verliebtheit? Oder schnappte ich gerade über? Denn nicht nur seine Stimme und sein Geruch umschmeichelten mich. Sein Aussehen zog mich ebenfalls in den Bann.

Obwohl ich mich mit meinen eins zweiundsiebzig wirklich nicht als klein bezeichnet hätte, überragte er mich mindestens noch um zwanzig Zentimeter. Seine schokoladenbraunen Augen, die von einem dichten Wimpernkranz umgeben waren, sahen direkt in meine. Fast so, als würde er etwas darin sehen, was nur für ihn bestimmt war.

Ich wandte den Blick ab und hoffte inständig, dass Chris nicht mehr sah, als ich wollte. Wenn er gesehen hätte, was in meinem Kopf vor sich ging, hätte er womöglich die Beine in die Hand genommen und wäre losgerannt. Denn das, was ich gerne mit ihm geteilt hätte, sollte vielleicht nicht unbedingt beim ersten Aufeinandertreffen so deutlich aus mir herausspringen. Ich ließ seine Hand los, wollte irgendetwas sagen, doch bekam keinen Ton heraus. Wie ein Fisch den Mund auf- und zuklappend sah ich ihn erneut an.

Mein Kopfkino ließ mir das Blut ins Gesicht schießen. So sah ich uns gemeinsam im Kerzenschein auf einer Decke liegen. Halb nackt und eng umschlungen fuhren unsere Hände forschend über den Körper des anderen. Szenen später betrachteten wir liebevoll unser Heim und unsere Zukunft.

Doch zwischendurch blitzten Bilder auf, die nicht ganz so romantisch waren, mir aber ein Gefühl der Geborgenheit und Sicherheit übermittelten. Sie waren düsterer, doch auch hier war Chris an meiner Seite. Es war fast so, als würde mir mein Unterbewusstsein zeigen wollen, was mit diesem Mann an meiner Seite alles möglich wäre. Ich schluckte, überwältigt von all den Gefühlen, entschuldigte mich kurz und verschwand noch einmal ins Badezimmer, damit niemand die Röte auf meiner Haut bemerkte.

Ich war durcheinander. Was war das alles?

Gleichzeitig war ich jedoch sauer auf Fay. Hätte sie nicht wenigstens erwähnen können, dass sie jemanden mitbrächte? Denn, wie man sah, trat ich ohne diese Vorwarnung gerade von einem Fettnäpfchen ins nächste. Zumindest fühlte es sich für mich so an. Bei Chris hätte ich gerne einen besseren ersten Eindruck hinterlassen. Nicht den der Verrückten, die im BH die Tür öffnete. Oder die, der die Kinnlade herunterklappte und keinen Satz zusammenbekam, wenn sie vor einem netten Typen stand und reden sollte.

Nochmals einen Blick in den Spiegel werfend, sah ich meiner Gesichtsfarbe dabei zu, wie sie nach und nach heller und meine Sommersprossen sichtbar wurden. Als sich meine Wangen wieder dem Normalzustand angepasst hatten, setzte ich mich erneut zu den beiden.

Wir blieben noch eine Weile im Wohnzimmer und unterhielten uns. Chris erzählte von seinem Studium und über merkwürdige Patienten auf der Station. Während er redete, betrachtete ich ihn immer wieder unauffällig.

Seine markanten Gesichtszüge zog mich an. Mit seiner geraden Nase, den hohen Wangenknochen und dem kantigen Kinn betörte er mich regelrecht. So gerne wäre ich mit meinen Fingern über dessen Konturen gefahren, hätte seine Haut unter meinen Fingern gespürt und ergründet, was sein Körper zu erzählen hatte. Ich musste an mich halten, um Chris nicht die ganze Zeit anzustarren, geschweige denn mich einfach auf seinen Schoß zu setzen. Seiner Anziehungskraft hatte ich kaum etwas entgegenzusetzen. Es war, als wäre ein Band zwischen uns gesponnen, das sich immer weiter zusammenzog, um uns aneinanderzubinden.

Fay beteiligte sich an der Unterhaltung und lachte an den passenden Stellen mit ihm.

„Da war dieser eine Patient, der in seinem Zimmer nie lüften wollte. Keiner von uns wollte den Raum betreten und natürlich habe ich am Ende den Kürzeren gezogen. Wegen der Coronaschutzmaßnahmen tragen wir alle OP-Masken. Ich habe sie mit Desinfektionsmittel besprüht, damit ich den Gestank des Herren nicht ertragen musste", erzählte Chris und wieder lachte Fay.

„Ja, an den erinnere ich mich. Wir haben immer wieder versucht, das Fenster heimlich zu öffnen. Doch sobald er es bemerkt hat, schloss er es. Auch wir haben uns am Ende fast gestritten, weil keiner mehr zu ihm wollte." Fay grinste mich breit an. Sie wollte mich ermutigen, am Gespräch teilzunehmen.

Doch ich sah die beiden nur abwechselnd an und lächelte dümmlich vor mich hin. Völlig überfordert mit Chris'

Anwesenheit und unserem Ungleichgewicht im Leben. Um die Situation auch für mich angenehmer zu gestalten, motivierte Fay ihren Kollegen einfach weiterzuerzählen. Leider klappte es nicht ganz. Letztendlich schaffte ich es nicht mehr, im Wohnzimmer zu sitzen.

Um der Situation zu entfliehen, lief ich in die Küche, schnappte mir eine Flasche Hugo und drei Gläser.

„Möchtet ihr?" Ich stellte die Sektgläser und die Flasche auf den Couchtisch. Denn, wenn ich ehrlich war, brauchte ich dringend etwas mit Alkohol. Den Abend würde ich sonst nicht überleben.

Allein Chris' Anwesenheit machte mich ganz nervös. Ständig zupfte ich an meinen Haaren herum. Oder ich rupfte Fusseln von meinem Wollpullover. Wenn ich nicht bald aufhörte, war mein ganzes Styling umsonst und mein Pullover durchlöchert.

Fay nickte mir zu und ich goss ihr ein.

„Danke, für mich nicht", lehnte Chris das Angebot ab.

„Tut mir leid, sonst hätte ich nur Wasser anzubieten", entschuldigte ich meine mangelnde Auswahl.

Er lächelte mich an. „Ja, gerne, Mary."

Meine Gedanken wiederholten sich, aber … O mein Gott! Mein Name aus seinem Mund war einfach atemberaubend. Es war, als hätte ich vorher nie meinen Namen vernommen und er erlöste mich von meiner Taubheit. Dazu dieses Lächeln auf seinen Lippen. Es gehörte verboten. Die Grübchen, die es hervorbrachte, ließen sein Gesicht weicher wirken. Chris sah einfach unverschämt gut aus. Doch da war auch etwas viel Tieferes, das mich an ihm faszinierte. Er berührte mit seinem Sein meine Seele und sie wollte sich nur zu gern an ihn schmiegen. Was war das, was mich so empfinden ließ?

Ein Schauer rann über meinen Körper. Diese Verbindung, die ich zu ihm spürte, fühlte sich so viel größer an, als ich erfassen konnte. Es war, als würde er den Mittelpunkt meiner Welt verrücken und sich selbst dorthin stellen. Bei diesem Gedanken musste ich schlucken.

Nachdem ich Fay und mir eingeschenkt hatte, machte ich mich auf den Weg in die Küche, um den Hugo kaltzustellen und eine

Flasche Wasser samt Glas zu holen. Ich spürte Chris' Blick auf meinem Rücken, er brannte heiß auf meine Haut. Mein Gang wurde wackelig, meine Knie wurden weich. Was machte Chris nur mit mir?

Jetzt verfluchte ich meinen damaligen Traum von einer offenen Wohnküche und wünschte mir sehnlichst die Tür zurück, die ich direkt nach meinem Einzug herausgenommen hatte, um wenigstens den Anschein zu haben. So war es mir nun leider nicht möglich, mich kurz zu verstecken und durchzuatmen.

Nichtsdestotrotz nahm ich mir Zeit. Ich stellte die Flasche deutlich langsamer als nötig in den Kühlschrank und ließ mein Gesicht mit der herausströmenden Luft etwas abkühlen. Es half mir, wieder klar zu werden, denn Chris stellte definitiv etwas mit mir an. Irgendetwas, das ich nicht in Worte fassen konnte, ließ meinen Blick immer und immer wieder auf ihm ruhen. Gleichzeitig wuchs in mir das Bedürfnis, ihm ständig zuzuhören. Also wirklich pausenlos. Seine Stimme umschmeichelte mich und tanzte anziehend um meine Seele. Am liebsten hätte ich ihn dabei angefasst. Ich hatte das Gefühl, zu ihm gezogen zu werden. Erneut atmete ich den Schwall kühler Luft ein, ehe ich den Kühlschrank schloss. Und erst dann fühlte ich mich bereit für meine Rückkehr ins Wohnzimmer.

Wir plauderten noch eine Weile und ich versuchte, das, was Chris mit mir anstellte, zu ignorieren. Gerade erzählte Fay, wie es heute bei der Arbeit war, als sie wie aus dem Nichts aufsprang und zur Wohnungstür lief. Perplex sahen Chris und ich ihr hinterher.

„Na, kommt schon. Oder meint ihr, wir werden den ganzen Abend hier sitzen? Mark wartet vor der *Schachtel* auf uns. Hopp, hopp!" Ihr Ton duldete keine Widerworte. Dabei hatte ich keine Lust auf den Club, den wir *Schachtel* getauft hatten, weil er winzig und immer überfüllt war.

Ich rollte genervt mit den Augen und sah im Vorbeigehen, wie Chris mich musterte. Ihm schien die Vorstellung nichts auszumachen, mit uns auszugehen. Aber ich wusste auch nicht, ob er den Club kannte. Er stand auf und folgte Fay.

„Da bleibt mir wohl keine Wahl", sagte ich halb im Scherz, halb im Ernst und schloss mich den beiden an.

Nach einem kurzen Fußmarsch erreichten wir die *Schachtel*. Und schon als wir vor der Eingangstür des Clubs ankamen, erkannten wir, dass es heute kuschelig werden würde. Der durch die blinkende Leuchtreklame beleuchtete Bordstein war voller Leute. Dicht aneinandergedrängt warteten sie auf den Einlass. Teilweise waren wirklich merkwürdige Typen darunter. Von total überstylten Mädels bis hin zu Kerlen in Jogginghose. Die meisten waren in unserem Alter, doch auch der ein oder andere vom älteren Semester.

Es war kurz vor Mitternacht, also gingen die unter 18-Jährigen gleich und räumten für uns das Feld. Als Fay ihren Freund Mark ganz vorne in der Schlange ausmachte, rannte sie auf ihn zu und begrüßte ihn stürmisch. Natürlich zog Mark sie sofort für einen langen Kuss eng an sich.

Liebe kann so schön sein.

Gedanklich steckte ich mir den Finger in den Hals und machte Würggeräusche. Nicht, dass ich mich nicht für sie freute. Mein Unterbewusstsein war einfach viel zu böse und schneller, als ich es wollte. Auch einer der Gründe, wieso es viele Menschen nicht lange mit mir aushielten.

Vor einiger Zeit war ich mit einer meiner kurzen Bekanntschaften, sein Name war Joel, im Park unterwegs. Anders als die anderen Paare liefen wir nicht dicht aneinandergedrängt und verliebte Blicke austauschend über die Wege. Wir hatten zwar die Hände ineinander verschränkt, doch das war auch schon alles.

Immer wieder überlegte ich, was anders war. Wieso es sich falsch anfühlte, so unähnlich dem, wie ich es mir vorgestellt hatte. Da waren keine Schmetterlinge im Bauch und das Gefühl fehlte, nichts anderes als ihn zu wollen.

Meine Blicke erdolchten in diesem Moment die anderen Menschen im Park. Ich wurde sauer und gab abfällige Bemerkungen von mir. Es war nicht der Neid, der mich handeln ließ, es war die Wut auf mich. Wut darüber, nicht das fühlen zu können, was die anderen fühlten. Dass ich davon so weit entfernt war.

„Was ist los, Liebling?", fragte Joel.

„Nichts!", patzte ich zurück und zog ihn hinter mir her zu einem weniger dicht bewanderten Teil des Parks. Da solcherlei Reaktionen kein Einzelfall waren, verließ er mich recht schnell. Beschämt von der Erinnerung und meinem Verhalten senkte ich den Kopf. Diese Szene war leider keine Ausnahme. Immer wieder geschah etwas Ähnliches. Irgendwann dachte ich, ich wäre für Beziehungen ungeeignet. Und vielleicht machte mich deswegen diese offenkundige Liebe zwischen Mark und Fay eifersüchtig. Dabei wollte ich auf keinen Fall eifersüchtig sein. Nicht auf meine beste Freundin.

„Alles okay mit dir?", drang Chris' Stimme durch meine düsteren Gedanken.

Erschrocken kam ich in der Realität an und bemerkte, dass ich wohl etwas wehmütiger dreinschaute, als es mir lieb war. So nickte ich kurz und sah Chris flüchtig an.

„Ja. Ja, alles bestens. Komm, wir können rein", sagte ich zu ihm, als ich Fay vorne in der Schlange bemerkte, wie sie uns wild gestikulierend zu sich winkte. Ich bahnte mir schnell einen Weg zu ihr und Chris folgte mir in den Club. Ich musste mich ein bisschen auspowern, um die dunklen Gedanken in mir zu verdrängen.

Die *Schachtel* war an allen Wänden mit Spiegeln ausgestattet, nur um ihn wenigstens optisch zu vergrößern. Selbst die Säule, die mitten auf der Tanzfläche in die Höhe ragte, war mit Mosaikspiegeln versehen, in denen sich das Licht brach. Und obwohl der Club winzig war, besaß er dennoch zwei Theken. An der hinteren, neben dem DJ-Pult, stellten wir uns an.

Der Barkeeper sah mich lächelnd an. „Na, was darf es sein, Süße?" Allein dafür hätte ich am liebsten ausgeholt und ihm eine Ohrfeige verpasst. Doch ich wollte keinen Aufstand. Und was ich noch mehr wollte, war ein Drink. „Einen Wodka Energy, bitte."

Fay und Mark bestellten sich ebenfalls etwas Alkoholisches und Chris wählte eine Cola. Nachdem Chris und ich je ein Getränk in der Hand hielten, standen wir ein wenig verloren herum. Fay und Mark hatten ihre Kurzen noch an der Theke in einem Zug geleert und waren dann auf der Tanzfläche verschwunden. Aber nicht um zu tanzen. Sie standen an der Spiegelsäule und knutschten eng umschlungen. Verstohlen sah ich mich um. Insgeheim war ich froh darüber, dass Unterhaltungen bei diesem Lärm nicht möglich waren. Hätte ich doch eh nicht gewusst, worüber ich mit Chris reden sollte.

Was könnte ich ihm, dem erfolgreichen Überflieger, schon erzählen, was ihn interessierte? Immerhin hatte ich mit Ach und Krach eine Ausbildung als Kfz-Mechatronikerin abgeschlossen. Das war nicht die beste Entscheidung, wie sich im Nachhinein herausstellte.

Noch während der Ausbildung ging der Betrieb pleite. Ich durfte zum Glück noch meine Prüfung absolvieren und fand dann nie einen Job in der Branche. Sehr zu meinem Leidwesen. Denn was gab es Besseres, als das Gefühl, wenn man auf einem Motorblock saß und sich beim Schrauben die Hände dreckig machte, um etwas zu reparieren, das kaputt war? Wie schön wäre es, wenn man Menschen ebenso einfach reparieren könnte.

Generell hatte ich danach nie einen guten Job gefunden. Ich jobbte herum, kam immer gerade so über die Runden, hatte aber nichts, womit ich hätte glänzen können. Keine Hobbys, die spannend genug waren, keine Reisen, die ich erlebt hatte, oder irgendwelche Talente. Ich führte ein Nullachtfünfzehn-Leben. Eines, das ich gerne getauscht oder zumindest an einem Punkt noch einmal neu begonnen hätte. Eine einzige Entscheidung anders hätte treffen müssen. Eine andere Berufswahl und der nötige Ehrgeiz und schon hätte es besser laufen können.

Doch alles *hätte* hatte keinen Sinn. Ich war hier und musste mich mit dem arrangieren, was das Leben für mich bereithielt. Ich musste verstehen und akzeptieren, dass ich anders war. Nicht nur anders als Chris, sondern auch anders als der Rest. Irgendwie ... Ich wusste auch nicht. Taub und verbittert? Das traf es am ehesten.

Chris' fragender Blick traf mich und ich zuckte mit den Schultern, um ihm zu signalisieren, dass ich keine Ahnung hatte, was nun war. Einem spontanen Impuls folgend trank ich meinen Drink in einem Zug aus, ließ Chris stehen und ging auf die

Tanzfläche. Ich fühlte mich neben ihm klein und unbedeutend. Dabei wollte ich ihn eigentlich besser kennenlernen und das verstehen, was da zwischen uns war.

Die Blicke, die immer wieder hin und herflogen, die Art von Blickkontakt, bei der man direkt wieder wegsah, wenn der andere den Kopf drehte. Doch spürte ich jeden einzelnen von ihnen. Sie berührten mich. Nicht körperlich, aber seelisch.

Ich sah noch einmal kurz über die Schulter zu ihm und bemerkte, dass er mir mit seinen Blicken folgte. Ich betonte aufreizend meinen Schritt und suchte mir einen guten Platz zum Tanzen. Es war mir egal, dass ich die Einzige von uns war, die tanzen würde, aber ich musste Dampf ablassen.

Mit den ersten Schwingungen der Melodie reagierte mein Körper intuitiv und passte sich automatisch dem Beat an. Und dann passierte das, was immer geschah, wenn ich mich der Musik hingab. Alles um mich herum wurde dumpf. Nur noch die Töne und Vibrationen des Liedes drangen ungefiltert in mein Sein. Ich spürte den Klängen nach, gab mich dem Takt hin und bewegte mich wie in Trance zu den gesungenen Zeilen. Mein Körper folgte seiner eigenen Choreografie, wurde eins mit den Wellen, die der Schall in der Luft anstieß. Nach und nach verlor ich jegliches Gefühl für meine Außenwelt. Ganz so, als wäre ich völlig allein auf der Tanzfläche und die Musik spielte nur für mich.

Deswegen bemerkte ich zu spät, dass eine Empfindung nicht passte. Eine Berührung, die nicht hätte sein dürfen. Etwas, das ich nun, da ich es entdeckt hatte, nicht mehr vergraben und ignorieren konnte. Es war bereits das dritte Mal, dass ich angefasst wurde. Das erste Mal hatte ich es noch als Versehen bezeichnet, das zweite Mal als gewollt. Doch als nun eine Hand nicht mehr nur meinen Hintern streifte, sondern über meinen vorderen Hosenbund glitt, riss ich entsetzt die Augen auf.

Plötzlich fand ich mich in einer engen Umarmung wieder. Den Kerl, der seine Arme um mich geschlungen hatte, konnte ich nicht erkennen. Er presste seinen Körper an meinen Rücken und zog mich gleichzeitig weiter zu sich heran. Ich spürte seinen Mund an meinem Ohr und den heißen Atem, den er ausstieß. Mit einer

Hand hielt mein „Tanzpartner" meine Hüften eng an seiner und die andere wanderte zielsicher in die falsche Richtung. Mein durch das Tanzen ohnehin erhöhter Puls schnellte weiter in die Höhe. Mir stellten sich die Nackenhaare auf und Ekel griff nach mir. Panisch überlegte ich, wie ich dem Kerl entkommen konnte, doch bevor ich irgendetwas dagegen unternehmen konnte, stand Chris vor mir. Aus seinen Augen sprühten förmlich Funken und Wut stach aus ihnen hervor.

„Kennst du ihn?", richtete er seine Frage an mich. Der knurrende Unterton in seiner Stimme verhieß nichts Gutes.

Ich zögerte, weil ich nicht einmal wusste, wer hinter mir stand. Mein Zögern war Chris offenbar Antwort genug. Beherzt packte er den Kerl am Handgelenk, zerrte ihn von mir weg und drehte ihm den Arm auf den Rücken. „Lass deine dreckigen Finger von ihr!", schrie er.

„Sorry, ich wusste nicht, dass sie deine Freundin ist", gab der Typ ohne Reue zurück.

„Ist sie nicht, aber niemand fasst eine Frau so an. Hast du mich verstanden?" Chris ließ den Typen so ruckartig los, dass dieser über seine Füße stolperte und gegen einige andere Besucher der *Schachtel* stieß, die sich nun zu uns umdrehten. Ich beachtete den Typen nicht weiter und drehte mich zu Chris.

„Alles okay mit dir?" Seine Stimme klang besorgt.

„Ja, ich denke schon." Ich spürte, wie die Schweißperlen sich nach und nach ihren Weg bahnten, und strich mir nachdenklich eine Strähne aus der Stirn. Weil mein Haar unangenehm an meiner Haut klebte, schob ich es etwas ungelenk hinters Ohr. Ich versuchte, mit dieser Geste Zeit zu schinden, um zu verstehen, was gerade passiert war. Ich bekam es nicht ganz zusammen. Alles ging so schnell.

„Komm, ich bringe dich nach Hause." Misstrauisch beäugte Chris mich. Fast so, als würde er erwarten, dass ich zusammenbrach.

Mich verwirrte, dass er so schnell aufbrechen wollte. Er hatte die Situation doch geregelt. Der restlichen Nacht auf der Tanzfläche stand jetzt nichts mehr im Wege. Doch allein Chris' Blick über die Menge hielt mich davon ab, zu protestieren. In ihm stand die pure Sorge und er hielt anscheinend Ausschau nach neuen Gefahren. Ich war mir auf einmal sicher, er würde jeden niedermachen, der mich nur falsch ansah. Es war eindeutig. Warum auch immer, wollte Chris mich so schnell wie möglich von hier fortbringen. Und obwohl es mich beunruhigen sollte, dass er sich so aufführte, dass er sich so sehr in Dinge einmischte, die ihn nicht interessieren sollten, fühlte es sich irgendwie richtig an.

Ich kannte dieses Gefühl der Fürsorge nicht. Bisher hatte ich immer das Pech gehabt, allein gewesen zu sein, wenn Dinge geschahen, die nicht geschehen sollten. Denn Fay, mit der ich immer gemeinsam *feiern* ging, hielt es nie so lange in Clubs aus. In der Regel brach sie schon um drei Uhr auf und machte sich mit Mark auf den Heimweg, während ich blieb, bis der Club schloss. Teilweise bekam ich so wenig von meiner Umgebung, den Menschen und mir selbst mit, dass es am Ende schon zu spät war, bis ich etwas bemerkte. Zum Glück bisher ohne schwerere Folgen.

Meine Empfindungen wirbelten im Kreis. Durfte ich mir von ihm helfen lassen oder machte ich mich dadurch abhängig von ihm? Hatte er Hintergedanken bei dieser *Rettung*? Eilig verwarf ich den Gedanken. Auch wenn ich Chris nicht kannte, war das ein Charakterzug, den ich ihm nie zugeschrieben hätte. Dennoch rügte ich mein Herz. Fiel ich so schnell auf ihn herein, weil ich mich so sehr nach Liebe sehnte? Interpretierte ich zu viel hinein? War er einfach nur ein besorgter und aufmerksamer Mann? Sein Blick sprach jedenfalls Bände. Chris würde keine Widerworte dulden.

Ich seufzte ergeben und ging zu Fay und Mark. Nach dem Abschied von den beiden, die natürlich wieder knutschend in einer Ecke standen, verließen Chris und ich die *Schachtel*.

Schweigend liefen wir nebeneinander her. Mein Blick war starr auf den Boden gerichtet. Das Gefühl, etwas falsch gemacht zu haben, ließ mich nicht los. Ich traute mich aber nicht, es anzusprechen. Immerhin kannte ich Chris gerade mal ein paar Stunden. Wie sollte man dann ein Gespräch starten? Ich konnte kaum sagen, dass er überreagiert hatte. Also hielt ich den Mund.

Nach wenigen Minuten brach Chris das Schweigen. Er blieb direkt vor mir stehen. Da ich ansonsten in ihn hineingelaufen wäre, stoppte auch ich, hob den Blick und sah ihn an.

„Geht es dir wirklich gut?"

„Ja. Wieso sollte es nicht? Es ist ja nichts passiert." Abgeklärt zuckte ich mit den Schultern. Es war schon schlimmer ausgegangen, dachte ich.

„Das nennst du *nichts*?" Sein Gesicht verzog sich im Zorn und ich verstand seine Reaktion immer weniger.

„Der Kerl hat mich angetanzt, passiert in einem Club doch schon mal", versuchte ich das eben Geschehene herunterzuspielen.

„*Das* nennst du antanzen?" Er fuhr sich mit der Hand durch seine hellblonden Haare. „Mary, er hat dich an Stellen berührt, die niemand einfach so anfassen sollte. Ist dir das nicht klar?" Chris wirkte aufgelöst, so als hätte ihn das alles körperlich verletzt. Er legte seine Hände auf meine Schultern und sah mir direkt in die Augen. Durch seine Berührung bereitete sich eine wohlige Wärme in meinem Körper aus. Nur kurz ruhten seine Hände sanft und stützend dort, bis sie liebevoll über meine Arme nach unten strichen, hinunter zu meinen Fingern. Als er kurz davor war, diese mit seinen zu verschränken, begann ich zu zittern. Ob das Zittern auf seine Berührung zurückzuführen war oder auf die erlebte Situation, wusste ich in diesem Moment nicht. Völlig überfordert von allem entzog ich ihm meine Hände, trat zwei Schritte zurück und starrte auf den Boden.

Ich überlegte und rief mir die Berührungen in Erinnerung, um zu verstehen, was Chris so in Aufruhr versetzte. Wenn ich tanzte, achtete ich auf nichts mehr, so auch nicht auf mögliche Gefahren. Ich war dann in mir und nichts drang zu mir durch. Vielleicht sollte ich nicht mehr so blauäugig sein, wenn wir ausgingen?

Je mehr ich mich auf das Geschehene konzentrierte, je mehr ich mich damit befasste, umso deutlicher kam alles zurück. Wie eine Lawine stürmte alles Verdrängte gleichzeitig nach oben. Ich schnappte nach Luft. Kurz darauf jagte ein Schauer durch mich hindurch und ich spürte die Berührungen des Fremden erneut, so, als würde ich gerade angefasst werden. Ich spürte seinen Atem auf meiner Haut und seine Hände an meinem Körper.

Wieso konnte ich selbst solche Gefahren ausblenden? Erst jetzt kroch die Angst, die ich in diesem Moment hätte empfinden müssen, meine Wirbelsäule hoch. Sie zog sich um jeden einzelnen Wirbel, verankerte sich in meinen Sehnen und sendete Schockwellen durch meinen Körper. Das Zittern, das jetzt folgte, begann kaum merklich in meinen Fingern und breitete sich von dort langsam über meinen gesamten Körper aus. Mein Atem ging stoßweise und mit jedem Zug wurde meine Kehle enger. Schweißtropfen rannen meinen Rücken hinab. Die Berührungen des Typen wurden immer präsenter, immer bedrohlicher. Erinnerungsfetzen holten mich ein und brachten mein Herz dazu, schneller zu schlagen. So schnell, dass es beinahe schmerzte.

Die Panikattacke drohte mich zu überrollen, dabei war ich nicht mehr in Gefahr. Doch es kam kaum noch Sauerstoff in meiner Lunge an. Schockwellen rasten durch meinen Körper.

Ich wollte zurück ins Hier und Jetzt. Mein Verstand sagte mir, dass ich in Sicherheit war, aber mein Körper und meine Gefühle signalisierten mir etwas anderes. Hilfe suchend sah ich zu Chris.

Er beobachtete mich genau. Ihm war anzusehen, dass er verstand, was mit mir passierte. Er näherte sich mir vorsichtig, ganz langsam, Schritt für Schritt. „Mary?" Zögerlich hob er die Hände, um mir zu zeigen, dass er mir nichts tun würde. „Es tut mir leid, ich wollte das nicht. Ich wusste nicht, dass du …"

Ich presste meine Arme fest um meinen Oberkörper und Chris verstummte augenblicklich. Mit der Umklammerung wollte ich das drohende Übel verhindern, hatte jedoch keine Chance. Mein Verstand driftete ab und meine Vergangenheit holte mich ein. Bilder aus vergangenen Tagen rauschten an mir vorbei. Bilder, die ich selbst, als ich sie erlebt hatte, lieber nicht hatte sehen wollen. Männer, die nach mir griffen und mich, vollgepumpt mit Alkohol, mit sich nahmen. Männer, die es ausnutzten, dass ich kaum mehr bei Sinnen war und mit mir taten, worauf auch immer sie Lust hatten.

Mein Griff um mich wurde fester, als könnte ich damit verhindern, dass ich auseinanderbrach. Ich versuchte, mich selbst zu halten und mich zu beruhigen. Redete mit mir selbst. *Das gerade war nicht dasselbe. Ich bin nicht mehr dort.* Es war egal, was ich versuchte. Das Gefühl der Angst kroch so tief in mich hinein, dass ich es nicht mehr zu fassen bekam. Es machte sich selbstständig.

Ich schluchzte auf und ein Kloß bildete sich in meinem Hals. Ohne mein Zutun entwich meiner Kehle ein verzweifelter Laut. Ich wusste nicht, wohin mit diesem Gefühl. Ich verstand mich nicht. Viele solcher und viel schlimmere Dinge waren mir schon widerfahren, weil ich alles um mich herum ausblendete.

Na ja, das, was mit den Männern passierte, wollte ich verdrängen. Vergessen. Dass ich dabei jedes Mal ein Risiko einging, war mir in diesen Momenten egal. Mein Kopf brauchte die Pausen, brauchte die Leere, die nichts füllen konnte. Anfangs hatte ich mir eingeredet, dass ich die Aufmerksamkeit der Männer genoss. Doch an jedem Morgen danach brannten die Scham und der Schmerz in meinem Inneren lichterloh.

So stand ich anschließend ewig unter der Dusche und wusch die aufkeimenden Gefühle, die Berührungen und den Schmerz über das Erlebte von mir und schloss es ganz tief in mir ein, damit es niemals ans Licht kam. Niemals war dann also jetzt. Denn all das, was ich in der letzten Zeit vergraben hatte, sprengte gerade mein Sein. Alles strömte gleichzeitig auf mich ein.

Mit hängenden Schultern und tiefen Sorgenfalten im Gesicht stand Chris vor mir. Er wusste offenbar genauso wenig wie ich, was er tun sollte. Als ich ihn aus tränenüberströmten Augen ansah, zog er mich kurzerhand an sich und hielt mich einfach fest.

„Mary, du musst atmen", flüsterte er liebevoll in mein Haar. Er legte sein Kinn auf meinem Scheitel ab und fuhr mit einer Hand meinen Rücken auf und ab.

Kein Blatt hätte mehr zwischen uns gepasst. Mein Schluchzen wurde lauter. Sein Griff um mich fester. Beschützender. Ich fand kein Halten mehr und ließ alles, was sich angestaut hatte, alles, was so weit weg von mir zu sein schien, weil ich es tief vergraben hatte, heraus. Chris schlang die Arme um mich, als hätte er noch nie etwas anderes getan. Ich fühlte mich geborgen und sicher. *Nein, es ist falsch*, rauschte es durch meinen Kopf.

Und nur einen Bruchteil einer Sekunde später realisierte ich, was gerade geschah. Ich kam meinen Gefühlen näher und Chris brach meine Barrieren auf. Er begann, sie zu zerstören, doch ohne diese war ich kaum in der Lage, am Leben teilzuhaben. Das durfte nicht passieren.

Meine Arme aus der Umklammerung meines Oberkörpers befreit, stemmte ich mich gegen Chris. Ich wollte nicht - konnte nicht zulassen - gehalten zu werden. Ich ertrug seine Nähe nicht. Er würde alles noch zusammenbrechen lassen. Alles, was ich mir mühsam aufgebaut hatte. Doch Chris ließ mich nicht los. Wütend hämmerte ich auf seine Brust ein, beschimpfte ihn und sah ihn böse an. Ich glaubte, ganz tief in meinem Inneren, war ein Teil von mir froh, dass er nicht ging. Dass er es mit stoischer Ruhe geschehen ließ und mich mit glänzenden Augen ansah. Es war kein Mitleid, was ich daraus lesen konnte, wie ich erwartet hatte, sondern tiefes Mitgefühl.

„Es tut mir leid", wiederholte er wieder und wieder, sodass ich nicht mehr mit meinen Fäusten auf seine Brust trommelte.

Obwohl ich weiterhin protestierte, ließ er mich nicht los. Stattdessen dirigierte er mich langsam, aber sicher nach Hause. Seinen Arm um meine Taille gelegt, um mich zu stützen. Falls nötig, hielt er mich bestimmt den ganzen Weg. Vielleicht hatte er aber auch Angst, ich würde durchdrehen und dann fortlaufen.

Da ich eh keine Chance hatte, ihn abzuschütteln, wehrte ich mich nicht weiter. Wieder meldete sich der kleine Teil in mir, der Chris immer um sich haben wollte. Er war erleichtert. Erleichtert darüber, dass es jemanden gab, der die Mauern sah und bereit war, diese einzureißen. Der meine Seele in ihren Stücken wahrnahm und mich dennoch nicht allein ließ. Ganz im Gegenteil. Doch der Großteil von mir hatte Angst vor dem, was das bedeuten konnte.

An der Haustür angekommen, musste Chris mich loslassen, sonst wäre ich nicht an meinen Schlüssel in der Handtasche gekommen. Doch er entfernte sich nicht von mir und blieb dicht bei mir. Selbst als wir die Treppe bis zu meiner Wohnung nahmen, wich er mir nicht von der Seite. Wieder war das Ungleichgewicht zwischen uns deutlich zu sehen. Während ich ein Sauerstoffzelt gebraucht hätte, als wir oben ankamen, war Chris weiterhin das blühende Leben.

Ich schloss kurz die Augen, sammelte mich und atmete tief ein. Besann mich auf meinen Plan, steckte den Schlüssel ins Schloss, drehte ihn um und sprang wie eine Gejagte in meine Wohnung. Chris machte Anstalten, mir zu folgen, doch bevor er sich auch nur in Bewegung setzen konnte, schlug ich die Tür vor seiner Nase zu und schloss von innen ab.

„Mary?" Seine Stimme drang dumpf durch das Holz. Ich hörte die Sorge ebenso wie seine Zerrissenheit, stellte mir bildlich vor, wie er im Hausflur stand.

Eine Antwort bekam er von mir dennoch nicht. Ich konnte nicht. Ein leises Klopfen ertönte. Als ich nicht reagierte, folgte ein zweites.

„Geh weg!", schrie ich und hoffte, er würde endlich verschwinden. Ich sank mit dem Rücken am Türblatt hinab, lehnte den Hinterkopf dagegen und blieb ruhig sitzen. Hier konnte mir nichts passieren. Hier, in meiner vertrauten Umgebung, holte ich mir meine Taubheit zurück, versteckte meine Aufgewühltheit und Verletzlichkeit sorgfältig hinter meinen Mauern und versperrte sie.

Nach langer Stille hörte ich ein Rascheln auf der anderen Seite der Tür und ein geflüstertes „Es tut mir leid", dann war Chris verschwunden.

Als ich die Gewissheit hatte, allein zu sein, machte ich mich erneut fertig fürs Bett. Die Uhr im Badezimmer verriet mir, dass wir erst kurz nach halb zwei hatten. Eigentlich noch keine Uhrzeit für mich, wenn ich im Club war. Doch die Ereignisse forderten ihren Tribut. Also legte ich mich hin, zog mir die Decke über den Kopf, um die Welt um mich herum zu vergessen. Eine stumme Träne begleitete mich in den Schlaf.

Kapitel 2

Schweißgebadet fuhr ich aus dem Schlaf. Ich setzte mich auf, sah mich hektisch um und griff nach dem unguten Gefühl, das an mir nagte. Doch ich kam nicht heran, erhielt keinen Zugang dazu. Das Blut, das durch meine Adern rauschte, war selbst in meinen Ohren ein bedrohliches Geräusch. Es war, als würde es kochen, überschäumen und zu viel Raum einnehmen wollen. Meine schnelle Atmung versuchte zu kühlen, was in meinem Körper überzukochen drohte.

Ich hatte einen Albtraum. Einen, bei dem man nach dem Aufwachen zwischen Realität und Traum nicht mehr unterscheiden konnte. Doch das war ausgeschlossen. Also *wirklich* ausgeschlossen. Seit meiner Kindheit war es mir nicht mehr möglich zu träumen. Nicht mehr seit damals, als meine Adoptiveltern mich zu diesem geheimnisvollen Arzt gebracht hatten. Was er genau angestellt hatte, wusste ich nicht. Ich konnte mich nur noch daran erinnern, dass wir dort angekommen waren. Meine Adoptiveltern, Milo und ich. Wenn ich heute daran dachte, überzog meinen Körper eine Gänsehaut.

Ich erinnerte mich an das Gefühl, das nach mir griff, als ich die Praxis mit Milo an meiner Seite betrat und alles in mir schrie, zu verschwinden. Da war nur eine klare Erinnerung an die Prozedur: Ich saß auf einem Stuhl in einem Raum und Milo lag auf meinem Schoß. Der Arzt drückte mir seine Hand an die Stirn. Danach schrie ich vor Schmerzen. Kurz darauf war alles still, alles dumpf, alles trüb. Und Milo war fort. Meine Adoptiveltern und ich hatten den Arzt ohne meinen Freund verlassen.

Seitdem träumte ich nie wieder. Weder gut noch schlecht. Nachts verschluckte mich ein großes Nichts, das mich morgens ausspuckte, als gehörte ich nicht dorthin. Und dennoch holte es mich Abend für Abend.

Was war hier los? Wie konnte das passieren? Was war anders? Es machte mir Angst, weil ich es mir nicht erklären konnte. Seit so langer Zeit war da ein riesiges Nichts und jetzt sollte es möglich sein, träumen zu können? Bevor die Angst sich tiefer festsetzen konnte, warf ich die Bettdecke beiseite und stand ruckartig auf. Mein Herz verkrampfte. Eine erneute Panikwelle griff nach mir, versuchte, mich mitzureißen, doch ich kam ihr zuvor.

Die Lampe auf meinem Nachttisch schaltete ich im Vorbeigehen an, stellte mich ans Fenster und genoss den Ausblick auf die schlafende Stadt. Na ja, zumindest den Teil, den ich sehen konnte. Ich atmete tief ein und aus und beruhigte mich mit jedem bisschen Sauerstoff mehr, der durch meine Lunge floss. Kurz überlegte ich, das Fenster zu öffnen, traute mich dann aber doch nicht. Ich war zu aufgewühlt. Wer weiß, was mich dahinter erwarten würde? Ich hatte ein beklemmendes Gefühl in der Brust. Auch wenn ich im sechsten Stock wohnte, hatte ich Angst davor, dass mich jemand aus dem Fenster herausziehen würde, sobald ich es öffnete. Also blieb ich mit verschränkten Armen davor stehen und betrachtete meine Spiegelung im Glas. Kurz meinte ich, Chris hinter mir zu sehen und drehte mich hektisch um. Natürlich war er nicht hier. *Schade,* dachte ich. *Vielleicht würde es mir dann besser gehen.*

Was war nur los mit mir? Ich war doch sonst nicht so ein nervöses Bündel. Normalerweise war ich eher der Typ *Eisklotz.* Nichts kam an mich heran, kaum etwas konnte mich aus der Fassung bringen. Ich war und liebte die Kontrolle. Doch die letzten Stunden hatten mich aus dem Konzept gebracht.

Nachdem ich mir aus der Küche etwas zu trinken geholt hatte, war an Schlaf nicht mehr zu denken. So entschied ich mich für eine Runde Surfen am Handy. Das versprach in den meisten Situationen eine gute Ablenkung. Dazu musste ich mein Handy jedoch erst einmal finden. Lange suchte ich erfolglos danach. Nur das Geräusch meiner tapsenden nackten Füße begleitete meine Suche. Ansonsten war es gespenstisch still.

Heute schien nichts normal zu sein. Ich war viel empfindlicher für meine Umwelt und merkte den Unterschied, versuchte aber, ihn zu ignorieren. Nachdem ich meine Klamotten vom Abend auf dem Boden aufgesammelt hatte, entdeckte ich darunter mein Handy. Mit diesem bewaffnet setzte ich mich aufs Bett. Das Kissen am Kopfende zusammengeknüllt, damit ich mich bequem anlehnen konnte, streckte ich meine Beine aus und strich über das Display meines Smartphones. Sofort erwachte es zum Leben und zeigte mir vier Anrufe in Abwesenheit, eine Nachricht von Fay und noch eine Nachricht von einer mir unbekannten Nummer.

Als Erstes öffnete ich Fays Nachricht:

Hi, Maus, ich hoffe, Chris hat dich gut nach Hause gebracht und dir noch einen Gutenachtkuss gegeben?

Augenrollend sparte ich mir eine Antwort und wählte die Nachricht von der unbekannten Nummer:

Hi, Mary, ich bin's Chris. Ich habe deine Nummer von Fay. Sei bitte nicht sauer auf sie. Ich wollte nur nachfragen, ob es dir gut geht.

Auch auf seine Nachricht wusste ich keine Antwort. Die Lust am Surfen war mir vergangen. Klar konnte ich Fay verstehen, dass sie Chris nachgegeben und ihm meine Nummer mitgeteilt hatte, aber seit wann fragte man nicht mehr, bevor man Nummern weitergab?

Genervt, wie ich schon wieder – oder immer noch - war, legte ich mein Handy auf den Nachttisch und kuschelte mich unter die Decke, in der Hoffnung, einschlafen zu können. Doch, als würde jemand etwas dagegen haben, ließ das Brummen meines Handys mich nicht zur Ruhe kommen. Ich erkannte am mehrmaligen Vibrieren den Eingang weiterer Nachrichten.

Gerade als ich danach greifen und es komplett lautlos stellen wollte, wurde es ruhig. Seufzend sank mein Kopf tiefer in das weiche Kissen und meine Glieder entspannten sich. In dem Moment meldete sich erneut vibrierend mein Handy, diesmal war es ein Anruf. Während ich noch überlegte, ob ich drangehen, das Handy ausschalten oder gegen die Wand schmeißen sollte, hörte das Brummen auf. Nur um kurz darauf wieder loszulegen. *Da ist aber jemand hartnäckig.* Genervt trat ich meine Decke zurück und griff nach dem Handy.

Ohne auf den Namen des Anrufers zu achten, drückte ich auf den grünen Button. „Was ist?", schrie ich meinen Gesprächspartner an.

„Mary? Ist alles okay?"

Oh … Fay. Sie klang irritiert, fast schon fassungslos.

„Sorry. Ja, alles bestens", log ich ein wenig zu offensichtlich.

„Bist du zu Hause?"

Was sollte diese dumme Frage? „Ja klar, in meinem Bett. Wo sonst?"

„Ach, ich weiß auch nicht. Chris hat mich angerufen und gemeint, irgendetwas stimmt nicht mit dir. Er hat sich Sorgen gemacht. Und da du nicht auf meine Anrufe und Nachrichten reagiert hast, obwohl du online warst, wurde ich auch unruhig. Ist wirklich alles okay? Soll ich vorbeikommen?"

Ihre offenkundige Besorgnis rührte mich, aber es war nichts. Nichts, was sich nicht mit ausreichend Schlaf begradigt hätte.

„Nein, mir geht es wirklich gut, Fay. Mach dir keine Gedanken. Ich bin nur müde und melde mich bei dir, wenn ich wach bin. Hab dich lieb."

Sie stimmte zu, klang dabei jedoch wenig überzeugt. Was war nur mit denen los? Wieder vibrierte mein Handy und ich las die Nachrichten, die eingetrudelt waren. Alle kamen von der unbekannten Nummer:

Ist alles okay bei dir?

Und auch die nächsten Nachrichten beinhalteten nicht mehr Informationen. Nur die letzte stach heraus:

Ich weiß, das alles muss dir komisch vorkommen. Wir haben uns heute erst kennengelernt und doch hatte ich von Anfang an das Gefühl, dich zu kennen. Ich klinge wahrscheinlich wie ein Spinner, aber es ist wirklich so. Und als ich dann diesen Typen mit dir viel zu aufdringlich tanzen gesehen habe, sind mir einfach ein paar Sicherungen durchgebrannt. Ich konnte nicht zulassen, dass dich jemand auf diese Weise anfasst. Noch weniger konnte ich begreifen, dass dir das nichts auszumachen schien. Es tut mir leid, dich bedrängt und dem ausgesetzt zu haben. Ich hoffe, du kannst mir verzeihen.

Erneut fiel mir nichts ein, was ich hätte antworten können. Ich schaltete mein Handy aus, legte es weg und kuschelte mich unter der Bettdecke ein. Kurz darauf war ich eingeschlafen.

***

Am nächsten Morgen erwachte ich ohne eine Erinnerung, überhaupt geschlafen oder geträumt zu haben. Und genau so war es immer, seit dem Tag bei dem merkwürdigen Arzt, den meine Adoptiveltern mit mir aufgesucht hatten. So kannte ich das Aufwachen. Nicht das, was in der Nacht geschehen war.

Mit hängenden Schultern schlurfte ich in die Küche und ließ die Kaffeemaschine ihren Dienst verrichten. Während sie die Milch erhitzte und mir dann einen Cappuccino ausspuckte, räumte ich ein wenig auf. In meiner Wohnung fand sich immer etwas, was weggeräumt gehörte.

Ich trank die Tasse aus und ein Blick auf die Uhr verriet mir, dass ich viel weniger geschlafen hatte, als ich wollte. Wir hatten erst halb acht. Viel zu früh für einen Samstagmorgen. Spontan warf ich all meine Pläne für heute um – nicht, dass ich viele gehabt hätte. Tatsächlich stand nur Einkaufen auf meiner To-do-Liste. Und definitiv nicht joggen. Dennoch zog ich meine

Sportklamotten an, die in meinem Schrank eher ein staubiges Dasein führten, und verließ die Wohnung.

Mein Körper drängte ungewöhnlicherweise nach Luft und Bewegung. Um einen freien Kopf zu bekommen, joggte ich eher schlecht als recht durch den Park in der Nähe meiner Wohnung. Ich genoss das Grün der Wiese und das bunte Laub der Blätter an diesem Herbstmorgen. Ich malte mir aus, wie Chris in dieser Umgebung ausgesehen hätte. Wahrscheinlich genauso perfekt wie gestern. Ich konnte mir kaum vorstellen, dass er einmal nicht perfekt wirkte. Ich schüttelte dumm grinsend den Kopf und lief weiter.

Reiß dich zusammen, Mary, du kennst ihn doch gar nicht.

Grummelnd versuchte ich, Chris in meinen Gedanken zu sortieren, vor allem sein Verhalten. Klar kannte ich ihn kaum bis gar nicht. Doch war nicht abzustreiten, dass auch ich von ihm überwältigt gewesen war. Und irgendwie war es sogar ein bisschen wie Liebe auf den ersten Blick, nur noch intensiver. Auch ich spürte, dass uns etwas verband, konnte es aber nicht in Worte fassen und wollte dem nicht zu viel Gewicht beimessen. Obwohl Chris permanent in meinen Gedanken hin und her rannte und jeder mit einem kribbelnden Gefühl in der Magengegend einherging, wollte ich es nicht wahrhaben. Die Empfindungen, die er mir entlockte, waren mit viel Angst verbunden.

Irgendetwas stellte Chris mit mir an. Es war, als würde er mit einem kleinen Wort meine Mauern erzittern lassen und schließlich einreißen. Mauern, die mich vor mir selbst versteckten und die ich so dringend brauchte, um zu leben. Wie sonst hatte er es geschafft, mich nachdenken zu lassen? Chris zeigte mir meinen eigenen Schmerz, obwohl er ihn nicht kennen konnte. Woher denn auch? Immerhin kannten wir uns nicht.

Wie bei so vielem, was ich tat, joggte ich auch wie in Trance. Ich bekam meine Außenwelt kaum mit, versank ganz in meiner mir vertrauten Gedankenwelt, in der es nur den grauen Alltag gab. In der ich nicht der komische Freak war, der immer und überall aneckte. Nicht der Einzelgänger oder Miesepeter. Eigentlich träumte ich mich dann in ein anderes Leben. Eines ohne diese ganze verschrobene Geschichte mit meinen *Eltern* oder dem ausgedachten Freund. Einfach ein normales Mädchen, das das Leben liebte und lebte, wie es ihr gefiel.

Bäume zogen an mir vorbei oder ich an ihnen. Der Boden unter meinen Füßen war das Natürlichste der Welt, mein ständiger Begleiter. Ich genoss den Widerhall meiner Schritte in meinen Muskeln und Knochen.

Ich war so tief mit meinen Gedanken abgedriftet, dass ich nur durch Zufall bemerkte, wie mich jemand beschimpfte. Noch im Laufen drehte ich mich um und rannte rückwärts weiter. Ein Bettler, der an einer Parkbank stand und wild gestikulierte, sah mir aufgebracht hinterher. Komische Menschen. Was hatte ihn nur so aus der Haut fahren lassen? Ich blickte mich um, entdeckte aber außer mir niemanden. Ich hatte ihm doch nichts getan. Dennoch schien er mich mit seinen Gesten zu meinen.

Schulterzuckend drehte ich mich um und setzte zum Endspurt an. Ich sprintete, so weit meine Muskeln mich ließen, rannte an den bunten Ahornbäumen vorbei, deren Wipfel sich leicht im Wind bewegten. Hin und wieder flogen einige Blätter herum und glitten spielerisch zu Boden. Ich entdeckte ein Eichhörnchen, das über die Wiese zum nächsten Baum huschte, und genoss die kühle Luft auf meinem Gesicht. Ich spürte, wie meine Muskeln zu übersäuern begannen, und drosselte mein Tempo. Langsam lief ich aus und blieb an der nächsten Bank stehen, um mich zu dehnen. Während ich meine Übungen akribisch nacheinander durchratterte, begann mein Kopf von Neuem zu arbeiten.

Genervt schnaubte ich und setzte mich auf die Bank. Mein Blick wanderte durch den Park und blieb an einem Schatten hängen, den ich unter einem Baum nicht weit entfernt von mir ausmachte. Als ich ihn näher betrachten wollte, war er jedoch verschwunden. Gänsehaut bildete sich auf meinen Armen und zog von da aus einmal über meinen gesamten Rücken. Wie von einer Hornisse gestochen, sprang ich auf und joggte im straffen Tempo nach Hause.

Vor dem Wohnhaus, in dem ich lebte, wartete die nächste Überraschung auf mich: Chris stand lässig an die Wand gelehnt neben der Eingangstür. Die Hände in die Taschen geschoben, sah er aus, als fror er. Wartete er schon lange dort? Was machte er hier? Als er mich bemerkte, stellte er sich aufrechter hin und blickte mir tief in die Augen.

„Was machst du hier?", fuhr ich ihn patzig an, bevor er auch nur einen Ton über die Lippen bringen konnte.

Chris zuckte zurück. Er hatte offenbar mit einer freudigeren Reaktion gerechnet. Auch ich wünschte mir, ich hätte etwas anderes getan, doch ich kam schwer aus meiner Haut und hielt Menschen erst einmal auf Abstand.

Kurz senkte er den Kopf. „Mary, bitte. Können wir reden?", brachte er zaghaft hervor, als würde er seine Worte sorgfältig wählen.

„Ich weiß nicht, worüber wir reden sollten." Ich gab mich härter, als ich gerade war.

Chris rüttelte erneut an meinen Mauern und das mit seiner bloßen Anwesenheit. Den Kloß in meinem Hals schluckte ich hinunter und versuchte, stark zu bleiben. Das Schlimmste war, dass ich mich von ihm gesehen fühlte, obwohl wir uns nicht kannten. Auf einer Ebene wahrgenommen, die ich lange für verloren geglaubt hatte. Ebenso wie meine Träume.

„Ich weiß, dass es mir nicht zusteht. Aber darf ich kurz reinkommen? Ich möchte mein Verhalten erklären."

Es war offensichtlich, dass er sich nicht abschütteln lassen würde, also schloss ich die Haustür auf und bedeutete ihm, einzutreten. Schweigend liefen wir die Treppen hoch. Da ich in dem etwas günstigeren Teil von Livingsten lebte, hatte das Wohnhaus nicht einmal einen Fahrstuhl. Nach meiner kleinen Trainingseinheit verfluchte ich das Haus dafür. Kurz darauf betraten wir meine Wohnung.

Unbeholfen stand Chris im Flur und wartete darauf, dass ich vorging. Ich tat ihm den Gefallen, lief in die Küche und bot ihm einen Stuhl am Esstisch an. Er sollte es sich nicht gemütlich machen, sondern sein Zeug vortragen und direkt gehen. Denn obwohl er mein Innerstes aufwühlte – oder gerade deswegen – musste er schnell verschwinden.

Ich fürchtete mich vor dem, was er aus mir herausholen würde. Was ich vielleicht nicht mehr wegstecken könnte. Zugleich hatte ich Angst davor, wenn Chris nicht mehr da sein sollte. Wenn er mich wie all die anderen Menschen verließ. Resigniert drehte ich mich um, während er sich setzte. Ich ging zum Kühlschrank, um mir eine Wasserflasche zu schnappen, und leerte sie in einem Zug.

„Möchtest du auch was trinken?", fragte ich der Höflichkeit halber, sah Chris dabei aber so böse an, damit er es nicht wagte, anzunehmen.

„Nein, danke."

Während ich ihn betrachtete, pulte ich nervös am Etikett der Flasche. Um wenigstens etwas zu tun und mich abzulenken. Unruhig rutschte mein unerwarteter Besucher auf dem Stuhl hin und her.

„Was willst du hier, Chris?"

„Ich mache mir Sorgen um dich."

Ich lachte lauthals und abfällig. „Das ist Schwachsinn. Du kennst mich gar nicht. Wieso solltest du dir also Sorgen um mich machen? Und warum überhaupt? Mir geht es gut."

„Das sehe ich anders." Er verschränkte die Arme vor der Brust und seine braunen Augen brannten sich in meine. Ein Schatten zog durch seine Iriden, verdunkelte sie kurzzeitig, und ich sah gebannt dabei zu, wie er verschwand. „Ich fühle, dass dich etwas belastet. Und dabei gehst du viel zu unbedarft an Dinge heran. Es ist, als wäre dir alles egal. Als wäre es dir egal, falls dir etwas zustößt. Oder als wären dir die Risiken nicht bewusst."

Treffer! Mein Herz stolperte kurz. Woher nahm er dieses Gefühl? Woher sollte er wissen, was in meinem Kopf vor sich ging?

„So ein Unsinn. Und selbst wenn es so wäre, geht es dich nichts an." So langsam wurde ich sauer. Wir kannten uns keine vierundzwanzig Stunden und schon meinte er, mich analysiert zu haben? Auch wenn er damit recht hatte, durfte er sich so ein Urteil nach so kurzer Zeit nicht erlauben. „Und was genau sollte ich deiner Meinung nach tun?"

„Auf dich Acht geben."

„Ich passe genug auf mich auf. Es ist ja nichts passiert."

Durch Chris' angespannten Kiefermuskel und der steilen Falte auf seiner Stirn konnte ich erahnen, dass ihm bald der Geduldsfaden riss.

„Mary, ist das dein Ernst? Du und auf dich aufpassen? Du bist wie eine Wahnsinnige vorhin an mir vorbeigejoggt und hast mich nicht mal bemerkt. Dabei hättest du mich fast umgerannt. Der Penner auf der Bank hat dich beschimpft, weil du auch ihn beinahe umgenietet hättest. Wer weiß, was passiert wäre, wenn noch mehr Menschen im Park gewesen wären. Und wer weiß, was geschehen wäre, wenn ich gestern Abend nicht eingegriffen hätte. Wer weiß, was der Typ dann alles mit dir hätte anstellen können, bevor du auch nur bemerkt hättest, was da eigentlich gerade läuft. Merkst du es nicht?" Eine kurze Pause entstand. „Selbst Fay macht sich Sorgen. Sie kann sich nicht erklären, was da gestern passiert ist. Bevor ich hergekommen bin, habe ich mit ihr geredet. Ich wollte begreifen, was das alles bedeutet. Ob dir schon öfter so etwas widerfahren ist. Doch Fays Ausführungen nach war es das erste Mal." Chris sah mich durchdringend an. „Ich habe ihr nichts von dem gesagt, was nach der *Schachtel* passiert ist, weil ich sie nicht beunruhigen wollte. Doch wenn selbst deine beste Freundin von all dem nichts weiß … Mary, ich versteh das nicht. Ist dir dein Leben etwa egal?"

Ich antwortete nicht direkt, überlegte, wie ich sinnvoll einen Satz anfangen sollte, und bekam doch keinen heraus. Während ich nach etwas suchte, das die Situation von gestern entschärfen konnte, beobachtete ich Chris. Ich bemerkte die Muskeln seiner verschränkten Arme, die durch sein eng anliegendes Shirt besonders auffällig waren. Ich betrachtete seinen imposanten Oberkörper und versuchte, währenddessen nicht selbst die Geduld zu verlieren. So ganz gelang es mir nicht.

„Ich weiß nicht, was du von mir willst, Chris. Ich höre zwar, was du sagst, aber ich verstehe es nicht." Ich atmete tief ein und wir begannen zeitgleich zu sprechen.

„Weil ich sehe, dass etwas nicht stimmt", sagte Chris, während ich gleichzeitig ausholte: „Und warum machst *du* dir Sorgen um mich? Bist du vielleicht etwas empfindlich?" Ups …

Verdattert sah ich zu, wie Chris aufstand, den Tisch umrundete und sich vor mir aufbaute. Ich stieß mit meinem Po gegen den Küchenschrank, während er seine Hände links und rechts neben mir auf die Arbeitsfläche abstützte. Ich hatte keine Chance zu entkommen. Chris schnaubte vor Wut, seine Körperwärme brannte fast auf meiner Haut, so nah war er mir. Um ihm weiterhin in die Augen sehen zu können, musste ich den Kopf in den Nacken legen. Und in ihnen sah ich, was ich auch körperlich spürte. Sie brannten vor Zorn.

„Ich bin weiß Gott vieles, Mary, aber nicht empfindlich." Er knurrte, wie gestern im Club.

Ich bekam es mit der Angst zu tun. Nicht die Angst vor Chris, sondern davor, was er mit mir anstellte. Mit meinem Inneren. Er musste verschwinden. Sofort! Ich konnte nicht zulassen, dass er diese Grenze überschritt. Dass er mich hinter meiner Mauer hervorholte, damit ich sah und spürte, was um mich herum geschah. Dass ich merkte, dass ich anderen etwas bedeuten konnte.

Die Schultern senkend flüsterte ich „Geh" und hoffte, dass er es tat. Ich ertrug seinen Anblick nicht, seinen Zorn, seine Vorwürfe. All das hatte ich schon erlebt. Lange bevor er in mein Leben trat. Diese Blicke verfolgten mich bereits mein ganzes Leben. Ich konnte und wollte mich nicht mit dem auseinandersetzen, was er in mir sah. Was ich tief in mir spürte. Was ich so lange in meinem Innern verschlossen hatte.

Als Chris sich nicht regte, senkte ich den Blick und wiederholte meinen Wunsch etwas lauter. „Verschwinde und lass mich in Ruhe."

Er zuckte zurück. Chris hatte offenbar verstanden, dass er eine Grenze überschritten hatte. Einen Schritt gewagt hatte, der ihm nicht zustand. Ich schloss ihn aus und wandte den Kopf ab.

„Verdammt!" Er trat einen Schritt zurück. „Mary, lass es mich erklären, bitte." Chris fuhr sich mit der Hand durch sein Haar, suchte offenbar nach den richtigen Worten. Ohne zu wissen, dass er diese nicht finden konnte. Egal, welche er zu finden vermochte, keines davon würde ich zu mir durchlassen.

„Es tut mir leid, wirklich." Zaghaft drang seine Stimme zu mir durch. Wie ein geprügelter Hund stand er vor mir und hoffte auf Vergebung. Doch von mir würde er sie nicht bekommen.

Chris kam mir zu nahe, nicht nur körperlich. Er wühlte Dinge auf, die ich in einem komplizierten Schachtelsystem in mir verschanzt hatte. Wieso er Zugang dazu hatte, war mir schleierhaft. Ein Grund mehr, ihn fortzuschicken. Egal, wie meine Gefühle für ihn aussehen mochten. Wie sehr ich mich zu ihm hingezogen fühlte. Ich war nicht bereit, die Mauern zu sprengen.

Er versuchte, meinen Blick einzufangen.

Ich bemerkte seine Bemühungen und ließ ihn dennoch auflaufen. „Geh einfach." Ich wartete.

Chris gab sich nach einigen Atemzügen geschlagen, zog sich zurück und ging in Richtung Wohnungstür. Ein letztes Mal drehte er sich mir zu. Vielleicht hoffte er auf ein Einlenken von mir, doch es kam nicht. Trauer und Sorge trübten seinen Blick. Es brach mir das Herz, ihn so zu sehen. Ich ließ es mir aber nicht anmerken. Auch ich wünschte mir, es wäre anders.

Ich beobachtete jeden seiner Schritte, sog seine Bewegungen in mich auf und hoffte, sie nie zu vergessen. Denn ich war mir sicher, ich hatte ihn das letzte Mal gesehen. Kein Mensch ließ sich so vor den Kopf stoßen und kam dann zurück. Als er meine Wohnung verlassen hatte, hatte ich das Gefühl, freier atmen zu können, und gleichzeitig konnte ich es nicht.

Nachdem ich allein war, stieg ich unter die Dusche, um mir den Schweiß, aber auch die Sorgen abzuwaschen. Immer wieder verscheuchte ich währenddessen Chris aus meinen Gedanken. Ich wollte an nichts denken und wusch mich so lange, bis meine Haut vom vielen Schrubben wund wurde. Den Punkt, an dem es in Schmerzen überging, bekam ich nicht mit.

Erst als ich mich abtrocknete, merkte ich, dass ich es übertrieben hatte. Das Handtuch nahm nicht nur das Wasser, sondern auch Hautschuppen und Wundsekret auf. So durcheinander, dass mir das passierte, war ich schon lange nicht mehr gewesen. Fluchend riss ich den Badezimmerschrank auf, holte die Salbe hervor, schmierte sie auf die Arme, die es am schlimmsten getroffen hatte, und zog mich an.

Ich huschte in den Supermarkt um die Ecke, kaufte zwei Packungen Nudeln, Brot, Joghurt, Süßigkeiten, Ketchup und Wasserflaschen, damit ich mich zu Hause verschanzen konnte, ohne zu verhungern, und lief nach Hause. Dort angekommen, schloss ich mich in meiner Wohnung ein.

Einen Teller gekochter Nudeln mit Tomatensoße später verkroch ich mich mit meiner Kuscheldecke auf der Couch. Ich ließ mich von den Bildern aus dem Fernseher berieseln, ohne etwas mitzubekommen. Wahrscheinlich hätte das Haus mit mir zusammenbrechen können, ich hätte es nicht gemerkt.

Was im Fernseher lief, nahm ich nicht wahr. Es waren nur Farben, die sich mischten und neu sortierten. Der Ton waberte wie eine einzige Masse an mir vorbei. Als mein Magen sich knurrend meldete, bewegte ich mich das erste Mal bewusst, ging zum Kühlschrank, holte mir einen Joghurt und eine Tafel Schokolade und setzte mich wieder hin. Mein Handy ignorierte ich geflissentlich. Im Hintergrund hörte ich es immer mal wieder vibrieren. Doch irgendwann war auch das ruhig. Wahrscheinlich war der Akku leer.

Nach etlichen Stunden taten mir vom langen Sitzen alle Knochen und Muskeln weh. Und kurz bevor ich eine Symbiose mit der Couch einzugehen drohte, beschloss ich, mich ins Bett zu verfrachten. Angezogen, wie ich war, legte ich mich auf die Matratze und starrte zur Decke, bis der Schlaf mich übermannte.

***

Wie eine Gejagte sprang ich noch im Halbschlaf aus dem Bett. Meine Augen weit aufgerissen und abermals schweißgebadet sah ich mich suchend um. Irgendetwas hatte mich geweckt und mich erschrocken. Ich sah auf den Wecker. Zwei Uhr siebenunddreißig. *Na klasse.*

Meine Nachttischlampe anknipsend setzte ich mich auf die Bettkante. Immer zur Flucht bereit, versuchte ich, mich zu beruhigen. Doch das gestaltete sich schwieriger als gedacht. Mein Puls wurde nur langsam ruhiger und meine Nervosität machte es nicht einfacher. Denn immer, wenn ich mich auch nur einen Hauch bewegte, meinte ich, im Augenwinkel einen Schatten zu sehen. Etwas, das mich beobachtete, jeden meiner Atemzüge überwachte. Noch nie hatte ich solch ein Gefühl gehabt und es machte mir wahnsinnige Angst. Ich rutschte gänzlich auf mein Bett und presste den Rücken gegen das Kopfteil, um den Raum im Blick zu haben. Es beruhigte mich dennoch nicht. Ganz im Gegenteil. Mein Herz stolperte und fand sich in einem Schraubstock gefangen wieder, während meine Muskeln sich unangenehm anspannten und sich alles in mir zusammenzog.

Es war mir kaum mehr möglich, mich zu bewegen, bis ein leichtes Zittern durch meinen Körper zog. Ich hielt es keine Sekunde länger aus und stellte mich aufs Bett. Ich sprang auf die Tür zu, schaltete das Deckenlicht an und sah mich um. Mein Zimmer war leer, niemand war außer mir hier.

Nichtsdestotrotz ging es mir nicht besser. Egal, was meine Augen mir versicherten, die Angst blieb. War es vielleicht der Nachhall eines Traumes? Ich hatte gelesen, dass sich Träume auch im wachen Zustand noch als Gefühl manifestieren konnten. Doch erlebt hatte ich es noch nie.

Völlig überfordert mit der Situation wurde mein Atem immer hektischer. Mit einem Mal überrollte mich der Drang, aus meiner Wohnung zu fliehen. Das Gefühl, dass mir hier Gefahr drohte, übermannte mich. Also hechtete ich auf die Wohnungstür zu, schnappte mir meine Jacke und meinen Schlüssel und stand wenig später im Park, in dem ich joggen gewesen war.

Nach einigen tiefen Atemzügen, die meine Lunge fluteten, begann ich, mich zu beruhigen. Die Erleichterung, die sich einstellte, als sich mein Herzschlag beruhigte, war eine wahre Wonne. Obwohl es mitten in der Nacht war und ich einsam in diesem dunklen Park stand, fühlte ich mich sicherer.

Irgendetwas hatte mich zu Hause in Panik verfallen lassen, das es hier nicht gab. Ich schloss die Augen, spürte meinem sich verlangsamenden Herzschlag nach und hörte den Wind, der durch die Blätter rauschte. Und ich genoss die Stille der Nacht. Mit jedem Atemzug kamen meine Gedanken Stück für Stück zurück und dann dachte ich noch einmal darüber nach, wo es wohl sicherer gewesen wäre. Hier oder zu Hause.

Meinen Fehler bemerkte ich erst, als es zu spät war. Da ich so aufgebracht und voller Angst geflohen war, hatte ich nicht mehr auf meine Umgebung geachtet und auch nicht darauf, wohin ich eigentlich lief. So landete ich genau dort, wo ich nicht hätte landen sollen.

Ich stand fast neben der Bank, auf der der Bettler sein Nachtlager errichtet hatte. Gerade als ich mich umdrehen und in die entgegengesetzte Richtung fliehen wollte, bemerkte ich, dass er nicht schlief, sondern hellwach war. Er sah mich an, als hätte er mich erwartet, stand ruckartig auf, näherte sich mir wie ein wildes Tier seiner Beute, und baute sich zu seiner vollen Größe auf.

Seine Bewegungen waren abgehackt, er lief, als würden sie ihm schwerfallen. Sein Atem röchelte und seine Augen fixierten mich. Der Bettler durchbohrte mich regelrecht mit seinem Blick und ich konnte mich nicht mehr rühren. Ich starrte ihn mit offenem Mund an, während er direkt vor mir zum Stehen kam.

Das konnte jetzt nicht wahr sein! Es war wie in einem Horrorfilm. Nur dass ich nicht der Zuschauer war. Obwohl es stockdunkel war und im Park keine Lampen angebracht waren, konnte ich den Alten gut erkennen. Viel zu gut. Seine Augen leuchteten mir gefährlich entgegen. Ein Schimmern durchzog sie, als würde sich eine giftige Flüssigkeit in ihnen bewegen.

Es war … unheilvoll. Aber nicht nur das, die Aura, die ihn umgab, spürte ich körperlich. Sie griff nach mir und verhieß, großen Schaden anzurichten. Es war, als würde er mir zeigen wollen, wer der Stärkere von uns beiden war.

Träumte ich? Konnte das hier passieren, während man schlief? Ich hatte keine Ahnung. Meine Angst fühlte sich real an. So unnachgiebig, so allumfassend. Egal, ob Traum oder nicht.

Mir wurde schnell bewusst, dass nicht ich die Stärkere war. Ich schluckte und versuchte, Worte zu finden, um mich bei dem Bettler für die nächtliche Störung zu entschuldigen. Zeitgleich suchte ich in meinen Gedanken nach einer rationalen Erklärung für sein Verhalten.

Denn in all dem, was ich mir ausmalte, kam ich zu keinem anderen Schluss, als dass ich ihn geweckt hatte und er mich deswegen so hasserfüllt anstarrte. Wieso musste er mir solche Angst einjagen? Obwohl, na ja, seine Reaktion darauf war etwas überzogen.

Es wurde alles immer bizarrer, denn trotz der späten Stunde wirkte er keineswegs verschlafen. Stattdessen sah er aus wie das blühende Leben. Seine dunklen Haare waren ordentlich frisiert und sein maßgeschneiderter Anzug saß perfekt und war weder zerrissen noch beschmutzt. Noch nie hatte ich einen Bettler in solch edlen Klamotten gesehen. Langsamen Schrittes kam er auf mich zu und das Gefühl, dass hier etwas nicht stimmte, kroch immer tiefer in meine Knochen.

„Entschuldigen Sie die Störung. Ich wollte Sie nicht wecken", sagte ich schüchtern.

Sein Gesicht verzog sich zu einer bizarren Fratze. Irgendetwas zwischen Schmunzeln und Wut. Zeitgleich jagte eine erneute Angstwelle durch meinen Körper und ließ meine Haare zu Berge stehen. Was geschah hier?

„Ich habe lange nach dir gesucht und ebenso lange habe ich darauf gewartet, dass wir uns endlich ungestört unterhalten können, Mary."

Meine Augen weiteten sich. Woher kannte er meinen Namen? Was ging hier vor? Wer war er? Er stand nun direkt vor mir und sah mich abwartend an.

„Was ... was wollen Sie von mir?" Vorsichtig zog ich meinen rechten Fuß zurück, um mich von ihm zu entfernen. Ich verstand gar nichts mehr.

Mich genau beobachtend legte er den Kopf schief. „Ich will nur, was man mir vor langer Zeit genommen hat, Kleines. Du wirst gar nicht merken, dass es fort ist." Wieder setzte er sich in Bewegung und umrundete mich, als wäre ich ein Stück Vieh, dessen Wert er abschätzte. Erneut lag da dieses Schmunzeln auf seinen Lippen, als er sagte: „Aber das, was du von mir geschenkt bekommst, wirst du merken. Es tut mir leid." Nach einer dramatischen Pause setzte er fort: „Na ja, nein. Es tut mir nicht leid."

Ein dunkles Lachen drang aus seiner Kehle, während ich panisch versuchte, einen Ausweg aus dem zu finden, was auch immer hier passierte. Ich verstand kein Wort von dem, was der Kerl sagte, wusste aber, dass er nicht zu Scherzen aufgelegt war. Er meinte es ernst. Ohne weiter darüber nachzudenken, drehte ich mich um und rannte weg. Hinter meinem Rücken vernahm ich ein tiefes Grollen, gefolgt von einem Schnippen. Der Ton war kaum verhallt, da stand der Kerl wieder vor mir.

Genervt sah er mir entgegen. „Versteh doch. Heute wird dir keiner zu Hilfe kommen. Lass es uns einfach hinter uns bringen." Er baute sich erneut bedrohlich vor mir auf. Etwas, das aussah wie dunkelgrüner Nebel, spannte sich um ihn herum auf. Es streckte sich immer weiter in meine Richtung aus.

Meine Beinmuskeln anspannend wollte ich losrennen, schneller als ich es jemals getan hatte. Doch bevor sich auch nur der kleinste Muskel gerührt hatte, umschloss mich der Nebel und hielt mich an Ort und Stelle gefangen. Das Lachen des Bettlers hallte in meinem Körper wider. Er hatte eine Verbindung zu mir aufgebaut.

„Das muss ein Missverständnis sein. Ich kenne Sie nicht. Bitte", flehte ich ihn an und versuchte mit allen Mitteln, der Situation zu entgehen. Ich wehrte mich und trat gegen die unsichtbaren Fesseln an. Ohne Erfolg.

„Nein, Kleines, das ist kein Missverständnis. Ich spüre den Teil von mir in dir. Gib ihn frei, er steht dir nicht zu."

Mit jedem Wort, das er sprach, wurde er wütender, seine Aussprache undeutlicher. Speichel traf auf meine Haut, als er mir so nah war, dass sich unsere Nasen fast berührten. Sein stinkender Atem fuhr über mein Gesicht. Mir wurde übel, doch ich konnte mich nicht bewegen. Nicht einmal den Kopf zur Seite drehen. Ich war ihm vollständig ausgeliefert. In mir zog sich alles zusammen.

Während ich mein Gegenüber aus großen Augen betrachtete, schnürte mir meine Angst die Luft ab. „Bist du wirklich so naiv und glaubst, dass ich darauf hereinfalle? Du kannst mir nicht entkommen."

Nachdem ich keine Anstalten machte, auf ihn zu reagieren, weil ich auch nicht wusste, was er von mir wollte, packte er mich unsanft an den Schultern. Ich wollte mich wegdrehen, doch ich hatte wegen des Nebels keine Chance. Mit einem Grinsen legte er seine Stirn gegen meine und sah mir dabei in die Augen. Seine grünen Iriden bohrten sich in meine. Ein schwarzer Schleicher zog über sie. Wie ein Blitz durchzog mich der Schmerz, mein Blick flackerte.

„Was mein war, sei mein,
was mir genommen, komm zurück.
Nimm dieses hier als dein
und genieße es Stück für Stück."

Ein Sog entstand in meinem Inneren. Wie eine pulsierende Macht drang etwas durch mich hindurch, sammelte hier und da einen Teil von mir ein und zerriss mich. Heiß kochte das Blut in meinen Adern. Jeder Nerv stand unter Strom, bis aufs Äußerste gereizt. Mikroskopisch kleine Partikel meiner selbst bündelten sich hinter meiner Stirn.

Unter grausamen Schmerzen verließ dieses Etwas am Berührungspunkt mit dem Bettler meinen Körper. Ich keuchte gequält auf und gerade, als ich dachte, es könnte nicht mehr schlimmer kommen, spürte ich die Steigerung bereits. Etwas anderes, etwas Bedrohliches, drang in mich ein und füllte die Lücken, die eben entstanden waren.

Erinnerungen an eine Arztpraxis, einen alten Mann und merkwürdige Gerätschaften sprengten meinen Verstand. Ich hatte das hier schon einmal erlebt. Im Geiste sah ich die fünfjährige Mary, mit vor Schock geweiteten Augen, sank auf die Knie und verlor das Bewusstsein.

Kapitel 3

Keine Ahnung, wie lange ich weggetreten war, aber als ich wach wurde, fand ich mich auf dem Boden liegend wieder. Was machte ich hier? Wie war ich hergekommen? Verwirrt, wie ich war, versuchte ich, mich aufzusetzen, scheiterte jedoch kläglich. Einzig mein Kopf hatte sich einige Zentimeter vom Boden erhoben. Mein Körper war schwer, die Gedanken träge.

Als würde ich aus Stein bestehen, bekam ich keine Bewegung in meine Knochen. Meine Muskeln streikten. Resigniert blieb ich liegen. Die Augen auf die dunklen Wolken gerichtet, dachte ich darüber nach, was wohl geschehen war. Ich erinnerte mich nicht. An nichts. Nicht an die einfachsten Dinge. Zwar funktionierte mein Körper, doch mein Gefühl war wie verschluckt. Alles war wie betäubt. Ich wusste, ich lag irgendwo, sonst hätte ich nicht in den Himmel gestarrt, ohne den Kopf zu verrenken, doch spüren tat ich es nicht.

Obwohl ich nicht verstand, was das alles zu bedeuten hatte, war ich ruhig. Und nicht nur ich. Auch die Umgebung war gespenstisch still. Ich beobachtete die Wolken beim Vorbeiziehen und konzentrierte mich auf meinen Atem, während ich nach dem Gespür für meinen Körper suchte.

Als ich nach einiger Zeit mehrere Stimmen meinen Namen rufen hörte, fuhr ein Ruck durch mich hindurch und mein Verstand setzte ein. Er begann zusammenzusetzen, was eindeutig war. Nach dem Stand der Sonne zu urteilen, hatten wir schon Mittag. Wieso hatte mich bis jetzt keiner gefunden? Wieso war es so verdammt still hier? Die Augen weiter gen Himmel gerichtet, verschwamm mir wieder und wieder die Sicht. Als ich blinzelte und auf den Augenlidern die Tropfen fühlte, wurde mir klar, dass es nieselte. Wahrscheinlich schon etwas länger, denn ich war bis auf die Knochen nass. Ein Schauer raste über meine Haut, als wieder alle Nervenenden Impulse meldeten. Vor Kälte zitterte ich wie Espenlaub. Das Gefühl für meinen Körper war zurück. Nun spürte ich den Boden unter mir, das Gras an meinen Fingern und die Pfütze an meiner linken Wade, die mein Hosenbein tränkte.

Immer wieder riss mich mein gerufener Name aus meinen Gedanken. Ich konnte nicht antworten, nicht auf mich aufmerksam machen. Noch war ich nicht ganz wieder da. Als ich abermals in meine Gedankenwelt abzudriften drohte, entdeckte ich aus dem Augenwinkel eine mir bekannte Gestalt. Fay rannte auf mich zu.

Bei mir angekommen, ließ sie sich auf die Knie fallen und sah mich besorgt an. Ihre Hände irrten über meinen Körper, ohne mich jedoch zu berühren. Ganz die Krankenschwester, die sie war, fasste sie mich nicht an. Sie sah zerzaust aus. Ihre Haare fielen ihr ungekämmt über die Schultern, als sie sich zu mir herunterbeugte. Ihre Augen sprachen von großer Sorge, die Ränder, der Glanz und die dunklen Ringe darunter ließen vermuten, dass sie die Situation aufwühlte. Ich war nicht verletzt, zumindest nicht körperlich.

„Ist alles okay? Was machst du hier?"

Sobald ich versuchte, mir diese Fragen selbst zu beantworten, schwirrte mir der Kopf.

„Hier!", rief Fay über ihre Schulter. „Ich hab sie gefunden!"

Ich wollte ihr so gerne ihre Sorgen nehmen, bekam die Worte, die mir auf der Zunge lagen, aber nicht heraus. Sie steckten fest, genau wie ich in diesem Zustand. Ich hatte die Kontrolle verloren, mein Körper wollte mir nicht gehorchen. Letztendlich sah ich Fay nur aus großen Augen an und wusste keine Antwort.

Vorsichtig richtete sie mich auf, immer darauf bedacht, mich nicht zu verletzen. Während sie mir half, erkannte ich hinter Fay zwei weitere Gestalten, die sich uns mit schnellen Schritten näherten. Chris und Mark. Auch die beiden sahen aus, als wären sie schon länger unterwegs. Alle drei waren durchnässt, zerzaust und hatten diesen gehetzten Blick.

„Mary? Mary!"

Ich glaube, es war Chris' Stimme, die eine Antwort forderte. Den Kopf schüttelnd, um klar denken zu können, sah ich ihn an. Fay nahm mein Gesicht in ihre Hände und zog somit meine Aufmerksamkeit auf sich. „Sieh mich an, Mary", sagte sie sanft, aber bestimmt.

Und es half. Das mit dem Ansehen klappte allerdings nicht so richtig. Obwohl ich in ihre Richtung sah, konnte ich sie nicht fokussieren. Ich starrte irgendwie durch sie hindurch. Fay versuchte sanft, mich zum Aufstehen zu bewegen, doch es war chancenlos. Meine Beine wollten dem Befehl, aufzustehen, nicht Folge leisten. Es war, als wäre ich am Boden festgetackert.

Klein anfangen, Mary. Eins nach dem anderen.

Mit Fokus und Willen fand ich endlich meine Stimme wieder und auch mein Blick war nicht mehr verzerrt. Ich sah meine Freunde an. Und da mein schlechtes Gewissen mich beinahe aufzufressen drohte, tat ich das, was ich am besten konnte: Ich machte die Situation klein und beruhigte mein Umfeld.

„Mir geht es gut", log ich mit brüchiger, mich verratender Stimme. Doch ich wusste nichts Besseres. Ich hatte nicht einmal eine Ahnung, was ich hier machte und wie ich hierhergekommen war.

Chris und Mark erreichten uns. Mark blieb im Hintergrund, als würde er den beiden Ersthelfern genügend Platz lassen wollen.

Chris sank ebenfalls neben mir auf die Knie und sah mich prüfend an, bevor er Fay fragte: „Was hat sie? Wieso ist sie hier?" Sorgenvoll betrachtete er mich, fuhr mit seinem Blick jeden Zentimeter meines Körpers entlang.

Eine Gänsehaut lief zusätzlich zu der Kälte über meine Haut. Wie musste ich auf sie wirken? Genau wie Fay suchte Chris nach Verletzungen, aber ebenso wie sie würde er keine offensichtlichen finden. Meinem Gefühl nach zu urteilen, das in meine Glieder zurückgekehrt war, war ich zumindest nicht physisch verletzt. Ich bebte vor Kälte und weil die Erkenntnis in mir aufflackerte, dass irgendetwas nicht stimmte. Dass es einen Grund haben musste, warum ich hier gelegen hatte. Allein.

„Lasst sie uns erst einmal nach Hause bringen." Fay erhob sich langsam. „Mary, kannst du aufstehen?" Die letzten Worte richtete Fay an mich und sah mich abwartend an. Keine Berührungen, kein bohrender Blick. Die Angst, etwas Falsches zu sagen, sprang mir aus ihren Augen entgegen. Sie behandelte mich wie ein rohes Ei.

Nach einem erneuten gescheiterten Versuch, aufzustehen, hob Chris mich kurzerhand in seine starken Arme. Eine Hand an meinem Rücken und die eine unter meinen Knien, trug er mich, als würde ich nichts wiegen. Es fühlte sich tröstlich und zugleich völlig falsch an. Ich wollte ihn eigentlich auf Abstand halten. Doch die Geborgenheit und Sicherheit, die allein durch seine Nähe in meinem Herzen wuchs, machte es mir schwer. Selbst die dicksten Mauern konnten dem nicht widerstehen. Ich ließ meinen Kopf gegen seine nasse Brust sinken und war nach einigen Schritten eingeschlafen.

***

Als ich das nächste Mal die Augen aufschlug, lag ich in meinem Bett, zugedeckt bis zum Kinn. Ich versuchte, mich aufzurichten, wurde aber prompt mit sanftem Druck zurück auf die Kissen geschoben. Chris saß mit sorgenvoller Miene neben meinem Bett. Schnell senkte ich den Blick, zu beschämt darüber, seine Nähe so genossen zu haben. Es war mir peinlich, in seinen Armen eingeschlafen zu sein. Noch viel schlimmer war, dass ich überhaupt in seinen Armen hatte liegen müssen. Was war nur geschehen?

„Mary?" Seine Stimme klang abgekämpft und traurig. „Was ist dort draußen passiert? Hat dir jemand wehgetan?"

Doch ich hatte keine Antworten. Wie denn auch, wenn ich selbst keine hatte? So zog ich es vor, mich von ihm wegzudrehen und die Decke über den Kopf zu ziehen.

„Bitte rede mit mir", flehte er mich an und legte seine Hand behutsam auf meine Schulter.

Ich überprüfte meine Mauern, festigte sie und machte sie noch stabiler. Ich wollte nicht, dass er mitbekam, was in mir vorging. Chris schien eh viel zu viel zu spüren. Als ich nicht auf ihn reagierte, stand er auf und umrundete das Bett. Er hockte sich vor mich auf den Boden und war nun mit meinem Kopf auf einer Höhe. Er sah mir in die Augen, suchte in meinem Blick offenbar nach Antworten.

Seine Kleidung war trocken und auch ich fühlte mich nicht mehr nass an. Sogar die Kälte hat Platz für wohlige Wärme gemacht. Wie lange hatte ich geschlafen und wer hatte mich umgezogen? Hilflosigkeit übermannte mich. Es war so viel geschehen, dass ich nicht wusste, an mir vorbeigezogen war und Fragen aufwarf.

Nach und nach verschwamm Chris' Gesicht vor meinen Augen und erst, als ich seine Hand an meiner Wange spürte, verstand ich, dass ich weinte. Er legte sich zu mir aufs Bett, schob die Decke ein wenig zurück und zog mich auf sich. Obwohl ich es nicht wollte, schmiegte ich mich eng an ihn. Er zog die Decke über uns. Sie umhüllte uns wie ein schützender Kokon. Ich schlang die Arme um Chris und ließ keinen Millimeter Platz zwischen uns. So suchte ich Schutz bei dem Mann, der mich scheinbar verstand, ohne mich zu kennen. Der mich sah, ohne zu urteilen, und der mir helfen wollte, obwohl er nicht wusste, was eigentlich los war.

Ich hörte seinen Herzschlag und mein Herz schlug im selben Takt, es passte sich an. Ich sog alles in mich auf. Das Gefühl der Geborgenheit, das er mir allein durch seine Anwesenheit schenkte. Es ließ eine wohlige Wärme in mir aufsteigen und verdrängte die Kälte der Erinnerungen, die noch fehlten. Die Sicherheit, mit der er mich hielt. Und ich wusste, meine Seele lag sanft und beschützt in seinen Armen. Ich konnte trotz dem, was auch immer passiert war, atmen. Mein Verstand suchte derweil nach den Lücken, die mein Gedächtnis überfallen hatten. Irgendwo mussten sie sein.

Ich war froh, dass Chris nicht weiter nachbohrte, genoss seine Nähe und seine Arme um meinen Körper. Ich sog seinen Duft ein und ließ ihn meinen Verstand anhalten, meine Seele umschmeicheln und mein Herz bremsen. Wäre ich dem Ganzen, was vorgefallen war, entkommen, wenn ich Chris gestern nicht weggeschickt hätte?

Während ich immer wieder von Schluchzern durchzuckt wurde, strich er mir tröstend über den Rücken. Er summte eine mir unbekannte Melodie. Ohne viel Zutun beruhigte er meine Seele und war einfach für mich da. „Alles ist gut, Mary. Es kann dir nichts passieren."

Ein paar Atemzüge später entspannte ich mich. Das Schluchzen ebbte ab, mein Atem wurde ruhiger.

Nach einer Ewigkeit flüsterte ich ein „Danke", legte meine Handflächen auf seinen Oberkörper und lehnte meine Stirn gegen seine Brust.

„Was ist passiert? Was hast du da draußen gemacht?" Sanft schob er mich ein wenig zurück. Als ich etwas Abstand zu ihm hatte, den Kopf jedoch noch immer gesenkt hielt, hob er mit seinem Zeigefinger mein Kinn und sah mich eindringlich an. Sein Blick flog über mein Gesicht. Er wartete geduldig auf die Antworten, die ich ihm auf irgendeine Art und Weise schuldig war. Immerhin hielt er hier neben mir Stellung und wachte über mich. Chris passte auf mich auf und half mir mit mir selbst.

„Ich weiß es nicht, ich … ich erinnere mich nicht", gab ich beschämt zu. In meinem Kopf nach Bildern suchend, nahm ich gedankenverloren einen kleinen Teil seines Shirts in die Hand und nestelte nervös daran herum. Zerrieb den Stoff zwischen meinen Fingern und konzentrierte mich auf den Wirrwarr in meinem Kopf.

Flackernd kamen die Bilder zurück und ich begann zu erzählen, was mir einfiel. „Ich konnte nicht schlafen und bin dann raus … Da ist dieser Bettler gewesen … Er kannte mich und hat irgendwas erzählt. Angeblich hätte ich ihm etwas weggenommen … Er ist mir immer nähergekommen … und dann ist alles schwarz geworden."

„Du warst die ganze Nacht da draußen?" Seine braunen Augen wurden dunkler und funkelten bedrohlich. Ich spürte, dass es nicht Wut war, die sich durch meine Erzählung aufstaute, sondern ehrliche Sorge um mich.

Dennoch verstand ich es nicht. Ich konnte mir dieses *Uns* nicht erklären. Obwohl es mir in gewisser Weise Sorgen bereitete, schoss mir ein ganz anderer Gedanke durch den Kopf und kam mir zeitgleich über die Lippen. „Woher wusstet ihr, dass ich nicht zu Hause war?"

Chris wich meinem Blick aus und holte kurz Luft. „Du hattest den ganzen Tag dein Handy aus und auch Fay hatte dich nicht erreicht. Ich habe sie gebeten, zu dir zu fahren. Aber du hattest sie einfach vor der Tür stehen lassen."

Kurz zuckte ich zusammen und Chris zog mich enger an sich. Er ließ nicht zu, dass ich mich von ihm entfernte. Eiskalt lief es mir den Rücken hinunter. Wann hatte es geklingelt? Ich konnte mich nicht erinnern. War ich so tief in mein Schneckenhaus gekrochen, dass ich nichts mitbekommen hatte?

„Nachdem Fay mir gesagt hat, dass du nicht zu Hause warst, wurde ich nervös. Also habe ich noch einmal versucht, dich zu erreichen. Dein Handy war weiterhin aus. Ich habe nicht mehr gewusst, was ich tun sollte. Fay wurde von meiner Sorge angesteckt. Sie hat alles Mögliche getan, um an dich heranzukommen. Und heute Morgen hatten wir vereinbart, dass wir zu dir kommen würden, falls wir bis dahin nichts von dir gehört hatten. Fay hat mir erzählt, dass sie einen Schlüssel zu deiner Wohnung hat, dieser aber nur für Notfälle war, weswegen sie ihn gestern nicht einfach benutzen wollte." Entschuldigend sah er mir in die Augen. „Ich habe sie dazu gedrängt, aufzuschließen. Ich bin fast durchgedreht und sie hatte Mitleid mit mir. Als du nicht in deiner Wohnung warst, aber die Lichter brannten, wurden wir nervöser. Wir wussten, es musste etwas passiert sein und haben stundenlang nach dir gesucht. Und dann haben wir dich im Park gefunden. Ohnmächtig und unterkühlt auf der Wiese neben einer Bank liegend. Tausend Gedanken sind durch meinen Kopf geschossen, als ich bei dir angekommen bin."

Ich versuchte, mir einen Reim darauf zu machen, was er sagte. Was war im Park nur vorgefallen? Wenn sie so lange nach mir gesucht hatten, wieso hatte mich vorher keiner gefunden? Mir fiel die unnatürliche Stille ein, die um mich herum herrschte. Hatte es etwas damit zu tun gehabt? Angestrengt probierte ich zu rekonstruieren, was geschehen war. Begab mich im Geiste noch einmal zu gestern Abend und spielte ihn in meinen Gedanken erneut durch, um zu ergründen, wie ich im Park enden konnte. Während ich stumm grübelte, spürte ich Chris' Berührungen. Er strich in kreisenden Bewegungen mit seinen Fingern über meinen Rücken, sein Atem wehte in gleichmäßigen Abständen über mein Haar. Doch ich bemerkte auch die Anspannung seiner Muskeln.

Mit einem Mal durchfuhr es mich wie eine Welle und mir war es unangenehm, seine Nähe derart auszukosten. Es war wunderschön, von ihm gehalten zu werden, und eigentlich wollte ich nichts mehr als das. Mein noch fröstelnder Körper genoss die Wärme, die er ausstrahlte, mit der er mich umfing. Er sog sie in sich auf. Wenn da nur nicht diese Angst wäre. Ich wollte mich von Chris herunterschieben und Abstand zwischen uns bringen. Doch er ließ mich nicht los, zog mich, wenn möglich, sogar enger an sich.

„Denk nicht mal dran." Chris legte sein Kinn auf meinem Scheitel ab und ich merkte an seiner Haltung, wie er sich etwas entspannte. „Ich bin froh, dass wir dich gefunden haben." Nach einer Weile setzte er hinzu: „Aber ich verstehe nicht, wieso du da draußen warst."

Er verlagerte sein Gewicht und zog seinen Kopf etwas zurück. Durch den nun entstandenen Abstand fröstelte ich direkt und wünschte mir, dass er mich noch fester hielt. Ich sah in seine wunderschönen Augen. Seine Gefühle spiegelten sich in ihnen wider und leider nahmen sie ihnen den Glanz. Ich verurteilte mich dafür, dass ich ihm diese Angst bereitet hatte. Nicht wissend, wieso es überhaupt möglich war, dass er sich um jemand Fremdes sorgte.

Chris strich vorsichtig mit seiner Hand eine meiner verirrten Strähnen hinter mein Ohr. Als seine Fingerspitze dabei meine Wange streifte, rauschten Bilder vor meinem inneren Auge vorbei. Ich erstarrte. Momentaufnahmen aus der Nacht zogen an mir vorüber wie in einem Film.

Von den Augen des gruseligen Bettlers, wie er sich mir immer mehr näherte und nach mir griff. Sein grausames Lächeln echote in meinem Kopf. Geschockt riss ich meine Hände vors Gesicht und eine einsame Träne bahnte sich ihren Weg über meine Wange. Jetzt wusste ich, was passiert war.

Ich nahm die Hände nach einem kurzen Moment des Durchatmens ein Stück herunter und sah Chris schuldbewusst an. „Es war meine Schuld." Vor Angst bebend stemmte ich meine Hände gegen Chris, wollte mich abermals von ihm entfernen. Doch er hielt dagegen. Vorerst. Denn er hatte nicht mit meiner Gegenwehr gerechnet. „Lass mich bitte los", verlangte ich leise.

Die Situation überforderte mich. Nicht nur das, was der Bettler angestellt hatte, sondern die Ungewissheit, welche Auswirkungen mich erwarteten. Doch auch meine heftige Reaktion auf Chris war verwirrend. Obwohl wir uns kaum kannten, war er mir vertraut. Als würde er genau zu mir gehören und mich in allem ergänzen. Er rüttelte an meinem Inneren. Es war, als würden mein Körper, meine Seele und mein Herz seine Nähe suchen, nur mein Verstand wollte es nicht wahrhaben.

Mich genau beobachtend hob Chris seine Arme und gab mich frei. „Mary, was ist los? Was ist mit dir? Rede mit …"

Noch bevor er verstummte, sprang ich aus dem Bett, rannte stolpernd ins Badezimmer und verbarrikadierte mich darin. Mit der Tür im Rücken ließ ich mich auf den Hintern sinken und verharrte dort. Schon wieder hatte ich eine Tür zwischen Chris und mir geschlossen. Im übertragenen und im wörtlichen Sinne.

Ohne seine Körperwärme begann ich zu schlottern. Ich bewegte mich aber nicht, um etwas daran zu ändern, obwohl sich ein Handtuch in greifbarer Nähe befand.

Schritte erklangen von der anderen Seite und ich hörte gedämpfte Stimmen. Chris unterhielt sich mit jemandem. Erst Momente später erkannte ich, dass es sich um Fay und Mark handelte. Hatten sie etwa alle hier ausgeharrt, bis ich aufwachte?

Erneut griff das schlechte Gewissen nach mir. War ich ihnen nicht schuldig, zu erzählen, was passiert war? Immerhin sind sie hier. Wegen mir. Sie haben mich gefunden und hergebracht. Mich umsorgt und gewartet. Während meine Gedanken ihre Kreise zogen, wurde das Gespräch der drei immer hitziger. Sie stritten. Ich richtete den Fokus auf mein Innerstes, wollte die Stimmen ignorieren, die schon bald nur noch ein Rauschen waren, bis es an der Tür klopfte und ich erschrak.

„Süße? Lässt du mich rein?" Fay klang besorgt. Weil mein schlechtes Gewissen ein Ausmaß erreicht hatte, bei dem es mich fast auffraß, stand ich auf und ließ sie herein.

Um den größtmöglichen Abstand zu ihr zu wahren, sank ich neben der Dusche auf den Boden. Aber Fay wollte keinen Abstand, sie kam langsam auf mich zu.

„Mary? Geht es dir gut?" Ganz vorsichtig kniete sie sich vor mich und sah mich aus ihren grünen Augen an.

Ich bebte und zitterte. Diese Augen, diese Farbe … Sie erinnerten mich an den Bettler. Weitere Bilder schossen durch meine Gedanken.

Kurz zuckte ich vor Fay zurück. Ich ließ in meinem Kopf jedoch immer und immer wieder die Erinnerungen ablaufen und machte mir klar, dass es nicht Fay war, die mir etwas angetan hatte, sondern dieser komische Alte. Mein Gefühl kämpfte gegen meinen Verstand. Und keiner schien zu gewinnen oder nachzugeben.

Behutsam nahm Fay meine Hand und sah mich abwartend an. Ich erwiderte ihren Blick und schluckte den Kloß in meinem Hals hinunter. Ich wollte etwas sagen, doch meine Stimme kam nicht an dem Kloß vorbei. Zu tief saßen der Schock und der Schrecken. Die Erinnerung an den Schmerz und was dieser wohl verheißen mochte.

„Sag doch bitte was."

Ein Blick in Fays Augen sagte alles. Sie rang mit sich. Ich fühlte mich schlecht dabei, sie so zu sehen und nichts zu erwidern. Es war nicht fair. Ich wusste, ich musste ihr etwas sagen, sie beruhigen. Doch der Schock hielt mich weiterhin gefangen und gab mich nicht frei. Ich war nicht mehr in der Lage, einen klaren Gedanken zu fassen.

So ließ ich Fays Hand los, zog die Beine an und legte meine Stirn auf die Knie. Fay atmete geräuschvoll aus. Sie wartete auf irgendeine Reaktion meinerseits, aber ich konnte nicht. Ich musste selbst erst einmal sortieren, was das alles bedeuten sollte. Was genau mit mir geschehen war. Aber wie sollte ich Antworten finden, wenn ich die Fragen zu tief in mir verschanzte?

Als Fay verstand, dass sie von mir vorerst keine Antwort bekommen würde, stand sie auf und wandte sich der Tür zu. „Du lässt mir keine Wahl", flüsterte sie seufzend. Sie wusste nicht mehr weiter, ich hörte es am Klang ihrer Stimme und an der Betonung ihrer Worte.

Dann fiel die Tür wieder ins Schloss. Nachdem ich wieder allein war, begann erneut eine hitzige Diskussion auf der anderen Seite. Wortfetzen drangen durch das Holz zu mir hindurch, die ich ignorierte und mich vollends abschottete. Ich konnte das jetzt nicht.

Nur als dumpfes Hintergrundgeräusch nahm ich das Klopfen an der Badezimmertür wahr. Und auch, dass jemand in den Raum getreten war, bemerkte ich kaum. Nur der Duft, den derjenige verströmte, kam ungefiltert durch meine Mauern. Es roch nach Parfüm und seinem ganz eigenen Geruch. Die feine Note aus Sonnenstrahlen und Sandelholz umfingen sofort mein Herz. Machten auf denjenigen aufmerksam, der bei mir war. Ohne aufzusehen, wusste ich, dass es sich um Chris handelte.

„Fay will zur Polizei gehen. Sie macht sich Sorgen um dich, ebenso wie Mark und ich." Er atmete tief ein und aus und kniete sich dann vor mich.

Meine Stirn fest auf meine Knie pressend hoffte ich, dem Ganzen zu entfliehen. Ich versuchte, mich in mir selbst zu verkriechen, und hoffte, Chris loswerden zu können. Scheinbar chancenlos, denn er setzte sich in diesem Moment vor mich auf den Boden. Seine Beine waren links und rechts von mir angewinkelt und er rückte nah an mich heran. Seine starken Hände legte er vorsichtig auf meine Schultern, ohne mich jedoch einzuengen oder zu bedrängen.

Wir saßen eine gefühlte Ewigkeit einfach da. Plötzlich erklang das Geräusch der Wohnungstür, wie sie geöffnet und geschlossen wurde, und mir lief es eiskalt den Rücken herunter. Hatte Fay wirklich die Polizei gerufen? Meine Muskeln spannten sich an, meine Atmung und mein Puls beschleunigten sich. Ich wollte nicht zur Polizei.

„Chris?", flüsterte ich aus meinem Versteck heraus. „Werden sie mich jetzt mitnehmen?" Die aufkommende Panik wollte ich nicht in meiner Stimme mitklingen lassen, scheiterte jedoch kläglich.

„Beruhige dich, niemand nimmt dich mit. Nicht, wenn du nicht willst." Er machte eine kleine Pause. „Aber bitte, rede mit mir, Mary."

Ich seufzte. Ich hatte so viel Angst vor der Polizei, dass ich Chris erzählte, was außerdem geschehen war. Von dem merkwürdigen Bettler, dem grünen Nebel und davon, dass er mir etwas nahm und etwas gab. Es hörte sich alles nach einem Hirngespinst an, wie eine Story aus einem schlechten Film. Während ich sprach, hob ich den Kopf und sah Chris immer mal wieder an. Sein Kiefermuskel mahlte gefährlich und auch seine ganze Körperspannung sprach von Kampf.

„Was glaubst du, hat er mit mir gemacht?", fragte ich ängstlich. Seine Haltung änderte sich schlagartig, als würde er spüren, dass ich ihn jetzt nicht als Racheengel, sondern als meinen Seelentröster brauchte. So nahm er mich in seine Arme und flüsterte in mein Ohr: „Ich weiß es nicht, aber wir werden es herausfinden. Versprochen."

Mit diesen Worten ließ ich meine Knie sinken und rutschte näher an Chris, um mich gegen seinen Oberkörper sinken zu lassen. Ich genoss seine Nähe und in diesem Moment wusste ich, egal, wie kurz wir uns auch kannten, dass uns irgendetwas verband. Wir verstanden uns ohne Worte. Er schien genau zu wissen, was in mir vorging. Also gab ich mir und ihm die Erlaubnis, hinter meine Mauern blicken zu dürfen. Ich würde meinen Schutzwall senken und ihn in mein Leben lassen. Denn irgendetwas in mir sagte mir, dass ich es ohne ihn nicht schaffen würde. Dass ich ohne ihn nicht mehr ganz ich selbst war.

Kapitel 4

Ich stand im Park, war mir aber ziemlich sicher zu träumen. Es war ein komisches Gefühl, nach all den Jahren etwas zu sehen, das meiner Fantasie entsprang. Es fühlte sich nach Ankommen an. Endlich zu Hause.

Ich lief durch den Park hinter dem Haus, der tatsächlich so aussah wie in der Realität. Nur die unscharfen Kanten und Konturen ließen darauf schließen, dass es nicht exakt der Park war, den ich kannte. Ich sog die Gerüche in mich auf und roch kalte Erde und frisches Laub. Es duftete nach Herbst. Die kühle Luft und die Feuchtigkeit drangen mit jedem Atemzug in meine Lunge und erfüllten mich. Ich ließ die Traumsonne mein Gesicht erwärmen, die Sonnenstrahlen meine Geister wecken und mich von positiven Gefühlen erfüllen. Es war, als würde ich endlich leben, mehr empfinden als Taubheit, als die Watte, die mich in der Realität umgab. Die mich vom Rest abschottete und mich nie Teil meines eigenen Lebens sein ließ.

Ich konnte es nicht glauben.

Und das erste Mal seit damals glaubte ich daran, dass es okay war, sich so zu fühlen. Ich war wie im Rausch. Alles schoss gleichzeitig auf mich ein. Glück, Euphorie und ein absolutes Hochgefühl. Kurzzeitig fühlte ich mich vollkommen und unbesiegbar.

In diesem Moment hätte man mir alle Hindernisse vorsetzen können und ich hätte sie gemeistert. Von diesem Gedanken überzeugt, schloss ich die Augen und genoss die Freiheit, die mir dadurch geschenkt wurde. Ich spürte den Empfindungen nach, die es mit sich brachte. Die Gänsehaut, die sich über meinen gesamten Körper ausbreitete. Die Wärme, die meine Adern durchspülte. Ich sog die Traumluft tief in meine Lunge und fühlte, wie der Luftstrom durch sie hindurchfloss.

Ich begann zu lächeln und breitete die Arme aus, um zu empfangen, was ich zurückerhalten hatte. Mir wurde klar, wie sehr ich das alles vermisst hatte. Wie sehr sich mein Herz nach diesem Ort gesehnt hatte. Ich hatte etwas wiederbekommen, von dem ich nicht wusste, dass ich es vermisst hatte. Es war absolut berauschend.

Die Lider wieder geöffnet, nahm ich alles in mich auf, was ich erhaschen könnte. Alle Farben und Gerüche, alle Geräusche und Gefühle. Ich spürte, wie der Wind mit meinen Haaren spielte, wie er mein Shirt mit sich zog, und sah dem Laub beim Tanzen in ihm zu. Ich betrachtete die Bäume hinauf bis zur Sonne und hielt meine Hand schützend vor die Augen, als sie mich blendete.

Hinter mir nahm ich ein Geräusch wahr und drehte mich um. Ich sah die Stadt, die hinter mir aufragte. Und etwas weiter entfernt entdeckte ich ein kleines rothaariges Mädchen, das einsam an der Straße entlanglief. Sie trug nur ein langes Nachthemd und hielt einen Teddy in der Hand.

Als ich einen Schritt auf sie zugehen wollte, um sie besser zu erkennen, da sie allein mit mir in meinem Traum zu sein schien, veränderte sich die Atmosphäre. Angefangen mit der Sonne, die sich verdunkelte und hinter fast schwarzen Wolken verschwand, über die Farben, die nach und nach verblichen, bis hin zum Wind, der als einstiger Lufthauch mir nun meine offenen Haare um die Ohren blies und mir einzelne Strähnen schmerzhaft ins Gesicht peitschte. Die Luft kühlte merklich ab. Fröstelnd, da ich nur in meinem oberschenkellangen Schlafshirt steckte, umschlang ich meinen Oberkörper mit den Armen und rieb mit den Händen über meine nackte Haut. Doch es half nicht. Es wurde von Sekunde zu Sekunde kälter. Kleine Atemwolken bildeten sich vor meinem Gesicht.

Doch die Kälte war nicht das Einzige, das sich so heftig änderte. Der Geruch, der mich eben noch lieblich umfing, stach mir nun in der Nase. Nichts war von dem Herbsttag übrig, den ich in mich aufgesogen hatte. Pure Fäulnis drang mir entgegen und Ekel stieg meinen Hals empor.

Es wurde Nacht. Düster und unheilvoll brach sie herein. Und mit einem Schlag zog sich mein Herz zusammen. Irgendetwas stimmte nicht. Ich spürte es instinktiv, nahm das drohende Unglück wie eine Berührung auf meiner Haut wahr.

Ein merkwürdiges, scharrendes Geräusch durchdrang die Stille. Es hörte sich an, als würde etwas über den Boden gezogen werden. Gänsehaut breitete sich auf meinen Armen aus und ein eiskalter Schauer kroch meinen Rücken hinauf. Alarmiert sah ich in Richtung des Geräusches und blickte direkt auf eine groteske Gestalt. Obwohl es bereits dunkel war, entdeckte ich sie auf Anhieb.

Ich konnte sie auch kaum übersehen. War sie mit mir das einzige Lebendige im Park. Das Wesen wirkte wie ein Mensch mit viel zu langen Beinen und Armen. Die Körpergröße hätte ich locker auf vier Meter geschätzt, dabei war sein Oberkörper der kleinste Teil. Es sah aus, als ob jemand auf Stelzen lief. Leider wusste ich intuitiv, dass dieses Wesen keine nutzte.

Langsamen Schrittes kam es auf mich zu. Mein Körper gefror zu Eis. Diesmal war es jedoch nicht die Kälte, sondern der Schock, der mich in der Starre hielt. Mein Blick zuckte über die Gestalt. Doch es war zu dunkel, als dass ich klare Konturen ausmachen konnte. Der schwarze Mantel, in den es gehüllt war, wehte wie der Umhang des Todes hinter ihm her und verwischte die Proportionen seines Körpers.

Ich prüfte, wen oder was ich vor mir hatte. Mir blieb der Speichel im Hals stecken, als ich das Gesicht erblickte. Ja, es war menschlich. Und irgendwie auch nicht. Kein Muskel dieser grotesken und scharfkantigen Fratze zuckte. Gleichzeitig fehlte es darin an Leben. Die Knochen waren zu spitz, betonten unnatürlich die Wangen und das Kinn. Keine Mimik war erkennbar, nur Leere stach daraus hervor.

Erneut rann mir ein Schauer über den Rücken. Was war hier nur los?

Er war definitiv männlich, aber kein Mensch. Mit seinen vollkommen schwarzen Augen sah er teilnahmslos auf mich herab. Doch der erste Eindruck täuschte. Denn hinter dem Schwarz brodelte Hass, den er vor mir verborgen halten wollte. Kurz vor dem Blinzeln sah ich ihn dennoch durchbrechen.

Die ihn umgebene dunkle Aura erfüllte alles um uns herum, und ich verstand, dass es nicht Nacht wurde, sondern er die personifizierte Gefahr darstellte. Er verschlang das Licht und das Positive und sog es in sich auf. Als er mich beinahe erreicht hatte, erkannte ich, dass er etwas hinter sich herzog. Daher kam das scharrende Geräusch.

In seiner rechten Hand hielt er einen nackten Fuß, der zu einer Person gehörte, die er wie einen Müllsack hinter sich her schleifte. Nervös betrachtete ich das Wesen, wie es sich noch weiter näherte, und gleichzeitig starrte ich auf den Fuß, aus Angst und Hoffnung, ich könnte erkennen, wer es war. Doch es gelang mir nicht.

Panik überrollte mich wie ein Tsunami. Ich strauchelte rückwärts und brachte Abstand zwischen das Wesen und mich. Dabei sah ich mich nach einem Ausweg um und versuchte, gleichzeitig aufzuwachen. Wenn es ein Traum war, musste es einen Ausweg geben. Also kniff ich mir in den Arm und gab mir selbst eine Ohrfeige. Aber ich wachte nicht auf. Ich wusste nicht, wie. Konnte man seine Träume steuern? War das überhaupt einer? Wie sollte ich den Unterschied erkennen? Ich hatte keine Ahnung, denn meinen letzten hatte ich mit fünf Jahren. Und der war definitiv anders als das hier.

Erinnerungen an einen meiner Träume drangen nach oben. Ich war etwa drei Jahre alt. Es war die Nacht, in der ich Milo kennengelernt und ihn dann kurzerhand mit nach Hause genommen hatte. Damals waren meine Eingebungen bunt und voller Leben. Spielerisch und voller Fantasie. Nicht wie das hier. Nicht so Furcht einflößend und real. Nie hatte ich solche Angst gefühlt. Meine Beine zitterten und verloren fast ihren Halt. Ich kämpfte gegen ihr Zusammensacken an.

Trotz all meiner Versuche, dem Wesen zu entkommen, war es nähergekommen und blieb nun unmittelbar vor mir stehen. Ich hob den Kopf an, um in sein Gesicht zu sehen, als ich ein Stöhnen und Schluchzen aus der Nähe vernahm. Es kam von der hinterhergezogenen Person.

Vorsichtig beäugte ich mein Gegenüber, ehe ich meinen Oberkörper nach links beugte und einen kurzen Blick auf denjenigen erhaschte, der am Fuß gehalten auf dem Boden hinter dem Wesen lag. Mir gefror das Blut in den Adern und ich zuckte vor Schreck zusammen, als ich denjenigen erkannte.

Es war Fay! Ihre Augen waren vor Angst geweitet und verweint. Sie war völlig aufgelöst, wehrte sich mit allem, was ihr möglich war. Sie trat und schlug, was das Wesen jedoch komplett ignorierte. Es war, als würde er es nicht mitbekommen. Fays Kleidung war verdreckt und teilweise zerrissen, ihre Haare standen wirr von ihrem Kopf ab.

Ein Windhauch riss mich aus meinem Schock. Ich reagierte instinktiv und machte in einem möglichst großen Bogen eine Bewegung in Fays Richtung, als eine riesige Hand nach mir griff und mich mit einem Schubs von ihr wegschleuderte. Ich flog einige Fuß weit, bis ich unsanft auf dem Boden prallte. Ächzend kämpfte ich mich hoch und strauchelte, durch den Aufprall noch etwas benommen, auf das Wesen zu. Als unsere Blicke sich trafen, grinste er. Meine Wut fraß sich in meine Knochen. Was zum Teufel war daran lustig?

Genau in diesem Moment ließ das Wesen von Fay ab, ihr Fuß fiel hinab und sie verpuffte in weißem Rauch, noch bevor ihr Bein auf dem Boden aufschlug. Keuchend riss ich die Augen auf, meine Körperspannung verließ mich und ich sackte erneut zu Boden. Meine Finger bohrten sich schmerzhaft in die Erde unter meinen Füßen. Tränen tropften auf sie nieder.

„Fay", flüsterte ich gebrochen. Was passierte hier? Zögerlich hob ich den Kopf und betrachtete das Wesen, wie es dastand. Erhaben und vollkommen desinteressiert.

„Wir werden dich kriegen, Mary. Wir werden dich vernichten. Wir werden dein Untergang sein. Sieh es als Warnung an. Heute habe ich deine Freundin verschont, doch das könnte morgen schon anders sein. Du spielst ein gefährliches Spiel. Und sei dir gewiss, dass dieses Spiel hohe Einsätze fordert."

***

Das Grauen packte mich. Ich schrie. Und mit einem Schlag befand ich mich in meinem Schlafzimmer. Kerzengerade saß ich auf dem Bett und atmete schwer. Schweißperlen kitzelten auf meiner Stirn und meine Kleidung klebte an meiner Haut. Ruckartig riss ich den Kopf von der einen zur anderen Seite und verschaffte mir in Sekundenschnelle einen Überblick.

Ich suchte nach Gefahren und gleichzeitig nach meinem Handy. Ich entdeckte es nicht. Immer mehr ergriff die Panik von mir Besitz. Alte Ängste kamen zum Vorschein. Ängste, die ich dachte, längst überwunden zu haben. Wie die kindliche Angst vor dem Monster im Kleiderschrank. Kurzerhand sprang ich aus dem Bett, aus Angst, jemand oder etwas könnte sich darunter versteckt haben.

Dabei verhedderte ich mich mit den Beinen in der Decke und fiel der Länge nach hin. Mit dem Gesicht voran schlug ich auf die Dielen und wollte mich gerade aus der Decke herauskämpfen, als die Tür meines Zimmers aufgerissen wurde und ein Lichtschein mich blendete.

Ich blinzelte, konnte nicht erkennen, wer mir gegenüberstand, und verkroch mich blitzschnell unter der Decke. Ich hoffte, nicht gesehen zu werden. Vergebens. Die Bettdecke wurde weggerissen, aber ich zerrte ebenfalls daran, wollte meinen schützenden Kokon nicht kampflos aufgeben. Hände griffen nach mir. Ich schlug um mich, presste mich gegen das Bettgestell, um möglichst wenig Angriffsfläche zu bieten.

„Mary?"

War das Chris' Stimme? Zaghaft hob ich die Decke an. Sein Geruch erfüllte mein Schlafzimmer und sein Gesicht wirkte verschlafen. War er die ganze Zeit hier bei mir? Hatte mein Schrei ihn geweckt? Das schlechte Gewissen nagte an mir. Beschämt wich ich seinem fragenden Blick aus. Doch dann durchzuckte mich erneut die Angst. Fay!

„Mein Handy", krächzte ich. Mehr bekam ich nicht heraus. Ich musste Fay anrufen, fragen, ob es ihr gut ging. Hektisch fummelte ich an der Decke herum und verwickelte mich erneut. Fluchend riss und zerrte ich daran, bis Chris sich vor mich hockte und mir behutsam aus der Decke heraushalf.

Er strahlte absolute Ruhe aus. Und obwohl ich das bemerkte, wurde ich nicht ruhiger. Tränen stiegen mir in die Augen und ein riesiger Kloß wuchs in meinem Rachen. Der Kummer und die Furcht ließen mich erstarren. Chris nutzte den Moment und half mir vollends aus der Decke heraus. Währenddessen betrachtete ich ihn, wie er mit einer schwarzen Jogginghose und einem hellen Shirt bekleidet barfuß vor mir hockte und mich mit schief gelegtem Kopf fragend ansah.

„Mary? Alles okay?"

Nein, nichts war okay. Ich brauchte mein Handy. „Ich muss Fay anrufen. Sie ist …" Ich unterbrach mich selbst und versank in meinen Gedanken. Vielleicht war es nur ein Traum gewesen? Vielleicht war das alles nur ein dummer Zufall gewesen und ich hatte nur sehr lebhaft geträumt? Möglich wäre es, immerhin hatte ich so lange nicht mehr geträumt. Und jetzt erkannte ich einfach den Unterschied zwischen Traum und Realität nicht mehr richtig.

Angenommen, ich wäre wirklich im Park gewesen. Hätte Chris es nicht mitbekommen müssen? Und wie sollte ich so schnell wieder in mein Bett gekommen sein, es sei denn, ich wäre die ganze Zeit dort gewesen. Doch egal, wie logisch ich es mir zurechtlegte, wie ich es drehte und wendete, es wurde nicht besser. Meine Sorge um Fay blieb, auch wenn ich mir einredete, dass es ein Traum war. Dass ich gerade nur Realität und Traum nicht trennen konnte. Die Angst verblasste nicht.

Chris hievte sich auf die Beine, doch ich schüttelte energisch den Kopf und streckte einen Arm nach ihm aus. Er durfte jetzt auf keinen Fall fortgehen und mich allein lassen. Wer konnte mir versichern, dass mich dieser gruselige Typ nicht holen kam? Mein Atem stockte bei dem Gedanken an diese Gestalt und mein Herz begann zu rasen. Bilder rauschten an mir vorbei und ein Zittern ergriff meinen Körper. Eingebildet oder nicht, ich hatte Angst.

Zum Glück verstand Chris mein stummes Flehen. Er hob mich ohne Mühe in seine Arme und trug mich ins Wohnzimmer. Als er im Vorbeigehen das Licht ausschalten wollte, wimmerte ich. Bei diesem Laut versteiften sich seine Muskeln und er ließ vom Lichtschalter ab. So brannte die Lampe hell auf uns herab, als Chris uns auf die Polster meiner Couch sinken ließ. Meinen Kopf gegen seine Brust gelehnt, klammerte ich mich an seinem Shirt fest und lauschte seinem gleichmäßigen Herzschlag, der mich langsam beruhigte. Während Chris seine starken Arme um mich schlang und leise mit mir redete, versuchte ich, mich zu entspannen.

„Du hast nur schlecht geträumt. Nach so einem Tag ist das kein Wunder, Mary. Alles ist gut. Hier passiert dir nichts."

Ich nickte. Doch tief in meinem Inneren wusste ich, dass er sich irrte. Ich war nirgendwo mehr in Sicherheit, sobald ich träumte.

Nach einer langen Zeit ohne Worte hob ich den Kopf und sah in Chris' Augen. Wärme und Zuneigung strahlten mir daraus entgegen. Ich fasste einen Entschluss und setzte alles auf eine Karte. Entweder hielt er mich für bescheuert oder … Na ja, keine Ahnung, was. Doch ich musste ihn irgendwie dazu bewegen, dass ich zumindest Fay kurz anrufen konnte. Ich hoffte, dass er mir glauben würde.

So berichtete ich ihm von meinem Traum. Mit allen Einzelheiten und Fays Rolle darin. Ich ließ auch die Drohung und die Erwähnung des Spiels nicht aus. Schon während ich erzählte, bemerkte ich, wie wirr sich das alles anhörte. Dennoch sprudelten die Worte nur so aus mir heraus. Und als ich geendet hatte, schwieg Chris. Geduldig wartete ich auf sein Urteil, doch er wiederholte nur das eben Gesagte.

„Mary, es war nur ein Traum. Nach dem Tag ist es kein Wunder, dass dich Albträume quälen. Lass ein paar Tage vergehen und du wirst sehen, dass sich alles normalisiert. Bis dahin bleibe ich hier, wenn du möchtest."

Ich schluckte und mein Mut sank. Wie konnte ich ihm deutlich machen, dass es eben kein Traum war? Wieder setzte ich an: „Nein. Du verstehst nicht. Ich habe die letzten sechzehn Jahre nichts geträumt. Also *nie* irgendwas. Nichts. Ich bin abends eingeschlafen und morgens aufgewacht. Ohne Träume, ohne Bilder oder Farben, ohne Gefühle oder Gedanken. Einfach ohne alles. Mich hat das Nichts mit sich genommen und mehr war da nicht."

Ich stemmte mich gegen seine Brust, um dem Ganzen Ausdruck zu verleihen, damit er verstehen konnte, wie wichtig das war. Um ihm irgendwie begreiflich machen zu können, wie es in mir aussah, blickte ich ihm eindringlich in die Augen, bis er nickte.

Chris wirkte nachdenklich. Und als ich bereits dachte, er würde mich für verrückt erklären und gleich Kollegen aus der Fachabteilung der Psychiatrie kommen lassen, zog er mich wieder an sich. „Schon gut, wir finden einen Weg."

Skeptisch zog ich kurz die Augenbrauen hoch. Was sollte das bedeuten? Glaubte er mir oder nicht? Na ja, zumindest war er nicht in schallendes Gelächter ausgebrochen und weggelaufen.

„Ich muss Fay anrufen", bat ich erneut. „Ich muss wissen, ob alles gut ist. Ich muss mich vergewissern, dass sie zu Hause ist und dass es ihr gut geht. Ich muss ..."

„Fay wird schlafen und das solltest du auch. Mach dir keine Sorgen. Und direkt morgen früh werden wir sie anrufen. Versprochen."

„Aber ..."

„Denk doch mal nach, Mary. Wenn du sie jetzt anrufst und ihr erklärst, warum du sie so dringend sprechen musst, was glaubst du, wird sie machen?" Er führte den Satz nicht zu Ende und erwartete offenbar keine Antwort.

Zumindest würde ich ihm darauf keine geben. Er ließ mir und meinen Gedanken freien Lauf für eine mögliche Schlussfolgerung. Und die Erkenntnis, die ich zog, war nicht angenehm. Fay hatte heute Mittag schon an meinem Verstand gezweifelt und gesagt, ich würde Hilfe benötigen. Somit wäre mein panischer Anruf die

Bestätigung, dass ich dringend Hilfe nötig hätte. Würde sie dann die Polizei oder den Rettungswagen herschicken?

Als Chris merkte, dass ich meinen Widerstand aufgab, lehnte er sich zurück, sank in die Kissen und breitete eine Decke über uns aus. In dieser Position lag ich halb auf der Couch, halb auf ihm und sog seinen Duft ein, der mich beruhigte. Ich lauschte seiner Atmung und konzentrierte mich auf nichts anderes.

„Schlaf ein wenig, ich passe auf dich auf. Dir wird nichts passieren, das verspreche ich dir."

Ich schloss die Augen, merkte aber nach einiger Zeit, dass an Schlaf nicht mehr zu denken war. Chris strich über meinen Rücken und vergrub das Gesicht in meinen Haaren. Obwohl ich mich in seinen Armen sicher fühlte, blieb die Angst vor der merkwürdigen Gestalt. Gleichzeitig auch die Angst, einzuschlafen, Angst davor, wieder diesem Typen gegenüberzustehen. Ich durfte nicht mit den Gedanken an diese groteske Gestalt einschlafen.

„Erzähl mir was", bat ich.

„Was denn?"

„Egal, Hauptsache, du redest", gab ich schüchtern zurück. Ich wollte nicht in dieser Stille einschlafen, sondern dem Klang seiner tiefen Stimme lauschen und genießen, wie sie mit meinem Herzen spielte und meine Seele umschloss. Sein Grinsen ließ kurz seinen Brustkorb beben. Chris gab mir einen flüchtigen Kuss auf die Stirn und streckte sich mit mir auf der Couch aus. Seine Arme immer noch fest um mich gelegt, hörte ich regelrecht seine stummen Gedanken, wie er sich überlegte, über was er reden sollte.

„Lass mich dich in eine Geschichte, in eine Welt mitnehmen, von der meine Mutter mir immer erzählt hat. Sie ist die Einzige, die mir jetzt einfällt. Und sie handelt von einem Mädchen mit einer Gabe und einem Ort voller Magie." Er atmete tief durch, bevor er seine Geschichte mit warmer Stimme begann. „Einst gab es einen Ort zwischen den Welten, der sich Leija nannte. Er war wunderschön und mit nichts auf dieser Welt zu vergleichen. Er lebte von der Fantasie und deren Energie. Bunt schillernd tauchte sie selbst das normale Licht in ein Spektrum verschiedenster

Betrachtungsweisen. Atmetest du in Leija ein, atmetest du pure Fantasie. Leijas Bewohner waren Menschen, nur eine Winzigkeit war anders, sodass sie eben nicht waren wie du und ich."

Er machte eine kunstvolle Pause. „Sie waren besonders, weil diese Menschen die Gabe hatten, Grenzen verschwimmen zu lassen. Grenzen zwischen Fantasie und Wirklichkeit. Grenzen, die andere nicht einmal erahnten. So konnten sie Dinge entstehen lassen, die du dir in deinen kühnsten Träumen nicht ausdenken könntest. Sie stellten Naturgesetze auf den Kopf und brauchten sich in Leija nicht an diese halten. Für sie galten keine Regeln und Grenzen.

Sie selbst nannten sich die Träumer. Denn die Ideen, aus denen sie die Dinge erschufen und in die Wirklichkeit holten, nahmen sie aus ihren Träumen. Doch wenn sie die Grenzen zu verwischen begannen, verwoben sie ihre Leben mit diesen. Sie schlossen Teile von sich in diese Welten ein, wurden das, wovon diese Welt lebte. Der Treibstoff, das Leben sozusagen. Bis sie irgendwann alles von sich gegeben hatten und ein Teil dieser Welt wurden. Ihre gesamte Macht für diese Welt gaben und mit ihr verschmolzen. Ohne Wiederkehr.

So hielten sie sich mit ihrer Gabe, die sich im Erwachsenwerden entwickelte, auch zurück. Von da an hatte man es selbst unter Kontrolle und trug die Verantwortung, wenn etwas schiefgehen sollte. Doch in Leija lebten auch Menschen, die ihre Rettung hätten sein können. Die Anker, so nannten sie sich, waren es, die den Träumern helfen konnten, sich nicht zwischen den Grenzen zu verlieren. Sie bildeten den Gegenpol. In ihnen wurzelten die Seelen der Träumer. Sie konnten die Grenzen so öffnen, dass der Träumer sie passieren konnte, ohne Schaden zu nehmen. Sie ankerten sozusagen deren Seelen, um nicht verloren zu gehen."

Immer wieder strich Chris mit seiner Hand über meine Taille. Diese Bewegung und seine Stimme nahmen mich mit. Vor meinem inneren Auge malte ich mir eine Welt, so bunt und wundervoll, dass sich Tränen in meinen Augenwinkeln bildeten, als er weitererzählte.

„Eine lange Zeit lebten die auserwählten Anker bei den Träumern in Leija. Anders war es mit Ankern, die mit keinem Träumer kompatibel waren, diese wurden kurzerhand aus Leija verstoßen. Der Platz war eben beschränkt. Viele Anker führten ein ganz normales Leben, verloren ihr Verständnis für Fantasie und entkamen dem Zwang, den Leija ihnen auferlegt hatte.

In Leija selbst wurde es von Jahr zu Jahr schwieriger zu überleben. Nachwuchs wurde immer seltener und die Bevölkerungszahl nahm mehr und mehr ab. Um sich zu schützen, um zu überleben und nicht gänzlich zu verschwinden, versuchten die Leijaner fast alles. Doch der Rat der Träumer stellte sich quer. Hielt an seinen alten Gewohnheiten fest und unterband alles, was den Leijanern hätte helfen können.

Sie erschufen sogar eine Kreatur, die zwischen den Welten diente. Die darauf Acht gab, dass keiner aus dem oder in das Land eindringen konnte. Dieses Wesen war von Natur aus neutral. Nach der Zeit wurde es jedoch immer weiter genutzt, um Schwächen auszumerzen, um Angst und Schrecken zu verbreiten und Menschen verschwinden zu lassen. So wurde das Wesen dunkel wie die ältesten Leijas. Dunkel wie die Träume, die sie heimsuchten.

Leija versank im Chaos. Das Wissen um die Kreatur behielten sie für sich. Denn niemand, der sie sah, hatte das Zusammentreffen überlebt. Der Rat spannte also seine eigenen Theorien und nutzte alles, was er konnte, um Unruhe zu stiften. So war es nach einer Theorie die Schuld der Anker, dass die Träumer keine Kinder mehr bekamen. Dass längere Leben und die größere Macht mit der Fruchtbarkeit kollidieren, hieß es.

Also beschlossen die Ratsmitglieder, dass die Anker Leija verlassen müssten. Andere jedoch glaubten, die Macht, die den Träumern aber in Zusammenarbeit mit den Ankern zugänglich gemacht wurde, war dem Rat zu viel. Er wollte, dass die Träumer mit dem Benutzen ihrer Macht mehr und mehr verschwanden. So wären sie ein kalkulierbares Risiko gewesen.

Egal, welcher Grund der wahre war, die Folgen waren Aufstände, die aufbrandeten. Träumer und Anker taten sich zusammen und ein Krieg brach aus. Grenzen zwischen den Welten wurden gesprengt, viele verloren sich bei dem Versuch, sie zu flicken. Sie verwoben sich so schnell mit ihren Welten, dass die Körper der Träumer und deren Seele zerrissen. Er war so barbarisch, dass angeblich kein Träumer überlebte."

Ich spürte den Schauer, der durch seinen Körper raste, wie meinen eigenen. Kurz hob ich den Kopf und sah ihm ins Gesicht. Auch er wandte sich mir zu, lächelte mich zaghaft an und zog mich noch näher an sich heran.

„Aber unter den Ankern hält sich ein Gerücht. Man erzählt sich, dass ein kleines Mädchen überlebt habe. Eines, das in der Lage sei, die Grenzen verwischen zu lassen und Fantasie in die Welt tragen kann. Bleibt nur die Frage, wer die Geschichte zu erzählen vermochte, wenn es niemanden gab, der überlebte." Chris machte erneut eine kleine Pause, seufzte und fuhr dann fort. „Meine Mutter hielt an der Hoffnung fest, dass dieses kleine Mädchen es geschafft hatte. Ein Einziger würde reichen … Das hatte sie immer gesagt."

Als seine Geschichte endete, versank ich in Gedanken. Jetzt war es mir unmöglich, einzuschlafen, denn meine Neugier war geweckt. „Wofür würde einer reichen?"

„Hoffnung." Er strich mir über die Wange und lächelte mich an. Abermals traf ein Kuss meine Stirn. Seine warmen Lippen legten sich schmeichelnd auf meine Haut und sendeten tausend winzige Stromstöße durch mich hindurch. Ich fühlte mich geborgen und wusste, Chris würde auf mich achten. „Versuch jetzt zu schlafen", flüsterte er, als er die Decke um uns fester zog.

Eine halbe Ewigkeit noch drehten sich meine Gedanken um diese Geschichte. Sie machte etwas mit mir und erinnerte mich daran, nie die Hoffnung aufzugeben. Stumm lag ich in Chris' Armen, genoss seine Nähe, sog seinen Duft tief ein und lauschte seinem Herzschlag. Nur mit Mühe unterdrückte ich den Drang, mit meinen Händen über seinen Körper zu fahren. Etwas steif lag ich auf meinem absoluten Traummann und tat so, als schliefe ich.

Irgendwann holte mich jedoch die Müdigkeit ein.

Kapitel 5

Von der Bewegung meines Untergrundes, der kurz schaukelte und schwankte, wachte ich auf. Ich wollte die Lider aber nicht öffnen, sondern weiterschlafen und der Stille folgen. Doch es wurde merklich kühler. War Chris aufgestanden?

Aus verschlafenen Augen sah ich zu ihm. Er stand vor der Couch und hatte mir den Rücken zugewandt. Ich suchte gerade nach den richtigen Worten, wollte etwas sagen, ihm signalisieren, dass ich wach war. Da drehte er sich um und hockte sich vor mich, sodass unsere Köpfe auf gleicher Höhe waren.

„Guten Morgen, Mary. Ich wollte dich nicht wecken", flüsterte er, während er mich sorgsam betrachtete. „Wie geht es dir?"

„Mir wird kalt", gestand ich schüchtern und lief rot an. *Danke, Blutzirkulation.* Wieso verriet sie mich und meine Gedanken so offensichtlich?

Chris antwortete mit einem schelmischen Zwinkern und richtete sich auf. „Ich hol uns schnell Kaffee und dann wärme ich dich. Bin gleich wieder da." Er verschwand in der Küche, wobei ich ihn eingehend musterte.

Die schmalen Hüften, das breite Kreuz, seinen Gang, wie er die Arme mitschwang, und seine anziehende Aura, die ihn wie ein heller Lichtschein umgab. Ich konnte mich Chris nicht entziehen. Seine Bewegungen zeugten von Präzision. Kein Wunder, dass er die Chirurgie bevorzugte.

Er war durchtrainiert, aber nicht von der übertriebenen Sorte. Eher wohldosiert. Genauso, wie es sich die Frauenwelt wünschte.

Meine Gedanken schweiften ab und ich erwischte mich dabei, wie ich mir vorstellte, wie er wohl ohne sein Shirt aussehen würde. Meine Träumereien wurden durch das Mahlen der Kaffeemaschine unterbrochen. Ich räusperte mich, schüttelte den Kopf und versuchte, mich in die Spur zu bekommen. So dümmlich sabbernd kannte ich mich nicht.

Dumpf vernahm ich Chris' Stimme und war mir ziemlich sicher, dass er mit jemandem sprach. Doch während ich noch darüber nachdachte, ob wir vielleicht nicht allein in meiner Wohnung waren, kam Chris zurück.

„Mit wem hast du gesprochen?", fragte ich.

„Ich habe in der Klinik angerufen und mir freigenommen. Morgen muss ich leider zum Dienst. Es ist gerade echt stressig auf Station, aber das weißt du von Fay sicherlich bereits." Er fuhr sich mit der rechten Hand nachdenklich durch sein Haar. Sein Bizeps spannte sich dabei an und ich verfiel beinahe schon wieder in das Schmachten. Doch dann durchzuckte es mich.

Fay!

Als er ihren Namen erwähnte, fiel mir mein letzter Traum ein. Ich sprang in einem Satz von der Couch. Dass mein Shirt hochgerutscht war, war mir egal. Ich spürte Chris' Blick auf meinem Rücken, während ich wie ein aufgescheuchtes Huhn durch die Wohnung rannte und mein Handy suchte. Vom Schlafzimmer in den Flur und zurück. Kissen und die Klamotten vom Vortag flogen an mir vorbei.

Wo war mein Handy?

Als ich es endlich in einem Wäschehaufen im Schlafzimmer gefunden hatte und Fays Nummer wählte, sah ich zu Chris. Er hatte einen verstehenden und sorgenvollen Blick aufgesetzt. Auch er schien sich an mein Erzähltes zu erinnern.

Ob er glaubt, ich habe den Verstand verloren?

Chris ließ sich abwartend auf der Couch nieder, stellte die dampfenden Kaffeetassen auf den Tisch und sah mir beim Herumtigern zu. Als Fay abnahm, wäre ich fast in Tränen ausgebrochen, so froh war ich, ihre Stimme zu hören. Vor Freude fehlten mir kurzzeitig die Worte.

„Guten Morgen, Süße. Geht es dir besser?" Fay klang so unbeschwert wie eh und je.

„Ja. Ja, mir geht es gut. Wie geht es dir?"

Stille. Ich konnte fast bildlich vor mir sehen, wie ein Fragezeichen über ihrem Kopf schwebte und ihr Blick immer verwirrter wurde.

„Mir geht es auch gut."

„Wirklich? Also alles in Ordnung? Nichts anders als sonst?" Meine Stimme überschlug sich beinahe, so schnell verließen die Worte meinen Mund. Tief luftholend versuchte ich, mich zu bremsen.

„Nein. Mir geht es gut. Alles wie immer. Ist bei dir wirklich alles in Ordnung?"

Die Stimmung des Gesprächs kippte daraufhin. Fays Sorge wuchs offenbar. Bevor es ausufern konnte, verabschiedete ich mich und wünschte ihr eine schnelle Schicht.

Tief in Gedanken versunken, spielte ich mit einer Haarsträhne und ließ mich neben Chris auf die Couch plumpsen. Denn obwohl es Fay gut zu gehen schien, verstand ich das Ganze noch immer nicht.

„Und? Alles okay bei Fay?", fragte er zaghaft.

„Ja." Es fröstelte mich. Schluck für Schluck von meinem Kaffee nehmend, starrte ich in die Küche. Die warme Tasse in meiner Hand wurde leerer und leerer, während ich zu akzeptieren begann, dass ich einfach nur lebhaft geträumt hatte.

Vielleicht war ich das Träumen nur nicht mehr gewohnt, weswegen sie sich so real anfühlten?

Irgendwann drang Chris mir wieder ins Bewusstsein. Er saß direkt neben mir und doch hatte ich ihn während meiner Grübeleien vergessen. Langsam drehte ich mich zu ihm um. Als ich ihm in die Augen sah, erschrak ich kurz über seinen Anblick, denn er saß da und lächelte mich an. In meinem Gemütszustand war ein Lächeln gerade so weit entfernt wie der Mond.

Verdutzt darüber hob ich eine Augenbraue. „Was?", warf ich ihm an den Kopf und gleichzeitig meine Hände in die Luft. Wobei mir die Tasse fast aus der Hand gefallen wäre.

Sein Grinsen wurde breiter und seine Augen begannen zu leuchten. Ohne etwas zu erwidern oder auf meine Frage zu reagieren, rückte er ein Stück näher, sodass unsere Beine sich berührten. Ich sah hinunter auf den Punkt, an dem sie sich trafen, und spürte dem Gefühl nach. Das Kribbeln begann genau an der Stelle, an der sein Bein auf meine nackte Haut traf, und arbeitete sich in meinen Bauch hoch, um dort einen Tornado aus Schmetterlingen aufzuscheuchen.

Bevor ich auch nur etwas sagen konnte, sprang Chris von der Couch und hielt mir seine Hand hin. „Lass uns spazieren gehen. Frische Luft wird uns guttun."

Das Strahlen in seinem Gesicht stellte irgendetwas mit mir an. Meine Gedanken waren wie leer gefegt. So passierte es, dass ich kichernd wie ein Schulmädchen seine Hand ergriff und er mir beschwingt aufhalf.

Durch den Ruck seines Armes stieß ich augenblicklich gegen seine harte Brust. Dort hielt er mich einige Momente fest umschlungen. Ich spürte seine Lippen an meinem Scheitel und schmolz nur so dahin. Die prickelnde Spannung zwischen uns war fast greifbar.

Einen Augenblick später brachte er etwas Abstand zwischen uns und sah mir tief in die Augen. Kurz hatte ich den Verdacht, dass er nach etwas suchen oder etwas sagen würde, bevor er mich kommentarlos stehen ließ und ins Badezimmer verschwand. Perplex von den ganzen Gefühlen, die in mir aufbrausten, starrte ich die geschlossene Tür an. Mein Magen knurrte.

Nach einer gefühlten Ewigkeit löste ich mich aus meiner Starre und beschloss, mich anzuziehen. Vor meinem Kleiderschrank stehend, entschied ich mich für ein Herbstkleid in dunklen Farben und kombinierte das mit meinen Boots und der Lederjacke.

Als Chris frisch geduscht und herrlich duftend – schon wieder diese Schmachterei! – aus dem Badezimmer kam, schmiss ich die Jacke im Vorbeigehen auf die Couch. Ich betrat das Badezimmer, um mich fertig zu machen. Mein Blick blieb beim Zähneputzen an meinem Spiegelbild hängen.

Jap. Meinen Hormonen und dem dämlichen Grinsen auf meinem Gesicht nach zu urteilen, war ich verliebt.

Als ich herauskam, stand Chris vor der Wohnungstür und hielt mir grinsend meine Jacke hin. Seine hatte er noch über seinem Arm hängen. Ich griff nach meinem Schlüsselbund, das am Schlüsselbrett neben der Tür hing, und ging in den Hausflur. Leider war es im Treppenhaus zu eng, um gemütlich nebeneinander herzulaufen, doch sobald wir den Fußweg erreicht hatten, griff Chris nach meiner Hand. Verdutzt sah ich auf unsere verschränkten Finger hinunter.

Wie ein Pärchen liefen wir durch die belebten Straßen und mieden, ohne darüber gesprochen zu haben, automatisch den Park. Livingsten lag lebhaft vor uns. Einige Menschen zog es, genau wie uns, an die frische Luft. Das Wetter war für einen Herbsttag sehr angenehm, die Sonne schien und der Wind streifte nur sanft durch die Straßen.

„Geht es dir jetzt besser?", durchbrach Chris das Schweigen. Dabei war es nicht unangenehm gewesen. Im Gegenteil, ich genoss jeden Moment mit ihm. Jeden lauten, tosenden und jeden ruhigen, liebevollen.

„Ja, mir geht es gut. Die frische Luft hilft beim Nachdenken. Danke."

Wir trafen zwei Häuserblocks von meiner Wohnung entfernt auf Mark, der seiner Aufmachung nach zur Arbeit hechtete. Ich stockte. Er *hechtete*?

Chris drehte sich etwas zu mir und sah mich fragend an. Doch meine Gedanken drehten sich erneut. Ich kannte Mark nun lang genug, um zu wissen, dass er nie rannte. Er war durch und durch strukturiert und organisiert, sodass er nie in Eile war.

Ein schnelles „Hi" in unsere Richtung rufend, lief er an uns vorbei. Sein Anzug saß nicht ganz so akkurat wie sonst, seine Frisur war zerzaust. Und gemeinsam mit der Hektik, in der er war, wurde mir flau im Magen. Das passte nicht zu Mark. Aber hatte nicht jeder mal einen schlechten Tag? Dennoch rieselte eine Gänsehaut über meinen Körper und ich sah Mark hinterher. Er wirkte wie ein aufgescheuchtes Eichhörnchen, das zum nächsten Baum springen musste, um seine Nüsse zu retten.

Als er um die Ecke verschwand, drehte auch ich mich weg, schüttelte das merkwürdige Gefühl ab und lächelte Chris beruhigend an. Gemeinsam schlenderten wir weiter durch die Straßen. Und diesmal war es ganz anders als mit Joel oder meinen anderen Bekanntschaften. Denn es war so viel mehr als nur Händchenhalten. Ich spürte seine Hand ganz deutlich in meiner. Fühlte Chris' Wärme und bekam nicht genug von ihm. Allein der Gedanke daran, er würde sich irgendwann abwenden können, ließ mich erzittern. Ich wollte für den Rest meines Lebens von ihm gehalten werden.

Nach unserem ausgiebigen Spaziergang konnte man mein Magenknurren nicht mehr überhören. Ich neigte beschämt den Kopf. Es klang wie das Knurren eines Bären, der kurz vor dem Hungertod stand.

„Hast du Hunger?" Zwinkernd sah Chris mich an und deutete mit einem Kopfnicken nach links. „Dort vorn ist das Café *Zur Eiche*. Wollen wir dort frühstücken?" Mit einem Blick auf die Uhr korrigierte er sich lächelnd. „Na ja, Brunchen trifft es wohl eher."

Ich nickte vor Freude. Obwohl ich mich Chris so verbunden und nah fühlte, stellte ich mich in den einfachsten Dingen ziemlich dämlich an. So hatte ich mich zum Beispiel nicht getraut, zu fragen, ob wir nicht etwas essen wollten. Es war der Moment, an dem ich mir am liebsten mit der flachen Hand an die Stirn gehauen hätte, weil ich mich nicht einfach gehen lassen konnte.

Also betraten wir das charmante Café, das durch seine Einrichtung und Dekoration bestach. Es wirkte antik und bunt zusammengewürfelt. Doch der Schein trog. Jedes noch so winzige Detail war perfekt auf den Rest abgestimmt. Wir setzten uns an den letzten freien Tisch, relativ weit am Rand, und bestellten uns ein spätes Frühstück.

Während wir warteten, ging ich meiner Angewohnheit nach, die ich noch niemandem gebeichtet hatte. So beobachtete ich die Menschen um uns herum. Sie waren allesamt so unterschiedlich wie Tag und Nacht. Mütter mit ihren Kindern, die genervt versuchten, die Kids auf ihren Sitzplätzen zu halten. Junge Frauen, die ein Sektfrühstück genossen und sich lauthals über ihre Männer ausließen. Wieder ganz andere versanken in ihren Büchern oder arbeiteten stur an ihren Laptops.

Jedem Einzelnen von ihnen würde ich, sofern ich allein hier wäre, eine Lebensgeschichte zusammendichten. So hätte zum Beispiel die brünette Dame am Sektfrühstückstisch etwas mit dem Mann der Blonden. Dabei lachten sie gemeinsam, als hätte es nie etwas zwischen ihnen gegeben außer tiefster Freundschaft.

Die Blonde hatte es jedoch auch einiges auf dem Kasten. Sie betrog Kreditkartenfirmen und hatte schon einen Haufen Schulden. Sie ging zumindest stilvoll unter. So hatte sie durch die teure Kleidung, die sie zur Schau stellte, ein nach außen hin perfektes Leben. Nur in ihren Augen konnte man den Schmerz sehen, den der Druck in ihr auslöste.

Ich dichtete den Menschen immer die verschiedensten Leben an. Immer wie es passte. Und diese Geschichte hätte doch auch Potenzial für einen Film oder eine Serie. Hier ging es doch meistens um Drama, oder nicht?

„Mary?" Chris' Stimme klang so, als hätte er mich schon öfter angesprochen.

Ich rutschte auf meinem Stuhl zur Kante und stellte die Ellbogen auf. Als mein Kinn auf meinen Händen gebettet war, sah ich aus großen Augen zu Chris. „Ja?"

Er schmunzelte. „Möchtest du mich nicht an deinen Gedanken teilhaben lassen?" Er nickte in die Richtung des Damentisches.

„Aber nur, wenn du mich nicht auslachst." Ich kicherte und erzählte ihm zuerst von meiner Angewohnheit und anschließend die Geschichte, die mir zu den Frauen eingefallen war.

Da das Café gut besucht war, dauerte es etwas länger, bis wir unsere Bestellung erhielten und leider war der Kaffee beinahe kalt. Doch ein Blick in Chris' Augen ließ das alles in den Hintergrund rücken. Er erweckte mich wieder zum Leben. Die Taubheit verschwand, die Trance, die sich immer einstellte, wenn ich unterwegs war, verging und auch das Gefühl, dass ich nicht dazugehörte, wurde immer unscheinbarer.

Während ich mein Croissant mit Nutella und Marmelade aß und hin und wieder an meinem Cappuccino nippte, beließ es Chris bei einem belegten Vollkornbrötchen und schwarzem Kaffee. Mir wurden immer mehr Unterschiede zwischen uns bewusst und dennoch fühlte sich das hier alles so natürlich an. Das Gefühl der Sicherheit, das dadurch entstand, verleitete mich dazu, nicht nur die Menschen an den anderen Tischen zu beobachten, sondern vor allem meinen Sitznachbarn. Chris sah unverschämt gut aus. Seine Haare waren gekonnt unordentlich gestylt, sie waren etwas länger als die Haare der Typen, die ich sonst mit ihren akkuraten Kurzhaarschnitten sah. Zwar nicht lang genug für einen Zopf, doch seine Strähnen fielen immer mal wieder in die Stirn und bedeckten zum Teil seine Augen.

Grinsend stellte ich fest, dass mir das sehr gut gefiel. Chris fing meinen Blick ein und fuhr sich durch sein Haar. Als würde er wissen, was ich dachte.

Erneut schoss mir die Röte ins Gesicht, doch meinen Blick senkte ich dieses Mal nicht, stattdessen sah ich auf seine Lippen, die zu einem Lächeln verzogen waren. Meine Augen glitten über seine markanten Gesichtszüge, das kantige Kinn, die hohen Wangenknochen, seine dichten Wimpern und die leuchtenden Augen.

„Erzähl mir etwas von dir." Ich wollte alles über ihn wissen. Alles, was es zu wissen gab, und alles, was ihn ausmacht.

„Was möchtest du denn wissen?" Zwinkernd betrachtete er mich.

„Wie wäre es mit: alles? Wo bist du aufgewachsen? Was hast du bisher so gemacht? Was treibt dich hierher?"

„Hm ... Obwohl ich so wenig über dich weiß, weniger als du über mich, stellst du so viele Fragen?" Er beugte sich vor, als würde er mir etwas Wichtiges zuflüstern. Mein Herz stolperte und kurz dachte ich, dass es etwas mit geheimen Identitäten oder so zu tun haben könnte, weil er plötzlich so mysteriös tat. Da begann er über beide Ohren zu strahlen. Wie ein kleiner Junge, dem sein Streich gelungen war, sah er mich an. „Dein Blick, Mary." Chris schüttelte belustigt den Kopf. „Als hättest du Angst, dass ich dir ein fürchterliches Geheimnis preisgebe." Ein kehliges Lachen entwich ihm.

Während er dabei war, sich wieder zu beruhigen und nicht mehr das schelmische Grinsen zur Schau zu tragen, sah ich ihn abwartend und mit verschränkten Armen an. Ein bisschen beleidigt war ich schon. Er hatte mich reingelegt. Irritierender war, dass es so einfach geklappt hatte.

„Sorry. Aber dennoch habe ich einen Vorschlag. Immer, wenn ich dir eine Antwort gebe, darf ich auch eine Frage stellen. Das ist nur fair."

Sein Blick hielt mich gefangen und alles um mich herum verschwand in der Tiefe. Ich nahm außer ihm nichts mehr wahr und spürte, dass es ihm ebenso erging. Die Verbindung des Blickes wurde in dem Moment, als er nach meiner Hand griff, einfach magisch. Es war nicht von dieser Welt. Gänsehaut breitete sich auf meinem Körper aus und ich fühlte Chris' Anwesenheit in meinem ganzen Sein. Träge drehte sein Daumen kleine Kreise auf meinem Handrücken. Ich musste mich beherrschen, um nicht zu seufzen. Doch ich genoss jede Sekunde dieser Geste. Dabei betrachtete er mich ebenso aufmerksam wie ich ihn.

Die Wärme wich aus meinem Gesicht und ich kostete das Gefühl der Sicherheit aus. Dennoch versuchte ich, einzuordnen, was Chris mit mir machte. Wie er es hinbekam, mich aus dem Trott herauszuholen, in dem ich so lange steckte. Wie konnte er so schnell Zugang zu meinem Inneren finden, wenn selbst Fay sich bis heute an meinen Mauern die Zähne ausbiss?

„Okay", stimmte ich seinem Vorschlag zu.

„Ich komme aus Ambor Valley, einem kleinen Ort mit wenigen Einwohnern etwa sieben Flugstunden von hier entfernt. Ich bin also ein Dorfkind. Und wo kommst du her? Hast du schon immer hier gelebt?"

Ich schob meine Tasse korrekt in die Wölbung der Untertasse und spielte an dem Henkel, während ich antwortete. „Ich lebe seit knapp drei Jahren in Livingsten. Vorher in Plymoung. Viel mehr hab ich auch noch nicht gesehen." O Gott. Das klang trauriger, als es sollte. Ich sah Chris lächelnd an. „Weißt du, das ist gar nichts

Schlechtes. Irgendwann möchte ich mehr von der Welt sehen", ergänzte ich und sah verträumt aus dem Fenster.

Wieder griff Chris nach meiner Hand, die während meiner kurzen Erzählung auf der Tischplatte gelandet war, und hielt sie fest. „Bis vor Kurzem war mein Leben eher grau. Nicht, dass ich immer traurig gewesen wäre und - klar - hatte ich meine Schule und das Studium sauber abgeschlossen und einen guten Job bekommen. Doch irgendwas hat mich fortgezogen. Ich habe es tief in meinem Herzen gespürt. Viel zu lange hatte ich das Gefühl ignoriert, doch irgendwann ließ es sich das nicht mehr gefallen. Es wurde immer intensiver und letztendlich bin ich aufgebrochen. Ich bin meinem Herzen gefolgt und hier gelandet. Ich glaube mittlerweile nicht mehr, dass es ein Zufall war, der mich hergebracht hat. Ich glaube, du hast mich angezogen. Du warst es, nach der ich mich gesehnt habe."

Ich konnte nichts erwidern. Mein Mund war ganz trocken und doch musste ich etwas tun. Ich nickte und strich nun meinerseits mit meinem Daumen über seine Hand. Das Gefühl, das er beschrieb, konnte ich nachempfinden. Seitdem Chris da war, fühlte es sich an, als wäre ein verloren gegangener Teil meiner Selbst zu mir zurückgekehrt.

Nachdem wir bezahlt hatten, gingen wir Hand in Hand weiter durch die Stadt. Die Schmetterlinge in meinem Bauch und auch die Gänsehaut blieben mir weiterhin treu. Wenn ich nicht den Boden unter den Füßen spüren würde, hätte ich glatt gedacht, ich würde schweben, so leicht fühlte sich alles an.

Lächelnd sah ich zu Chris. Dabei fiel mein Blick immer wieder auf seine Lippen. Ich durfte schon fühlen, wie weich und perfekt sie sind. Doch wie würde es wohl sein, wenn sie auf meine träfen? Wäre es ebenfalls magisch, so wie der Moment eben?

„Vertraust du mir?", fragte er nach einer Weile.

Verständnislos sah ich ihn an, doch er führte seine Frage nicht weiter aus, sondern wartete auf meine Antwort. Ich horchte in mich hinein. Ja, ich vertraute ihm. Dem Mann, der erst vor drei Tagen in mein Leben getreten war. Ich nickte und Erleichterung machte sich in seinen Gesichtszügen breit.

Chris bestimmte die Richtung und hin und wieder spürte ich seinen Blick auf mir. Die Umgebung wurde grüner und als die Sonne dann endlich durch die Wolken brach, entwich meiner Kehle ein Seufzen und ich streckte ihr mein Gesicht entgegen. Sie erwärmte meine Haut und strich sanft darüber, als würde sie mich liebkosen.

Als ein Schatten sich über mein Gesicht legte, ging ein Ruck durch meinen Körper. Das alles hier erinnerte mich zu sehr an meinen Traum. Panisch riss ich die Augen auf und sah Chris vor mir stehen. Er hatte den Schatten verursacht.

Eigentlich sollte mich diese Erkenntnis beruhigen. Dennoch fröstelte es mich, denn tatsächlich standen wir, ohne dass ich es gemerkt hatte, mitten im Park. In dem Teil, in dem sie mich gefunden hatten. Nichts deutete auf den Vorfall hin. Wie auch? Es gab nichts, das Spuren hinterlassen hätte können. Ich hatte nur ein albtraumhaftes Zusammentreffen. Ein merkwürdiges Gefühl grub sich durch meinen Magen.

Chris hob die Hand, sah mir durchdringend in die Augen und fuhr über meine Wange. Es war, als würde er spüren, was in mir vorgeht. „Mary, es war nur ein Traum. Ich wollte, dass du deine Angst verlierst und weißt, dass es nicht real war. Der Park und die Menschen hier sind nicht gefährlich."

Meine Gedanken überschlugen sich. Ich wollte nicken, ihm zustimmen, doch das beklemmende Gefühl wuchs immer weiter, bis es drohte, mich zu überrennen. Nur noch verschwommen nahm ich wahr, dass Chris' Lippen sich bewegten, doch seine Worte hörte ich nicht. Eine Bewegung hinter ihm lenkte meine ganze Aufmerksamkeit von ihm weg.

Und dann geschah es. Genau wie in meinem Traum verdunkelte sich der Park ausgehend von einem Punkt, nicht weit von uns entfernt. Die Härchen auf meinen Armen stellten sich trotz der Lederjacke auf, die ich trug. Innerhalb weniger Herzschläge verwandelte sich das Frösteln in eine eiskalte Umklammerung.

Ich drehte mich um die eigene Achse, bis ich *es* sah. Das, woher das ungute Gefühl kam. Der Ursprung. Etwa zehn Meter von uns entfernt stand *er*. Der viel zu große Typ mit den langen Extremitäten. Diesmal war sein Gesicht nicht teilnahmslos. Als wüsste er, welche Wirkung er auf mich hatte und es sichtlich genoss, zog sich ein fieses Grinsen über sein unförmiges Gesicht. Chris reagierte scheinbar instinktiv. Während er kurz ungläubig Luft holte, legte er beschützend seinen Arm um mich und wollte mich gleichzeitig hinter sich ziehen. Doch mein Körper versagte mir selbst die kleinsten Bewegungen. Ich war in meiner Schockstarre gefangen. Selbst das Blinzeln war nicht möglich. So zog sich jede Sekunde in Minuten. Die Angst verstärkte den Eindruck, keinen Ausweg zu haben.

Ganz langsam sickerte ein Gedanke in mein Bewusstsein. Chris sah die Gestalt auch. Er wollte mich beschützen. Wie war das möglich, wo kein anderer im Park auf diese Gestalt reagierte? Wie konnte er sehen, was für andere im Verborgenen blieb? Träumte ich schon wieder? Doch das alles hier war zu real. Es gab keine verschwommenen Ränder oder andere Kuriositäten. Aber wieso konnte Chris *ihn* ebenfalls sehen? Was verschwieg er mir?

Während die Gestalt einfach nur dastand und uns grinsend beobachtete, drohte uns die Stille zu erdrücken. *Er* genoss, wie ich vor Furcht wie eingefroren war, und es wurde sogar noch schlimmer. Immer gespenstischer, immer stiller. Der Wind verschwand. Die Vögel verstummten. Die Menschen verließen den Park.

„Was zur Hölle ist das?", fluchte Chris und drehte seinen Kopf in meine Richtung. Ich wusste, er erwartete keine Antwort. Er konnte wohl kaum glauben, dass ich eine darauf hätte. „Ist es das Wesen aus deinem Traum?", wisperte er.

Ich brachte daraufhin nur ein Nicken zustande. Auch ohne dieses schien er verstanden zu haben, dass es die Kreatur aus meinem Traum war. Die, die eigentlich nur in meinem Kopf existieren sollte.

Da ich mich nicht bewegte, stellte Chris sich beschützend vor mich. Ich war dankbar, hinter seinem breiten Rücken in Deckung gehen zu können, den Blickkontakt zu diesem Etwas endlich verloren zu haben. Ich konnte wieder atmen und denken. Eins und eins zusammenzählend, stellten sich mir die Nackenhaare auf, Angstschweiß bildete sich auf meiner Haut. Wenn Chris *ihn* sah, bedeutete das, dass es kein Traum gewesen war. Irgendetwas war geschehen. Irgendetwas hatte sich verändert.

Ich spürte, wie sich das Wesen näherte, wie seine Aura nach uns griff, wie es versuchte, an uns heranzukommen.

„Oh, ihr wollt trotzdem spielen?", höhnte es mit dunkler Stimme.

Ich blickte verstohlen über Chris' Schulter, konnte meinen Augen kaum trauen und zog die Luft scharf ein. Mit Entsetzen beobachtete ich den schwarzen Rauch, der sich um *ihn* bildete und ihn wie eine Hülle umgab. Es war die pure Gefahr, die von ihm ausging. Als wäre sie sichtbar.

Chris musste mein Keuchen gehört haben, denn er korrigierte seine Position, sodass *er* außerhalb meines Blickfeldes war. Doch ich musste ihn nicht sehen. Ich spürte das Ausdehnen seiner Aura und kurz darauf blieb es nicht nur bei einer Hülle. Der Rauch bündelte sich und wie Tentakel schlängelte er sich in unsere Richtung.

Sie richteten sich um uns herum auf, kamen aber nicht heran. Ich sah mich verdutzt um und überlegte, wie das sein konnte, als ich realisierte, wieso uns der Rauch nicht erreichte. Eine weiße, reine Aura verdichtete sich um Chris, sie bündelte sich und stob auf das Wesen zu. Bereit zum Angriff. In einem wahnsinnigen Tempo schoss sie auf *ihn* zu und bildete eine weiße, durchscheinende Wand.

Langsam trat ich einen Schritt vor und ich stellte mich neben Chris. Fasziniert und zugleich verängstigt von dem, was vor mir geschah. Mein Mund klappte auf und ich starrte abwechselnd von Chris zur Wand und wieder zurück. An meinem Verstand zweifelnd, schüttelte ich den Kopf.

Chris' Gesicht sprach von purer Entschlossenheit und Kampfeswille. Sein ganzer Körper war zum Zerreißen gespannt. Seine Muskeln zitterten, sogar die seiner Wange. Chris war hoch konzentriert. Seine Arme hielt er hoch und die Hände ballte er zu Fäusten. Durch die Anstrengung traten die Adern hervor. Chris hinderte das Wesen daran, näherzukommen. Wir waren in Sicherheit. Vorerst.

„Niemand wird hier spielen!", gab Chris knurrend zurück. Dieser animalische Laut ließ mir das Blut in den Adern gefrieren. Wenn ich nicht wüsste, dass Chris hier vor mir stand, um mich zu beschützen, hätte ich jetzt Angst vor ihm. Was war das, was aus ihm herauskam? *Wer* war er? Und was sollte das alles bedeuten? Bevor ich noch länger darüber nachgrübeln konnte, ertönte ein ohrenbetäubender Knall. Blätter und kleine Äste flogen an mir vorbei. Eine Druckwelle riss mir einzelne Strähnen aus dem Zopf, doch ich blieb wie angewurzelt stehen.

Die Macht, die freigesetzt wurde, kam von Chris. Er richtete sie zielsicher auf das Wesen. Sie umging die Barriere und traf auf *ihn*. Sichtlich verwirrt und angeschlagen zog *es* sich ein wenig zurück. Das Grinsen auf seinem Gesicht wurde jedoch breiter.

„Genießt die letzten Tage, die ihr habt!", rief *er* mit einem höhnischen Klang in der Stimme, begann zu lachen und verschwand im grauen Dunst.

Kapitel 6

Als das Wesen verschwunden war, brachte ich Abstand zwischen Chris und mich. Ich ging rückwärts und ließ ihn nicht aus den Augen. Unsere Umgebung wurde nach und nach normal. Das Licht und die Geräusche kamen zurück. Menschen liefen durch den Park und der Wind blies kühl durch die Bäume und fuhr mir über die Haut.

Obwohl das Unheilvolle vorüber war, wurde ich nicht ruhiger. All die Empfindungen wirbelten durch mich hindurch. Ich war geschockt, verwirrt und fühlte mich verraten.

Chris machte einen Schritt auf mich zu. Und noch einen. „Mary ... Ich ..." Er hob beschwichtigend die Hände, als ich den Abstand zwischen uns erhöhte. „Du brauchst keine Angst zu haben. Ich habe ..."

Ich straffte die Schultern und ballte die Hände zu Fäusten. „Nein!", schrie ich. Der Kies unter meinen Füßen knirschte, als ich etwas Abstand zwischen uns brachte.

Chris blieb stehen und strich sich das Haar aus der Stirn. Erst jetzt bemerkte ich, wie erschöpft er wirkte. Dunkle Schatten lagen unter seinen Augen und seine Lippen wirkten blutleer, so fest presste er sie aufeinander.

„Was zur Hölle war das? Was ist hier gerade passiert ..." Ich senkte die Stimme, bis es nur noch ein Flüstern war. „Wer bist du?"

Etwas blitzte in seinen Augen auf. Ein Gefühl, das er mir nicht zeigen wollte, aber er schwieg.

Ich ließ nicht locker. Ich würde nicht wie ein Kind hinter ihm herrennen, um eine Antwort zu erhalten. Wenn er nicht reden und mir erklären wollte, was das eben war, sollte er besser genauso schnell aus meinem Leben verschwinden, wie er gekommen war. Deswegen wendete ich mich von ihm ab und begab mich auf den Weg nach Hause. Ich blickte mich vorsichtshalber kurz um, bevor ich meine Schritte beschleunigte.

Keine drei Atemzüge waren vergangen, als Finger nach meinem Handgelenk griffen und mich festhielten. Ich stockte in der Bewegung, drehte mich aber nicht zu Chris um. Stattdessen starrte ich auf meine Füße, auf den Kies unter meinen Schuhen, und überlegte, wie ich da hineingeraten war.

„Warte, Mary, bitte. Ich weiß nicht, wie ich es erklären soll."

Schnaubend entriss ich ihm meinen Arm. Wut kochte in mir hoch. „Dann tu es nicht, aber lass mich in Ruhe", erwiderte ich leise.

Er hatte mich belogen und mein Herz bekam einen Riss. Eine einsame Träne rollte meine Wange hinunter. Die Lüge wog schwer, doch ohne ihn wäre die erneute Begegnung mit dem Wesen ganz anders ausgegangen. Allein hätte ich mich nicht zu verteidigen gewusst. Und nicht nur deswegen war der Gedanke daran, dass Chris wirklich gehen könnte, absolut schmerzhaft und kaum zu ertragen.

„Ich werde es dir erklären, aber nicht hier. Nicht, wo *es* weiß, wo du zu finden bist."

Ich nickte. Schweigend brachten wir den Weg in meine Wohnung hinter uns. Immer ausreichend Abstand wahrend.

Zu Hause angekommen, schmiss ich meine Jacke in die Ecke und streifte meine Schuhe ab. Auf der Couch ließ ich mich mit angezogenen Knien nieder und sah Chris abwartend an, der beinahe regungslos im Wohnzimmer verharrte und aus dem Fenster blickte. Mit den Armen umschlang ich meine Beine und spielte nervös an meinen Fingern, während ich Chris' Gesichtsausdruck beobachtete, wie sein Kiefer mahlte und er die Augen immer wieder schloss.

Dachte er nach? Er schüttelte den Kopf, spannte die Arme an und rieb seufzend seine Stirn. Es war offensichtlich, dass er nach den passenden Worten suchte. Obwohl es eindeutig war, dass es ihm nicht leichtfiel, würde ich ihn nicht ohne Antworten davonkommen lassen.

Irgendwann setzte Chris sich neben mich auf die Couch und sah mich traurig an, bevor er zu erzählen begann. „Die Geschichte, die ich dir erzählt habe ... Na ja, also ... Ich habe da vielleicht etwas weggelassen."

Ich verengte die Augen zu Schlitzen und musste mich zurückhalten, damit ich Chris nicht ansprang und ihn rüttelte.

Den Blick auf seine Hände richtend, fuhr er fort. „Meine Mutter hat mir die Geschichte nicht ohne Grund erzählt. Sie selbst war als Anker ausgebildet worden, besaß die Macht, einen Träumer zu schützen und zu ankern. Leider hat sie nie einen passenden Träumer gefunden, um mit ihm gemeinsam zu leben. Sie wusste von den Vorfällen in Leija aus erster Hand. Ihr eigener Vater - mein Großvater - war einer der Gefallenen dieses Krieges." Chris knetete seine Hände und schluckte.

Ich konnte nichts anderes tun, als ihn anzustarren. Als ich gerade Luft holte, um etwas zu sagen, sprach er leise, fast flüsternd weiter.

„Als ich dir die Geschichte erzählt habe, hoffte ich, du wüsstest etwas darüber. Wüsstest etwas über Leija und seine Bewohner, ihre Aufgabe und ihre Geschichte. Unsere Verbindung war von Anfang an so stark, wie meine Mutter es immer beschrieben hatte. Sie hat gesagt, wenn man auf seinen Partner - Träumer oder Anker, je nachdem, was man selbst war - traf, würde das die Welt verändern. Sein Denken und Handeln würden dann nur dahin gelenkt, einander zu schützen und zu brauchen, man würde sein ganzes Sein aneinanderbinden. Als würde sich die Anziehung der Erde plötzlich auf sein Gegenüber übertragen. Genau das war geschehen, als ich dich das erste Mal gesehen habe." Vorsichtig sah er zu mir hoch und das traurige Lächeln, das sich auf seinem Gesicht abzeichnete, zog mein Herz in den Abgrund.

Ich betrachtete ihn genau. Wie er dasaß, in sich versunken, grübelnd und nicht durchschaubar, und fragte mich, ob er unsere besondere Bindung schlecht fand oder sie sogar verfluchte. Ich für meinen Teil konnte es nicht leugnen. Diese Verbindung war mehr, als ich jemals gespürt hatte, mehr als ich mir erträumte.

Sie ging so schnell, dass es nur mit etwas zu tun haben konnte, das nicht der Normalität entsprach. Aber ich dachte zuerst an Liebe auf den ersten Blick und nicht an so etwas wie eine magische Verbindung, wie es nur in Fantasyromanen passierte. Hatte Chris vielleicht sogar eine Freundin gehabt, die ich jetzt aus seinem Leben geschossen hatte? War er deswegen traurig oder sauer?

Tausende Szenarien spielten sich in meinem Kopf ab, wie er mich verließ und von sich stieß. Überfordert mit der Situation und seiner Rolle. Szenarien, in denen er sich mit einer anderen Frau traf, die eigentlich an seine Seite gehörte. Die allesamt nicht gut oder zumindest nicht schmerzfrei für mich ausgingen.

Denn von einer Sache war ich überzeugt. Egal, wie sauer, überfordert und verwirrt ich gerade war, war ich mir sicher, dass ich Chris aus meinem Leben nicht mehr streichen wollte. Das, was uns verband, war etwas ganz Besonderes.

Chris starrte weiterhin den Boden - oder seine Hände - an. Als ich sein Gesagtes in Gedanken noch einmal durchging, stolperte ich über einen Satz: *„Genau das war geschehen, als ich dich das erste Mal gesehen habe."*

Ich verstand nun den Kern der Geschichte, was er mir damit sagte, sprang erschrocken von der Couch und stellte mich mit zu Fäusten geballten Händen, die Arme in meine Hüften gepresst, vor Chris.

„Warte!" Ich atmete keuchend. „Willst du mir etwa damit sagen, dass ich so ein Träumer bin?"

„Ja … leider." Chris' Worte konnte ich kaum hören, so leise war seine Stimme.

Ich schüttelte den Kopf. „Niemals!" Wütend stampfte ich wie ein Kind mit dem Fuß auf den Boden. Am liebsten wäre ich Chris an die Gurgel gegangen. Wollte er mich auf den Arm nehmen?

Aber was, wenn es stimmte?

Meine Selbstzweifel überrannten mich. Zweifel darüber, dass ich wieder nicht genug wäre, wie es früher schon immer war. Dass man einen größeren Grund brauchte oder sich einen Nutzen von einer Beziehung erhoffte. War es so, dass Chris mich nicht wollen würde, wenn da nicht diese merkwürdige Verbindung zwischen uns wäre?

Es wäre auch zu schön gewesen, wenn mich jemand meiner selbst willen lieben würde. In meiner Brust baute sich ein schmerzhafter Druck auf. Mein Herz geriet in den Griff eines Schraubstocks und ich wusste kaum mehr, wohin mit mir. Resigniert ließ ich mich auf der Couch nieder, mein Herz brach noch, bevor ich darauf saß.

„Ich verstehe …", sagte ich mit brüchiger Stimme. Mein Atem wurde unregelmäßiger. Ich bekam kaum noch Luft.

„Mary. Es ist anders, als du denkst." Seine Augen funkelten mich an und das Lächeln wurde noch trauriger. „Es ist nicht so, dass ich unsere Verbindung schlecht finde. Doch sie bedeutet, dass du das Mädchen bist, welches alles in den Händen hält. Du bist es, die Hoffnung bedeutet." Er stand auf, hockte sich vor mich und nahm meine Hände in seine.

Langsam öffnete er meine Fäuste und spielte mit meinen Fingern. Sein Blick suchte nach meinem und als ich endlich schaffte aufzusehen, bemerkte ich seinen Schmerz.

„Aber Hoffnung ist doch etwas Gutes, Chris. Ich versteh nicht, wieso …"

„Nein, wie denn auch? Du weißt nicht, *wer* du bist. Und bis zum Schluss wollte ich es nicht wahrhaben. Als du mir von deinem Traum berichtet hast, habe ich dennoch gehofft, dass es nicht das war, was nahelag. Und erst als ich den *Vokert* im Park gesehen habe, konnte ich es nicht länger verleugnen." Er schluckte. „Die Geschichte enthält nun mal auch ein Ende. Eines, welches so nicht stattfinden darf." Er rang mit sich, sagte aber nichts mehr.

„Wie geht sie aus?", fragte ich ängstlich. Eigentlich wollte ich es nicht hören. Würde es *mein* Ende bedeuten?

„Nachdem das Mädchen entkommen konnte, lebte es im Verborgenen. Ihre Macht war kaum ausgebildet und nicht stark genug, um sich selbst zu gefährden, aber stark genug, um Dinge zu erschaffen. Nur Kleinigkeiten und nicht lang anhaltend. Jedes Mal, wenn das Mädchen seine Kraft nutzte, setzte es Energie frei. Nach etwa fünf Jahren war es dann ganz verschwunden. Man nahm seine Energie nicht mehr wahr und vermutete das Schlimmste. Doch der Glaube an das Gute war unverwüstlich und so erzählte man sich, dass es zu seiner Zeit wieder auftauchen würde. Trotz vieler Zweifler waren sich die meisten dabei sicher. Irgendwann würde das Mädchen seine Macht entfalten und Leija wieder aufleben lassen. Doch um Leija schützen zu können, muss der Verstoßene vernichtet werden."

Er sah mir tief in die Augen. „Mary. Hier kommst du ins Spiel. Du bist dieses Mädchen, die letzte Träumerin. Es ist deine Aufgabe, den Ausgestoßenen zu vernichten und Leija wieder aufleben zu lassen." Kurz sah er zu Boden, bevor er sich erneut in meinen Augen verlor. Sein Schmerz war für mich fast körperlich spürbar. „In der Geschichte überlebt keiner der beiden den Kampf um die Macht. Niemand könnte ihn jemals gewinnen. Ich weiß nicht, welche Hoffnung alle Anker in dich setzen, wenn die Geschichte so ausgehen sollte. Der letzte Träumer wäre verloren. Du wärst nicht mehr da. Du wärst verloren ... Wie sollte ich dabei glücklich sein, meinen Partner gefunden zu haben, wenn ich weiß, dass du mein Herz in Händen hältst und dabei sterben würdest?"

Ich rutschte von der Couch hinunter, setzte mich ganz nah vor Chris und lehnte mich an seine Brust. Gemeinsam saßen wir auf dem Boden, während ich ihn, meine Arme fest um seine Taille geschlungen, hielt. In dem Moment wusste ich nichts mit dem anzufangen, was er gesagt hatte, spürte aber deutlich seine Sorge und seine Angst und wollte sie ihm nehmen.

Chris legte sein Kinn auf meinem Scheitel ab und ich spürte, mit meiner Wange an seiner Brust, seinen Herzschlag und seine Atmung nach. Als sich beides auf ein Normalmaß beruhigt hatte, sah ich zu ihm auf.

„Ich werde nicht kämpfen, dann kann mir auch nichts passieren."

Es war die einfachste Lösung. So war keiner in Gefahr. Na gut, Leija würde nie wieder existieren, aber bisher klappte es auch ohne. Ich richtete mich auf, um meinen Entschluss zu verdeutlichen.

„So simpel ist das nicht. Der Kampf hat bereits begonnen. Sie sind in deinen Träumen und in der Realität erschienen. Das heißt, dass es angefangen hat und uns die Zeit wie Sand durch die Finger rinnt." Er zog mich enger an sich heran. „Es tut mir so leid." Diesmal hielt er mich fest, während ich nicht die Kraft dazu fand.

„Aber du kannst doch nichts dafür, es ist nicht deine Schuld, dass …"

Chris versteifte sich. „Doch, Mary, es ist meine Schuld. Wären wir uns nie begegnet, wäre deine Magie, der Zauber, nicht aktiviert worden, und der Vokert hätte dich nie finden können. Hätte ich von Anfang an so gehandelt, wie ich es mir geschworen hatte, falls ich jemals auf das Mädchen treffen sollte, dann wäre das nicht passiert. Aber ich konnte nicht ahnen, was es mit mir anstellen würde, wenn ich es, wenn ich *dich*, treffen würde. Obwohl ich diese Verbindung gespürt habe und ihr nichts entgegenzusetzen hatte, wollte ich es nicht glauben. Und niemand konnte ahnen, wer dieses Mädchen war und wo sie steckte. Ich konnte mich ja schlecht nur aus Vorsicht mein Leben lang zu Hause einschließen. Und nun sieh mich an. Jetzt stehe ich hier mit meinem Leben in meinen Armen und weiß, dass ich es bald verlieren werde. Ich wollte das nie. Bitte, das musst du mir glauben."

Ich hörte, was er sagte, verstand seine Worte und spürte, was er empfand. Vielleicht hätte ich sauer oder wütend sein sollen, aber ich war nichts davon. Ich war froh, von ihm gehalten zu werden.

War das alles der Grund, wieso meine Adoptiveltern damals mit mir zum Arzt gegangen waren? Wieso meine Träume aufhörten? Dass das aufhörte, was mich ausmachte. Das Spielen mit Milo und seinen Freunden. Das Reisen in fremde, in meinen Gedanken erschaffene Welten.

Nach und nach kam zurück, was ich mir all die Jahre verboten hatte. Die Erinnerung an meine Träume. Die bunten und wunderschönen. Nicht nur Milo hatte ich daraus mitgebracht. Andere Dinge wie Spielsachen, die ich unbedingt wollte, hatte ich mir erschaffen. Zeitweise konnte ich unter Wasser atmen, fliegen wie ein Vogel oder mich mit Tieren unterhalten. Was ich jedoch nicht bestätigen konnte, war, dass ich dabei einen Teil von mir verlor, denn ich war immer *ich* geblieben. Verloren hatte ich erst etwas, nachdem der Arzt mir alles genommen hatte.

Also wollten meine Adoptiveltern mich eigentlich nur vor dem schützen, was unausweichlich bevorzustehen drohte? Das ergab keinen Sinn. Wieso waren sie dann jetzt nicht mehr da? Wieso waren sie spurlos verschwunden?

Meine Gedanken suchten das Ende des Fadens und wollten es mit etwas verbinden, das passte. Ich fand das Gegenstück jedoch nicht. Zwar hatte ich mehr Informationen als vorher, sie brachten mich aber keinen Schritt weiter.

Langsam hob ich den Kopf und sah in Chris' wunderschönen, von Trauer verhangenen Augen. Seine Hand strich über meine Wange und ich fühlte unsere Verbundenheit mit meinem Herzen und meiner Seele. Sie war so stark, dass ich nicht anders konnte. Ich richtete mich ein wenig auf und reckte meinen Hals. Nur Millimeter vor seinen Lippen hielt ich inne und schloss die Augen.

Ich atmete tief ein und überbrückte mutig auch das letzte Stück. Als sie aufeinandertrafen, stob ein Schwarm Schmetterlinge in meinem Magen empor und taumelte vor Freude. Wir berührten uns zart und es war, als würden wir zusammengehören. Vorsichtig tasteten wir uns vor, als wäre es der erste Kuss unseres Lebens.

Anfangs trafen unsere Lippen nur zart aufeinander. Abwartend, ob der andere einen Rückzieher machte. Als dies nicht der Fall war, legte ich meine Arme um Chris' Nacken und seine Hand wanderte zu meinem Hinterkopf. Er zog mich näher zu sich heran. Sein Atem strich über meinen Mund, seine Zunge fuhr über meine Lippen und bettelte um Einlass.

Wie sollte ich dem widerstehen? Ich öffnete meinen Mund, um seine Zunge zu empfangen. Als sie meine berührte, stahl sich ein leises Seufzen aus meiner Kehle. Hätten wir nicht gesessen, wäre ich vermutlich wegen meiner wackligen Beine eingeknickt. Ein erneutes Seufzen drang aus meinem Mund.

Gemeinsam teilten wir nicht nur unseren Atem. Und während seine Hand weiterhin an meinem Hinterkopf ruhte, fuhr er mit der anderen über meinen Rücken, zu meinem Po und wieder nach oben. Chris war einfach überall. Meine Sinne drehten durch und doch wusste ich, ich war angekommen. Dieser Mann brachte mich um den Verstand.

Ich zog ihn näher an mich heran. Knabberte an seiner Unterlippe und spürte sein Lächeln an meinem Mund. Es fühlte sich wirklich so an, wie mein erster Kuss. Nie zuvor hatte ein Mann ähnliche Gefühle in mir geweckt.

Schneller als mir lieb war, beendete Chris den Kuss. Ich spürte erneut sein Lächeln an meinem Mundwinkel, hörte seinen Atem, der ebenso wie meiner stoßweise kam, und öffnete die Augen. Liebevoll lehnte er seine Stirn gegen meine und wir versanken in den Augen des jeweils anderen. Mein Herz machte einen Satz.

Egal, was mir bevorstehen sollte, ich war froh, Chris an meiner Seite zu haben.

Kapitel 7

Nach dem Kuss und dem stumm erteilten Versprechen hatten wir die halbe Nacht auf der Couch gesessen und uns unterhalten. Niemand verlor ein Wort über den Verstoßenen. Vermutlich war es der Bettler, nachdem, was er im Park mit mir gemacht hatte. Wir wussten nun, dass er scheinbar den Vokert schickte, um sein Spiel zu spielen. Auch sprachen wir nicht über Leija oder das Ende der Geschichte.

Stattdessen lernten wir uns kennen, erzählten einander Dinge aus unserer Kindheit, berichteten von unserem jetzigen Leben und von unseren Träumen für die Zukunft. Dabei verließen wir nie unsere kleine Insel, die Couch in meinem Wohnzimmer. So erzählte ich Chris etwas, an das ich nicht einmal freiwillig dachte. An eine Zeit in meinem Leben, die ich lieber vergessen hätte. Doch irgendwie spürte ich, bei ihm wäre mein Leben sicher.

Ich redete über meine Adoptiveltern, denn meine leiblichen Eltern hatte ich nie kennengelernt. „Sie waren relativ schnell mit mir überfordert gewesen. Nach dem *Arzt-Besuch*, der alles verändert hat, sonderten sie mich mehr und mehr von allem ab. Auch von sich." Mut fassend atmete ich ein. „Ich bin unter Menschen vereinsamt, habe die Zwischenmenschlichkeit und das Vertrauen verloren. Letztendlich habe ich mich in mir selbst eingeschlossen. Meine *Eltern* waren froh darüber, dass ich so *unkompliziert* wurde und sie in Ruhe gelassen habe. Dabei habe ich das nur getan, weil ich die Angst in ihnen gespürt habe. Vor mir. Es war, als wäre ich ihre persönliche Horrorgestalt. Die, die in ihren schlimmsten Albträumen auftaucht und sie heimsucht. Ich habe es an den Schatten erkannt, die sich über ihre Augen gelegt haben, wenn sie mich ansahen. Ich habe die Gänsehaut bemerkt, die ihnen über die Arme gekrochen ist, wenn ich ihnen nähergekommen bin, als ich durfte. Obwohl ich ihnen nie etwas getan habe, haben sie meine Nähe nicht ertragen." Ich schlug die Lider nieder, umgriff meine Hände und spielte mit meinen Fingern.

Chris legte sanft seinen Arm um mich und zog mich fester an sich heran.

„Es hat einige unausgesprochene Regeln gegeben, die ich einhalten musste. So zum Beispiel die, dass ich ihnen nicht so nah kommen durfte, dass sie mich - oder ich sie - hätte berühren können. Nie haben sie es geduldet, wenn ich in ihre Reichweite gekommen bin. Mit vierzehn Jahren habe ich es nicht mehr ausgehalten, diese Angst in ihren Augen zu sehen, und bin unüberlegt abgehauen. Einige Tage ist es irgendwie gut gegangen. Ich habe mich von Tag zu Tag gehangelt, fremde Menschen angesprochen und immer wieder neue Geschichten erfunden, wieso ich alleine unterwegs war. Doch irgendwann haben der Hunger, der Durst und die Kälte ihren Tribut gefordert und ich bin zufällig bei einer älteren Dame gelandet, die dann zu einer Art Ersatzmama für mich geworden ist."

Als ich geendet hatte, wurde es ruhig. Chris hatte mich währenddessen nicht unterbrochen. Ab und an hatte ich ihn tief atmen hören und auch jetzt spürte ich, dass der Druck seiner Arme um meinen Oberkörper enger wurde. Doch das war okay. In diesem Moment fühlte ich, wie eine riesige Last meine Schultern verließ und ich ein Stückchen besser atmen konnte.

Etwas später kamen meine Gedanken wieder ins Hier und Jetzt. Ich drehte meinen Kopf zu Chris und sah ihm dabei zu, wie er unsere Umgebung betrachtete. Chris kommentierte weder meine Einrichtung noch meine Unordnung. Wobei das eine abgeranzt und das andere kaum vorhanden war. Ihm schien es nicht zu stören.

Wieder redeten wir. Die ganze Zeit über berührten wir uns. Mal waren es die Beine, die aneinander rieben, mal die Hände, die sich gegenseitig betasteten oder sein Arm um meine Schultern, wenn ich mich an seine Brust lehnte und zeitgleich seiner Stimme und seinem Herzschlag lauschte. Ich sog alles in mich auf. Jede einzelne Berührung, jedes gesprochene und jedes ungesagte Wort, jeden Blick und jeden Gedanken.

Unsere gemeinsame Zeit war viel zu schnell vergangen, doch wir hatten jeden Augenblick genossen.

Irgendwann war ich wohl eingeschlafen, denn Chris weckte mich mit einem Kuss auf die Schläfe und verabschiedete sich, weil seine Schicht begann. Daran könnte ich mich gewöhnen. Verschlafen hatte ich ihn angelächelt und versuchte seitdem, wach zu werden. Für einen Morgenmuffel wie mich ein fast unmögliches Unterfangen.

Im Halbschlaf taumelte ich ins Badezimmer und machte mich notdürftig fertig. Die Arbeit rief. Allein der Gedanke daran bereitete mir Übelkeit. Alles in mir sträubte sich, den Tag in diesem stickigen Großraumbüro zu verbringen und mich von anderen Leuten vollmaulen zu lassen.

Dennoch kam ich nicht drumherum und machte mich auf den Weg zur Arbeit. Ich hatte noch keine Ahnung, wie ich erklären sollte, warum ich gestern unentschuldigt fehlte. Vielleicht ging ich heute auch nur noch hin, um meine Sachen zu holen. Mal schauen, wie der Tag sich entwickelte. Doch irgendwann musste der Alltag weitergehen.

Nachdem ich es endlich aus der Wohnung geschafft hatte und zur U-Bahn-Station hechtete, weil ich mal wieder zu spät dran war, wählte ich wie jeden Morgen Fays Nummer. Nach zwei Freizeichentönen begrüßte sie mich euphorisch, obwohl sie gerade erst aufgestanden war. Wie konnte man um diese Uhrzeit schon so fröhlich sein? Lächelnd rollte ich mit den Augen. Sie hatte heute ihren freien Tag, was ihre positive Stimmung vermutlich nur verstärkte.

„Guten Morgen, Süße. Geht es dir besser?"

Kurz überlegte ich, Fay in all das Skurrile und Unerklärbare einzuweihen, tat es nach kurzem Zögern doch nicht. Ich wollte sie nicht beunruhigen und war froh, dass es ihr gut ging. „Ja, mir geht es besser. Chris hat mir geholfen." Den Rest ließ ich einfach stehen.

„Das hat er mir bereits erzählt." Ich sah ihr Zwinkern förmlich vor mir. Doch bevor ich reagieren konnte, plauderte sie schon weiter. „Also bist du jetzt auf dem Weg zur Arbeit? Warst du denn gestern da?", fragte sie bohrend nach, während ich in die U-Bahn stieg und Platz nahm.

Sie kannte mich. Es war nicht das erste Mal, dass ich einem Job fernblieb und mich nicht meldete. Eigentlich hatte ich mir geschworen, dass es nicht mehr vorkam. Doch waren es besondere Umstände. Da konnte man mir kaum übel nehmen, dass ich vergessen hatte anzurufen. Na ja, oder vielleicht schon? Ich konnte schließlich kaum erzählen, dass ich angeblich die letzte Hoffnung einer Welt war, die niemand kannte.

„Bist du noch dran?" Ihre Stimme hatte einen besorgten Klang angenommen.

„Ja und nein", grummelte ich nur zurück.

„Mary, wir hatten das doch besprochen. Aber jetzt erzähl erst mal. Wie war deine Zeit mit Chris? Ihr scheint euch sehr nahegekommen zu sein? Hat es bereits gefunkt? Nun sag endlich, lass mich dir nicht alles aus der Nase ziehen."

Fay überging zum Großteil die merkwürdige Situation am Wochenende, ließ mir den Raum, den ich brauchte. Sie verstand, wie ich tickte. Vielleicht wusste sie aber auch, dass sie von mir keine Antwort bekommen hätte. Und wenn doch, hätte sie sie wahrscheinlich nicht einmal glauben können.

Ich schnaubte und lächelte aber ebenfalls, schwebte ich doch auf Wolken. „Du lässt mich gar nicht zu Wort kommen. Also ja, irgendwie hat es gefunkt zwischen uns. Wir verstehen uns ganz gut." So erzählte ich ihr in groben Zügen, was wir gemacht hatten. Natürlich ließ ich die Geschichte von unserer besonderen Verbindung und was das genau bedeutete, weg. Alles andere berichtete ich und Fay schwärmte. Sie sprach von der großen Liebe und ich vermutete, dass sie ihren freien Tag nutzte, um irgendwelche Viererdates zu planen. Halt typisch Fay.

Wir verabschiedeten uns und verabredeten uns für später in unserem Lieblingscafé, während ich die U-Bahn verließ. Kurz bevor ich das Bürogebäude mit der Glasfront betrat, stand ich davor und starrte hoch. Ich fragte mich, wer die Fenster putzte, zuckte mit den Schultern und ging an der immer miesepetrig dreinschauenden Empfangsdame vorbei in Richtung Aufzug.

Den Knopf bereits gedrückt, wartete ich auf das bekannte Läuten, das mir zeigte, dass der Aufzug da war, stieg ein und zog den Sicherheitsausweis am Scanner vorbei. Auf meiner Etage angekommen, holte ich tief Luft und betrat meine persönliche Folterkammer.

Der Arbeitstag war fast wie immer. Er startete mit einem ordentlichen Einlauf, weil ich mich am Montag nicht gemeldet hatte. Im Büro meines Teamleiters nahm ich schweigend die Abmahnung entgegen. *Hätte auch schlechter laufen können*, dachte ich, als ich mich später an meinen Platz setzte.

Am Telefon begann dasselbe Spiel wie jeden Tag. Launische Kunden, genervte Kollegen, ekelhafter Kaffee und eine fast eingefrorene Zeit. Doch mit einem Unterschied: Immer wieder wanderten meine Gedanken zu Chris. Zu seinen Augen, wenn er mich betrachtete. Das Funkeln und das Leuchten, das nur erschien, wenn er mich ansah. Ich dachte an seine Haare, die weich unter meinen Fingern waren. An seine harte Brust, die doch bequem war und auf der ich mich zu Hause fühlte.

Und auch die Geschichte, die er erzählt hatte, ließ mich nicht in Ruhe. Immerhin soll sie mit meinem Tod enden. Mich fröstelte es. Ob er sein Versprechen halten und wir es aufhalten könnten?

Das Telefon klingelte. Der nächste Kunde. „Guten Tag, Sie sprechen mit Mary Mayson, was kann ich …", begann ich. Wurde aber jäh unterbrochen.

„Wehe, Sie legen auch auf. Ihre Kollegen haben es sich schon so einfach gemacht. Ist es denn so schwer, jemandem helfen zu wollen?" Meine Gesprächspartnerin war eine ältere Dame. Ich ließ mir Zeit, half ihr und legte dann erschöpft auf. Der

Mobilfunkanbieter, für den ich arbeitete, hatte sich in letzter Zeit nicht gerade mit Ruhm bekleckert. So war es gang und gäbe, dass man sich bei den Kunden entschuldigte und ihnen in den Hintern kroch, damit sie nicht absprangen.

Ich überlegte, ob ich dem ganzen Elend hätte entgehen können, wenn ich etwas Gescheites gelernt hätte. Doch wie es eben so war, spielte einem das Leben selbst ab und an Streiche, ließ Pläne wie Seifenblasen zerplatzen und zeigte demjenigen einen Vogel. Lachend blickte es auf einen hinab und sah dabei zu, wie man strauchelte und zu leben versuchte. Wie man fiel und beim Aufstehen umknickte. Wie man vermeintlich gewann und dann wieder alles verlor.

So war es mir ergangen. Ich war nicht freiwillig hier. Also doch, irgendwie schon. Aber mein Plan sah einst anders aus als das hier. Ich wollte mein Abitur machen, Medizin studieren und in der Chirurgie arbeiten. *Was ein Zufall*, dachte ich.

Doch in meiner Teenie-Zeit lief alles anders als geplant. Falsche Freunde, falsches Umfeld. Ich versank im Sumpf und schwänzte die Schule, weil ich dazugehören wollte. Doch egal, was ich auch tat, es gelang mir nicht.

Ich war es, auf deren Kosten sich amüsiert wurde. Die, die am Straßenrand stehen gelassen wurde, wenn die Polizei aufkreuzen musste, weil meine Freunde randalierten. Ich stand immer nur Schmiere. Ich hatte zu lange gebraucht, um zu verstehen, was sie mit mir machten. Oder ich wollte es einfach früher nicht einsehen.

Als ich mich von diesen Menschen löste, war es für das Abitur und das Studium zu spät. Meine Noten waren zu schlecht und mein Ruf im Keller. Kaum einer glaubte noch an mich. Und auch ich nicht.

Als die Uhr sich endlich erbarmte und sechzehn Uhr anzeigte, feierte ich innerlich und fuhr den Computer herunter. Ich kam mir vor, als wäre ich aus einer epischen Schlacht zurückgekehrt und war froh, überlebt zu haben. In meinem Kopf erscholl die Melodie von Sias *Unstoppable* und kurz summte ich mit.

Mein Job war eine Plage, eine absolute Plackerei, eben die reinste Qual. Aber anstatt mich um etwas anderes zu bemühen, schleppte ich mich lieber jeden Tag aufs Neue genervt ins Büro, fluchte und bemitleidete mich selbst für mein kümmerliches Dasein.

Ohne einen vernünftigen Schulabschluss und mit einem Lehrberuf, in dem mich keiner wollte, waren meine Möglichkeiten begrenzt. Und ich traute mich auch nicht, mich in andere Richtungen zu versuchen. Zu groß war die Angst zu versagen. Da arrangierte ich mich lieber mit dem, was ich hatte.

Dem riesigen Gebäude endlich entkommen, kramte ich nach meinen Kopfhörern in meiner Handtasche.

„Süße! Hier bin ich!"

Als ich eine vertraute Stimme vernahm, hielt ich inne und blickte mich um. Ich entdeckte rechts von mir Fays Auto und lief perplex darauf zu. Der rosafarbene Fiat glänzte in der Sonne und seine Fahrerin mit ihrer Sonnenbrille auf der Nase strahlte noch viel mehr. Meine Laune verbesserte sich schlagartig.

„Überraschung!", rief Fay durch das heruntergelassene Beifahrerfenster, als ich bei ihr angekommen war. „Ich habe gedacht, ich erspar dir die U-Bahn und komme dich direkt einsammeln. So kannst du mir gleich erzählen, was die letzten Tage noch so passiert ist."

Wenn sie wüsste …

Ich stieg ein und begrüßte Fay mit einer Umarmung. „Ich habe dir schon alles erzählt. Da gibt es nichts, was du nicht weißt."

Ein wenig enttäuscht sah sie zu mir. Meine Tasche warf ich achtlos nach hinten. Während ich mich anschnallte, meine Kleidung sortierte und meine Jacke ebenfalls nach hinten beförderte, startete Fay den Motor und fuhr los.

Ich betrachtete Fay von der Seite. Meine beste Freundin sah wie immer top aus. Aber wen wunderte es? Sie konnte alles tragen. Sogar einen Sack hätte sie als modisches Must-have verkauft. Ihre Haare waren zu einem lockeren Zopf geflochten, aus dem einige Strähnen gekonnt herausgenommen waren. Das Blond schimmerte golden in der Sonne.

Fay erzählte mir von ihrem Wochenende. „Weißt du? Mark hat mich gestern früh angerufen und mir von einem merkwürdigen

Traum erzählt. Er hat mich gefragt, wie es mir geht. Mehrmals. Genau wie du, fällt mir gerade ein." Sie drehte mir kurz ihren Kopf zu und sah dann wieder auf die Fahrbahn.

Die Richtung, die das Gespräch einschlug, ließ mir die Haare zu Berge stehen. Ein eisiger Schauer lief durch meinen Körper. „Weißt du noch, was er erzählt hat? Was für ein Traum das war?", fragte ich zittrig nach.

„Nein. Weil es Quatsch ist. Ich weiß nur, dass er ein großes Wesen gesehen haben will, das mich entführt hat." Unbekümmert zuckte sie mit den Schultern und mir gefror das Blut in den Adern. Mark hatte wohl einen ähnlichen Traum gehabt wie ich. Nämlich dass Fay von *ihm* verschleppt worden war.

„Ja, totaler Quatsch", erwiderte ich halbherzig und bemühte mich darum, so zu tun, als würde ich genau wie Fay um Marks Verstand besorgt sein. Ich lächelte gleichermaßen über sein Verhalten und traute mich nicht, ihr von meinem Traum zu erzählen. Würde sie ihn ebenso abtun wie Marks?

Doch etwas ganz anderes machte mir Sorgen und ich schluckte trocken. Konnte es wirklich sein, dass der *Vokert*, wie Chris ihn nannte, die Verbindung der beiden nutzte, um Angst zu verbreiten? Was war er und wozu war er noch fähig? Ich musste Chris dringend fragen, was es mit diesem *Vokert* auf sich hatte.

Tief in Gedanken versunken hörte ich, wie Fay die Musik aufdrehte und lauthals mitgrölte. Im Radio lief unser Song. *ME!* von Taylor Swift. Fay sah mich an und wartete auf meinen Einsatz, den ich, um sie zu beruhigen, nicht verpasste.

Sie schaute nur einen Augenblick nicht auf die Fahrbahn. Auf der Landstraße mit etwa 62 Meilen pro Stunde ein nicht ganz ungefährliches Unterfangen. Wie gefährlich es war, wurde mir bewusst, als direkt vor uns – wie aus dem Nichts – ein Lkw auftauchte. Und dann geschah alles zeitgleich und doch stand die Zeit kurz still.

Ich hätte schwören können, dass der Lkw, der nun auf uns zugerast kam, vorher noch nicht da gewesen war. Wo kam er so plötzlich her?

Ein Schrei blieb mir im Hals stecken, als er sich querstellte und uns entgegenschlitterte. Wie aus einem schlechten Film, einer Slow Motion entsprungen. Ich hörte einen panischen Schrei, während ich das Unausweichliche auf uns zukommen sah. Weder der Lkw noch wir verloren an Geschwindigkeit. Wenn möglich, wurden wir sogar noch schneller.

Fay versuchte unterdessen alles, um auszuweichen. Sie riss das Steuer herum, zerrte am Schaltknauf und an der Handbremse, aber nichts reagierte. Ich griff meinerseits nach dem Lenkrad und half ihr. Chancenlos. Es bewegte sich kein Stück.

Unsere Schreie wurden lauter und endeten in einem Kreischen. Erst in diesem Moment bemerkte ich, dass ich es war, die so unnatürlich hoch schrie.

Noch immer schien alles in Zeitlupe abzulaufen. Ob das Leben das machte, damit man nichts Schreckliches verpasste, bevor man starb?

Als ich das nächste Mal zu Fay sah, lag ihr Kinn auf ihrer Brust und ihr Kopf rollte unkontrolliert hin und her. War sie bewusstlos? Panik stieg in mir auf, wenn sie in dieser Haltung blieb, würde der Aufprall tödlich ausgehen. Aber ich hatte keine Zeit mehr einzuschreiten. Ich sah dem Ende bereits entgegen.

Den Lkw und uns trennten nur noch wenige Meter, als ich zum letzten Ausweg griff, der sich mir bot. So riss ich erneut an der Handbremse, bemerkte erleichtert, wie sie packte, und zerrte fester.

Sofort geriet Fays Wagen ins Schleudern. Trotz des Sicherheitsgurtes machte sich die Kraft des Drehens bemerkbar. Ich wurde hin und her geschleudert, spürte, wie die Welt kippte, als sich der Wagen mehrfach überschlug.

Mein Kreischen wurde panischer. Ich hielt meinen Arm schützend über Fay und drückte sie mit aller Kraft in ihren Sitz. Gleichzeitig presste ich meine Füße in den Fußraum, um mich selbst zu stabilisieren. Doch alles wirkte nicht dem entgegen, was wir eigentlich hatten verhindern wollen.

Sekunden später knallten wir mit der Beifahrerseite voran in den Lkw.

Schwärze umfing mich und es wurde schlagartig still.

***

Dumpf trafen Töne an mein Ohr. Leise hörte ich ein Rauschen und mein Verstand rang sich nach oben, wollte verstehen, wieso die Welt durcheinandergeraten war. Durch meine geschlossenen Lider nahm ich sich verändernde Lichtverhältnisse wahr. Es war dunkler, als es sein müsste. Mühsam kämpfte ich mit meinen Augenlidern, um sie zum Öffnen zu bewegen.

Entfernt hallte ein Martinshorn, das sich mir näherte. Es war alles wie durch Watte zu hören, mein Verstand arbeitete in Zeitlupe, meine Bewegungen waren abgehackt. Zumindest fühlte es sich so an. Ich war mit meinem Sein weit weg von mir.

Das Erste, was ich nach einer gefühlten Ewigkeit bemerkte, war eine warme Flüssigkeit auf meinem Gesicht. Langsam hob ich meine Hand, wollte danach tasten und ergründen, was damit war. Jäh schoss ein heftiger Schmerz durch meine Schulter und meine Brust und hinderte mich daran. Ich lebte, war allem Anschein nach aber verletzt.

Langsam sickerten die Erinnerungen an den Unfall an die Oberfläche. Fay! Ich drehte mich ihr zu und zwang meine Augen, sich zu öffnen, um mich zu vergewissern, dass es ihr gut ging.

Als ich sie erblickte, schrie ich beinahe vor Schreck, doch selbst dazu fehlte mir die Luft. Meine Rippen drängten sich zu nah an meine Lunge, kurz davor, sie zu durchstoßen.

Anstatt, wie ich annahm, bewusstlos zu sein, starrte Fay mich mit weit aufgerissenen Augen an. Wahnsinn lag in ihrem Blick und ein grausames Lächeln zog über ihr Gesicht, als sie mit leiser, drohender Stimme zu sprechen begann: „Du hast es so gewollt. Wer spielt, muss auch verlieren können." Sie bäumte sich wie unter Schmerzen noch einmal kurz auf, ehe ein Luftzug, angefüllt mit dunklem Rauch, ihren Körper verließ und an mir vorbeizog. Fay brach in sich zusammen. Ein feines Rinnsal Blut bildete sich an ihrem Mundwinkel und floss langsam gen Boden. Panisch wich ich zurück. Ich musste aus dem Wagen raus. Sofort!

Als ich noch einmal meinen Arm hob, diesmal um mich gegen die Tür zu stemmen, durchfuhr mich erneut ein heftiger Schmerz. Langsam und bedacht tastete ich mit der linken Hand nach dem Verschluss des Sicherheitsgurtes. Diese kleinen Bewegungen ließen meine Nerven aufschreien. Mein Körper signalisierte mir, ich sollte aufhören.

Aber wie konnte ich? Ich konnte nicht hierbleiben und wurde immer panischer. Was war das gerade mit Fay? Was passierte hier? Meine Hand lag auf dem Verschluss. Ich drückte schon das dritte Mal, aber er reagierte nicht. Verdammt!

Ich saß in der Falle, war vollkommen eingequetscht. Angefangen bei meinen Beinen, die ich gerade noch ausgestreckt hatte, damit sie mich schützten und deren Ende ich nun nicht mehr sehen konnte, weil die Karosserie mich umschloss. Über mein Becken, das, genau wie meine Schulter, engere Bekanntschaft mit der Beifahrertür machte. Rechts neben mir, auf Augenhöhe, befanden sich die Radaufhängung und ein Teil des Lkw. Die Teile schmiegten sich um mich und hielten mich umklammert.

Ebenso sah es vorne aus. Die Front des Fiat 500 war komplett eingedrückt. Die Scheibe eine einzige Ansammlung kleiner Mosaike, die nur noch durch die Schutzschicht zusammenhielten. Ein Teil der Frontscheibe war dennoch herausgerissen und die Lücke blies den Wind zu uns hinein.

Scheiße. Was war passiert?

Es machte ganz den Anschein, als hätte der Lkw Fays Wagen verschlingen wollen. Und mich gleich mit. Ich hatte keine Chance zu entkommen, steckte ich doch viel zu sehr zwischen diesem ganzen Metall fest. Der Schrei, der sich aus meiner Kehle lösen wollte, erstickte dort. Sie war zu rau. Nicht nur die Schmerzen hinderten mich am Atmen. Alles, was in dieser Hinsicht etwas zu tun hatte, ließ mich im Stich. Resigniert gab ich auf, wartete und bewegte mich so wenig wie möglich.

Erst jetzt, wo die Panik sich langsam zurückzog, merkte ich, wie jeder Atemzug anstrengender wurde. Mir wurde kalt und mein Körper zitterte unkontrolliert. Selbst die Bewegungen meines

Herzens und meiner Lunge, die sich unaufhörlich abkämpften, taten unglaublich weh. Warum hörte es nicht einfach auf?

Irgendwann übermannten mich die Schmerzen. Jeder Knochen meines Körpers schrie. Meine Haut war wund und jede noch so kleine Berührung bohrte sich durch mich hindurch und fraß sich in meine Nerven. Ich atmete flach ein und schloss die Augen. Nur für einen Moment.

Als ich sie wieder aufschlug, war Fay verschwunden. Ich blinzelte. Ein Gesicht schwebte vor mir, fragte mich, ob ich meinen Namen sagen könnte. Erneut fielen mir die Lider zu.

Ich öffnete sie, als Hände über meinen Körper tasteten, sie drückten sanft gegen meinen Hals. Nein, sie legten mir etwas um den Hals. Eine Decke wurde über meinen Körper ausgebreitet.

Dunkelheit empfing mich.

***

Als ich langsam zu Bewusstsein kam, war der enorme Druck auf meinem Körper verschwunden. Blinzelnd sah ich mich um. Ich war in einem Krankenwagen, fing den angespannten Gesichtsausdruck eines Sanitäters auf, der immer wieder auf die Monitore sah und dem Fahrer etwas zurief. Doch die Worte verstand ich nicht. Da war nur die Kälte, die nach mir griff, die die Schmerzen in den Hintergrund verlagerten. In diesem Moment wurde mir klar, dass ich sterben würde.

Der Wagen stoppte. Auf einer Liege wurde ich durch Flure eines Krankenhauses gefahren. Immer wieder blinkte grelles Licht über mir auf und verriet mir, dass die Sanitäter, die mich schoben, wahnsinnig schnell rennen mussten. Ich wollte wach bleiben, ich *musste* wach bleiben.

Was würde wohl passieren, wenn ich einschlief? Panik sollte mich übermannen, ich sollte um mein Leben bangen, doch all das rückte mehr und mehr in den Hintergrund und wich einer Taubheit, die mir Erlösung versprach.

„Was ist passiert?" Eine mir unbekannte Stimme verfolgte uns und ließ sich Einzelheiten berichten. Ich konnte kaum folgen, so schnell sprachen sie in ihrem Fachchinesisch. Irgendwie war es mir aber auch egal. Sollten sie mich doch endlich in Frieden lassen. Als sich wie aus dem Nichts ein beruhigendes Gefühl in meiner Brust ausbreitete, wusste ich instinktiv, dass Chris in meiner Nähe sein musste. Er war hier irgendwo. Wir waren also bei ihm im Krankenhaus. Wusste er, dass ich hier war und mit dem Leben rang? Denn mit einem war ich mir sicher: Meine Chancen standen schlecht.

Türen wurden aufgestoßen und die Liege angehalten. In hellgrünen Kitteln gekleidete Gestalten sammelten sich um mich und hoben mich auf eine andere Liege. Routinierte Hektik lag in der Luft. Viele Menschen hantierten an mir herum, zogen behutsam an meiner Kleidung, sprachen mich an.

Ich konnte mit meinem Blick nichts fokussieren. Er irrte nur durch den Raum. Mein Sichtfeld verschwamm.

Genau über mir erschien eine Lichtquelle und blendete mich. Mit zusammengekniffenen Augen versuchte ich zu verstehen, was hier alles geschah. Aber nichts wurde zu einem Bild. Ich wusste mittlerweile nicht einmal mehr, wieso ich hier war. Erschöpft schloss ich die Lider. Wieso lebte ich noch?

Wieder hörte ich, wie eine Tür aufgestoßen wurde. Eine Hand griff nach meiner Wange.

„Mary?" Chris klang abgekämpft und gehetzt.

„Breylon, raus mit Ihnen!", ertönte eine wütende Frauenstimme. „Sie haben hier nicht zu suchen. Sie haben auf der C1 Dienst!"

„Mary, kannst du mich hören?" Seine Hand fuhr hektisch über meine Haut und strich mir meine Haare aus dem Gesicht, als wollte Chris mich zu einer Reaktion bewegen.

Ich versuchte mit allem, was ich hatte, noch einmal die Lider zu öffnen, suchte in der kleinsten Ecke nach der Kraft und sah ihm in die Augen. Am liebsten wollte ich lächeln, doch dazu fehlte mir die Kraft.

Chris' Blick war flehend. Vorsichtig legte er seine Stirn an meine. „Du musst das schaffen, Mary. Bleib bei mir."

Als er sich von mir trennte, spürte ich, wie sich etwas Kühles durch meine Adern arbeitete. Innerhalb von Sekunden verlor ich den Kampf um mein Bewusstsein.

***

Als wäre kaum Zeit vergangen, erwachte ich. Obwohl ich die Lider noch immer zusammengepresst hatte, wusste ich, dass ich nicht mehr unter dieser grellen Lampe und auch nicht mehr auf einer Liege war. Ich lag auf einem Bett und ein stetiges Piepen nervte mich abgrundtief.

Noch völlig benommen war mir nicht klar, was hier passierte. Mühsam versuchte ich, Kontrolle über meinen Körper zu gewinnen, doch schon bei der kleinsten Regung streikten meine Muskeln und Knochen. Ein jäher Schmerz jagte von den Fußsohlen bis zu meinem Scheitel hinauf.

Ich schnaufte, als wäre ich einen Marathon gelaufen. Meine Augenlider waren bleischwer und ließen sich nicht öffnen. Es war ein fast chancenloses Unterfangen. Weil nichts so richtig funktionieren wollte, ballte ich aus Frust meine Hände zu Fäusten.

Meine Nerven reagierten sofort. Sie waren überreizt und wollten sich nicht bewegen. Sie sendeten immer wieder stechende Signale, die mich zusammenzucken ließen. Mir entwich ein Wimmern und kurz darauf hörte ich etwas anderes als das Piepen. Ich spürte, wie meine linke, nicht schmerzende Hand behutsam vom Bett genommen wurde.

Die Matratze unter mir gab auf dieser Seite nach und allein diese kleine Verlagerung meines Körpers war so schmerzhaft, dass mir Tränen in die Augen schossen und ich nach Luft rang. Das Gewicht verschwand sofort und meine Muskeln entspannten sich. Ein Flüstern drang an mein Ohr, unverständliche Worte. Irgendwann konnte ich klarer hören und verstand, was gesagt wurde.

„Bitte, Mary, wach auf." Flehend durchbrach Chris' Stimme meine Trance.

Und dann funktionierte es fast wie von selbst und meine Augen öffneten sich. Vorsichtig drehte ich den Kopf nach links. In die Richtung, aus der die Stimme gekommen war. Ich entdeckte Chris, mit dem Gesicht nach unten an meiner Hand lehnend, die er in seiner hielt.

Obwohl ich mit aller Macht auf mich aufmerksam machen wollte, gelang es mir nicht. Ich konnte Chris nur betrachten und abwarten. Gefühlte Stunden später – es konnten auch nur Minuten gewesen sein - sah er auf. Er blinzelte mehrmals. Tränen bildeten sich in seinen Augen und er wirkte unendlich erleichtert. Behutsam richtete er sich auf, seine Hand näherte sich meinem Gesicht. Chris kämpfte offenbar mit sich, wollte mich berühren, doch aus seinen Augen sprach die Angst, mich zu verletzen, falls er es tat.

Kurzerhand schmiegte ich meine Wange an seine Handfläche und drehte nur den Kopf ein wenig weiter nach links. Seine Finger strichen vorsichtig über meine Haut, wischten die Tränen fort, die unablässig über meine Wangen liefen.

„Was …?" Mein Hals brannte, sodass ich nur ein Krächzen zustande brachte. Ich wollte unbedingt wissen, was passiert war und wie es Fay ging. Wie lange war ich schon im Krankenhaus?

Tausend Fragen schossen mir durch den Kopf. Gefrustet und völlig erschöpft schloss ich die Augen und mein Kopf rollte ohne mein Zutun wieder in seine Ausgangsposition zurück. Bilder von Fays irrem Gesichtsausdruck blitzten vor mir auf. Das Piepen der Gerätschaften wurde schneller und begann zu stolpern. Die Luft kam nur noch stockend in meiner Lunge an.

Um mich herum wurde es erneut hektisch. Jemand – vermutlich Chris – huschte um mich herum und ich genoss die Wärme, die er ausstrahlte. Doch auch er konnte mich nicht halten. Ich entglitt ihm immer mehr. Blinzelnd sah ich auf, versuchte, wach zu bleiben, doch ich schaffte es nicht.

„Ich bin hier, dir kann nichts geschehen. Mary, du musst dich beruhigen. Bitte." Wieder dieser flehende Ton. Aber egal, wie sehr Chris auch bitten mochte, mein Verstand drehte durch und mein Herz gleich mit.

Ich sah Fay immer und immer wieder mit diesem falschen Grinsen und dem Blut am Mundwinkel. Wie sie meinen Zustand genoss und mich quälte.

„Egal, wie sehr du dich zu wehren versuchst, du wirst es nicht schaffen. Verabschiede dich von deinem Liebsten, solange du es noch kannst." Diese dunkle Stimme in meinem Kopf zog mich tiefer und tiefer.

Mittlerweile war Chris vom Bett aufgesprungen und schrie verzweifelt nach Hilfe. In seiner Hand hielt er den Notfallknopf, der über meinem Kopf gebaumelt hatte. Im Sekundentakt sprach er mir beruhigend zu oder schrie nach der Schwester und einem Arzt. Aber das bekam ich kaum noch mit. Da war nur das Piepen. Es wurde unregelmäßig. Ich spürte, wie die Kälte nach mir griff, doch meine Angst löste sich. Kurz schaffte ich es noch einmal, in Chris' panisches Gesicht zu sehen.

Der Ton wurde gefährlich langsam. Trauer umfing mein Herz. Trauer über unser verlorenes Glück. Trauer, weil ich ihm nicht helfen konnte, das zu überstehen.

Eine einsame Träne rollte meine Wange hinunter, als das Piepen letztendlich zu einem langen lauten Ton wurde.

Kapitel 8

Als ich die Augen aufschlug, waren die Schmerzen fort und die Blessuren verschwunden. Meine Umgebung war eine völlig andere. Nur mit einem OP-Hemd und Socken bekleidet stand ich mitten auf einer dicht befahrenen Straße. Autos rasten an mir vorbei, als würde ich nicht existieren oder sie mich nicht sehen.

Der Windstoß, den sie erzeugten, wirbelte mir mein offenes Haar um die Ohren. Mit einer Hand bändigte ich es und drehte mich um mich selbst. Ich wollte mir einen Überblick verschaffen. Was tat ich hier und wie kam ich hierher? Die Sonne strahlte hell vom Himmel und kitzelte auf meiner Haut.

Die Fahrzeuge, die gerade noch um mich herumrasten, waren nach einem Wimpernschlag verschwunden. Die Straße war wie leer gefegt. Erneut drehte ich mich um mich selbst. Ich spürte, dass irgendetwas nicht stimmte, irgendetwas nicht richtig war. Ich konnte das Unheil förmlich riechen. Dennoch sah ich nichts, was besorgniserregend hätte sein können.

Es war ein ganz normaler Tag in Livingsten. Menschen gingen ihrem Alltag nach und liefen gehetzt oder betont gemütlich zur Arbeit. Es war ein skurriles Bild, wenn in einer belebten Stadt auf einmal nur die Autos verschwanden.

Ich verstand es nicht, betrachtete die Personen um mich herum und suchte nach dem Grund für all das. Ältere Herrschaften machten sich auf den Weg zum Einkaufen oder was man sonst im

Ruhestand für Hobbys nachging. Andere schlenderten ohne ein offensichtliches Ziel durch die Straßen. Der Lärm der Stadt echote in meinen Ohren.

Viel später erst bemerkte ich den Mann im Trenchcoat, der den Bürgersteig entlangging. Ich starrte ihn an, ohne zu wissen, warum. Er wollte nicht so recht ins Bild passen und hob sich von allem ab. Der Mann stach heraus wie eine Motte unter Schmetterlingen.

Erst einige Augenblicke später realisierte ich, wieso: Ihm fehlte jegliche Farbe. Also nicht, dass er keine farbige Kleidung trug. Er bestand komplett und allumfassend nur aus Schwarz- und Weißtönen. Das Dunkelste an ihm war sein Haar. Dagegen war seine Haut aschfahl. Richtiggehend grau in verschiedenen Tönen.

Eine tiefe Falte stand ihm auf der Stirn, als würde er stark nachdenken. Humpelnd lief er auf dem Bürgersteig entlang, zog ein Bein hinkend hinter sich her. Noch während ich sein skurriles Selbst betrachtete, fiel mir auf, was er tat. In seiner rechten Hand oder anstatt seiner Hand - ganz genau konnte ich das nicht erkennen - hielt er eine Art Handstaubsauger.

Und immer, wenn er diesen hob, verschwand die Farbe der Umgebung, auf die er zielte, in der Öffnung des merkwürdigen Saugers. Alles, was zurückblieb, waren Flecken in sämtlichen Grautönen. Wie aus Kunstwerken, die mit Farbklecksen entstanden, nur fehlte diesem die Farben. Die Größe der Kleckse hing davon ab, wie lange er auf etwas zielte. Wenn er dabei lief, zog er eine graue Spur hinter sich her. Das Humpeln war auch in den Bahnen erkennbar, die er zog. Sie verliefen in Schlangenlinien.

Ungläubig und mit offen stehendem Mund beobachtete ich den Mann noch eine Weile und hoffte, dass dies nur ein schlechter Traum war, und bereute gleichzeitig meine Gedanken. Was, wenn nicht?

Bevor ich weiter darüber nachdenken konnte, was das bedeuten könnte, drehte sich der Mann zu mir und grinste mich mit schief gelegtem Kopf an. Es ließ mir das Blut in den Adern gefrieren. Es war das gleiche Grinsen, das Fay trug, bevor sie zusammenbrach.

„Gefällt dir, was du siehst? Es ist erst der Anfang."

***

Schreiend fuhr ich hoch. Mit weit aufgerissenen Augen sah ich mich um. Ein dunkles, aber weißes Zimmer empfing mich. Nackte Wände ohne Dekoration. Fenster ohne Vorhänge. Ganz langsam sickerte die Erkenntnis durch meine Adern. Ich war immer noch im Krankenhaus. Und allem Anschein nach war es Nacht. Das OP-Hemd klebte durch den kalten Angstschweiß an meiner Haut. Als ich wacher wurde, fiel mir auch der Rest ein. Der Unfall, Fays Lächeln, bevor sie bewusstlos wurde. Dieses Lächeln, das eins zu eins mit dem des grauen Herren übereinstimmte.

Durch die auf der Straße vorbeifahrenden Autos zogen gespenstische Schatten an den Wänden vorbei. Wieder fröstelte es mich. Der Schweiß begann kühl auf meiner Haut zu trocknen. Ich griff vorsichtig nach der Decke, zog sie behutsam hoch und versteckte mich halb unter ihr, während ich mich weiter im Zimmer umsah. Ich war allein, ein Lämpchen auf dem Tisch in der Ecke brannte. Wahrscheinlich hatte Chris es angelassen.

Langsam, da keine Gefahr von jemandem hier im Zimmer ausgehen konnte, entspannte ich mich ein wenig. Ich atmete bedacht ein und aus. Nur nicht zu tief, zu sehr schmerzten noch meine Muskeln und Sehnen.

Dennoch zeigte es Wirkung. Das Piepen um mich herum, das gerade noch hektisch klang, verlangsamte sich auf ein normales Maß. Ich war also noch immer am Leben. Dieser Gedanke zerriss mein Herz. Auf der einen Seite wollte ich natürlich nicht sterben, doch zum anderen wollte ich dieser unbekannten Gefahr nicht ins Auge sehen. Ich wusste nicht einmal genau, was all das zu bedeuten hatte.

Die Zimmertür wurde geöffnet und ein Lichtschein erhellte den Raum noch mehr. Von diesem Strahlen umfangen, trat Chris ein. Ich erkannte ihn auf Anhieb. Aber auch wenn ich ihn nicht gesehen hätte, so spürte ich, dass er es war, der nun vor mir stand. Erschöpft trat er an mein Bett.

„Wieso schläfst du nicht? Ist etwas nicht in Ordnung?" Vorsichtig beugte er sich über mich und küsste meine Stirn.

„Ich … ich habe schlecht geträumt." Verschüchtert und aus Angst, etwas falsch gemacht zu haben, senkte ich den Blick.

Chris' Anspannung war spür- und sichtbar, obwohl er mit aller Macht zu versuchen schien, es mir nicht zu zeigen. „Hab keine Angst, ich werde hier sein. Dir kann nichts passieren. Schlaf weiter."

„Woher willst du wissen, dass mir dann nichts passiert?" Fragend und erwartungsvoll sah ich zu ihm auf. Konnte mir in meinen Träumen wirklich nichts zustoßen?

Sanft streifte er eine Haarsträhne hinter mein Ohr. „Ganz ehrlich?" Traurig sah er mir in die Augen. „Ich weiß es nicht. Doch, wenn der Vokert dir in deinen Träumen etwas antun könnte, wieso hatte er es nicht schon längst getan?"

Ich konnte seiner Logik nicht zustimmen. Die Träume waren viel zu real. Viel zu sehr mit meiner realen Welt verknüpft. Zumindest fühlte es sich so an. Im Traum war ich auf keinen Fall sicher. Er legte seine Hand auf meinen Arm und unsere Blicke verhakten sich ineinander. Wahrscheinlich hoffte er darauf, dass ich mich dadurch beruhigen und einschlafen würde.

„Ich möchte nicht schlafen. Nie wieder."

Mit meiner Gegenwehr hatte er offensichtlich nicht gerechnet, denn er keuchte leise.

Eine einsame Träne stahl sich aus meinem Augenwinkel, weil ich genau wusste, dass es nicht funktionieren würde. Dass ich irgendwann schlafen musste. Ob ich wollte oder nicht. Es gehörte nun einmal zum Leben.

Langsam setzte Chris sich zu mir aufs Bett. Wenn ich die Möglichkeit gehabt hätte, wäre ich von ihm weggerückt, weil ich wusste, dass er mich zum Einschlafen bringen würde.

Seine Hände umschlossen nun mein Gesicht und er sah mich eindringlich an. „Du musst schlafen, ob du willst oder nicht. In erster Linie ist jetzt erst einmal wichtig, dass du wieder gesund wirst, Mary." Seine braunen Augen hielten mich gefangen, wollten mir die Angst nehmen und mich überreden. Bevor Chris es aber schaffen konnte, schloss ich die Lider und floh auf diese Weise vor ihm. „Mach es mir nicht so schwer. Ich könnte sonst die Schwester bitten, dir etwas zum Schlafen zu verabreichen. Wäre dir das lieber?" Er nahm seine Hände von meinen Wangen, stand auf, breitete die Decke über mich aus und strich mir erneut die Haare aus dem Gesicht.

Doch eine Reaktion meinerseits blieb aus. Langsam atmend und mich nicht bewegend hoffte ich, dass Chris glauben würde, ich würde schlafen.

„Wenn es nicht so traurig wäre, wäre es fast süß, was du hier versuchst. Ich weiß, dass du wach bist."

Den Bewegungen der Matratze nach zu urteilen, setzte er sich zu mir, nicht gewillt, mich in Ruhe zu lassen.

„Ich habe Angst", flüsterte ich mit geschlossenen Augen in die Stille hinein.

„Ich weiß." Mehr musste er nicht sagen und ich begann zu weinen. All die angestauten Gefühle bahnten sich gleichzeitig einen Weg nach draußen und wieder einmal liefen mir Tränen wie Bäche die Wangen hinunter.

Der Verstoßene, der Vokert, die Träume, der Unfall, Fay.

All das war zu viel und definitiv kein Zufall.

Ich öffnete die Augen und sah Chris an. „Wie geht es Fay? Wo ist sie?"

„Sie ist zwei Räume weiter und es geht ihr den Umständen entsprechend. Sie erholt sich gut und sie wird – genau wie du – wieder ganz gesund werden." Lächelnd blickte er auf mich herab.

Dankbar nickte ich. Immerhin war Fay außer Gefahr. Doch die anderen Sorgen konnte er mir nicht nehmen. Die Angst ließ sich nicht verdecken.

„Wie kann ich das beenden? Was muss ich tun, damit es aufhört?", wollte ich wissen und Chris wusste offenbar genau, wovon ich sprach.

„Erst einmal musst du wieder auf die Beine kommen, Mary. Du wärst fast gestorben und hast mir eine Heidenangst eingejagt."

Gerade als er aufstehen wollte, hielt ich ihm meine Hand hin. Ich war noch nicht in der Lage, etwas anderes zu bewegen. Chris sah mich fragend an.

„Kannst du … Kannst du bleiben? Bei mir?"

Er betrachtete die Verbände und die Schläuche, die an mir befestigt waren, einen Moment, und dann nickte er kaum merklich. Ganz vorsichtig und behutsam legte er sich neben mich. Da das Bett nicht breit genug war und ich mittig darin lag, hatte Chris nicht viel Platz. Er kuschelte sich an meine linke Seite, den Kopf auf der Hand abgestützt, und sah lächelnd zu mir. Belustigung glitzerte in seinen Augen auf. „Um mich in dein Bett zu kriegen, hättest du so etwas Waghalsiges aber nicht machen müssen. Ein Wort von dir hätte gereicht."

Hätte ich die Kraft dazu gehabt, hätte ich ihn für diesen blöden Spruch aus dem Bett geworfen. Zum Glück für ihn war ich in der Hinsicht k. o. gegangen.

„Versprich mir, dass du bleibst."

„Für immer. Wo sollte ich sonst hin, wenn nicht zu dir?"

Mit diesen Worten fiel ich in einen traumlosen und erholsamen Schlaf.

***

Noch bevor ich richtig wach wurde, wusste ich, dass etwas nicht stimmte. Durch die Tür drangen Geräusche zu mir durch. Auf dem Flur sprachen Menschen wild durcheinander, mal lauter und mal leiser.

Neben mir regte Chris sich und öffnete blinzelnd die Lider. Er sah ganz schön fertig aus und hatte einen deutlichen Abdruck seines Unterarms auf der Wange. Höchstwahrscheinlich hatte er nicht gut geschlafen. Obwohl ich froh war, dass er bei mir geblieben war, meldete sich das schlechte Gewissen dennoch mit voller Wucht.

Ich wollte meine rechte Hand an seine Wange legen, scheiterte aber aufgrund der Schläuche. So drehte ich lediglich meinen Kopf zu Chris und gab ihm einen sanften Kuss auf die einzige Stelle, an die ich kam: sein Kinn. Bevor wir uns jedoch einen guten Morgen wünschen konnten, wurde die Zimmertür aufgerissen.

Mark hastete völlig aufgelöst auf uns zu. „Wo ist Fay?"

Bitte was? Hatte ich mich verhört? „Was meinst du?"

„Ob du weißt, wo Fay ist. Ihr Zimmer ist leer. Sie sollte heute entlassen werden, aber sie ist verschwunden. Die Schwestern haben sie nicht gehen sehen. Niemand weiß, wo sie ist." Seufzend fuhr er sich über das Gesicht. Verzweiflung sprach aus seinen Augen. „Ihr erzählt euch doch immer alles. Hat sie dir gesagt, wo sie hinwill?"

Ich verstand es immer noch nicht. Chris war mittlerweile aufgestanden und stand nun neben meinem Bett. Abwechselnd sah er zwischen Mark und mir hin und her.

Unruhig lief Mark im Zimmer auf und ab und raufte sich immer wieder die Haare. Er war nicht er selbst, starrte ins Leere, als würde er überlegen und dann seine Gedanken verwerfen, bevor er aufs Neue lostigerte. „All ihre Sachen sind noch da. Es wirkt so, als sei sie Hals über Kopf verschwunden. Mary, bitte, wenn du irgendwas weißt, musst du es mir sagen."

Aber ich wusste es nicht. Grübelnd schloss ich die Augen und versank in meinen Gedanken. Wieso sollte Fay weglaufen wollen? War irgendetwas geschehen, was ich nicht mitbekommen hatte?

Das ergab alles keinen Sinn. Sie würde niemals vor Mark davonlaufen. Die beiden waren wie füreinander geschaffen. Und außerdem würde sie niemals gegen ihre eigenen Prinzipien handeln. Selbst regte sie sich immer über die Menschen auf, die sich gegen den ärztlichen Rat entließen.

Also wieso sollte sie es tun? Und dann auch noch, ohne jemandem Bescheid zu geben? Das sah Fay nicht ähnlich. Irgendetwas musste geschehen sein. Hilfe suchend sah ich zu Chris und hoffte, dass er Antworten auf die Fragen hatte, die ich mir nicht einmal stellen wollte.

„Mark, beruhige dich. Sie wird sicher wieder auftauchen." Freundschaftlich legte Chris eine Hand auf Marks Schulter. „Fay und Mary haben sich seit dem Unfall nicht gesehen. Woher soll sie also wissen, wo Fay hingegangen ist? Es wird schon alles gut sein. Vielleicht ist sie nur etwas durcheinander."

Mark sah so verloren aus, wie er mit hängendem Kopf und Schultern mitten im Raum stand. Dem Wichtigsten beraubt. Am liebsten hätte ich ihn in den Arm genommen und ihm versichert, dass alles in Ordnung kommen würde. Doch war ich mir bei dieser Sache selbst nicht sicher. Mark ließ sich auf dem Stuhl an der Wand nieder, lehnte den Hinterkopf an die Wand und starrte zur Decke.

Gerne hätte ich ihm geholfen. Aber wie?

Nach einiger Zeit betrat eine hochgewachsene, blonde Ärztin das Zimmer und betrachtete die Männer im Raum eindringlich. Sie sollten uns offenbar allein lassen.

Kurz sah Chris in meine Richtung und nickte mir zu, wechselte noch einen Blick mit der Ärztin und verließ dann gemeinsam mit Mark das Zimmer. Hinter der Frau huschte eine Krankenschwester in den Raum und tauschte den Tropf.

„Wie geht es Ihnen heute, Frau Mayson?"

„Ganz gut."

Die Ärztin hob eine Augenbraue und sah mich skeptisch an. Die Krankenschwester neben mir musste sich wohl das Lachen verkneifen, denn ich hörte ein merkwürdig klingendes Geräusch aus ihrer Richtung. So, als hätte sie sich an ihrem Lachen verschluckt.

„Okay, noch mal von vorne: Wie geht es Ihnen?", stellte die Ärztin erneut die Frage.

„Mir tut noch alles weh und ich kann mich kaum bewegen." Trotzig blickte ich ihr ins Gesicht. Ich wusste, dass ich ihr die Wahrheit sagen sollte. Wie sollte mir sonst geholfen werden? Aber hätte sie nicht kurz mitspielen und so tun können, als könnte es mir schon besser gehen?

„Die OP ist gut verlaufen. Wir konnten die Rippen richten und die kleinen Löcher in der Lunge zunähen. Ihre Beine waren zum Glück nur gequetscht und nicht gebrochen. Ihr Becken hingegen braucht noch etwas Zeit zum Heilen. Im Beckenkamm ist ein feiner Riss, der sich mit Schonung von allein wieder schließt. Der

Oberschenkelknochen hatte sich aus dem Hüftgelenk gelöst und wurde durch das Team fixiert. Die Gehirnerschütterung haben Sie schon überstanden. Ansonsten haben Sie viele Prellungen und Stauchungen. Es grenzt an ein Wunder, dass Sie das überlebt haben."

Sie sah mich eindringlich an, bevor sie weitersprach. „Doch leider gab es im Anschluss an die Operation eine Komplikation, die Ihre Genesung etwas verzögert. Ihr Herz ist immer wieder aus dem Takt geraten und keiner konnte sich erklären, woran das lag. Deswegen tragen Sie auch noch das OP-Hemd." Sie zeigte auf meine Aufmachung, holte tief Luft und lächelte nun auf mich herab. „Schon bald sollten Sie eine Besserung spüren. Ab nächster Woche können Sie, wenn die Genesung gut voranschreitet, sicher mit der Reha starten." Fragend sah sie mich an.

Öhm … Hatte ich etwas verpasst? Sie hatte doch keine Frage gestellt. Worauf sollte ich also antworten? Da ich keine Ahnung hatte, was sie von mir wollte, nickte ich stumm. Sie kritzelte noch irgendetwas in die Akte und verließ dann wortlos den Raum. Die Schwester huschte hinter ihr hinaus.

Noch bevor sie die Tür schließen konnte, betrat Chris wieder den Raum. Mit schnellen Schritten kam er auf mich zu, lehnte seine Hände auf die Bettkante und sah mich eindringlich an. „Mary, was hast du geträumt?"

Verdattert von der Frage starrte ich ihn an. Ich konnte mir keinen Reim darauf machen, was er von mir wollte.

„Mary? Der Traum … Was hast du geträumt?"

Ich schluckte, sammelte all meinen Mut und erzählte ihm von dem Mann, den Farben, die verschwanden, und dass nur noch Schwarz und Weiß zurückblieb. Chris wurde während der Erzählungen immer blasser. Es war, als würde jedes Wort, das ich sagte, ihm Kraft kosten. Nachdem ich geendet hatte und Chris noch immer schwieg, wurde ich nervös. Wenn ich mich doch nur mehr bewegen könnte. Dann könnte ich auf und ab laufen, meine Gedanken ordnen und vielleicht dahinterkommen, was los war. Ans Bett gefesselt, blieb mir nichts anderes übrig, als zu warten.

„Chris?", flüsterte ich ängstlich.

Anstatt zu antworten, ging er zu dem Tisch in der Ecke des Raumes, nahm die Fernbedienung und schaltete den Fernseher an. Verwirrt betrachtete ich ihn, verstand nicht, wieso er jetzt fernsehen wollte, bis ich das Bild erkannte. Und was ich sah, wollte ich nicht glauben. In den Nachrichten wurde das gezeigt, was dem Geschehen in meinem Traum entsprach. Ein Mann in Schwarz-Weiß schlenderte durch die Straßen und *saugte* die Farben ein.

Der Nachrichtensprecher witzelte darüber, während er seinen Bericht herunterratterte, aber in seiner Stimme konnte man den Zweifel heraushören. Er selbst glaubte seinen Worten nicht.

Mir wurde schlecht. Konnte es real sein oder träumte ich?

Der Ton wurde ausgeschaltet und mit einer dunklen Vorahnung sah ich zu Chris. Er war zum Fenster getreten und blickte hinaus. Seine breiten Schultern, die sonst immer Stärke signalisierten, sackten nach unten. Aus seiner Haltung sprach Unsicherheit und Angst. Wie gerne würde ich jetzt zu ihm gehen, ihm meine Arme um die Taille schlingen und ihm Mut zusprechen und Kraft spenden.

Ach, scheiß drauf!

All meine Kraft zusammennehmend setzte ich mich auf und presste die Lippen aufeinander, um keine Schmerzlaute von mir zu geben. Natürlich scheiterte dieser Versuch kläglich. Denn als ich fast saß, zuckte ein so gewaltiger Schmerz durch meinen Brustkorb, dass ich kurz ächzen musste. Leider blieb das nicht unentdeckt und ich verfluchte mich für meine Schwäche.

Ruckartig drehte Chris sich nach mir um und sah mich geschockt an. „Was tust du da?" Mit zwei schnellen Schritten war er bei mir, setzte sich auf die Bettkante, half mir, mich wieder hinzulegen, und richtete die Schläuche.

Erst nach einigen Atemzügen schaffte ich es, ihm zu antworten. „Ich wollte dich halten." Unsere Blicke kreuzten sich. Ich hob die Hand, doch weil meine Kraft nicht reichte, nahm er sie und legte meine Handfläche an seine Wange. Diese kleine Geste brach mir das Herz. So viel empfand ich für diesen Mann, obwohl ich ihn erst seit Kurzem kannte. Und doch nagte das drängende Gefühl an mir, da ich wusste, dass ich es war, die das Unheil brachte.

Chris schloss die Augen, genoss sichtlich den Augenblick und die Berührung. „Ich bin so froh, dass du noch hier bist. Jag mir nie wieder so einen Schrecken ein, versprich es mir." Er küsste meine Handfläche und mein Blut rauschte schnell durch meine Adern. „Ich wäre fast gestorben, als ich dich so gesehen habe. Ich habe gedacht, ich hätte dich verloren." Chris seufzte.

Irgendetwas an dieser Situation war falsch. Sie entglitt mir. In meinem Innern zitterte etwas und die Angst wuchs. Doch wovor, verstand ich nicht.

„Ich glaube, ich weiß, wo Fay ist." Immer noch mit geschlossenen Augen flüsterte Chris den einen Satz, den ich hören wollte, aber nicht so, wie er es sagte. Es klang nicht freudig oder euphorisch. Es klang abgekämpft und aufgebend.

Verwirrt sah ich zu Chris auf. Sein Gesichtsausdruck zeugte von Entschlossenheit. Dennoch war ich davon überzeugt, dass ihm viel durch den Kopf ging und sich die Gedanken darin ballten. Aber ich wollte nicht, dass er alles für sich behielt, wollte, dass er sich nicht vor mir verschloss.

Ruckartig zog ich meine Hand aus seiner. „Chris?"

Langsam öffnete er die Lider. Er fuhr mit seinem Blick jeden Millimeter meines Gesichtes nach, als würde er sich alles einprägen wollen. Jede einzelne Sommersprosse. Jeden Schatten. Und jedes Licht. Chris schien sich gedanklich zurückzuziehen und nahm Abstand von mir. Er wirkte distanzierter als vorher noch. Erst in diesem Moment verstand ich, was nun passierte. Er würde Abschied nehmen.

„Was ist mit Fay? … Was tust du …? Du darfst nicht … Chris?", flehte ich ihn an. Meine Seele war kurz davor zu zerspringen.

„Beruhige dich, Mary." Er nahm mein Gesicht in seine starken und gleichzeitig so filigranen Hände, und auch seine Seele öffnete sich wieder für mich. Ein wenig entspannter wartete ich auf eine Antwort auf meine Fragen.

„Ich", begann er und stockte kurz, „ich muss zu meiner Mutter. Ich brauche Antworten, bevor ich dir deine geben kann. Ich bin mir nicht sicher. Es sind nur Vermutungen. Es scheint mit deinen Träumen zusammenzuhängen."

„Dann ruf sie doch an."

Ein schiefes Grinsen zog sich über sein Gesicht. Vielleicht hätte ich den Witz verstanden, wenn ich seine Mutter gekannt hätte, aber so erschloss sich mir seine Reaktion nicht.

„Das wird nichts bringen. Sie wird sich stur stellen und mir nichts sagen. Ich muss zu ihr fahren und von Angesicht zu Angesicht die Antworten fordern, die sie mir schuldet. Scheinbar hat sie in ihrer Geschichte einige Details ausgelassen." Schlagartig wurde er ernst. „Irgendwann wirst du sie kennenlernen und verstehen, wieso ich sie nicht anrufen kann."

„Aber du darfst nicht weg. Bitte. Lass mich nicht allein." Fast flehend richtete ich meine Worte an ihn. Ich konnte das Gefühl nicht verdrängen, dass alles schlimmer werden würde, wenn Chris nicht mehr bei mir war.

Panisch setzte ich mich auf, ignorierte den Schmerz meines Körpers, denn mein Herz zerbrach in tausend Teile. Diesen Schmerz konnte ich noch weniger ertragen als den, dem mein Körper ausgesetzt war. Chris würde gehen, wenn ich ihn nicht aufhielt. Ich umschlang ihn mit meinem Arm, damit er mich nicht verließ. Er sagte etwas, doch seine Worte drangen nicht zu mir durch. Ich hörte nur seine Stimme, so sehr driftete ich meiner Angst entgegen. Chris berührte meine Wange und sein Geruch stieg mir in die Nase. Ich sog alles in mir auf, wohl wissend, dass ich dem Abschied nichts mehr entgegenzusetzen hatte.

„Wenn ich einen anderen Weg wüsste, würde ich nicht gehen, Mary. Das musst du mir glauben. Aber meine Mutter ist die Einzige, die uns Antworten liefern kann. Die Einzige, von der ich weiß, dass sie etwas über all das hier", er machte eine allumfassende Geste, „weiß. Sie wird wissen, wie das alles zusammenhängt. Deine Träume. Das Erscheinen des Mannes. Fays Verschwinden. Ohne ihre Antworten werden wir nicht weiterkommen." Seine Fingerspitzen strichen sanft über meine Wange. „Ich werde bald zurück sein. Du wirst gar nicht merken, dass ich weg war." Langsam näherte er sich mit seinem Kopf und seine Lippen streiften sanft die meinen. „Ich verspreche es. Pass auf dich auf, ja?"

Nickend, weil ich meiner Stimme nicht traute, gab ich ihm Antwort. Bevor Chris sich zum Gehen abwandte, fuhr sein Blick noch einmal über mich und ich tat es ihm gleich. Mein Herz krampfte, als er durch die Tür verschwand.

Resigniert schloss ich die Augen. Ich legte sein Versprechen wie eine Decke über mich und ließ mich davon halten. Ich war mir sicher, wir würden das schaffen und er schnell wieder bei mir sein.

Kapitel 9

An dem Tag, an dem Chris fortgegangen war, reichte eine Schwester mir abends mein Handy. Dazu – netterweise – auch ein Ladekabel, denn das hatte ich nicht hier. Kurz darauf klingelte mein Handy das erste Mal.

„Hi, Mary. Wie geht es dir? Irgendwas Neues?", fragte Chris neugierig.

Was sollte in der Zwischenzeit passiert sein? Er war erst seit ein paar Stunden weg und ich lag im Bett und wartete darauf, dass ich gesund wurde.

„Nein, alles wie vorhin. Aber was ist bei dir passiert? Hat deine Mutter schon was gesagt? Wo ist Fay?", fragte ich in der Hoffnung, dass er Antworten hatte, aber auch, dass er schnell zurückkam.

„Nein, sie ist dem Thema bisher ausgewichen. Sie kocht gerade. Ich werde sie beim Essen löchern. Keine Angst, wir werden unsere Antworten bekommen. Es wird alles gut. Dort, wo Fay ist, droht ihr aber vorerst keine Gefahr", versicherte er mir.

Sollte mich das jetzt beruhigen?

Ich schluckte. „Hm … Okay." Chris wusste wohl am besten, wie er mit seiner Mutter umgehen musste.

„Ich bin ganz schnell wieder bei dir. Mit der Lösung. Bis dahin ruh dich aus und werd gesund, Mary. Das sollte das Wichtigste für dich sein." Ein kurzes Rascheln war durch den Lautsprecher zu hören. „Ich muss auflegen. Meine Mutter hat zum Essen gerufen und da sollte man sie nicht warten lassen. Erst recht nicht, wenn ich etwas von ihr will. Ich melde mich morgen wieder bei dir. Versuch zu schlafen."

„Okay. Viel Erfolg und bis morgen." Mutlos legte ich auf.

Nachdem wir unser Gespräch beendet hatten, wählte ich die nächste Nummer und zählte das Tuten des Freizeichens. Nach dem dritten Klingeln nahm Mark ab.

„Hi, ich bin's, Mary. Wie geht es dir? Gibt es schon was Neues?" Ich hörte sein tiefes Ein- und Ausatmen und ahnte schon die Antwort. Kälte kroch durch meine Venen.

„Leider nein. Die Polizei sucht weiterhin nach ihr und befragt alle möglichen Leute. Aber keiner hat sie gesehen. Es gibt keine Anhaltspunkte, keine Hinweise." Ein Knall drang durch den Lautsprecher, als hätte jemand gegen etwas Hartes geschlagen.

„Mark, kann ich dir irgendwie helfen? Kann ich irgendetwas tun?" Es brach mir das Herz, weil seine Verzweiflung, Hilflosigkeit und Wut auch mich übermannten.

„Nein, Mary. Ich glaube nicht. Du solltest erst mal selbst wieder auf die Beine kommen." Seine Stimme brach. „Wieso ist sie einfach gegangen? Wieso hat sie nichts gesagt?" Wieder ein Knall und ich zuckte zusammen.

„Mark?"

„Hm ...?"

„Kannst du mir etwas versprechen?", fragte ich vorsichtig.

„Was denn?"

„Pass auf dich auf. Es wird sich alles aufklären. Fay wird wieder auftauchen, das verspreche ich dir. Sie liebt dich über alles. Also wieso sollte sie dich einfach hängen lassen? Für all das wird es eine Erklärung geben." Ich presste die Lippen fest aufeinander, um mir ein Schluchzen zu verkneifen. Tränen sammelten sich in meinen Augen. Marks Schmerz war wie der meine. Er fraß mich auf.

Nach einigen aufmunternden Worten legten wir auf. Das Gespräch nahm mich mit. Was zum Teufel passierte hier?

***

Es waren achtundvierzig Stunden vergangen, seit Chris fortgegangen war, und dennoch hatte ich das Gefühl, es wäre Wochen her. Die letzten beiden Tage waren für mich sehr nervenaufreibend, denn Herumliegen und nichts tun war noch nie meine Stärke gewesen. Mittlerweile kannte ich jede einzelne Rille in der Decke, jeden Fleck auf der Scheibe und jede Spinnwebe in Sichtweite. Nicht dass es viele gewesen wären. Die Sorge um Fay hielt mich immer wieder wie im Schraubstock gefangen. Lähmte und zermürbte mich. Wo könnte sie sein? Chris' Andeutungen, dass Fay dort, wo sie jetzt war, nichts passieren konnte, hatte er nicht weiter ausgeführt. Er wollte nichts sagen, solange er nicht die Gewissheit hatte, dass er recht mit seiner Annahme behielt. Doch wie hätte mich solch eine kryptische Andeutung beruhigen sollen?

Mark schaute regelmäßig vorbei und fragte nach Neuigkeiten über Fay, die ich leider nicht hatte. Ich war genauso ahnungslos wie er.

Meine merkwürdigen Träume ließen mich zum Glück in Ruhe. Doch nach wie vor lief der farblose Kerl in den Nachrichten. Tatsächlich hielt man ihn im Moment für einen Streich oder Werbegag, doch wie lange noch?

Langsam, aber sicher begann ich, mich von meinen Verletzungen zu erholen, und konnte bereits Fortschritte verzeichnen. So konnte ich mich beispielsweise im Bett selbstständig aufsetzen und auch die Beine die Bettkante herunterhängen lassen.

Vor Stolz fast platzend hatte ich Chris angerufen und ihm vor Freude überschäumend erzählt, was ich geschafft hatte. Meine Euphorie steckte ihn an. Wir sprachen über die Geschehnisse der letzten beiden Tage und über seinen Aufenthalt bei seiner Mutter. Anders als erhofft, sparte sie jedoch mit Informationen. Chris meinte, sie möchte erst einmal ihr Wiedersehen genießen, bevor sie auch nur an etwas anderes denken wollte.

Kurz vor Ende unseres Gesprächs verabredeten wir uns für den nächsten Tag zum Telefonieren.

Ich lag im Bett und sah auf das leuchtende Display meines Handys. Es waren noch genau eine Stunde und zweiundzwanzig Minuten, bis Chris sich melden würde. Und je näher der Zeitpunkt rückte, umso nervöser wurde ich. Hatte er heute Neuigkeiten? Konnte er mir endlich sagen, wo Fay war? Wusste er etwas, das uns half?

Langsam ließ ich meinen Blick durch den Raum wandern und wollte auch einen durch das Fenster erhaschen. Leider war von meiner Position aus nicht viel zu erkennen, sodass ich mich auf die Bettkante setzte. Dadurch konnte ich sogar besser atmen. Ich genoss das Gefühl, wie sich meine Rippen in alle Richtungen ausdehnten, und spürte meiner Wirbelsäule nach, wie sich jeder Wirbel ein wenig größer machte und sich alles in allem mehr und mehr aufrichtete. Fast empfand ich mich wieder wie ein gesunder Mensch.

Schmunzelnd über diesen Gedanken sah ich hinaus. Die Sonne schien und ein sanfter Wind blies durch die Blätter der Ahornbäume. Es würde sehr idyllisch aussehen, wenn man mal darüber hinwegsah, dass immer mehr Farben fehlten.

Das Gold des Herbstes verblasste. Das satte Orange wurde zu Grau, Rot fast zu Schwarz und Gelb blieb fast Weiß. Das fallende Laub sah aus wie in einer Kohlezeichnung. Sobald die Farben verloren gingen, wirkte alles tot. Und leider konnte man richtiggehend dabei zusehen, wie sich die Farbe zurückzog und sich eine tödliche Farblosigkeit über alles legte.

Traurig blickte ich auf die Häuser hinter den Ahornbäumen, auf die Stadt dahinter und konnte auch dort immer mehr den Farbverlust erkennen. Bald würde alles nur noch schwarz-weiß sein. Ich schluckte schwer und riss meinen Blick von den Bäumen und der Stadt los.

Einige Male noch hatte ich die Nachrichten verfolgt und irgendwie war es wie verhext. Zwar sprach der Nachrichtensprecher bei uns von diesem Phänomen, doch dabei blieb es auch. Wenn man ihm glauben durfte, betraf das hier nur Livingsten. Immer wieder zeigten sie Aufnahmen, wie *er* durch die Straßen scharwenzelte, seinen *Sauger* hochhielt und die Farben einsog.

Irgendwann ertrug ich es nicht mehr und schaltete den Fernseher aus. Es war traurig genug, den Rückgang der Farben vom Fenster aus mit anzusehen. Schwer nagte die Schuld an meiner Seele. Auch wenn ich wusste, dass ich diese Veränderungen nicht wollte, schien ich irgendwie dennoch ihr Ursprung zu sein.

Als die Uhr auf dem Display endlich auf achtzehn Uhr sprang, starrte ich wie gebannt auf mein Handy. Ich wartete sehnsüchtig auf Chris' Anruf und hoffte, er hätte etwas herausgefunden, was mir, was *uns*, helfen konnte. Doch es klingelte nicht. Starr hielt ich das Handy in der Hand und jedes Mal, wenn der Bildschirm schwarz wurde, fuhr ich nervös mit den Fingern darüber.

Als fünf Minuten später noch kein Anruf von Chris kam, wurde ich nervöser. Tausende Gedanken möglicher Szenarien nahmen einen viel zu großen Platz in meinem Kopf ein. Dabei sprangen diese von „Ihm war etwas Schreckliches zugestoßen" bis hin zu „Er würde gleich durch diese Tür hechten und mich überraschen".

Zehn Minuten später lag mein Handy weiterhin still in meiner Hand und Chris war nicht durch die Tür meines Zimmers gerannt gekommen. Ich war mir ziemlich sicher, dass etwas geschehen sein musste.

Wie auch die Abende zuvor kam um kurz nach zweiundzwanzig Uhr die Nachtschwester herein, um mir meine Medikamente zu verabreichen und den Tropf für die Nacht anzuhängen. Diesmal erkannte ich den Besuch jedoch nur an dem Lichtschein, der sich meinem Bett näherte und eine größer werdende Bodenfläche erhellte. Mit gesenktem Kopf saß ich noch immer auf meinem Bett. Als sich der Lichtschein nicht weiter vergrößerte und ein Schatten näher auf mich zukam, hob ich kurz den Kopf. In diesem Moment, als die Nachtschwester mich erblickte, stutzte sie kurz.

Ich musste ein bedauernswertes Bild abgeben. Weiterhin mein Handy in der Hand, starrte ich es an. Keinen Millimeter hatte ich mich bewegt. Eine Art Schockzustand hielt mich in dieser

Position. Es durfte einfach nicht sein. Immer noch brandete die Hoffnung in mir auf, dass Chris vielleicht nur verspätet anrufen würde.

Auffallend vorsichtig näherte sich die Schwester mir, sprach beruhigend auf mich ein und streckte mir ihre Arme entgegen, als würde sie mich umarmen wollen. Was sie dann, als sie bei mir angekommen war, auch tat. Mein Körper löste sich aus der Verkrampfung und ich sackte auf meinem Bett zusammen. Der Umarmung war es zu verdanken, dass ich nicht vom Bett rutschte.

„Hey, geht's wieder?", drang ihre Stimme an mein Ohr. Sie sprach so sanft und fürsorglich mit mir, dass ich schluckte, und bemerkte erst jetzt, dass meine Wangen feucht waren. Ich hatte geweint, ohne es mitzubekommen.

Nickend sah ich ihr zu, wie sie den Schlauch der Kanüle in meiner Hand tauschte, meinen Becher füllte und ihn mir in die Hand drückte, damit ich trank. Dankbar sah ich sie an und nippte an dem Wasser.

Die Schwester wartete mit ausgestreckter Hand darauf, dass ich ihr den Becher zurückgab, an dem ich kurz gedankenlos festhielt. Als sie ihn mir abgenommen und weggestellt hatte, deckte sie mich letztendlich zu. Ich sank tiefer in die Kissen und spürte nach wenigen Atemzügen, dass der Schlaf mich übermannte.

***

Noch bevor ich die Augen aufschlug, wusste ich, wo ich war. Ich träumte und war nicht allein. Obwohl ich außer der Helligkeit nichts sehen konnte, spürte ich *ihn*. Kurz darauf sah ich, wie er sich aus dem Nichts schälte. Mein persönlicher Albtraum. Der Vokert.

Seine langen Arme ausbreitend verbeugte er sich spöttisch. Als würde er auf Applaus für seine großartige Vorstellung hoffen. Das dabei zur Schau getragene Lächeln seiner ekligen Fratze machte mich wütend. Das Blut kochte in meinen Venen. Schnaubend verschränkte ich die Arme vor meiner Brust und richtete mich auf. Ich wollte keine Schwäche zeigen.

„Na? Gefällt dir unser Spiel?", sprach der Vokert mit dunkler, rauchiger Stimme.

Ich suchte in meinem Kopf nach einer passenden Erwiderung. Suchte nach Worten, die beschrieben, wie sehr ich ihn hasste. Wie sehr ich das alles verabscheute. Doch ich fand keine.

Dem Vokert gefiel offenbar meine Ratlosigkeit und brach in schallendes Gelächter aus. Sofern man das gluckernde Geräusch, das seiner Kehle entwich, als solches bezeichnen konnte.

Angespannt sah ich ihn an. Ich wartete auf seinen nächsten Schritt. Nachdem der kleine Anfall vorbei war, blickte er mich aus runden Augen an und legte nachdenklich einen seiner langen Finger an seine Schläfe. So, als würde er überlegen.

Als aus seinem Mantel Rauchschwaden hervortraten, schluckte ich bittere Galle hinunter. Eine dunkle Vorahnung ließ meinen ganzen Körper erzittern. Und dann bildeten sich schwarze Wolken um uns, breiteten sich aus, bevor sie in einigem Abstand Farben und Konturen annahmen.

Aus diesen Wolkengebilden entstand etwas Riesiges und Knallbuntes. Ich war zu geschockt, um in irgendeiner Form darauf zu reagieren. Neben diesem farbenfrohen Gegenstand schichteten sich Steine zu Wänden und Straßenzüge bildeten sich vom Standpunkt des Vokerts fortbewegend aus.

Es war, als würden sie wie ein Teppich ausgerollt. Sobald ein kleiner Teil des Straßenteppichs lag, ploppten Autos daraus hervor und fuhren als Schatten, nicht als kompaktes Konstrukt, auf den Straßen ins Nichts, an den Steinen vorbei, die sich nun zu Gebäuden türmten.

Ich erkannte die Umrisse von Läden und Häusern, von Straßen und einem Park. Kurz darauf entdeckte ich auch ganze Wohnblöcke, die durch den Rauch des Vokerts Gestalt annahmen. Als ich verstand, was hier passierte, schluckte ich gegen den Kloß in meinem Hals.

Um uns entstand eine Stadt. Und zwar nicht irgendeine. Es war Livingsten. Ich erkannte, nicht weit von uns entfernt, auch meinen Wohnblock. Was zum Teufel tat der Vokert? Was wollte *er* mir beweisen?

Ich konnte kaum noch an mir halten. Zwar hatte ich keine Ahnung, wie dieses Spiel, von dem der Vokert ständig redete, funktionierte, doch auch ohne die Regeln zu kennen, begriff ich, dass er bereits den nächsten Zug platzierte.

Ich drehte mich um meine eigene Achse und sah in einiger Entfernung Menschen durch die geisterhaften, noch schemenhaften Straßen laufen. Darunter Fay. Sie schlenderte die Straße entlang, als wäre es ein ganz normaler Tag.

Mein Herz stolperte. Obwohl ich wusste, dass das hier ein Traum war, musste ich zu ihr. Irgendeinen Bezug gab es bestimmt zur Realität. Vielleicht konnte sie mir sagen, wo sie war? Ich drehte mich zu ihr, setzte zum Rennen an und lief los. Doch schon als ich den ersten Schritt gemacht hatte, verpuffte sie zu schwarzem Rauch. Sie löste sich einfach auf und meine Hoffnung gleich mit.

Herausfordernd schnellte mein Kopf zum Vokert. „Was …"
Meine Venen standen kurz vor der Explosion. Mein Körper war mit den gegensätzlichen Empfindungen heillos überfordert. Wut und Trauer rauschten durch mich durch und nahmen mich gefangen.

„Sorry, mein Fehler. Sie gehört nicht mehr hierher."

„Was ist mit Fay?", schrie ich. Meine geballten Fäuste presste ich in meine Hüften, sodass sich meine Fingernägel schmerzhaft in meine Handflächen bohrten. Mühsam blieb ich an meinem Platz und atmete tief durch.

„Du hast es immer noch nicht verstanden, oder?" Er blickte sich betont gelangweilt um. „Lass es mich noch deutlicher machen. Vielleicht verstehst du dann."

Fassungslos sah ich zu dem Vokert auf und verfolgte, wie die Stadt in nur einem Wimpernschlag fertiggestellt wurde. Livingsten – und irgendwie auch nicht. Denn eines war grundverschieden: Beide Städte, sowohl die reale als auch diese hier, waren schwarz-weiß, doch in dieser entwickelte sich noch etwas. Etwas Röhrenartiges schlängelte sich zwischen den Häusern entlang und umschlang nach und nach die Gebäude.

Immer weiter kroch es um und durch die Stadt. Die Augen vor Entsetzen und Unglauben weit aufgerissen, beobachtete ich das surreale Bild, das vor mir entstand und mehr und mehr Konturen annahm. Fast war das Konstrukt fertig. Ich sah, wie die Ränder sich schärften, wie die Bewegungen mühseliger wurden und wusste, ich musste *ihn* aufhalten. Egal, was es am Ende darstellen sollte, es durfte nicht fertig werden.

Ich sprang auf den Vokert zu, riss an ihm und versuchte, irgendwie aufzuhalten, was er tat. Schwer wie ein Betonklotz hing ich verzweifelt an seinen Armen. Zog und zerrte. Doch der Vokert stand wie eine Statue vor mir, so hart und kalt wie Stein. Unerreichbar.

Während ich fieberhaft überlegte, was ich machen konnte, brachte ich Abstand zwischen uns. Mein Kampfgeist wurde geweckt. In meinem Inneren staute sich Energie an. Es war das erste Mal, dass ich solch eine Regung fühlte. War es ähnlich dem, was Chris konnte? Der Druck durch dieses neue Gefühl war enorm. Als er ein nicht mehr haltbares Maß erreichte, spürte ich, wie die Energie mich durch einen Punkt an meiner Brust als heller Schein verließ und auf den Vokert zuraste.

Vielleicht war das die Waffe, um das Wesen aufzuhalten? Hoffnung keimte in mir auf. Hatte ich das Spiel endlich verstanden?

Mit einem zaghaften Lächeln um meine Mundwinkel sah ich zu dem Vokert auf und fiel vor Schreck nach hinten. Ich landete unsanft auf meinem Po und rutschte, hektisch mit den Armen rudernd, nach hinten. Weg von ihm. Denn genau das Gegenteil von dem, was ich hoffte, war geschehen.

Anstatt durch die Wucht meines Angriffs - oder was auch immer es war - nach hinten zu fliegen und ihn in seinem Vorhaben aufzuhalten, begann der Vokert zu grinsen und sah mir fest in die Augen. Denn als der Schein auf seinen Körper traf, wurde er auf der Höhe seines Herzens einfach absorbiert und bahnte sich rasch seinen Weg zur Schläfe hinauf. Dort angekommen, zerstäubte er und eine Druckwelle fegte über uns hinweg. Mit ihr vervollständigte sich das Bild um uns. Die schwarzen Wolken verschwanden und ich stand in meinem fertigen Albtraum.

Mit nackten Füßen fand ich mich mitten auf der Hauptstraße wieder und legte den Kopf in den Nacken. Ich kämpfte gegen die aufsteigenden Tränen an, die in meinen Augen brannten, und sah mich um. Rechts von mir erhob sich das höchste Hochhaus der Stadt und drumherum schlängelte sich dieses bunte, röhrenähnliche Ding. Es machte eine Umrundung um das Gebäude, bevor es auf das nächstgelegene überging und sich darum wickelte. So ging es immer weiter. Haus für Haus. Die Röhre erfasste die halbe Stadt und war das Einzige, das überhaupt noch Farben besaß.

Ich rannte auf das Hochhaus zu, stürmte durch den Eingang hinein und stand panisch vor dem Aufzug. Hektisch stach ich mit meinem Finger immer wieder auf den Knopf, der den Aufzug rufen sollte. „Mach schon, du Scheißding!" Als der Knopf auch nach mehrfacher Betätigung nicht aufleuchtete, sah ich das endlos scheinende Treppenhaus empor und rannte die Stufen nach oben. Was blieb mir auch anderes übrig?

Auf dem Dach angekommen, keuchte ich vor Anstrengung. Mit den Händen auf den Oberschenkeln abgestützt, atmete ich tief ein und aus. Meine Lunge brannte und meine Beine streikten, wollten mich keinen Schritt mehr weit tragen. Doch all meine Erschöpfung rutschte in den Hintergrund, als mich ein Kinderlachen empfing. Unbeschwert und voller Leben bedeutete dieses Geräusch pure Lebensfreude und weckte mich aus meiner Starre. Und in diesem Moment war ich mir ziemlich sicher: Wenn ich das hier nicht aufhielt, dann wäre bald nichts mehr von dieser Stadt übrig.

Als ich mich umsah, fand ich mich einer riesigen Menschentraube gegenüber. Alle standen vor dem Beginn dieses bunten Etwas. Ich sah sowohl alte als auch junge Menschen. Scheinbar waren die gesamten Bewohner Livingstens hier versammelt.

Vorsichtig trat ich wenige Schritte näher an dieses Ding heran, um einen Blick darauf zu erhaschen. Als ich den runden Eingang entdeckte, den Haltegriff am oberen Teil und die Stufe, um zum Startpunkt zu kommen, verstand ich endlich, was es war und was die Menschen hier taten.

Panisch beschleunigte ich meine Schritte. Ich wollte mich in den Weg stellen, um die Menschen aufzuhalten. Doch, wie in einem

Albtraum üblich, kam ich kaum vom Fleck und meine Rufe wurden nicht gehört. Als wäre ich an einem Gummiband gefangen, das mich nicht freigeben wollte, zog es schwer an meinem Körper und hielt mich zurück.

Ich schrie vor Verzweiflung, so laut ich konnte, und doch reagierte niemand. Meine Stimme war kaum mehr als ein Flüstern. Tränen brannten in meinen Augen, als ich verstand, dass ich keine Chance hatte. Doch meine Bemühungen stellte ich dennoch nicht ein. Ich musste sie aufhalten. Meine Bewegungen waren wie in Zeitlupe.

Während Bewohner für Bewohner in dieser Röhre verschwand, tat ich maximal einen Schritt. Pure und allumfassende Hoffnungslosigkeit fraß sich durch meine Adern. Ich rannte gegen die unsichtbare Macht an, die mich verlangsamte, und musste dabei zusehen, wie einer nach dem anderen in die Rutsche sprang. Denn genau das war das bunte Ding. Eine riesige Rutsche. Die Leute ahnten nicht, dass sie kein Ende nahm und sie nie mehr herauslassen würde.

Tränen rannen über meine Wangen und als der letzte Mensch in der Rutsche verschwunden war, ließ die unsichtbare Macht mich los. Ich sackte auf die Knie.

Und erwachte.

Kapitel 10

Am liebsten hätte ich um mich geschlagen und getreten, so sehr umklammerte mich die pure Hilflosigkeit. Ich wusste nicht mehr weiter und verstand es nicht. Was für ein Spiel sollte das sein? Und wieso sagte niemand etwas zu den Regeln? Wüsste es Chris? Wüsste er, was zu tun war? Doch hätte er mir bestimmt etwas gesagt, wenn es so wäre.

Wenn der Vokert spielen will, sollte er zumindest die Courage haben, mich einzuweihen und mir erklären, was ich tun sollte. Wie sollte ihm Spaß machen, was er tat, wenn nur er allein sein Spiel verstand und spielte? Ich versank in einem Gedankenkarussell, wollte herausfinden, was das Ziel dieses Spiels sein könnte, und kam auch nach Stunden auf keine Antwort.

Im Krankenhaus war es gespenstisch still, kein Mucks war zu vernehmen. Mit einem Blick auf die Uhr ließ sich das Problem wenigstens logisch erklären. Kurz vor fünf Uhr sind normale Menschen im Bett und die Nachtschicht schon so geschlaucht, dass sie sich im Schwesternzimmer verschanzte.

Doch egal, wie logisch alles war und wie ruhig, an Schlaf war für mich nicht mehr zu denken. So rutschte ich etwas höher, lehnte mich ans Kopfende, knipste das Licht mithilfe des Schalters am Notknopf an und starrte zur gegenüberliegenden Wand, bis mir die Augen tränten.

Eine Fliege spazierte gelassen über die raue Tapete, stoppte, rieb mit ihren Beinen über den Kopf und lief weiter.

Ich nahm mein Handy und wählte Chris' Nummer. Zitternd hielt ich es ans Ohr und lauschte, doch noch vor dem ersten Freizeichen sprang die Mailbox an. Meine Sorge um Chris wuchs ins Unermessliche.

Auch der Versuch bei Fay endete auf der Mailbox. Ihr „Hi, hier ist die Mailbox von Fay … Hinterlasst eine Nachricht nach dem … *Piep"* trieb mir erneut die Tränen in die Augen. Wo war sie?

Ich wählte Marks Nummer, obwohl ich mir der Uhrzeit bewusst war. Vielleicht hatte er Neuigkeiten? Da würde er verstehen, dass auch ich sie so schnell wie möglich hätte haben wollen. Doch auch hier hatte ich kein Glück. Zwar gelangte ich bei ihm nicht auf die Mailbox, aber meinen Anruf nahm er nicht entgegen. Er schlief bestimmt.

Verzweifelt, wie ich war, rief ich meine Tante an. Den Menschen, der für mich einer Mutter am nächsten kam. Sie war in der schwärzesten Zeit meines Lebens wortwörtlich über mich gestolpert. Als ich damals abgehauen war, lag ich nach einigen Tagen an einem regnerischen Abend auf ihrer überdachten Veranda. Und dort wäre sie fast über mich gefallen.

Im Nachhinein stellte es sich als glückliche Fügung heraus, dass ich diesen Hauseingang gewählt hatte. Denn es war der ihre. Der von Elfriede Norft, einer betagten älteren Dame mit dem größten Herzen dieser Erde.

Wenn man mich fragen würde, wie sich Geborgenheit und Sicherheit anfühlten, dann würde ich sagen, wie ein Abend bei Tante Friede am Esstisch. Wenn sie ihre Geschichten erzählte und mir liebevolle Blicke zuwarf. Wenn sie immer mal wieder nach meiner Hand griff und sie tätschelte. Wie sie mich in den Arm nahm, wenn sie an mir vorbeiging. Den Namen Tante Friede gab sie sich damals selbst.

An diesem Abend nahm sie mich aus einer Laune heraus mit in ihr Haus und ließ mich *ich* sein. Ich konnte in Ruhe ankommen und sie drängte mich zu nichts. Anfangs saß ich starr am Tisch und wagte kaum, Luft zu holen, doch nach und nach ließ der Druck von mir ab.

Mit seinem Nachlassen konnte ich freier atmen und traute mich, den Blick durch den Raum schweifen zu lassen. Alles wirkte heimelig und wärmte mein Herz, genau wie Tante Friede selbst. Sie versuchte alles, um mich aufzuheitern, kochte leckeres Essen, bereitete mir im Badezimmer alles für ein heißes Schaumbad vor und erzählte von sich und ihrer Kindheit.

Nach einiger Zeit war ich aufgetaut, traute mich, ihr Angebot – ihre Hilfe – anzunehmen und tapste vollkommen übermüdet und überfordert ins Badezimmer. Die Badewanne starrte ich erst einmal an. Wie lange war es her, dass mir jemand ein Bad eingelassen hatte? Meinen Adoptiveltern war es – war ich – reichlich egal gewesen. Für sie war es unwichtig gewesen, wie es mir erging, Hauptsache, ich machte keinen Ärger.

Ich schluckte das ungute Gefühl der Vergangenheit hinunter, ging langsam auf die Wanne zu, strich über ihren Rand und nahm den Schaum, der schon fast verschwunden war, zwischen die Finger. Auf einem Hocker neben der Badewanne lag frische Kleidung. Ich gab mir einen Ruck, nahm meinen Mut zusammen und stieg ins heiße Nass.

Nachdem ich gebadet und in viel zu großer Kleidung am Esstisch saß, löffelte ich die Erbsensuppe, die sie mir bereitgestellt hatte. Und in diesem Moment beruhigten sich mein Herz, mein Körper und meine Seele. Es war zwar nicht meine liebste Suppe, aber mein Hunger war so groß, ich hätte vermutlich alles gegessen. Während ich schweigend aß, begann sie zu erzählen und Fragen zu stellen. Ich berichtete in kurzen Worten von dem schwierigen Verhältnis zu meinen Adoptiveltern und erklärte, dass ich dort niemals mehr hingehen würde.

Aber Tante Friede wäre nicht Tante Friede, wenn sie sich von mir hätte etwas sagen lassen. Sie war der Meinung, dass das Leben einem nur so große Steine in den Weg warf, wie man sie auch zu überwinden wusste. Keiner von uns konnte zu dem Zeitpunkt ahnen, wie sehr sie sich in meinen *Eltern* irrte. Sie bestand darauf, sich selbst ein Bild machen zu wollen. Immerhin war ich ein

Teenie und diese wären bekanntlich immer *schwierig*. Also wollte sie mich zu ihnen zurückbringen und mir helfen, wo sie konnte. Nachdem sie sich sicher war, dass ich ihr zugehört hatte, klappte sie die Schlafcouch aus und deckte mich zu. Ob sie damals schon geahnt hatte, dass ich länger bleiben würde?

Nach dem Frühstück am nächsten Morgen machten wir uns auf den Weg zu meinen Adoptiveltern. Doch keiner konnte uns auf das vorbereiten, was wir vorfanden, als wir dort ankamen. Wie sauber sie mich in so kurzer Zeit aus ihrem Leben gestrichen hatten. Als hätten wir nie dort gewohnt.

Zwar passte mein Schlüssel noch und die Tür ließ sich öffnen, aber die Wohnung war leer. Ein paar Wollmäuse tummelten sich auf dem Boden, ansonsten fand ich nichts. Keine Spur davon, dass hier bis vor einigen Tagen noch eine Familie gewohnt hatte. Hatten sie ihre Chance genutzt, um endlich von mir fortzukommen?

Egal, was ich gehofft hatte, hier vorzufinden oder wovor ich sogar Angst hatte, damit hatte ich nicht gerechnet. Als hätte ich mir alles eingebildet, was zuvor noch mein Leben gewesen war. Hier war nichts mehr. Wir suchten Spuren von meinen Adoptiveltern oder mir, doch sie waren fort.

Tante Friede nahm mich bei sich auf und kümmerte sich auch in den schwierigsten Situationen um mich. Wir taten so, als wäre das alles nie passiert, als wäre ich nicht erst bei ihr aufgetaucht. Wir kämpften mit der Bürokratie und nach ewigem Hin und Her hatte Tante Friede alles, was sie brauchte, um mich offiziell bei ihr wohnen zu lassen. Auch haben wir über diesen Tag oder meine Adoptiveltern nie wieder ein Wort verloren. Sie nahm mich auf wie ihre eigene Tochter. Na ja, viel mehr wie ihre Enkelin, denn Tante Friede war damals schon an die fünfzig Jahre alt.

Ich brachte ihr Leben ganz schön durcheinander. Selbst hatte sie nie Kinder gehabt und plötzlich hatte sie einen Teenie zu Hause. Doch ich war handzahm, musste es sein. Insgeheim hatte ich immer Angst davor, dass auch sie mich irgendwann verlassen wollen würde. Doch dieser Punkt kam nie.

Sie war liebevoll und hartnäckig. Sie suchte und forderte meine Nähe, obwohl die Mauern um meine Seele verdammt hoch waren und sie manchmal unsanft von ihnen abprallte. Anders aber als der Rest der Welt, besaßen meine Mauern ein winziges Fenster, das es ihr erlaubte, ab und an zu mir durchzudringen.

Für all das werde ich ihr auf ewig dankbar sein. Auch wenn wir nicht mehr in derselben Stadt wohnten, versuchte ich, mich zumindest regelmäßig zu melden. Was leider nicht immer klappte. Doch in Situationen, in denen es mir schlecht ging oder ich Gesellschaft brauchte, wenn ich nicht mehr weiterwusste, war sie immer da.

Natürlich beruhte das ab einem gewissen Alter auf Gegenseitigkeit. Auch ich half ihr, wenn sie mal etwas brauchte. Doch da sie mittlerweile nicht mehr allein lebte, waren auch diese Momente weniger geworden. Ich wollte ihr nicht zur Last fallen, denn immer wieder kamen die Situationen mit meinen Adoptiveltern hoch und umgaben mich wie dunkle Geister. Situationen, in denen sie mich als anstrengend und Furcht einflößend empfunden hatten. Sie machten mir Angst, Angst davor, mein Herz zu sehr an Tante Friede zu hängen, denn vielleicht wurde ich auch ihr irgendwann zu viel.

Verschlafen nahm Tante Friede das Gespräch entgegen. „Liebling, hast du mal auf die Uhr geschaut?"

Eine kurze Pause entstand. Ich stellte mir gerade vor, wie sie den Fernseher einschaltete, da sie dies immer tat, wenn sie aufstand. Sie hatte keine Nachtlampe, diese sparte sie sich. Ihr reichte das Licht des Bildschirms. Es fühlte sich vertraut an, etwas, das sich nicht geändert hatte. Etwas Beständiges. Ich war froh, jemanden erreicht zu haben, so unendlich froh, dass mir Tränen die Wangen hinabflossen.

„Mary? Ist alles okay?"

„Ja." Ich atmete tief durch. „Ja, alles gut." Um von mir abzulenken, bombardierte ich sie mit Fragen. Ich erkundigte mich, wie es ihr ging, wie es Dieter – ihrem neuen Lebenspartner - ging und wie es sich so in Plymoung lebte.

Irgendwann hörte ich ihr resigniertes Schnauben und damit stoppte mein Redefluss. „Und wann möchtest du mir sagen, warum du wirklich angerufen hast, Liebes?"

Sie kannte mich zu gut. Kurz zögerte ich. Doch dann erzählte ich Tante Friede, was passiert war, natürlich ohne zu erwähnen, was wirklich vorgefallen war. Ich berichtete von dem Autounfall, ohne jedoch die merkwürdigen Umstände zu erläutern, und dass ich mich schrecklich einsam fühlte.

Fays Verschwinden und wie knapp ich dem Tod entkommen war, ließ ich ebenfalls weg. Und obwohl ich ihr zu gern von Chris erzählt hätte, tat ich es nicht. Allein der Gedanke an ihn stach schmerzhaft in mein Herz. Ich konnte nicht. Gerade wollte ich nur Tante Friedes Stimme hören und ihr nicht unnötig Sorgen bereiten.

„Liebling", ich hörte ihr Lächeln in der Stimme, „denk daran, die Nächte sind am dunkelsten, kurz bevor die Sonne aufgeht."

Da war sie, meine Tante Friede. Ihre Zitate und Weisheiten hatten mich schon immer zum Schmunzeln gebracht. Und auch jetzt hatte sie recht. Es konnte kaum dunkler werden. „Wann darfst du denn raus? Hat man dir schon was gesagt? Soll ich dich besuchen kommen?", löcherte sie mich mit Fragen.

„Nein, brauchst du nicht. Ich werde bestimmt bald entlassen. Vermutlich morgen schon. Mach dir keine Umstände. Ich wollte nur deine Stimme hören." Wieder floss eine stumme Träne meine Wange hinab. Wenn ich Tante Friede gesagt hätte, wie es um mich gestanden hatte und dass ich noch einige Tage bleiben musste, inklusive Reha, wäre sie sofort hergeeilt und hätte persönlich meine Krankenschwester gespielt.

Wir telefonierten noch ein wenig und sie munterte mich auf, wie sie es schon immer getan hatte. Sie versuchte, mir eine andere Sicht auf die Situation zu vermitteln. Doch sie konnte mir nicht helfen, *nur* meine Seele trösten. Für den Moment war das mehr als genug, es reichte und gab mir zumindest so viel Kraft, nicht wieder den Kopf in den Sand stecken zu wollen. Es gab immer einen Weg.

Als ich durch das Handy die mir bekannte Melodie des Nachrichtensenders hörte, stellten sich mir die Nackenhaare auf und Gänsehaut überrollte meinen Körper. Schnell griff ich nach der Fernbedienung, schaltete das Gerät ein und starrte auf den stummen Bildschirm.

Was ich zu sehen bekam, ließ mir das Blut in den Adern gefrieren. Durch Livingsten, das nun fast vollständig seine Farbe eingebüßt hatte und in Schwarz-Weiß ein groteskes Bild abgab, schlängelten sich riesige, nie enden wollende, bunte Röhren. Der einzige Farbklecks in dem tristen Grau in Grau. Was geschah hier?

„Mary, bist du noch dran?", hörte ich dumpf Tante Friedes Stimme.

Stille legte sich über mich wie eine Decke. Fassungslos beobachtete ich die Menschen, die auf die Rutsche zusteuerten. So wie in meinem Traum.

„Schau mal die Nachrichten an. Ist das nicht bei dir in Livingsten, Liebling?" Als würde sie ahnen, was ich sah.

Wir schauten beide die Nachrichten. Jeder auf seinem Teil dieser Erde, eigentlich nicht so weit entfernt und dennoch unerreichbar.

Als ich mich alt genug fühlte, um allein zu leben, war ich von Plymoung fortgegangen. Ich wollte weit weg. So weit, wie irgend möglich. So landete ich mit gerade mal achtzehn Jahren in Livingsten. Mit einem Job, der mich gerade so über Wasser hielt. Doch es war mir egal. Auf einem meiner ersten Streifzüge durch das kleine Städtchen traf ich auf Fay. Im wahrsten Sinne des Wortes. Ich war in den Stadtplan vertieft, um mich zurechtzufinden, als ich sie umrannte. Wir waren uns auf Anhieb sympathisch, tauschten unsere Nummern aus und ich nutzte die Chance, neu anzufangen.

Tante Friede schluckte und ich spürte, wie mich alle Kraft verließ und ich nach Worten suchte.

„Ist das wirklich ein Werbegag, so wie die das in den Nachrichten behaupten? Was ist da los bei euch?" Ihre Stimme kippte, sie war beunruhigt. Ich hätte sie nicht anrufen sollen.

„Ich weiß es nicht. Ich muss auflegen. Die Schwester kommt jeden Moment. Danke für deine Hilfe."

„Aber ich habe doch gar nichts gemacht." Eine kurze Pause entstand. „Na gut, Mary, aber ruf bitte morgen noch mal an. Ich möchte wissen, dass es dir gut geht. Ich habe dich lieb. Werd schnell wieder gesund."

„Hm-hm ..." Dann beendete ich das Gespräch und starrte auf das Display meines Handys, das ich in der Hand hielt. Meine Fingerknöchel traten durch das feste Zupacken weiß hervor und brennend begann der Schmerz in den Knochen. Sie wollten diesen Druck nicht, doch ich brauchte ihn. Was um Himmels willen sollte das bedeuten? Wie konnten die Dinge, die ich träumte, einfach so in der Realität erscheinen?

Ein Räuspern hinter mir erklang. Vor Schreck zuckte ich zusammen und hätte beinahe das Handy fallen gelassen. Eine Gänsehaut überzog meinen Körper und meine Nackenhaare stellten sich auf. Die Atmosphäre im Raum veränderte sich schlagartig, eine eisige Kälte breitete sich aus und mir wurde übel. Ich hatte nicht mitbekommen, dass jemand das Zimmer betreten hatte.

So schnell es mein Körper zuließ, drehte ich mich um. Doch der Mensch – der Mann –, den ich vor der geschlossenen Tür erblickte, war kein Unbekannter. Es war der Bettler aus dem Park. Der Typ, den ich für einen Obdachlosen gehalten hatte, der aber ganz offensichtlich keiner war.

Er trat einige Schritte in den Raum, rückte sich einen Stuhl zurecht, knöpfte sein Jackett auf und setzte sich gemütlich hin. Sein Grinsen ging fast von Ohr zu Ohr, als er abwechselnd zwischen dem Fernseher und mir hin- und hersah.

Mir fiel fast die Kinnlade hinunter. „Wer bist du und was willst du hier?" Mutig wagte ich den ersten Schritt.

„Ich bin Leopold von Gräften, einer der Ältesten von Leija. Freut mich, dass wir endlich die Zeit haben, uns einander vorzustellen." Ironisch lächelnd stand er auf und kam auf mich zu. „Na ja, und was ich will, sollte mehr als offensichtlich sein. Bist du denn noch nicht von allein darauf gekommen?" Er verhöhnte mich und strapazierte meine Nerven.

Zähneknirschend wandte ich mich ihm weiter zu und starrte in seine giftgrünen Augen. „Was willst *du*?", wiederholte ich meine Frage. Ich wollte meine Gefühlswelt nicht nach außen brechen lassen, doch meine bebende Stimme verriet mich. Ich war weder cool noch gelassen. Meine Hände zitterten, mein Puls raste. Wenn ich den Mann ansah, hatte ich seine Macht vor Augen. Wie er im Park vor mir stand und irgendetwas mit mir anstellte. Ich schluckte gegen die Angst an und hatte doch keine Chance.

„Ich will Leija erwecken", erwiderte er hochtrabend.

Mir platzte der Kragen. „Lässt du dir immer alles aus der Nase ziehen oder kommst du auch irgendwann auf den Punkt?" Etwas staute sich in mir an. Ich konnte dem Druck von innen nicht mehr lange standhalten. Auf meiner Haut sammelte sich weißer Nebel. Im Augenwinkel sah ich ihn an meinen Armen entlangtanzen, sich schlängeln und darum winden. Es wirkte, als hätte ich zu heiß geduscht und stünde nun in eisiger Kälte.

„Siehst du, mein Kind? Spürst du deine Macht? Merkst du, zu was du imstande bist, seit dein kleines *Partnerchen* fort ist? Du bist die Letzte deiner Art. *Du* bist der Schlüssel zu Leija. Du wirst ihn mit deiner Macht speisen, bis er so weit ist. Wenn du auf ihn triffst, wird es ihm ein Leichtes sein, dich zu vernichten. Und glaub mir, ich werde da sein, die Chance nutzen und hinter die Grenze treten. Ich warte schon viel zu lange darauf."

Immer weiter näherte der Mann sich meinem Bett, bis er letztendlich vor mir zum Stehen kam und seine Hand öffnete. In seiner nach oben gerichteten Handfläche hielt er dunkle Nebelschwaden, wie zu einer Kugel geformt. In der Mitte schimmernd erkannte ich Wesen wie den Vokert, der mir sogar im Wachzustand eine Gänsehaut bereitete. Aber ich sah auch Schemen, die ich nicht zuordnen konnte. Sie wirkten wie aus einer anderen, dunkleren Welt. Fröstelnd wandte ich meinen Blick ab und sah dem Alten ins Gesicht.

Ein triumphierendes Lächeln lag auf seinen Lippen. „Du wirst Leija auferstehen lassen, ob du es willst oder nicht. Es ist schon in vollem Gange. Der Grundstein ist gelegt. Er wartet auf dich." Mit diesen Worten verpuffte er zu grünem Rauch und war kurz darauf verschwunden.

Kapitel 11

Ich hatte verstanden, dass meine Träume der Schlüssel waren und mir in die Realität folgten. Auch dass immer mehr Menschen verschwanden, schien im Zusammenhang damit zu stehen. Ich wünschte, Chris hätte mir mehr über all das verraten, bevor er verschwunden war, anstatt nur eine Bemerkung fallen zu lassen und mich im Unwissen zu lassen.

Also sah ich als einzige Möglichkeit, die Verbreitung meiner Albträume und das Verschwinden der Menschen dieser Stadt zu verhindern, darin, nicht mehr zu schlafen. So versuchte ich, den Träumen zu entkommen. Doch wie sollte man das anstellen? Es begann mit Schlafentzug. Konsequentem Wachbleiben. Aber natürlich ging das nicht lange gut.

In der ersten Nacht täuschte ich immer wieder vor zu schlafen, sobald die Nachtschwester das Zimmer betrat. Sobald sie weg war, setzte ich mich auf, immer mit dem festen Gedanken an das, was ich dadurch zu verhindern versuchte. Am Morgen brannten meine Augen vor Übermüdung. Mein Körper kämpfte gegen mein Vorhaben, meine Lider wollten zufallen.

Die zweite Nacht verbrachte ich genauso. Pure Verzweiflung wanderte stetig durch mich hindurch. Ich wusste, lange würde ich das nicht durchhalten und das Unausweichliche stand bevor. Doch der Kampf gegen die Müdigkeit wurde irgendwann auch körperlich eine Mammutaufgabe. Meine Glieder wurden schwerer, mein Kiefer renkte fast aus, als ich das Gähnen nicht mehr unterdrücken konnte.

Auch taten die Schmerzmittel ihr Übriges, sie lullten mich ein, wollten mich mit sich nehmen. Doch ich konnte dem nicht nachgeben. Was würde passieren, wenn ich schlief?

Eine Gänsehaut überzog meinen Körper, als die Müdigkeit mehr und mehr nach mir griff. Die Situation war paradox. Denn um zu heilen, brauchte mein Körper den Schlaf. Aber ich musste verhindern, was passierte, wenn ich schlief.

Lange ging es nicht gut. Schon am Morgen des zweiten Tages fiel es auf. Mein Gesundheitszustand wurde schlechter, mein Puls unruhiger und meine Organe griffen sich selbst an. Magensäure brannte in meinem Hals vom vielen Erbrechen. Vor Müdigkeit war mir furchtbar kalt und mein gesamter Körper zitterte.

Die Ärztin brauchte nur einen kurzen Blick, um festzustellen, was mir fehlte, und ordnete ein Schlafmittel an. Obwohl ich erklärte, dass ich Angst davor hatte, die Augen zu schließen, weil mich schreckliche Albträume plagten, zeigte niemand Erbarmen. Ruhe und Erholung waren eben die beste Medizin.

Von da an zogen immer mehr Träume an mir vorbei. Von grotesken Gestalten, die aus dunklen Schatten entstanden und die Menschen terrorisierten, bis zur Zerstörung von Livingsten und deren Einwohnern. Von Augen, die mich mit ihren Blicken aus dunklen Gassen verfolgten. Und nach jedem Aufwachen hatte ich Angst, was diesmal verschwunden war. Wie viele Menschen es mich diesmal gekostet hatte zu schlafen.

Die Träume schlichen sich in die Realität und nahmen diese Stück für Stück mit sich fort. Mit jeder weiteren Nacht, jedem weiteren Traum und jedem weiteren Erscheinen in der Realität verlor ich den Mut und die Hoffnung, etwas daran ändern zu können.

Es klopfte an der Tür und ohne auf eine Erwiderung zu warten, traten zwei Polizisten ein. „Guten Abend, Frau Mayson. Dürfen wir kurz stören?"

Als ob ich eine Wahl gehabt hätte. Sie haben sich ganz schön Zeit gelassen, bei mir aufzutauchen. Ich nickte ihnen nur zu, kaum in der Lage, mich zu konzentrieren. Fieberhaft überlegte ich, um was es gehen könnte. Um den Unfall, Fays Verschwinden oder das Verschwinden so vieler anderer?

„Wir wollten schon viel eher herkommen, doch die Ärztin hatte uns immer wieder abgewiesen, weil Sie Ruhe brauchten." Der Ältere der beiden räusperte sich und übernahm das Gespräch. „Vor neun Tagen ereignete sich ein schwerer Verkehrsunfall, an dem Sie beteiligt waren. Können Sie uns dazu etwas erzählen?"

Ich schluckte bittere Galle hinunter, als ich an den Unfall dachte. Gedanklich wurde ich dorthin zurückgeschleudert. Saß eingequetscht zwischen dem ganzen Metall, sah Fays irren Blick vor mir. Mein Atem ging stoßweise. Doch ich versuchte, mich zu beruhigen. Ich wusste, der Unfall war vorbei. So atmete ich wiederholt ein und aus und sah mich im Raum um.

Und als ich so weit war, erzählte ich im Schnelldurchlauf, was ich noch wusste. Der jüngere Polizist schrieb eifrig mit und schaute kaum von seinem Block hoch, während der andere Mann immer wieder zustimmende Geräusche machte und mich nicht aus den Augen ließ. Als ich dann genug zum Unfallhergang, den Beteiligten und den Umständen erzählt hatte, änderten sie das Thema.

„Wissen Sie etwas über den Verbleib von Fay Clark?"

„Ich …" Mir kam kein Wort über die Lippen. Tränen sammelten sich in meinen Augen und ich sah die Polizisten an. All meine Kraft zusammennehmend antwortete ich mit leiser Stimme: „Ich weiß es leider nicht." Die Tränen nahmen ihren Lauf.

Nachdem die Polizisten endlich weg waren, bekam ich wieder Schlafmittel. Und als es wirkte, fiel ich erschöpft in den Schlaf.

***

Der Boden erzitterte, Wind pfiff durch die Gassen und Regen tropfte auf mich nieder. Wieder einmal stand ich auf der Straße. Heute huschten noch vereinzelt Menschen durch die Gassen. Irritiert folgte ich ihnen mit meinem Blick, legte den Kopf schief und suchte nach dem, was mich stutzen ließ.

Als die Menschen dann näher an mir vorbeikamen, regelrecht vorbeirannten, erkannte ich, was mich irritierte. Ihre Münder waren vor Angst zu einem Schrei verzogen. Wieso und wovor flüchteten sie?

Ich sah mich weiter um und entdeckte in etwa acht Meter Entfernung sich auftürmende Regenmassen, die hochgewirbelt wurden von Wesen, die ich nie zuvor gesehen hatte. Ich schauderte, wollte irgendetwas tun und stand doch starr auf dem Fleck. Selbst wenn ich es gewollt hätte, ich hätte nicht die Möglichkeit gehabt, mich zu bewegen. Irgendetwas hielt mich an Ort und Stelle.

Nachdem die ersten Wesen an mir vorbeikamen und mir keine Aufmerksamkeit schenkten, war ich fast erleichtert. Doch wäre das zu früh gewesen.

Zwei riesige Hände – jede so groß wie ein Haus –, griffen nach der Straße, auf der ich stand. Kurzerhand rissen sie den Asphalt heraus und mit ihm gesamte Häuserblöcke. Die Hände packten die Straßen fester und rüttelten sie, als würden sie Wäsche aufschütteln.

Die Bewegung riss mich von den Füßen und ich prallte unsanft auf den Knien auf. Ich wurde über die Straße geschleudert, rutschte, sobald ich den Boden berührte, darüber, versuchte, mich zu halten, und wurde doch mit jedem Schleudern weiter emporgehoben, bis ich die Bodenhaftung gänzlich verlor. Mein Schrei hallte durch die ohrenbetäubende Stille, denn obwohl das Aufreißen der Straße und das Zusammenbrechen der Häuser deutlich zu sehen war, hörte man von der Zerstörung nichts.

Angsterfüllt suchten meine Füße den Boden und kurz darauf schlug ich unsanft auf diesem auf. Die Luft wurde mir aus der Lunge gepresst, als ich auf dem Rücken aufkam. Für einige Atemzüge starrte ich in die Wolken, als die Geräusche um mich herum einsetzten.

Bevor ich mich vollständig aufgesetzt hatte, hörte ich ein Heulen. Es jagte mir eisige Schauer über meinen Körper. Es klang wie das Weinen von Kindern, das Reißen schwerer Körper und das Gurgeln aus etlichen Kehlen.

Ich stützte mich auf meinem geschundenen und blutenden Knie ab, während ich hochzukommen versuchte, als ich das erste Etwas entdeckte. Ich hockte mich hin und machte mich klein, in der Hoffnung, sie hätten mich nicht gesehen. Es waren groteske Clowns, die die Menschen durch die Straßen jagten. Alle hielten auf ein Ziel zu. Alle steuerten die Rutsche an.

Ich sprang auf die Beine, als ich die Absicht erkannte, und versuchte panisch hinterherzukommen. Hoffnungslos. Je mehr Schritte ich tat, umso weiter fiel ich zurück. Das Hochhaus, das den Start der Rutsche bildete, rückte immer weiter von mir fort. Ich schrie aus voller Kehle. Schrie, bis keine Stimme mehr da war. Schrie, bis auch die letzte Träne versiegt war.

***

Meine Schreie begleiteten mich bis zum Aufwachen. Die Schwester stürmte ins Zimmer und griff behutsam nach meinem Arm. Sie suchte meinen Blick und als ich ihren erwiderte, verstand ich, dass ich geträumt hatte. Mal wieder ein Albtraum. Meine Gedanken rasten. Was war diesmal verloren gegangen?

„Sie haben nur geträumt, Frau Mayson. Sehen Sie sich um. Hier ist niemand außer Ihnen und mir." Aufmunternd sah die Krankenschwester sich gemeinsam mit mir im Raum um. Natürlich wusste ich, dass es nur ein Traum war. Doch das hieß noch lange nicht, dass dieser nicht Realität wurde.

Sie setzte eine Spritze an den Zugang und ließ eine milchige Flüssigkeit durch meine Venen fließen. Und das erste Mal seit Tagen fiel ich in einen traumlosen Schlaf.

***

Seit dem letzten Traum waren drei Tage vergangen und es gab nichts Neues. Nichts von Fays Verbleib oder Chris' Recherche. Auch Mark hatte sich nicht wieder bei mir gemeldet und erreicht bekam ich ihn auch nicht. Nachrichten empfing mein Fernseher nicht mehr. Als ich das letzte Mal versuchte, fernzusehen, kam einfach nichts. Nur das schwarz-weiße Rauschen. Seitdem traute ich mich auch nicht mehr, ihn einzuschalten. Zu groß war die Angst vor dem, was vielleicht passiert sein konnte. Oder die Gewissheit zu haben, dass Livingsten allein mit diesem Problem dastand.

Das einzig Gute an den letzten Tagen? Ich schlief traumlos. Ob das jedoch wirklich so gut war, wusste ich nicht. Es brachte auch keine Erleichterung, eher fühlte es sich an wie die Ruhe vor dem Sturm.

**

Und das war es auch, wie ich weitere vier Tage später verstand. Nach dem Aufwachen war irgendetwas anders. Mittlerweile war alles Schwarz-Weiß. Doch das war es nicht, es war etwas anderes, das mir ein mulmiges Gefühl verursachte. Keine Ahnung, woran ich es festmachte, doch es lag wie ein verfaulter Geruch in der Luft. Man konnte es nicht ignorieren.

Noch im Bett liegend hörte ich in mich hinein. War etwas an mir anders? Meine Verletzungen waren fast gänzlich verheilt. Die Reha schlug gut an und ich konnte bald entlassen werden. Das war zumindest der Plan der Ärztin gewesen. Meine Seele war allerdings nicht ganz so heile. Denn immer, wenn etwas auftauchte, das nicht hergehörte, zerbrach sie aufs Neue, weil es immer hieß, dass etwas diese Welt verließ.

Es war anders als dieses Verweben, wie Chris es genannt hatte, denn dabei würde tatsächlich ein Teil von mir verschwinden. Hier verlor nicht ich mich. Es waren die anderen, die fortgerissen wurden. Und das bereitete mir seelische Schmerzen.

Ich lauschte den Geräuschen des Ganges. Es war still. Zu still. Langsam nahm ich mein Handy in die Hand, um nach der Uhrzeit zu schauen. Doch auch sie erklärte diesmal nicht, dass es so ruhig war. Wir hatten bereits acht Uhr zweiundzwanzig. Eigentlich herrschte zu dieser Zeit große Betriebsamkeit im Krankenhaus. Normalerweise gab es vor einer Stunde Frühstück.

Wie auf Kommando knurrte mein Magen. Ich ignorierte ihn und zog mir meine Jeans, einen Pullover und die Schuhe an. Mein Handy steckte ich in die Hosentasche und meine Jacke legte ich über meinen Arm. Dann lief ich auf die Tür zu. Dort angekommen, legte ich das Ohr an das Holz und lauschte. Immer noch war es still.

Vorsichtig drückte ich die Klinke hinunter, öffnete die Tür einen Spalt und schielte hinaus. Und sah ... niemanden. Gänsehaut bereitete sich auf meinem Körper aus und ich nahm all meinen Mut zusammen, um mein Zimmer zu verlassen. Ich stellte mich in die Mitte des Ganges und sah mich um.

Es war niemand hier. Ich hörte weder die Schwestern noch irgendwelche Wagen oder Betten, die durch die Gänge geschoben wurden. Kein Piepsen oder Klingeln. Einfach nichts. Ein Zittern durchlief meinen Körper. Ich wusste nicht, was passierte und was das hier sollte. Doch irgendwie ließ mich das Gefühl nicht los, dass es etwas mit meinen Träumen zu tun hatte. War meine Nacht nicht so traumlos gewesen, wie gedacht?

Es war wie verflucht. Irgendwann, in den letzten zweieinhalb Wochen nach dem Unfall, war alles aus dem Ruder gelaufen. Je mehr Träume mich heimsuchten, desto mehr Menschen waren fort. Mittlerweile waren alle weg. Auch Chris war nicht zurückgekehrt. Er war ebenso spurlos verschwunden wie der Großteil der Menschen, die hier lebten.

Zwischendurch war hier die Hölle los, weil viele dachten, das Krankenhaus wäre die letzte sichere Zuflucht. Doch sie hatten sich getäuscht. Egal, wo sie gewesen wären, sie wären über kurz oder lang eh verschwunden. Sie hatten keine Chance.

Tränen brannten in meinen Augen. Ich legte den Kopf in den Nacken und sah nach oben. Wenn ich jetzt zu heulen begann, würde das wohl kaum die anderen zurückholen.

Wohin sie alle waren, wusste ich nicht. Ich hatte nur eine vage Vermutung und hoffte, dass diese nicht der Wahrheit entsprach. Die Menschen konnten doch kaum alle in die Rutsche gestiegen sein.

Vielleicht waren sie geflohen, weil Livingsten nicht mehr sicher war? Oder sie verschwanden wie Fay? Ich konnte es nicht mit Sicherheit sagen. Ich wusste nur, dass Livingsten kein friedlicher Ort mehr war. Nichts, wo man sich wohlfühlen konnte oder gerne wohnen wollte. Nicht freiwillig.

Ich lief die Flure entlang und suchte nach Menschen. „Ist hier jemand?", schallte mein Ruf durch die leeren Gänge. Niemand antwortete.

Ich hatte entschieden, mich selbst aus dem Krankenhaus zu entlassen und schleunigst zu verschwinden. Hier war niemand mehr sicher. Es war also egal, wo ich mich befand.

Nachdem meine erneuten Rufe ungehört verhallten, begann ich zu schleichen. Meine Beine zitterten vor Angst. Was ist, wenn ich den Vokert auf mich aufmerksam gemacht hatte? Doch da der Alte mich längst gefunden hatte, glaubte ich auch, dass er genau wusste, wo ich mich befand.

Dennoch machte ich keinen Mucks mehr und suchte unerbittlich weiter. Irgendwer musste da sein. Doch ich hatte bereits einen Großteil des Krankenhauses durchkämmt. Ich hatte Türen geöffnet, hinter denen ich noch jemanden vermutet hatte, weil ich Stimmen hörte. Jedoch stammten die Geräusche von Fernsehern oder Radios, die weiter den Schein der Normalität aufrechterhielten.

Nach einiger Zeit kam ich auf meinem Streifzug zum OP-Saal, weil ich erneut Stimmen hörte. Trotz der vorherigen Niederlagen keimte Hoffnung in mir auf. Ich wollte nicht aufgeben, öffnete die Tür und trat durch die Schleuse. Gewappnet für das, was kommen konnte, atmete ich tief ein, während ich den Schritt ins Innere wagte.

Im ersten Moment dachte ich, hier wäre noch jemand, doch der angebliche Mensch verhöhnte mich, gaukelte mir vor, hier jemanden anzutreffen. Denn er war nichts weiter als ein Kleiderständer, an dem ein OP-Kittel hing. Auch hier echote nur der Klang eines Radios.

Worauf ich mich nicht vorbereitet hatte, war der Geruch. Die Luft war abgestanden und eine penetrante Eisennote schwang in ihr mit. Ich hielt mir die Nase zu, während ich meinen Blick schweifen ließ, um vielleicht doch noch jemanden zu entdecken. Mich erschütterte das, was sich vor mir erstreckte, zutiefst.

Das Grauen, das sich mir zeigte, kroch tief unter meine Haut und pflanzte sich wie ein Parasit unter ihr ein. Der OP-Tisch war mit einem blauen, papierähnlichen Stoff abgedeckt, unter dem niemand mehr lag. Allerhand Gerätschaften waren darauf verteilt. Ich erkannte einen Rippenspreizer, ein Skalpell und etliche Tupfer. Anhand der Lokalisation der Geräte und des riesigen Blutfleckes, der sich auf dem weißen Laken unterhalb des blauen Stoffes ausbreitete, war es wohl eine größere OP am Oberkörper gewesen, die hier durchgeführt wurde, als es passiert war. Was auch immer *es* war.

Ich ging einen Schritt näher zum Tisch und sah mich aufmerksam um. Unwillkürlich fragte ich mich, ob derjenige, der hier zur OP gelegen hatte, das überleben konnte. Ob er da, wo er jetzt war, wenigstens ohne offenen Oberkörper angekommen oder er bereits verblutet und somit gestorben war.

Ich ging rückwärts aus dem OP-Saal und meine Arme umschlangen fest meinen Oberkörper. In diesem Moment wurde mir klar, dass das gesamte Krankenhaus nur noch eine Hülle ohne Leben war. Ein Gebäude ohne Seele. Kein Ort der Zuflucht und der Rettung, sondern ein Ort des Grauens. Als wäre es nicht schon schlimm genug gewesen, dass Menschen verschwanden und Ungeheuer auftauchten, machte ich mir nun auch Vorwürfe, weil Menschen wegen mir oder durch mich starben.

Fluchtartig verließ ich das Krankenhaus. Ich rannte hinaus und warf keinen Blick zurück. Mir wurde schmerzlich bewusst, dass ich niemanden finden würde, als ich die leeren und zerstörten Straßen erreichte. Egal, wie lange ich vorhatte zu suchen, es war niemand mehr da.

Meine Brust schnürte sich zu. Eis rann durch meine Adern. Panisch drehte ich mich um die eigene Achse, suchte nach dem Ausweg, den es nicht gab. Ich sank auf die Knie und stützte mich mit den Händen am Boden ab. Meine Jacke lag neben mir in einer Pfütze. Der Regen tropfte auf mich herab und kühlte meine Haut noch weiter. Mit den Regentropfen im Einklang fielen meine Tränen auf den Asphalt und meine Lunge presste nur noch mit Mühe die Luft hinein und heraus.

Ich wusste nicht, wie viel Zeit vergangen war, als ich aufstand und mutterseelenallein und durchnässt durch die stillen Straßen lief, die die einer Geisterstadt hätten sein können. Fassungslos sah ich mir das Unheil an, das ich verbrochen hatte.

Der Wind, der meine Haare zerzauste und mir meine Haarsträhnen ins Gesicht peitschte, pfiff um die zerstörten Häuser. Er ließ sogar lose Steine erzittern. Ich besah die Häuser, die wirkten, als wären Bomben eingeschlagen. Teilweise bis auf die Grundmauern zerstört. Aus ihnen erhob sich dunkler Rauch, als wären sie erst vor Kurzem zusammengebrochen. Staub wirbelte auf, was nicht möglich war, weil es regnete.

Ich lief weiter, stieg über Glasscherben der Fenster, über verstreute Möbel und Erinnerungsstücke der Menschen, die hier lebten. Bilder und Spielzeuge, Kleidung und Schmuck. Ich kletterte über Teile des Mauerwerks oder über Türrahmen. Dabei sah ich mir den Albtraum an, in den ich diese Stadt verwandelt hatte, und mit jedem Schritt, den ich tat, zog die Einsamkeit immer mehr in mir an. Die Szene, die sich mir in dieser Stadt offenbarte, glich einem Horrorfilm. Nur dass dort Musik zu hören gewesen wäre, wo hier nur noch Stille übrig war.

Aus den Nachrichten, die vor etwa einer Woche abbrachen, hatte ich entnehmen können, dass all diese Veränderungen nur Livingsten betrafen. Kein anderer Ort hatte ähnliche Phänomene vorweisen können. Doch auch das ließ sich nicht mehr mit Sicherheit sagen. Denn vor etwa einer Woche war die Verbindung von Livingsten zu anderen Städten oder Ländern vollends abgebrochen. Es war, als wären wir vom Rest der Welt abgeschirmt.

Die Menschen hier hatten keine Chance. Ich wusste es, ohne es gesehen zu haben. Ohne dabei gewesen zu sein. Denn meine Träume haben sie mit sich gerissen, fortgebracht, ohne Wiederkehr. Wohin sie entrissen worden waren, wusste ich nicht.

Ich wusste nur, dass sie nie zurückkamen. Und je mehr Menschen verschwanden, umso mehr hatte ich Angst vor der Antwort. Nach etlichen Schritten quer durch die Stadt erreichte ich den Typen, der noch immer nach Farben suchte, um sie zu entfernen. Seine Bewegungen waren fahrig. Sein Kopf ruckte hektisch herum, um so schnell wie möglich Erfolg zu haben. Doch seine Suche blieb erfolglos. Es war nichts mehr übrig. Kein Fitzelchen Farbe konnte man noch ausmachen. Einzig Grautöne waren zwischen all dem Schwarz und Weiß geblieben. Der Mann wirkte mit jedem Moment verstörter, weil er nicht fand, wonach er suchte.

Er war mein persönlicher Albtraum. Nicht nur, dass er mir das bisschen Farbe nahm, das mein Leben noch für mich bereitgehalten hatte, nachdem ich meine Fantasie verloren hatte. Sie waren immer alles gewesen, was mir geblieben war, nachdem ich es nicht mehr schaffte, Farben auf Papier zu bringen und dort zu halten. Auch die Gestalt, wie er war und das, was er darstellte. Jemand, auf einer verzweifelten Suche nach dem, was schon lange verloren war und vor allem nach etwas, das nicht gefunden werden konnte.

Für ihn die Farben, für mich die Menschen dieser Stadt. Vor allem Fay, Mark und Tante Friede, zu der ich nicht mehr durchkam. Immer wieder hatte ich ihre Nummern gewählt und kein Freizeichen erhalten. Zu niemandem kam man mehr durch. Alle Leitungen waren tot.

Aber allen voran suchte ich nach Chris. Wo war er? Er war der Einzige, der hätte helfen können. Seit dem Abend vor zwei Wochen im Krankenhaus hatte ich nichts mehr von ihm gehört und vermutete, dass er ebenso verschwunden war wie der Rest der Menschen.

Ich sah zu den Überresten der Häuser hoch, um die sich die gewaltigen Röhren, die mittlerweile auch ihre Farben eingebüßt hatten, wickelten und erschauderte bei dem Gedanken daran, wie viele Menschen sie wohl verschlungen haben mochten.

Ich betrachtete im Vorbeigehen die Gruppe grotesker Gestalten, die aus meinen letzten Träumen entstanden waren.

Links von mir lauerten die Wesen, die ein Einrad als Unterkörper und den Oberkörper eines Menschen besaßen. Sie rollten hin und her, an den Häuserwänden empor und stritten sich, wenn sie gegeneinanderstießen. Sie suchten, ebenso wie der Schwarz-Weiße, nach etwas. Anders als dieser durchstöberten sie die Gegend jedoch nach Menschen, denen sie nachjagen konnten. Wie nicht anders zu erwarten, blieb auch ihre Suche erfolglos.

Ebenso wie meine.

An der nächsten Häuserecke standen weinende Clowns. Ihre Gesichter waren unterschiedlich stark geschminkt und ihre aufgebauschte Kleidung flatterte im Wind. Anders als normale Clowns, die mir - nebenbei gesagt - auch eine Höllenangst einjagten, verbreiteten sie Hass unter denen, die hier lebten. Sie schürten Streit und Rachsucht und holten aus jedem das Schlechteste heraus. Säten Zwietracht und Hass und speisten ihre dunklen Seelen damit, um zu überleben.

Und zwischen all diesen Gestalten erhaschte ich regelmäßig einen Blick auf aufblitzende rote Augen, die sich in den Schatten der Häuser materialisierten und mich zu verfolgen schienen. Die Wesen tauchten aus den Schatten auf und nahmen einen mit sich.

In meinen Träumen waren sie immer nur am Rande vorgekommen, doch sie waren die grauenvollsten. Ohne Vorwarnung rissen sie einen aus dem Leben und bevor man etwas erahnen konnte, war man nicht mehr da. Obwohl ich mir sicher war, dass sie mich alle in Ruhe ließen, ging ich ihnen dennoch möglichst aus dem Weg.

Da außer mir nun niemand mehr übrig war, den sie terrorisieren konnten, war ihre Existenz der reinste Hohn. Nur noch dazu da, um mir zu zeigen, was ich verbockt hatte. Wozu ich nicht in der Lage war. Nämlich, das alles hier zu verhindern, indem ich das Spiel verstand und endlich mitspielen konnte.

Wie vermutet, zeigten weder die einen noch die anderen Interesse an mir. Sie reagierten nicht einmal auf mich. Dabei hätten sie ein Leichtes gehabt. Ich hätte mich vermutlich nicht einmal gewehrt.

Ich lief weiter und suchte verzweifelt die Stadt ab. Ich rief nach jedem, der eventuell da sein könnte, doch niemand antwortete mir. Die Stille, die zu mir zurückschallte, verankerte sich in meinem Herzen und bereitete mir körperliche und seelische Schmerzen. Sie fraßen sich von innen nach außen und ließen immer wieder Tränen hinabfallen.

Wieso war ich noch hier?

Im gleichen Atemzug, wie ich mir die Frage stellte, fiel mir auch die Antwort ein. Denn soweit ich wusste, war ich der Ursprung des ganzen Unheils. Ergo konnte ich davor auch nicht fliehen. Ich würde es mitnehmen. Egal, wohin ich ging.

Ich war nie der Typ gewesen, der aufgab, egal, wie schwer oder ätzend etwas war. Doch in diesem Moment schien es mir wie der beste Ausweg. Ich war an einem Punkt, an dem sich aufgeben als beste Option herausstellte. Welche Alternative hatte ich noch?

Langsam schritt ich weiter durch die Straßen und richtete meinen Gang in Richtung Heimat. Die bedrückende Stille blieb mein steter Begleiter. Der Schmerz troff tief in meine Seele und begrub mich unter einer Welle der Schuld.

Die Haustür ließ sich ohne Probleme öffnen und auch alles hinter ihr wirkte normal. Schon von Weitem hatte ich erkannt, dass es das einzige Haus war, das in der gesamten Stadt noch vollständig stand. Es sah noch genauso aus wie an dem Morgen vor dem Unfall.

Doch der Schein trog. Auch hier hatte alles angefangen und sein Ende gefunden. Farben fehlten, Geräusche waren verschwunden, selbst Gerüche waren Vergangenheit. Als würde man ein Schwarz-Weiß-Bild des Raumes betrachten und nicht tatsächlich in diesem stehen. Ebenso wie ein Bild, das man betrachtete, in dem es an Inhalt und Tiefe fehlte, tat das Betrachten weh. Es schmerzte mich körperlich, dass das Leben darin abhandengekommen war.

Ich war erschöpft, als ich meine Wohnung erreichte. Niedergeschlagen streckte ich mich auf der Couch aus, zog mir die Decke über den Kopf und versteckte mich vor der Wahrheit. Mit tränennassen Wangen schlief ich irgendwann ein.

***

Auf einer Wiese sitzend schlug ich die Augen auf und betrachtete die Bäume um mich herum, bestaunte die bunten Pflanzen und das Glitzern, das in der Luft lag. Es war hier anders als in meinen anderen Träumen. Es sah aus wie aus einer anderen Welt.

Meine Finger glitten sanft über das Gras. Der Blick an mir hinunter zeigte mir, dass auch ich blumiger aussah, denn ich trug ein leichtes Sommerkleid. Dieses Bild passte so gar nicht zu meiner Stimmung und doch genoss ich die kurze Auszeit. Ich nahm die Blume neben mir in Augenschein.

„Mary?", erscholl eine Stimme hinter mir.

Mein Herz setzte aus und ich hielt inne. Wartete. Ich kannte diese Stimme. Das konnte doch nicht …?

„Mary?", rief die Stimme lauter.

Ruckartig sprang ich auf, drehte mich um und stand vor ihm. Uns trennten noch zig Schritte, doch meine Beine hatten sich bereits auf den Weg gemacht. Tränen schossen mir in die Augen, aber nicht aus Angst oder Trauer, sondern vor Glück.

Ich erreichte Chris und sprang in seine Arme. Schluchzend hielt ich mich an ihm fest und vergrub mein Gesicht an seinem Hals. Ich sog seinen Geruch in mich ein.

„Hey … Alles ist gut. Ich bin hier", flüsterte er in mein Haar, während er mich umschlang, als hätte auch er Angst, mich zu verlieren.

„Was …?", begann ich, doch er unterbrach mich jäh.

„Wir haben nicht viel Zeit, Mary. Ich werde bald wieder bei dir sein. Versprochen. Halte noch ein wenig durch. Ich habe den Weg fast gefunden. Gib noch nicht auf, sonst ist alles verloren." Chris' Gestalt wurde blasser und verlor seine Konturen.

Ich sackte zu Boden, weil er mich in diesem Zustand nicht mehr halten konnte und mein Herz zerbrach. Vorsichtig hob ich meine Hand, wollte nach ihm greifen. Doch ich griff durch ihn hindurch. Chris war schon fast nicht mehr da. Das durfte nicht passieren. Bitte …

„Ich bin fast da, mein Herz." Seine durchscheinende Hand legte sich an meine Wange. Und während er mich voller Liebe ansah, löste er sich vollends auf.

***

Schweißgebadet und schreiend wachte ich auf, doch diesmal nicht wegen eines Albtraums, sondern weil der Traum zu schön gewesen war, um wahr zu sein. Und gleichzeitig so zerstörerisch. Obwohl Chris und ich uns gefunden hatten und er mir Hoffnung schenken wollte, sah ich diese Option nicht. Es war doch nichts mehr übrig.

Die Hoffnung, die er in mir wecken wollte, drückte ich mit aller Macht nieder. Ich wollte es nicht hören, nicht aus seinem Mund. Nicht, nachdem ich bereits alles verloren hatte. Ich war müde und ich wollte nicht mehr. Tatsächlich sah ich nur noch einen Ausweg.

Also begab ich mich zu dem Hochhaus, auf dem ich im Traum schon war. Genau zu dem Ort, an dem die Rutsche begann. Im Schneckentempo und mit hängenden Schultern erklomm ich die Überreste des Treppenhauses des fast verfallenen Gebäudes. Stufe um Stufe. Schweißperle um Schweißperle lief mir den Rücken hinab.

Ich sprang über die Lücken in den Absätzen, schlich eng an die Wand gepresst die Treppe empor. Ich kämpfte wieder und wieder. Mit der Umgebung, der Angst und zuletzt gegen das bisschen Willen, das ich noch in mir trug. Ich wollte endlich sehen, was passierte, wenn man in die verdammte Rutsche sprang. Ich musste mich dem stellen, was eventuell dahinter auf mich warten würde. Nun war ich bereit, das zu beenden, was der Alte im Park begonnen hatte.

Mit der Einstellung, dass er gewonnen und ich nicht die geringste Chance gehabt hatte, stieß ich die Tür zum Dach auf. Wohl wissend, dass ich meinem Ende entgegenging, trat ich hindurch und zuckte erschrocken zurück.

Vor mir saß ein kleines Geschöpf, das mir vage bekannt vorkam. Es hatte mir den Rücken zugewandt und wirkte, als wartete es auf irgendetwas. Während ich den Kopf schief legte und fieberhaft nach der Erinnerung suchte, in der das Wesen auftauchte, drehte es sich zu mir um.

Wie ein Schlag kamen die Erinnerungen zurück, als ich seine Augen erkannte. Ein Seufzen entwich meiner Kehle. Erschöpft und voller Unglauben ließ ich mich auf die Knie sinken und starrte es an. Meine Hände hingen schlaff an meinen Seiten hinab, aus mir war alle Spannung gewichen. Mein Herz zog sich zusammen und schlug dann nur umso schneller weiter.

Ich wusste mit tausendprozentiger Sicherheit, dass auch dieses Wesen aus meinen Träumen entstanden war. Es konnte nicht natürlichen Ursprungs sein. Es besaß fünf Schwänze, wobei jeder Schwanz einer anderen Tierart zuzuordnen war. Das mehrfach gemusterte Fell war ebenso irritierend wie seine Pfoten.

Ich schluckte den Kloß in meinem Hals hinunter und kämpfte vergeblich die Tränen zurück, doch sie liefen ohne Unterlass meine Wangen hinab, als ich erkannte, wer vor mir saß. „Milo?"

Das etwa katzengroße Geschöpf lief auf mich zu und sprang auf meinen Schoß. Die Spannung kehrte in meine Glieder zurück und ich umfing den warmen Körper mit meinen Armen.

„Na, na, meine kleine Prinzessin. Wer wird denn hier gleich den Mut verlieren?"

Bei dem Kosenamen, bei dem er mich früher immer genannt hatte, sprang mein Herz wild in meiner Brust hin und her und meine Seele vibrierte vor überschäumender Freude.

Und dann zerriss mich die Trauer. Trauer darüber, Milo verloren zu haben. Aber auch darüber, dass ich daran zweifelte, dass es ihn wirklich gegeben hatte. Von Schluchzern geschüttelt hielt ich ihn fest, drückte mein Gesicht in sein Fell und sog seinen unverkennbaren Geruch ein. Er roch so herrlich nach Kindheit. Nach Süßigkeiten und Geburtstagskerzen. Nach Abenteuer und Geborgenheit. Ich klammerte mich an ihn, aus Angst, ihn wieder zu verlieren.

„Wie …?" Mir versagte die Stimme.

„Ich war nie wirklich weg. Ich konnte nur nicht zu dir." Er sah zu mir auf und leckte mit seiner rauen Zunge eine Träne von meiner Wange weg, wie er es früher so oft getan hatte. Erneut wurde ich von Schluchzern heimgesucht. „Ich musste den Moment abpassen, in dem die Blockade verschwand und gleichzeitig der Vokert und der Alte nicht über deine Träume wachten. Es hat etwas gedauert. Doch dann konnte ich durch ein Schlupfloch entkommen." Er drückte sich ein wenig von mir weg, blieb aber auf meinem Schoß sitzen. Dann musterte er mich prüfend und nickte. „Du bist groß geworden, Prinzessin."

Über seinen irritierten Gesichtsausdruck lächelnd zog ich ihn wieder an mich. Diesmal nur kurz. Ich setzte ihn behutsam ab und betrachtete ihn. War er wirklich hier?

„Es ist ja auch sooo lange her. Ich bin nicht mehr fünf Jahre alt, Milo." Traurig sah ich auf ihn hinab. „Es ist viel passiert. Ich weiß gar nicht …" Bevor ich richtig begonnen hatte, unterbrach ich mich selbst. Zweifel griffen nach mir. „Aber du verschwindest jetzt nicht auch noch, oder?", fragte ich mit bebender Stimme. Ich würde es nicht ertragen, wenn er auch noch verschwand. Ich hatte ihn doch gerade erst wiederbekommen.

„Nein, ich bleibe. Sie können mich dir nicht wegnehmen. Ich gehöre zu dir." Er machte eine kurze Pause und senkte kurz den Kopf. „Ebenso wie die Kreaturen dort unten. Sie sind alle ein Teil von dir."

Ich schluckte. Das war mir in diesem Moment egal. So herzlos das klingen mag. Vor mir saß mein einziger, wahrer Freund aus meiner Kindheit. Kurz vergaß ich alles um uns, setzte mich zu Milo und betrachtete ihn. Seine Schwänze zuckten, seine Ohren drehten sich zu den Geräuschen, und sein Fell sträubte sich, wenn der Wind hindurchblies. Er sah mich ebenso prüfend an.

„Erzähl, wie ist es dir ergangen? Waren deine Eltern noch böse mit dir? Wo lebst du jetzt?", bombardierte Milo mich mit seinen Fragen.

Ich wollte ihm die Antworten am liebsten nicht geben. Nicht noch einmal darüber sprechen, was alles vorgefallen war. Und dennoch tat ich es. Ich ließ den ganzen Schmerz meiner Kindheit bei ihm und erzählte von meinen Adoptiveltern und wie sie mich im Stich ließen, als sie ihre Chance dazu hatten. Wo ich untergekommen war, von Tante Friede und meinen Jobs, den Männern, Fay und letztendlich von Chris.

„Er ist dein Anker. Das scheint eindeutig. Immerhin kommen die Träume nicht in die Realität, wenn er da ist. Oder träumst du dann überhaupt, wenn er bei dir ist?", fragte Milo, während er es gleichzeitig feststellte.

„Woher weißt du das? Wieso bist du dir da so sicher?", stutzte ich.

„Eigentlich ist es ganz einfach." Er zwinkerte, was bei diesem kleinen Wesen echt merkwürdig aussah. „Chris und du, ihr habt eine andere Verbindung zueinander, als es üblich ist. Deine Träume sind anders, wenn er bei dir ist. Ungefährlich. Überleg mal. Hast du geträumt und ist dieser real geworden, wenn Chris in deiner Nähe war? Und hattest du überhaupt geträumt, wenn ihr beieinander wart?"

Ich überlegte. Er hatte recht. Ich hatte zwar geträumt, als Chris im Wohnzimmer und ich in meinem Bett lag, aber nachdem er mich zu sich auf die Couch geholt und im Arm gehalten hatte, kam kein Traum zu mir durch. Ich hatte es damals für Zufall gehalten. Jetzt ergab es jedoch Sinn. Ich schüttelte verneinend den Kopf.

„Siehst du. Aber wo ist er jetzt?" Milo sah sich kurz suchend um, als würde er Chris in der Nähe vermuten.

„Er ist nicht hier. Irgendwie ist niemand mehr hier." Ich machte eine Pause und atmete einige Male tief ein und aus. „Und deswegen bin ich jetzt auch hier. Ich muss wissen, was es mit diesem Spiel auf sich hat. Ich muss es irgendwie beenden."

Ohne Einwände trat er ein Stück zurück. „Ich werde hier warten", versicherte Milo mir.

Kurz hatte ich die Hoffnung gehegt, nicht allein dort durchzumüssen, doch auch ich spürte tief in meinem Inneren, dass dies meine Reise war und Milo besser nicht daran teilnehmen sollte. Es war wie eine dunkle Vorahnung, dass es nicht gut ausgehen würde, wenn er ebenfalls in die Rutsche sprang.

Mit der Erkenntnis stand ich langsam auf. Auch wenn ich jetzt nicht mehr allein war, hatte sich an meinem Unterfangen nichts geändert. Ich musste in diese Rutsche und endlich dem ins Auge sehen, der dies zu verantworten hatte.

Milo strich um meine Beine und drängte mich weder in die eine noch in die andere Richtung. Obwohl ich mir sicher war, dass er wusste, was ich hier oben wollte, hielt er mich nicht auf. So, als würde er wissen, dass das, was auch immer hier geschah, genau so geschehen musste.

Kurzerhand kniete ich mich hin, strich über sein weiches Fell und sah ihm tief in die Augen. In mir keimte Hoffnung auf. Es war nicht mein Ende. Es war der Anfang. Der Anfang der Geschichte, die Chris mir erzählt hatte.

Ich fasste den Mut zu glauben, den Ausgang der Geschichte ändern zu können, egal, was man behauptete. Ich nahm mir fest vor, genau dafür zu kämpfen.

Komisch, was diese kleine Kreatur in mir bewegen konnte, ohne groß etwas zu sagen oder zu tun. Allein ihre Anwesenheit machte es leichter. Ich wusste, ich war nicht mehr allein. Mit Milo konnte mir alles gelingen.

Ich richtete mich auf, straffte die Schultern und ging, ohne weiter nachzudenken, auf den Eingang der Rutsche zu. Er erinnerte mich an die Wasserrutsche des Wasserparks, in dem ich einmal gewesen war. Anders als ich sie in Erinnerung hatte, war es darin stockdunkel. Man konnte das Innere weder sehen noch erahnen.

Ich betrachtete den ersten Rutschenverlauf von außen, machte mir ein Bild der Biegungen und starrte dann wieder in das schwarze Loch vor mir. Eine Gänsehaut breitete sich, beginnend an meinen Armen, über meinem gesamten Körper aus. Dennoch hielt ich an meinem Vorhaben fest.

Beherzt sprang ich hinein und schmiss mich schwungvoll mit den Händen voran auf dem Bauch liegend in die Rutsche. Etwas unsanft landete ich auf dem harten Plastik und rutschte in einem Affenzahn weiter. Immer wieder wurde ich von links nach rechts geschleudert. Kurz drehte mich ein schwungvoller Richtungswechsel sogar auf den Rücken. Die nächste Kurve brachte mich unsanft in meine Ausgangsposition.

Die Rutschpartie dauerte eine gefühlte Ewigkeit, in der ich immer wieder gegen die Wände prallte und nicht einmal schemenhaft etwas erkennen konnte. Ich wurde von Sekunde zu Sekunde nervöser. Mein Herz hämmerte gegen den Brustkorb und meine anfänglichen Schreie waren längst verhallt. Ängstlich wartete ich auf das Ende der Rutsche.

Mit der Zeit wurde ich langsamer. Der Fahrwind schoss mir nicht mehr so hart ins Gesicht und zog an meinen Haaren. Als ich am Ende einen Lichtpunkt ausmachen konnte, wurde mir mulmig zumute, und das erste Mal, seit ich die Rutsche bestiegen hatte, überlegte ich, was mich wohl nun erwarten würde.

Kapitel 12

„Hallo? Hören Sie mir überhaupt zu?"

Dumpf, im Hintergrund meines Verstandes, drang eine männliche Stimme zu mir durch. Sie wollte seinen Platz einnehmen und verstanden werden, doch ich konnte ihr nicht folgen. Ein leichter Druck lag auf meinen Ohren. Nicht dieser Druck vom Fliegen oder Tauchen, sondern wirklich einer, der von außen zu kommen schien.

Verwirrt drehte ich mich um und wäre fast ins Nichts gefallen. Denn anders als erwartet stand ich nicht. Ich saß. Die Bewegung, die mein Körper zum Drehen machen wollte, hätte fürs Sitzen eine ganz andere sein müssen. Ich strauchelte und griff panisch nach den Armlehnen des Stuhls.

„Sind Sie noch dran? Hallo?" Schon wieder redete jemand mit ... mir.

Mit zittrigen Knien erhob ich mich vom Stuhl, einem Bürostuhl, drehte meinen Kopf, um die Umgebung auszumachen. Bevor ich jedoch aufrecht zum Stehen kam, zerrte irgendetwas unangenehm an meinem Kopf. Automatisch neigte er sich in die Richtung, in die er gezogen wurde. Als ich nach der Ursache des Ziehens Ausschau hielt, bemerkte ich eine Art Schnur, ein Kabel, um genau zu sein, das von meinem Kopf in Richtung Tisch verlief und in einem Laptop endete.

Geschockt fuhr ich zurück. Was war das hier? Das Kabel spannte sich ruckartig und zog mir ein Headset von den Ohren, welches nun mit einem ächzenden Geräusch an der Tischkante vorbeischrammte und auf dem grauen, mit Teppich ausgelegten Boden landete. Daher kam also der Druck.

Die Szene, die sich mir bot, verschlug mir nicht nur den Atem und raubte mir die Sprache, sondern ließ mein Herz beinahe aussetzen. Den Blick ausweitend bereitete sich vor meinen Augen ein Großraumbüro aus. Das, in dem ich bis zu meinem Unfall noch gearbeitet hatte. Viele kleine Zellen, an denen die verschiedensten Menschen saßen und alles gaben. Call an Call machten. In unmenschlichen Geschwindigkeiten sprachen und ihre Finger über die Tastaturen fliegen ließen. Menschen beruhigten und berieten. Und das alles eingepfercht auf einen Quadratmeter, wie Tiere in ihren Käfigen. Doch im Gegensatz zu den Tieren hatten die Menschen hier eigentlich eine Wahl. Oder auch nicht. Denn wenn ihre Wahl der meinen ähnelte, dann gab es faktisch keine.

Die Fenster zu beiden Seiten gaben den Blick auf die vertraute Skyline von Livingsten frei. Mein Mund trocknete aus, mein Atem stockte wiederholt. Ich befand mich in eben jenem Büro, das ich vor gefühlten Ewigkeiten genervt verlassen hatte und so unendlich froh war, ihm entkommen zu sein.

Um mich herum vernahm ich das alltägliche Stimmenwirrwarr, erkannte bekannte Gesichter, roch den abgestandenen Geruch verwesender Träume. Ich spürte den Sog, der auch an meiner Lebenskraft zerrte und sie mir nehmen wollte, so wie jedem anderen hier.

„Was ist los, Mary? Warum telefonierst du nicht?", erklang eine Stimme hinter mir.

Mir wäre fast erneut das Herz aus der Brust gesprungen, so sehr hatte ich mich erschrocken. Ich konnte meinen Augen kaum trauen, denn hinter mir stand Simon Woice, mein Teamleiter. Wie immer blickte er auf mich herab, und wie so oft befahl er mir auch jetzt allein mit seinem Blick, mich wieder zu setzen.

„Öhm … Äh … Entschuldige …" Mehr vermochte mein Körper gerade nicht zu leisten. Immerhin atmete er für mich weiter, während ich Simon mit weit aufgerissenen Augen wie das achte Weltwunder betrachtete.

Was war hier los?

„Mary? Soll ich's dir schriftlich geben?" Er stemmte die Hände in die Hüften. „Setz dich. Wir haben A5. Du weißt, was das heißt." Bestimmt griff er nach meinem Stuhl und stellte ihn auffordernd hinter mich, damit ich mich setzte. Was ich dann, perplex wie ich war, auch tat.

Natürlich wusste ich, was A5 bedeutete. Es waren die Ketten des Unternehmens und bedeutete, man ließ seine komplette menschliche Seite hinter sich. Man atmete nur noch, wenn nötig, sprach in einer Geschwindigkeit, die kaum einer verstand, machte keinen Small Talk und verplemperte auch sonst keine Zeit. Denken verboten, nur Handeln war erlaubt. Und das bitte in Höchstgeschwindigkeit.

Niemand durfte seinen Platz verlassen, wirklich niemand. Man bekam Getränke gebracht, wenn man den Anschein erweckte, gleich wegen Wassermangels auszufallen. Wenn eine Unterzuckerung drohte, wurde sogar Schokolade ausgeteilt, die man aber nicht essen konnte, weil dafür die Zeit fehlte. Nur in den wenigsten Ausnahmen wie ein nahender Kreislaufzusammenbruch wurde diese Zeit gewährt.

Das war die ehrenvolle Aufgabe der Teamleiter. Sie dienten als Floor-Walker und achteten darauf, dass man immer am Hörer blieb, nicht durchschnaufte und auf keinen Fall seinen Platz verließ. Dieses Risiko konnte der Chef ja nicht eingehen. Pausen waren weder gewünscht noch erlaubt und sollten verschoben werden, auf eine Zeit, in der wir nicht auf A5 waren. Was so viel hieß wie: nie. Es ging um Zahlen, Erreichbarkeit, Call-Längen und Nacharbeitszeiten. Darum drehte sich alles. Menschlichkeit war unerwünscht.

Das Headset wieder auf dem Kopf, fixierte ich den Bildschirm. Als es klingelte und ein Call auf dem Monitor angezeigt wurde, starrte ich diesen nur geschockt an. Als hätte ich vergessen, was zu tun war. Doch es war, als würde ich erneut vor einem Weltwunder stehen, außerstande zu reagieren. Völlig überfordert schaffte ich es nicht, das Gespräch anzunehmen. Und es geschah, was geschehen musste. Der Call flog heraus. Meine Anlage sprang auf Rot. Ich war nicht *bereit*.

Sofort stand Simon erneut hinter mir. Ich spürte seine Wut, noch bevor ich mich umdrehte. Mit vor der Brust verschränkten Armen, den Blick durchbohrend auf mich gerichtet, begann er seinen wütenden Monolog: „Wenn du deine Calls nicht annimmst, bekommen wir ein Problem. Was ist nur in dich gefahren? Du weißt, dass das hier deine letzte Chance ist. Verpatz sie nicht." Schnaufend holte er Luft. Ich sah ihn weiterhin erschüttert an und verstand nicht, was ich hier tat. „Wird es bald?", spie er mir entgegen.

Natürlich war ich den rauen Ton gewohnt, doch so schlimm wie jetzt hatte ich ihn noch nie empfunden. Verschreckt wie ein Reh im Scheinwerferlicht, drehte ich mich gehorsam zu meinem Platz. Ich schluckte, schloss den Call ab und nahm direkt den nächsten an. Die Begrüßungsformel kam nur abgehackt über meine Lippen. Es war alles so unreal. Hatte ich etwa alles nur geträumt? War ich im Büro eingeschlafen?

Durch meine eigenen Gedanken abgelenkt, konnte ich mich nicht auf das Gespräch konzentrieren und gab dem Kunden einfach einen Termin. Dann stellte ich das Telefon um und sprintete regelrecht in Richtung Toiletten, damit Simon mir nicht folgen konnte. Aber jeder in diesem Laden wusste, auch das würde einen Teamleiter nicht aufhalten. Braucht man zu lange, geht die Tür des Vorraumes auf und man wird gerufen. Spätestens ab dann sollte man um seinen Job bangen.

Im Waschraum angekommen, glotzte ich mein Spiegelbild aus vor Unglauben aufgerissenen, grauen Augen an. Ich trug tatsächlich die Klamotten meines letzten Arbeitstages. Dem Dienstag, an dem ich zu Fay ins Auto gestiegen war. Dem Tag, an dem alles begann. Ab dem alles aus dem Ruder lief. Doch als ich vorhin auf den Kalender schaute, hatte ich festgestellt, dass wir bereits Freitag hatten. Vielleicht war ich nur etwas durcheinander?

Das Parfüm, das ich an diesem Morgen aufgetragen hatte, kitzelte in meiner Nase. Selbst meine Frisur war dieselbe, nur durch den Headset-Unfall etwas zerwühlt. Mit einem schnellen Handgriff packte ich mein Haar und band den Zopf neu. Vielleicht … war es wirklich möglich, dass ich das alles geträumt hatte?

Ich drehte den Wasserhahn auf, ließ mir eiskaltes Wasser über die Handgelenke laufen und spritzte es mir ins Gesicht. Wenn das alles ein Traum war, dann würde Fay noch da sein. Dann wäre das alles nie passiert. Hoffnung keimte in mir auf. Das Gefühl, möglicherweise nicht die Ursache allen Unglücks zu sein, ließ meine Seele strahlen, erleichterte meine Gedanken und gab mir meine Kraft zurück.

***

Ich wusste nicht mehr, wie, aber ich hatte den Arbeitstag hinter mich gebracht und stampfte den bekannten und gleichzeitig neuen Weg zur U-Bahn-Station. Natürlich war er nicht neu. Doch mein Hochgefühl ließ mich andere Dinge wahrnehmen, die ich vorher nie beachtet hatte.

Die Parkbank, die vom Gebüsch verschlungen zu werden drohte und kaum noch als Bank erkennbar war. Die Euphorie ließ mich achtsamer durch die Straßen ziehen. Nicht wie sonst, auf den Boden schauend, damit ich nichts wahrnahm. Und obwohl ich diesen Weg und den Anblick, der sich beim Gehen bot, schon einige Male gesehen hatte, genoss ich dieses Gefühl von Alltag.

Ich sah mich genau um, sog die Eindrücke in mich auf. Die Farben, die mir vom Himmel, den Gebäuden, der Straße und den Bäumen entgegenstrahlten, nahmen mich in ihren Bann. So schön konnte das Leben sein. All das Normale, das bei den wenigsten noch Beachtung fand, was kaum noch jemand zu schätzen wusste.

Meine Umgebung war ein ganz klarer Kontrast zu dem Bild der Stadt aus meinem Traum. Die vielen unterschiedlichen Farben gegen all das Schwarz und Grau. Das Rascheln der Bäume gegen diese alles umfassende Stille. Die Menschen um mich herum gegen diese grotesken Gestalten. Die Hoffnung gegen die Trostlosigkeit und die Schuld.

Ich traute mich zu glauben. Zu glauben, dass das hier die Realität war.

Tief in meinem Inneren zweifelte ich jedoch, weil ich noch mehr Beweise brauchte. Und wie auf ein Zeichen klingelte mein Handy. Der Name des Anrufers trieb mir das Wasser in die Augen und ich beeilte mich, abzunehmen. Mein Handy fiel dabei fast hinunter. Fest zupackend hielt ich es an mein Ohr und flüsterte mit zittriger Stimme: „Fay?" Mit angehaltenem Atem wartete ich auf ihre Antwort.

„Wo bist du? Wir waren doch verabredet. Ich wollte dich überraschen und dich abholen. Bist du früher raus?"

Sie war es wirklich. Fay. Meine Fay.

Tränen der Erleichterung rannen meine Wangen hinab. „Ich hab mich so beeilt, da rauszukommen, dass ich es vergessen habe. Treffen wir uns bei mir? Ich muss noch kurz was erledigen. Tut mir leid", ratterte ich herunter.

„Kein Problem. Ich mach mich direkt auf den Weg. Bis gleich."

***

Als ich endlich vor meiner Wohnungstür ankam, war ich mir ziemlich sicher, dass ich mich in der Realität befand. Die ewige Verspätung der U-Bahn, die genervt grummelnden Menschen in den Zügen und der Gestank der Bahnhöfe. Die bunten Outfits einiger, die auch alle Muster gleichzeitig trugen. Und mein Nachbar, der mit seinem Vollbart im Gesicht stolz seine Figur in den kürzesten Kleidern zur Schau stellte, waren eindeutig das, was mich die wirkliche Welt all die Jahre lehrte. Egal, wie groß meine Fantasie war und was ich mir alles auszumalen vermochte, an solche Dinge hatte ich noch nie gedacht.

Der Schlüssel wog schwer und unangenehm in meiner Hand. Als würde er sich dagegen wehren wollen, ins Schloss geschoben zu werden. Er zog meinen Arm hinab.

„Na komm schon", sprach ich mir selbst Mut zu. Meine Gefühle stritten um die Oberhand. Wut, Enttäuschung, Trauer, Freude, Hoffnung. Sie alle kämpften darum, herauszudürfen. Alle gleichzeitig, alle mit derselben Wucht, die mir Angst einjagte und dadurch einem einzigen Gefühl zu große Macht gab, sodass ich in Panik ausbrach. Ich wandte mich von der Wohnungstür ab und sah mich im Hausflur um.

Wie aus dem Nichts breitete sich das Gefühl, beobachtet zu werden, in mir aus, als ob mir jemand gefolgt war. Mit fahrigen Bewegungen streckte ich den Schlüssel ins Loch, schob die Tür auf und hechtete hinein. Ich stand noch halb dazwischen, als ich sie zuknallen ließ.

Etwas zu schnell, wie ich sofort feststellte. Ein heftiger Schmerz schoss durch meine linke Hand. „Fuck!" Fluchend riss ich die fast geschlossene Tür auf, zog meine Hand vollständig durch und ließ sie ins Schloss fallen. Ich starrte das Türblatt an, aus Angst vor dem, was mich erwarten würde, wenn ich mich umdrehte. Die Stirn an das Holz gelehnt, überlegte ich, was ich nun tun könnte. Meine schmerzende Hand reibend, lief in meinem Kopf mein ganz eigenes Mantra ab.

Ich bin zu Hause, ich bin in Sicherheit, das alles ist ein schlechter Traum gewesen. Ich bin zu Hause, ich bin in Sicherheit, das alles ist ein schlechter Traum gewesen.

Erst leise, dann immer lauter, bis ich mir irgendwann selbst glaubte und mich umdrehte.

Vor mir erkannte ich meine Wohnung. Meine Dekoration, meine Möbel, meine Kleidung - verteilt auf der Couch, dem Tisch und Boden. Vor mir lag mein Leben.

Langsamen Schrittes durchstreifte ich die Zimmer. Immer im Bewusstsein, aus irgendeiner Ecke könnte ein Monster gesprungen kommen.

Eine schrille Melodie schallte durch die Wohnung, als ich gerade im Wohnzimmer stand und das Zimmer besah. Ich schrie vor Schreck auf, machte einen Satz nach hinten und stieß mit der Schulter gegen die Wand. Nach zwei hektischen Atemzügen erkannte ich das Geräusch als meine Klingel und trat zur Gegensprechanlage.

Den Hörer aus der Halterung genommen, drückte ich auf den Öffner, stellte mich von innen vor die Tür und starrte wie eine Irre durch den Spion. Hätte ich nicht solche Angst, hätte ich wahrscheinlich über mich selbst gelacht. Fays Gesicht tauchte nach einer gefühlten Ewigkeit im Hausflur auf und bevor ich öffnen konnte, hämmerte sie schon an das Holz.

„Mary?"

Ich drückte die Klinke hinunter und als ich Fay gegenüberstand, konnte ich mich nicht zurückhalten und brach zusammen. Ich fiel auf die Knie und schluchzte ohne Unterlass, zitterte, umschlang meinen Oberkörper mit meinen Armen. Alles, was ich erlebt hatte, all die Qualen, die Verluste, die Hoffnungslosigkeit. All das fiel in diesem Moment von mir ab.

„O mein Gott, Mary. Was ist passiert?" Fay war bei mir, schob mich in meine Wohnung und schloss die Tür. Sie ließ mir Zeit. Denn auch wenn ich es gewollt hätte, hätte ich in diesem Moment nichts sagen können. Der Druck, der sich von mir löste, gab mir keinen Raum, irgendetwas anderes zu tun. Fay hockte sich vor mich und zog mich in ihre Arme.

Ich klammerte mich an sie.

Irgendwann, nachdem das Zittern und das Schluchzen weniger wurden, traute Fay sich noch einmal vor. „Hey … Was ist denn los?" Vorsichtig zog sie mich auf die Beine, legte einen Arm um meine Taille und brachte mich zur Couch. Wir setzten uns im Schneidersitz gegenüber und sahen einander an. Eine ganze Zeit schwiegen wir. Ich spürte meinem Herzen nach, wie es sich mit jedem Schlag mehr beruhigte.

Eine zarte Berührung ließ mich aufsehen. Fay hatte ihre Hand auf meine gelegt und betrachtete mich. „Wenn du nicht über das reden willst, was passiert ist, ist das okay. Sag mir nur, ob es dir gut geht. Du weißt, ich bin für dich da. Ich lass dich nicht allein. Du kannst mit mir reden und immer auf mich zählen."

„Ich weiß, es ist nur … Ich habe keine Ahnung, wie …", gab ich zu.

„Fang einfach an. Am Ende können wir es noch immer sortieren. Ich bin hier, Süße. Ich bin für dich da."

Nach einem langen und tiefen Atemzug erzählte ich ihr alles. Angefangen mit dem Unfall, den Träumen und den Menschen, die verschwanden, die Gestalten, die erschienen. Die Einsamkeit, die schwindende Hoffnung. Ich berichtete ihr, was mit ihr passiert war, mit Chris und allen aus Livingsten. Alles, bis zum jetzigen Zeitpunkt.

Nachdem ich geendet hatte, fühlte sich meine Kehle vom Reden rau an. Ich sah auf meine in meinem Schoß verschränkten Hände und wartete auf Fays Urteil.

„Du solltest dir ganz dringend einen neuen Job suchen, Süße. Das kann nicht normal sein. Außerdem: Hattest du mir nicht mal gesagt, dass du nie träumen würdest? Und nun so was?"

Ihre Hände legten sich erneut auf meine und ich sah zu ihr auf.

„Mary, ich kann dir versichern, dass wir keinen Unfall hatten. Ich bin auch nicht verschwunden gewesen und auch sonst war niemand weg. Glaub mir, das wäre mir aufgefallen, wenn das, was du erzählt hast, Wirklichkeit gewesen wäre."

Noch lange saßen wir auf der Couch und quatschten miteinander. Immer wieder warf Fay ein, warum ich geträumt haben könnte. So nahm sie Dinge wie eventuell schlechtes Essen, Chemikalien im Trinkwasser oder aber einfach zu viel Stress als Grund für meinen wilden und ausgiebigen Traum.

Die Couch vibrierte in einem merkwürdigen Rhythmus und das passende Summen drang an mein Ohr. Kurz darauf zog Fay ihr Handy aus der Tasche.

„Das ist Mark." Sie schmunzelte. „Ich habe vergessen, ihm zu schreiben, dass ich angekommen bin. Er möchte nur auf Nummer sichergehen." Sie zuckte kurz mit den Schultern. „Du kennst ihn doch, er macht sich immer Sorgen, wenn ich mich nicht melde. Ich schreib ihm kurz, okay?". Fragend sah sie mich an.

„Ja klar." Auch das war so typisch für meine Welt.

Nachdem sie ihre Nachricht versendet hatte, setzten wir uns nebeneinander. Ich legte meinen Kopf an ihre Schulter und gemeinsam blickten wir wortlos zum Fernseher, in dem irgendeine Sendung lief. Ich konnte immer noch nicht glauben, dass ich so real geträumt hatte. Denn Fay hatte recht, eigentlich träumte ich nie. So ganz trauen konnte ich der Sache nicht. Immer wieder warf Fay Beweise ein, die die Theorie festigten, dass wir uns im Hier und Jetzt befanden. In der einzigen Realität, in der ich alles geträumt hatte.

Sie knuffte mich in die Seite und ich boxte mit einem „Aua" zurück.

„Na? Hat es wehgetan? Dann ist das wohl die Realität, oder?" Stolz schwang in ihrer Stimme und ich nickte. „Weißt du, wahrscheinlich ist der Job nichts mehr für dich. Immer dieser Druck und das Gehabe der Menschen dort. Vielleicht hast du dich so sehr fortgesehnt, dass du auf einmal wieder träumen konntest. Kann doch sein, dass dein Wille da irgendeine Barriere gebrochen hat."

So ganz unlogisch klang ihre Theorie nicht und nachdem Fays Ausführungen und der kleine Schmerztest für mich stichhaltig waren und ich mich dieser Tatsache, dass das hier die Realität war, nicht mehr verschließen konnte, ließ auch der letzte Druck gänzlich von mir ab.

Ich glaubte Fay, weil ich es unbedingt wollte.

Mit einem Lächeln auf den Lippen schlief ich an ihre Schulter gelehnt ein.

Kapitel 13

Langsam streckte ich meine Glieder. Noch immer lag ich auf der Couch, eine weiche Decke schmiegte sich um mich und der Geruch von Kaffee liebkoste meine Nase. Fay kam aus der Küche und reichte mir eine dampfende Tasse. Sie lächelte mir aufmunternd entgegen. „Hier, so wie du ihn magst."

Sie war einfach die Beste.

„So, und nachdem wir nun alles wieder da haben, wo es hingehört", sie deutete mit ihrem Zeigefinger an ihre Schläfe und verdrehte die Augen, „machen wir hier etwas Ordnung, kaufen ein und kochen uns was Leckeres. Und heute Abend gehen wir aus. Der Freitag ist schon verstrichen, da sollten wir den Samstag nicht auch noch ungenutzt lassen."

Euphorisch wie immer ließ sie schlechter Stimmung keine Chance aufzutauchen. Schwungvoll schmiss sie sich neben mich auf die Couch und sah mich spitzbübisch an, während ich genüsslich meinen Kaffee schlürfte.

O nein, sie heckte etwas aus …

„Ich habe Chris schon Bescheid gegeben", sagte sie.

Bei der Erwähnung seines Namens wurde mir ganz warm ums Herz. Doch wo waren wir vor meinem Traum?

Fay redete in meine Gedanken hinein und ließ sie verschwimmen. „Wir treffen uns später mit Mark und ihm am Kino.

Irgendwas wird schon laufen. Aber seien wir mal ehrlich: Brauchen wir wirklich einen Film?"

Ihre Gestik, während sie redete, sprach ihre eigene Sprache und ich wusste genau, was sie mit Mark anstellen würde, sobald es dunkel werden würde. Nein, nein ... Nicht das. Sie würde ihn anhimmeln und er sie.

Beim Versuch, ein Lachen zu unterdrücken, weil meine Gedanken in alle Richtungen schossen und mir die verschiedenen Szenen bildlich durch den Kopf jagten, verschluckte ich mich an meinem Kaffee und spuckte ihn zum Teil in hohem Bogen aus. Mein Verstand spielte Bilder wie in einem Comic ab, in dem Herzen hin- und herflogen, die Augen sich herzförmig verformten und auch so pochten, Fay kitschige Flügel bekam und um Mark herumschwirrte.

„Was ist denn daran so witzig?", fragte sie mit hochgezogenen Augenbrauen.

„Ach nichts. Danke, Fay. Für alles."

Innerlich kringelte ich mich vor Lachen. Meine beste Freundin war herrlich. So verliebt in Mark, dass alles egal war, sobald er in ihre Nähe kam. Die beiden waren das perfekte Paar, wie füreinander gemacht.

Mit diesem Gedanken stellte ich die Tasse in die Küche und räumte gemeinsam mit Fay meine Wohnung auf. Dabei ähnelten wir Eichhörnchen auf Speed. Anders als die niedlichen Tierchen waren wir jedoch bekleidet. Also zumindest so weit wie nötig. Nur in Hotpants und T-Shirts, lauthals den Text zu einer Melodie singend – oder vielmehr schreiend – die aus den Boxen zu uns herüberschallte, gaben wir alles. Mit dem Hintern hin und her wackelnd, immer wieder den Staubwedel oder den Sauger lasziv in Pose setzend, machte Putzen doch viel mehr Spaß.

Gemeinsam waren wir herrlich bekloppt. Es war das Beste, was mir seit Langem passiert war. Wir schlitterten auf den Socken über den Küchenboden, imitierten aufreizende Filmposen und lachten ein ums andere Mal. Mit Fay war das Leben so einfach wie atmen. Alles ging wie von selbst, ob man wollte oder nicht. Mit ihr konnte man alle Sorgen vergessen.

Nachdem unsere To-do-Liste für diesen Morgen abgearbeitet war, wir einkaufen und gesättigt von der selbst gekochten Pasta waren, machten wir uns anschließend ans Eingemachte. Wir standen nebeneinander vor meinem Badezimmerspiegel und betrachteten unsere Meisterwerke.

Fay hatte sich an mir ausgetobt und meine grauen Augen strahlten wie nie zuvor. Dabei hatte sie nur einen dezenten Lidstrich gezogen und die Wimpern gekonnt getuscht. Fay war eine Meisterin, denn auch sie selbst war der absolute Hingucker. Ihre grünen Augen strahlten mir entgegen.

Ein plötzlicher Schmerz fraß sich für einen Sekundenbruchteil durch meinen Kopf und ich zuckte unmerklich zusammen. Bevor er sich festsetzen konnte, war er aber schon wieder verschwunden.

Was war das?

Als ich Fays Augen näher betrachtete und das Grün durch das künstliche Licht so unwirklich hell erstrahlte, zog sich in mir alles zusammen. Ich sah den Bettler vor mir, den Mann, der mir Schmerzen zugefügt und mich immer wieder verfolgt hatte. Ein Zittern durchlief meinen Körper und ließ mich erstarren.

Fay bemerkte meine Reaktion und kam näher. Vorsichtig legte sie ihre Hand auf meinen Arm und sprach fast flüsternd zu mir. „Wieder dieser Traum?"

Ich schluckte und nickte ihr kurz zu. Ich traute meiner Stimme nicht.

„Süße, es war nur ein Traum. Hier …" Sie kniff in meinen Arm. Ich zog ihn zurück, denn es tat wirklich weh. *Furie.* „Siehst du? Es hat wieder wehgetan, oder? Das hier ist die Realität. Du hattest einen üblen Traum, aber ich bin hier. Wir sind hier. Das alles, was du geträumt hast, ist nicht passiert."

Langsam beruhigte sich mein Puls, ich glaubte ihr. Nickend setzte ich ein Lächeln auf. „Wann wollten wir die Jungs treffen?"

Fay warf einen kurzen Blick auf ihr Handy, lachte lauthals los und ich verstand die Welt nicht mehr. Ich erhaschte über ihre Schulter hinweg ebenfalls einen Blick auf das Handy. Es war schon neunzehn Uhr fünfundvierzig. Ich begann ebenfalls zu lachen.

„Also, na ja. Sagen wir einfach, die Jungs warten schon ein paar Minuten auf uns. Vielleicht sollten wir uns ein bisschen beeilen." Immer noch lachend warf sie ihre Haare über die Schulter und ging hinaus, um sich ihre Jacke zu schnappen. An der Wohnungstür wartete Fay auf mich. Ein letzter Blick in den Spiegel verriet mir, dass alles saß, wie und wo es sollte. Die Jeans, die eng anlag und alles betonte, was betont gehörte, der Pullover, der an einer Schulter weiter geschnitten war und der Fantasie ihren freien Lauf ließ. Zufrieden nickte ich mir zu, gesellte mich zu Fay, nahm meinen Schlüssel und schon waren wir auf dem Weg zum Kino. Da es nicht weit entfernt war, liefen wir dorthin.

***

Keine zehn Minuten später kamen wir am Kino an. Ich stolperte über meine eigenen Füße und dabei glaubte ich nicht, dass es an meinen Stiefeln lag. Denn mit Schuhen mit Absatz konnte ich umgehen. Mit dem Anblick von Chris scheinbar nicht.

Obwohl er mir den Rücken zuwandte, wusste ich genau, dass er es war. Mein Herz pumpte in Höchstgeschwindigkeit Blut durch meine Adern, um den Sauerstoff zu transportieren, den ich hektisch durch meine Lunge jagte. Mein ganzer Körper war im Ausnahmezustand. Ich hatte ihn so vermisst.

Ich wollte mich beruhigen, doch es funktionierte nicht. Als hätte Chris meine Anwesenheit gespürt, drehte er sich in meine Richtung. Unsere Blicke trafen sich und ein Schmunzeln legte sich auf seine Züge. Und genau das war der Moment, in dem alles in mir aussetzte. Ich rannte auf ihn zu, sprang ihm ungeduldig in die Arme und hielt ihn fest. Er senkte seinen Kopf auf meine Schulter und gab mir einen sanften Kuss auf meinen Hals. Allein diese Berührung jagte mir eine Gänsehaut über den Körper.

„Womit habe ich denn diese Begrüßung verdient?" Seine Stimme in meinen Ohren war wie Regen in der Wüste unter brennender Sonne. Seine Haut auf meiner war wie die Sonne im ewigen Winter.

Wach auf, flüsterte er mir zu.

Aufwachen? Was erzählte Chris denn da? Bevor ich nachfragen oder nachdenken konnte, senkte er erneut seine Lippen und berührte mich ganz zart an meiner Wange. Es war mehr ein Hauch als eine richtige Berührung, doch ich zerging förmlich. Ich vergaß alles andere um mich herum. Mein Herz vibrierte. Geborgenheit und Liebe fluteten meine Venen. Ich wollte Chris nie wieder loslassen.

Starke Verlustängste drängten sich in den Vordergrund. Ich konnte mir nicht genau erklären, woher sie in diesem Moment kamen, doch ich hatte Angst davor, wenn ich Chris losließe, dass er verschwinden würde.

Ein Räuspern hinter uns ließ mich aufschrecken.

„Ich will die Turteltäubchen ja nicht stören", Fay kicherte lauthals, „aber der Film fängt gleich an. Und wenn wir noch Popcorn ergattern wollen, sollten wir uns beeilen."

Meine Wangen brannten vor Scham. Wie und was war gerade passiert? Ich hatte Chris doch gestern erst gesehen. Ich blickte zu ihm hoch, befreite ihn aus meiner Umklammerung und betrachtete ungerührt sein Gesicht. Während er die Musterung über sich ergehen ließ, lächelte er mich aus vollem Herzen an, legte dann einen Arm um mich und wir gingen ins Kino.

Bis der Film begann, unterhielten wir uns über Belangloses. Ihm wollte ich das mit dem *Albtraum* nicht erzählen. Zwar verband uns mit Sicherheit ein starkes Band, doch Irrsinn tat keiner Beziehung gut. Zumindest vermutete ich das.

Als der Vorhang aufgezogen und das Licht gedimmt wurde, kuschelte ich mich an Chris' Arm und vergaß, mit dem Kopf an seiner Brust, den Rest der Welt. Ich hörte weder den Ton des Films, noch sah ich das Bild. Dafür flackerten Bilder in mir auf. Bilder vom zerstörten Livingsten, von verwahrlosten Straßen und zu Schutt zerfallenen Häusern. Inmitten der Verwüstung stand ich. Angst griff nach mir und wollte mich überrennen. Doch ich wollte es nicht zulassen, wollte dem Traum, der mich heimzusuchen drohte, keine Macht über mich geben. Also schüttelte ich vehement den Kopf und die Bilder somit ab.

Ich blickte auf die Leinwand, doch noch immer drang der Film nicht zu mir durch. Einzig Chris. Ich lauschte dem Schlagen seines Herzens, spürte seinen Atem an meiner Schläfe, sah nur seine Fingerspitzen, die gedankenverloren an meinem Arm auf- und abfuhren.

Mary? Wach auf, bitte ...

Ein eiskalter Schauer lief meine Wirbelsäule hinab. Minimal änderte ich meine Position, um Chris prüfend von der Seite zu mustern. Doch er starrte weiterhin auf die Leinwand. Aber wenn er es nicht war, wer hatte dann zu mir gesprochen? Es war eindeutig seine Stimme gewesen, die ich vernommen hatte. Wie er verzweifelt darum bat, dass ich aufwachte. Aber ich schlief nicht. Ich war doch endlich wieder wach.

Als hätte er meinen Blick gespürt, neigte er seinen Kopf zu mir und sein Gesichtsausdruck wurde fragend. Irritiert rutschte ich in meine Position zurück und versuchte, dem Film zu folgen. Doch dieser konnte mich nicht fesseln. Zu viel hatte ich verpasst, zu viel war in meinem Kopf los. Also versank ich in meinen Beobachtungen.

***

Der Abend ging ohne weitere spannende Ereignisse zu Ende. Wir besuchten nach dem Kino eine Bar, aßen, quatschten und tranken. Zum Glück kannte Mark seine Fay. Ich wusste nicht, wie viele Männer ihre Art ausgehalten hätten. Denn, wenn sie wirklich gute Laune hatte, konnte sie auch nichts mehr aufhalten. Sie war aufgeputscht, überdreht und einfach irre, wenn sie in bester Stimmung und Gesellschaft war.

Aber genau das war es, was sie noch liebenswerter machte, als es möglich gewesen wäre. Denn auch ohne ihre besoffene Seite war sie schon bekloppt genug. Ihre lustige Art zog mich mit. Wir standen uns auf der Tanzfläche in nichts nach. Und in diesem Moment war uns auch egal, was andere von uns dachten. Gerade jetzt liebten wir das Leben und waren gleichzeitig die verrücktesten Weiber, die ich kannte.

Sieh hin ...

Diese Stimme … Sie hörte sich an wie Chris', doch er war viel zu weit weg, als dass ich ihn hätte hören können. Denn er und Mark standen weiterhin in der Nähe der Bar und guckten uns beim Tanzen zu. Verwirrt sah ich mich um, ohne etwas Auffälliges zu erkennen. Schulterzuckend tat ich es ab. Wahrscheinlich waren es noch immer die Nachwirkungen des sich so real anfühlenden Traums.

Nachdem meine Füße vom vielen Tanzen schmerzten und die Bar die Lichter anschaltete, um uns zu verscheuchen, nahm Chris mich bei der Hand und brachte mich nach draußen. Verträumt richtete ich meinen Blick auf unsere verschränkten Hände und sah an ihnen weiße Rauchschwaden aufsteigen.

Als würden sie sich beobachtet fühlen, verschwanden sie, als ich versuchte, mich darauf zu konzentrieren.

Oh! Okay … Wow …

Vielleicht sollte ich doch nicht mehr so viel trinken. Kichernd betrachtete ich erneut unsere verschlungenen Finger, doch der Nebel tauchte nicht mehr auf. Hätte mir jemand vor ein paar Wochen erzählt, dass das hier möglich wäre, hätte ich ihn nur böse angestarrt und gefragt, welche Drogen er zu sich nahm. Anschließend hätte ich mir die Kontaktdaten des Dealers geben lassen, denn diese Drogen hätte ich auch gebraucht.

Kapitel 14

Das Wochenende ging leider viel zu schnell vorbei. Chris hatte mich zwar nach Hause gebracht, war aber zu meinem Leid nicht bei mir geblieben, sondern spielte den Moralapostel und wollte die Situation nicht ausnutzen. Da ich erfahrungsgemäß nicht wusste, wie ich hätte damit umgehen sollen, obwohl ich wollte, dass er sie ausnutzte, ließ ich ihn gehen.

Den Sonntag verbrachte ich allein auf der Couch und sah fern, nahm ein ausgedehntes Schaumbad und hing meinen Gedanken nach. Immer mal wieder hatte mein Handy geklingelt und verlangte nach meiner Aufmerksamkeit. Es waren Chris' Nachrichten und Anrufe, die mein Herz zum Höherschlagen anregten. Er hatte gerade Dienst und ließ keine ruhige Minute ungenutzt, um sich zu melden.

Hallo, meine Schöne, was machst du?

Ich wäre so gerne bei dir, möchte dich halten und deine Nähe spüren.

Da ich nie wusste, wann diese Pausen waren und ich darauf bedacht war, keine seiner Nachrichten zu verpassen, behielt ich mein Handy den Großteil des Tages in meiner Nähe. Aber wie das Leben nun mal spielte, rief Chris immer dann an, wenn ich gerade das Handy im Nebenraum liegen hatte. Was zur Folge hatte, dass ich wie eine Irre durch die Wohnung hechtete, sobald es klingelte, um dann, nach Luft schnappend, dranzugehen. Wahrscheinlich wirkte ich wie eine Abhängige. Doch es war mir egal.

Chris erdete mich. Er ließ mich die Albträume vergessen, zeigte mir klar auf, dass das hier kein Traum war, und offenbarte mir, wie schön das Leben und vor allem wie schön Liebe sein konnte.

In Gedanken ging ich unsere gemeinsame Zeit erneut durch und gleichzeitig malte ich mir aus, was die Zukunft noch für uns bereithalten konnte. Wie viele solcher Wochenenden noch vor uns lagen und wie lange er sich Zeit ließ, bis er vielleicht dann doch mal bei mir übernachtete. Bei diesem Gedanken kribbelte es in meinem Bauch und ich seufzte. Hoffentlich wollte er nicht *zu* lange warten.

In seiner Nähe fühlte ich mich leichter. Von meinen Sorgen und Ängsten befreit. Es war, wie so viele Menschen schon beschrieben hatten. Liebe fühlte sich an, wie auf Wolken zu laufen. Schwerelos durch Raum und Zeit zu tigern. Sich immer wieder gemeinsam zu finden und Neues zu erleben. Mit nichts auf der Welt wollte ich dieses Gefühl eintauschen.

Allein der Gedanke an Chris erfüllte mich von innen, ließ mich heller strahlen und erwärmte mein Herz. Dümmlich grinsend lief ich mit meinem Handy in der Hand den Rest des Tages in meiner Wohnung herum. So verpasste ich weder seine Anrufe noch seine Nachrichten und schlief irgendwann selig ein.

∗∗∗

Ich hasste Montage. Besonders diesen. In der U-Bahn auf dem Weg zur Arbeit sah ich aus dem Fenster. Genau so lange, bis sich ein unangenehmer Geruch meiner Nase aufdrängte. Wer hatte die Wirkung des Zweiundsiebzig-Stunden-Deos überschätzt und Duschen als überflüssig abgestempelt? Genervt drehte ich den Kopf in die Richtung des Gestanks und bereute es im selben Augenblick.

Es war keine Person, die nur etwas falsch beurteilte. Mir gegenüber hatte sich eine ältere Frau niedergelassen. Sie sah mitgenommen aus. Die Augen trüb, die Haare zerzaust, die Kleidung vor Dreck stehend. Es fehlten nur noch die grünen Gaswölkchen, um zu verdeutlichen, was alle rochen: Unrat und Verwesung. Sie starrte mich unverwandt an.

Mein Versuch, wieder aus dem Fenster zu schauen und sie zu ignorieren, misslang, denn in der Spiegelung der Scheibe drängte sie sich mir weiterhin auf. Ich versteifte mich auf meinem Platz, wollte sie nicht ansehen, doch erwischte ich mich immer wieder dabei. Irgendwann grinste sie mich an und ich zuckte zusammen.

O mein Gott … Auf diese Erfahrung hätte ich gern verzichtet. War wirklich eine Fliege zwischen ihren schwarzen Zähnen ihrem Mund entwischt? Ich erschauderte.

Dass irgendetwas nicht stimmte, erkannte ich aber erst an der nächsten Haltestelle, als sich eine junge Frau direkt neben die Alte setzte und sie nicht wahrzunehmen schien. Ihr Grinsen wurde immer breiter und Geifer troff aus ihrem Mund, als sie röchelnd sprach. Ich verstand kein Wort. Es waren nur unzusammenhängende Laute, die keinen Sinn ergaben.

Mary? Hörst du mich? Mary, wach endlich auf!

Obwohl ich noch nicht an meiner Haltestelle angekommen war, hechtete ich bei der nächsten aus der U-Bahn und lief das letzte Stück zur Arbeit. Natürlich kam ich fast fünfzehn Minuten zu spät. Und ebenso natürlich war Simons Standpauke, der mich bereits erwartet hatte.

Bla … Ich hätte wenigstens anrufen können.

Bla … Ich hätte eine U-Bahn früher nehmen können.

Bla … Ich setzte meine Prioritäten falsch.

Bla … Bla … Bla …

Mühsam bekämpfte ich den Drang, mir die Ohren zuzuhalten, die Augen zu verdrehen oder das Blabla laut auszusprechen. Stattdessen sah ich nickend zu ihm auf. Ich versuchte, ihn durch Demut zu beruhigen und versicherte zu guter Letzt, dass mir das nie wieder passieren würde.

Fast hätte ich auch hier gelacht. Pünktlichkeit war noch nie meine Stärke gewesen. Und das wusste auch Simon, der mich misstrauisch beäugte.

„Genug jetzt, setz dich hin und meld dich an.", verabschiedete er mich und ging zu seinem Platz.

Wenige Augenblicke später saß ich brav in meinem Käfig und nahm einen Call nach dem nächsten entgegen. Ich sprach den Kunden Mut zu, versprach Besserung und bat sie um Geduld. Das war unser tägliches Brot im Callcenter. Ich und meine Kolleginnen und Kollegen waren es, die den Unmut der Kunden abfangen und immer wieder gelobten, dass Besserung in Sicht wäre, wo sie jedoch nicht war. Lügen gehörten zum Mobilfunk-Geschäft. Kundenbindung und so. Irgendwie lustig, wie diese Gespräche zu meinem Gemütszustand passten. Verwirrt, wütend und gar nicht mehr so euphorisch wie am Wochenende.

Es war mal wieder ein richtiger Kaugummitag. Er zog und zog sich. Egal, wie oft ich auf die Uhr sah, sie lief gegen mich.

Erschöpft, aber erleichtert hatte ich diesen Tag hinter mich gebracht und trat aus dem Bürogebäude. Eigentlich hatte ich vor, mein Gesicht der Sonne entgegenzustrecken, doch es traf mich lauwarmer Regen. Allerdings konnte mich das nicht erschüttern. Ich war froh, den Arbeitstag endlich überstanden zu haben.

Wie so oft befand ich mich während der Arbeit in einer Art Tunnel. Ich funktionierte und machte, was man von mir verlangte, verursachte keinen Stress und vermied Ärger. Der Tunnel ließ mir aber keine Chance, links und rechts etwas zu betrachten. So war der *plötzliche* Regen - der schon den ganzen Tag hätte sein können - nichts Untypisches für mich. Es war mir egal. Ich nahm auch ihn dankend entgegen, wischte mit ihm meine nassen Haare aus der Stirn und atmete tief die feuchte Luft ein.

„Mary? Komm schon!"

Erschrocken riss ich die Augen auf.

Fay stand mit ihrem Fiat genau vor mir und hatte die Scheibe der Beifahrerseite halb heruntergelassen. „Steig endlich ein!"

Ohne weiter nachzudenken, nahm ich neben ihr Platz und sah meine beste Freundin verwirrt an. Ich hatte das Gefühl, das hier schon einmal erlebt zu haben.

Gerade als ich sie fragen wollte, was sie hier tat, begann sie es zu erklären: „Überraschung! Ich konnte dich bei dem Wetter doch nicht durch den Regen zur U-Bahn laufen lassen." Ihre Augen glitzerten vor Freude und sie strahlte mich mit einem riesigen Lächeln auf den Lippen an.

„Das kommt wirklich überraschend. Womit habe ich diesen Service denn verdient?"

Natürlich hatte Fay irgendeinen Hintergedanken, an dem sie mich aber nicht teilhaben ließ. So zuckte sie nur mit den Schultern, startete den Motor und fuhr vom Vorplatz auf die Hauptstraße.

Mach endlich die Augen auf, Mary. Das bist nicht du!

Ein schmerzhafter Stich zog von meiner Schläfe quer durch meinen Kopf. Ich kniff die Lider zusammen und presste meine Handballen dagegen. Diese Stimme in meinem Kopf, sie … sie machte mich verrückt.

Ich hörte ein Rascheln, als würde eine Regenjacke übereinandergerieben werden. So eine Jacke, wie Fay sie trug. Ich vermutete, dass sich Fay zu mir drehte und nahm die Hände vom Gesicht. Als sich unsere Blicke kurz trafen, weil sie immer wieder auf die Straße schauen musste, um keinen Unfall zu bauen, hätte ich beinahe gekreischt. Auf Fays Stirn prangte eine Platzwunde und ein feines Blutrinnsal lief an ihrem Mundwinkel hinab. Wie ein Foto blieb das Bild in meinem Kopf, während Fay längst wieder auf den Verkehr achtete.

Die Augen leer und doch durch mich hindurchsehend, kroch ein Grinsen über ihre Lippen und eine Blutblase platzte an ihrem Mund. Ich presste mir die Hände diesmal gegen meine Ohren und schloss die Augen. Ich musste das ausschließen, was nach mir greifen wollte.

Eine Berührung am Knie ließ mich zusammenzucken und aufsehen. Vorsichtig drehte ich meinen Kopf in Fays Richtung. Obwohl sie wieder wie immer aussah, rasten mein Herz und mein Verstand in Höchstgeschwindigkeit. Während das eine sich zu beruhigen versuchte, machte der andere sich einen Reim auf das Geschehene. Aber das Unterfangen gelang keinem.

„Mary? Alles in Ordnung?" Fays Stimme klang besorgt. „Schon wieder der Traum? Du musst loslassen. Du hast nur geträumt. Das hier ist real. Alles." Sie seufzte. „Wie kann ich dir nur zeigen, dass das hier die Realität ist? Was brauchst du von mir, wie kann ich dir helfen? Rede mit mir." Fay wirkte zuerst verständnisvoll, doch die Tonlage ihrer Stimme entwickelte sich zum Ende ihres Satzes immer weiter in Genervtheit.

„Ich …"

Denk nach, Mary! Das ist nicht Fay.

Das bist nicht du.

Das ist nicht dein Leben.

Wach endlich auf!

Schon wieder diese Stimme! Doch dieses Mal hörte ich ihr zu, anstatt sie zu ignorieren.

„Du hast ja recht, entschuldige. Was steht denn jetzt an?" Neckisch wollte ich Fay davon überzeugen, dass ich ihr glaubte, und versank in meinen Gedanken, ohne ihr weitere Aufmerksamkeit zu schenken.

Ich lauschte der Stimme in meinem Kopf. Sie klang eindeutig nach Chris. Und ihm konnte ich doch vertrauen, oder? Aber wieso hörte ich seine Stimme nur in meinem Kopf? Wurde ich verrückt oder war etwas an dem dran, was er sagte?

Sieh hin …

Glaub nicht alles, was du siehst ...

Wer bist du wirklich?

Eindringlich pochten die Worte wie mein Herzschlag durch meinen Körper und wie von selbst begann ich, die Dinge zu hinterfragen. Verschiedene Szenen liefen an meinem inneren Auge vorbei.

Als ich am Freitag im Büro wach wurde, war es mir komisch vorgekommen. Der Platz, an dem ich saß, war nicht mein üblicher Schreibtisch. Nicht dass wir feste Plätze hätten, doch den Tisch vor der Teamleiter-Brücke hätte ich nie, also wirklich nie, freiwillig gewählt.

Auch der Abend mit Fay war total untypisch von mir. Noch nie hatte ich mich bei ihr ausgeheult oder Geheimnisse geteilt, die mir Schaden zufügen könnten, wenn sie jemand erfuhr. Und was war sensibler als der eigene Verstand?

Und vor allem die Partynacht ließ mich im Nachhinein stutzen. Nicht dass ich sie nicht genossen hätte. Noch nie hatte ich so viel Spaß beim Feiern gehabt. Nie hatte ich mich so gehen lassen und den Abend genossen. Normalerweise verdrängte ich alles, was an diesen Partynächten passierte. Ich blendete meine Umgebung aus und wurde zu einer leeren Hülle, die ihren Körper restlos leer tanzte, um Ruhe zu finden. Ich war noch nie feiern gewesen, weil es mir Freude bereitete, sondern weil es meiner Seele eine Pause garantierte und sie sich kurzzeitig verabschieden durfte.

Und auch, dass ich angeblich nicht wusste, wie ich Chris hätte davon überzeugen können, die Situation auszunutzen. Ich habe schon ganz andere Männer dazu gebracht, zu tun, was ich wollte, wenn ich körperliche Bedürfnisse verspürte.

Ich sah mich um, beobachtete Fay im Augenwinkel und stutzte erneut. Ihre Konturen verschwammen. Ruckartig drehte ich den Kopf gänzlich in ihre Richtung und schon war alles wieder, wie es sein sollte.

Fragend richtete sich ihr Blick auf mich. Ihr Kopf neigte sich in einem unnatürlichen Winkel zur Seite und ihre Mundwinkel erzeugten erneut das blutige Grinsen. Der Motor heulte auf, die Reifen drehten durch, und dann drückte mich die Beschleunigung des Wagens in den Sitz. Panisch sah ich zwischen Fay, der Straße, den vorbeirauschenden Häusern und meinen Händen hin und her.

Was passierte hier?

„Fay?" Vorsichtig tastete ich mich vor, weil ich sie nicht erschrecken wollte. Ich musste aber versuchen, sie aus diesem Wahn herauszuholen. „Fay, bitte … Fahr bitte langsamer, Fay."

Doch sie reagierte auf mein Flehen nicht. Im Gegenteil. Sie beschleunigte immer, immer mehr. Ich wurde im Sitz hin und her geschleudert, weil sie den Autos auswich, die zu langsam unterwegs waren. Fay steuerte in den Gegenverkehr und wich auch hier gekonnt aus.

Panik überkam mich. Ein Schrei, tief aus meiner Lunge entsprungen, schallte durch das Wageninnere. Das passierte nicht wirklich, oder? Fay würde uns umbringen, wenn sie so weiterfuhr!

Verdammt, Mary, wach auf!

Ich wusste, entweder vertraute ich Chris oder ich starb in den nächsten Augenblicken. Also glaubte ich ihm und tat alles, um aufzuwachen. Ich hielt den Atem an, konzentrierte mich darauf, die Lider aufzuschlagen, warf meinen Kopf von links nach rechts. Ich kniff mich in die Wange und biss mir auf die Zunge, bis ich Blut schmeckte.

Und mit einem Mal war es, als würde jemand mit einem Lasso meine Seele einfangen und an Ort und Stelle halten.

Ich wurde aus dem rasenden Auto gerissen und sah Fay, ihrem Wagen und meinem Körper dabei zu, wie sie mit einem ohrenbetäubenden Knall auf eine Mauer trafen und in tausend Teile zersprangen.

Dann ließ mich das Lasso los und ich fiel in die Tiefe, während sich die Umgebung um mich herum aufzulösen begann.

Erleichterung und Angst bildeten einen harten Kontrast in meiner Brust. Erleichterung darüber, dem Unfall entkommen zu sein, und gleichzeitig Angst davor, was nun auf mich warten würde.

Kapitel 15

Als Nächstes schwirrte ich durch ein flauschig weiches, dickflüssiges Nichts. Meine Gefühle, meine Seele und mein Verstand. Mein ganzer Körper nahm eine Auszeit und gönnte sich die Ruhe, die er verdiente. Keine Luft drang in meine Lunge. Kein Blut pumpte durch meine Adern. Und kein Gedanke ging mir durch den Kopf.

Nichts …

Keine Ahnung, wie lange dieser Zustand anhielt, doch irgendwann drang etwas zu mir durch. Das Gefühl, nicht allein zu sein. Jedoch nicht die unangenehme Variante, bei der man sich beobachtet fühlte oder Angst verspürte. Eher so, als würde jemand da sein, der zu einem gehörte, doch dieser Jemand offenbarte sich nicht. Und so blieb ich allein.

Ich spürte die Veränderung meiner Umgebung. Das flauschige Gefühl der Geborgenheit ließ nach. Irgendetwas stach an meinem Hinterkopf. Mein Rücken lag auf einmal an etwas Scharfkantigem. Die Luft, die wieder in meine Lunge eindringen konnte und den Sauerstoff durch meine Adern jagte, da auch mein Herz in Bewegung kam, war anders. Sie war feucht und schmeckte nach Moos, Erde und Sommerregen, der auf dem warmen Boden verdampfte.

Verwirrt suchte ich nach meinen letzten Erinnerungen. Doch die Bilder, die mein Verstand mir präsentierte, überlagerten sich.

Ein Autounfall. Schreie. Blut. Irrsinn und Angst. Kino. Party. Gelassenheit und Freude. Farblose Gebäude. Groteske Gestalten. Leere und Einsamkeit. Fay. Mark. Chris und der Bettler. Wieder Schreie, laut und schrill, flehend und panisch.

Dann Ruhe ...

Meine Seele kehrte in meinen Körper zurück, ich wurde eins mit mir und fühlte den Unterschied. Wenn ich wollte, konnte ich die Augen öffnen. Doch ich hielt sie geschlossen. Ganz bewusst. Ich spürte, dass ich auf einmal stand. Wann war ich aufgestanden?

Meine Gefühle und mein Verstand fuhren Achterbahn, nahmen mich in dem einen Moment in die steilsten Höhen mit, nur um mich kurz darauf mit in den Abgrund zu reißen.

Vor meinen geschlossenen Augen liefen immer noch die Bilder in Dauerschleife ab, ebenso die Geräusche in meinen Ohren. Sie ließen mich nicht in Ruhe und zogen an mir, als wollten sie mir etwas mitteilen, etwas, das ich nicht verstand.

Verzweifelt nahm ich meinen Kopf zwischen die Hände und fiel auf die Knie. Harte, scharfkantige Steine fraßen sich in meine Haut, rissen sie auf und hinterließen feine, brennende Furchen. Den Kopf in den Nacken gelegt, schrie ich meinen Schmerz hinaus. Der Schmerz, der meine Seele plagte und meinen Verstand spaltete. Trotz all der Bilder, die mein Kopf mir zeigte, traute ich mich nicht, meine Augen zu öffnen.

Du bist nicht allein.

„Chris?" Aus freudiger Erwartung, dass er da sein könnte, schlug ich die Lider auf. Doch anstatt Chris zu sehen, erwartete mich ein Anblick, den ich mir nie erträumen hätte können. Und ich hatte schon so viele Albträume gehabt, so, so viele. Doch das Bild, das sich mir bot, toppte alles Bisherige.

Wind riss an meinen Haaren und zwang mich auf die Knie. Beiläufig strich ich mir meine Strähnen aus dem Gesicht. Ich betrachtete, was ich zu sehen glaubte, blinzelte mehrfach, wie um zu prüfen, ob ich nicht vielleicht doch träumte. Doch das Bild blieb.

Vor mir erstreckte sich der ungewöhnlichste Wald, den ich je gesehen hatte. Auf den Steinen kniend, die den Wald umrandeten, blickte ich verwirrt zu den Bäumen. Die Steine wirkten wie ein natürlicher Schutz des Waldes. Etwas, das verhindern sollte, dass er sich ausbreitete oder vielleicht auch, dass ihn jemand betrat.

Anders als man es von Bäumen gewohnt war, wuchsen diese nicht aus dem Boden, sondern waagerecht aus einer Art Wand. Zumindest schien es so. Es waren Hunderte unterschiedlich große Bäume, doch sahen sie alle aus wie der australische Rieseneukalyptus. Nur unterschiedlich alt.

Das, was ich als Wand vermutete, war bei genauerer Betrachtung keine. Es waren die Baumkronen. Sie bildeten ein dichtes Blätterwerk und gemeinsam eine Art Wand. So eng miteinander verflochten, dass keine Lücke zu erkennen war. Nichts, was darauf hindeutete, was dahinter verborgen lag. Vielleicht war es auch das, wonach es aussah: eine Wand und das Ende.

Mit jeder Sekunde, die ich den Wald betrachtete, spürte ich den Druck in mir, verschwinden zu müssen. Etwas griff nach mir und rief in meiner Seele Grausames wach. Mein Körper erzitterte unter dem Gefühl, alles zu verlieren, wenn ich auch nur einen Moment weiter hier stehen würde und den Wald länger ansah. Abwenden konnte ich mich dennoch nicht. Irgendetwas zog meinen Blick magisch an.

Kurz darauf wusste ich auch, was. Als ich mich, meinen Gefühlen widersetzend, weiter umsah, um mir ein Bild von meiner Umgebung zu machen, stutzte ich abermals. Auf einem der Bäume meinte ich, einen Schatten zu sehen.

Schockiert schlug ich eine Hand vor meinen Mund, um nicht zu schreien. Denn ich glaubte, Fay zu erkennen, die auf einem der Bäume lag. Und als ich mich gerade aufrichtete und von meiner Position aus zu ihr stürmen wollte, wurde ich von einem Sog hinter meiner Stirn zurückgerissen. Ein stechender Schmerz explodierte in meinem Kopf und um mich herum wurde wieder alles schwarz.

***

Der Geruch von Sandelholz kitzelte in meiner Nase und strich sanft über meine Nervenenden. Eine zarte Berührung an meiner Wange, meiner Schulter und anschließend meiner Hand tauchte mich in Wonne.

Blinzelnd schlug ich die Lider auf. Es fühlte sich an, als wären meine Augen für eine ganze Weile geschlossen gewesen. Die Bewegungen wirkten fahrig und schwergängig. Nach einigen Augenaufschlägen jedoch verflog das Gefühl und ich erkannte meine Umgebung und das – beziehungsweise – denjenigen, der mich geweckt hatte.

Neben mir hockte Chris. Besorgt sah er auf mich herab. Alles war in komplettes und allumfassendes Schwarz getaucht. Chris leuchtete durch die weißen Rauchschwaden, die auf seiner Haut tänzelten, und hob sich so von seiner Umgebung ab. Ebenso wie ich, denn auch meine Haut bedeckte dieser weiße Rauch. Es war ein surreales Bild, das sich mir bot.

„Hi …" Seine Stimme nicht nur in meinem Kopf zu hören und dabei das schiefe Grinsen in seinem Gesicht zu sehen, ließ mich fast vor Freude weinen. Dennoch klang sie in der Unendlichkeit dieses Ortes merkwürdig dumpf und hohl. Sie kam gerade so zu mir durch. Der Schall wurde von dem Nichts verschluckt. „Du hast es fast geschafft, nur noch einen Schritt und dann bist du hier raus. Du musst dich konzentrieren, du …"

Ich konnte ihm nicht folgen. „Wo sind wir?", unterbrach ich ihn.

„Wir haben keine Zeit, wir müssen uns beeilen. Also du musst …"

„Nein. Sag mir erst, was hier los ist. Ich weiß verdammt noch mal nicht, was hier eigentlich passiert."

„Okay, die Kurzfassung: Du hast dich in deinen Traum verweben lassen und dabei die Realität verlassen. Ich habe Zugang zu dir gesucht und irgendwann hast du mir auch geglaubt. Du bist aufgewacht, aber deine Zweifel und der Teil von dir, der noch verwoben ist, lassen dich nicht gehen."

Während er sprach, betrachtete ich ihn genauer. Es waren nicht nur die Rauchschwaden, die auf seiner Haut tanzten. Er bestand nur daraus. Chris besaß keine feste Form. Der Rauch bildete seinen Umriss und sogar seine Mimik. Sie gaukelten mir vor, er zu sein. Mit seinem Lächeln und seiner Sorge. Er war nicht echt. Mein Herz zerriss bei diesem Anblick und ein dicker Kloß bildete sich in meinem Hals. Ich schluckte, während ich Chris musterte. Er war nicht durchgängig weiß, er war durchscheinend, eben wie Rauch. Nie an allen Stellen gleichzeitig in großer Menge vorhanden. Er schwebte innerhalb seiner Form auf und ab. Hin und her.

Eine weitere Erkenntnis traf mich unvorbereitet: Er war nicht hier bei mir. Vor Schreck wollte ich von ihm wegrutschen, doch Chris hielt mich fest. Unsere Finger miteinander verschränkt, sah er mir tief in die Augen.

„Sieh hin", sagte er.

Ich tat es und sah auf unsere Hände, die einander hielten. Auch ich bestand lediglich aus Rauchschwaden. Also war auch ich nicht *echt*?

Resigniert ließ ich die Schultern und meinen Blick sinken. Chris' freie Hand legte sich unter mein Kinn. Mit seinem Zeigefinger drückte er es sanft nach oben, sodass ich ihn ansehen musste.

„Mary, bitte. Du musst mir jetzt zuhören und mir vertrauen. Das hier ist echt. Egal, wie es sich für dich gerade anfühlen mag." Verzweifelt lag sein Blick auf mir.

Ich überlegte fieberhaft, was ich nun tun sollte. Wenn ich ihm glaubte, was sollte passieren? Schlimmer konnte es kaum noch werden. Ich wusste eh nichts mehr. Ich hatte keine Ahnung, was Realität oder Traum, Einbildung, Irrsinn oder Wahrheit war. Aber eines wusste ich sicher: Ich wollte es endlich wissen, wollte, dass es aufhört. Und ich wollte Chris vertrauen.

Also nickte ich. „Okay. Was soll ich tun?"

„Eigentlich ist es ganz einfach. Du musst aufwachen. Dazu musst du dir bewusst machen, dass das hier und das, wo du gerade herkommst, nicht real ist." Er wartete meine Reaktion ab, ehe er fortfuhr.

Ich nickte nur und überlegte schon fieberhaft, wie ich das anstellen sollte. Ich wusste es nicht. *Nichts leichter als das*, dachte ich ironisch und lachte.

„Ich weiß, es klingt wahnwitzig, doch es ist das Geheimnis dahinter. Das, was du hier siehst, kann nicht real sein. Das weißt du. Ebenso wie du weißt, dass du nicht aus Rauch bestehst." Ein Lächeln legte sich über seine Sorge. Sein Blick sprach mir Mut zu.

„Das Problem ist nicht, dass ich das hier für real halte oder nicht. Ich weiß einfach nicht mehr, was die Realität ist." Niedergeschlagen sackte ich zusammen.

Die Vergangenheit hatte mir gezeigt, dass so viel mehr möglich war, als ich für unmöglich hielt. Viele Parallelen hatte ich betreten und mich dabei verlaufen, sodass ich nun den Unterschied nicht mehr feststellen konnte.

Mein Verstand arbeitete auf Hochtouren und versuchte, mir selbst begreiflich zu machen, dass das hier nicht meine Welt sein konnte. Ich wurde fündig. Und zwar in mir. Denn bei allen Träumen oder Realitäten, in denen ich war, war ich aber *ich*. Mit Haut und Haaren, mit Körper und Seele.

Doch hier war ich nur Rauch mit Verstand und Seele, mir fehlte der Körper. Egal, welche Form von Traum oder Wirklichkeit das hier war, ohne meinen Körper konnte es nicht real sein. Ohne mich gab es kein echtes Leben für mich.

„Wir werden uns bald wiedersehen. Verliere dich nicht." Chris' Stimme verklang im Nichts.

Mit diesen Worten raste der nächste Ruck durch meinen Kopf, beförderte mich aus meinem Rauchdasein heraus und ließ mich wortwörtlich verpuffen. Ich sah die einzelnen Fäden sich verteilen und verschwimmen, bis sie letztendlich komplett verwaschen und nicht mehr erkennbar waren. Dabei spürte ich, wie ich ins Nichts überging und aus diesem Traum hinauskatapultiert wurde.

Kapitel 16

Mein Unterbewusstsein nahm wahr, dass ich auf einem harten und unnachgiebigen Untergrund lag. Rau und kalt. Meinen Körper durchzogen vom Scheitel bis zur Fußsohle Schmerzwellen, die die Taubheit und das Gefühl der Körperlosigkeit vertrieben. Wind liebkoste meine Haut. Wie um mich zu wecken, strich er in unregelmäßigen Abständen über mein Gesicht. Zarte Sonnenstrahlen brachten die Wärme zurück, die mein Untergrund mir nahm.

Ich spürte mir und meinem Körper nach. Spürte, dass es meiner war, dass ich nicht nur eine Hülle und auch nicht nur eine Seele war. Ich war eins.

Benommenheit griff immer wieder nach meinem Verstand, wollte mir weismachen, dass das hier falsch war, obwohl es sich richtig anfühlte.

Als etwas Feuchtes über meine Wange streifte, holte die Berührung mich vollends ins Hier und Jetzt. Ich öffnete langsam die Lider, wobei die Sonne mich blendete. Mit halb zusammengekniffenen Augen war es mir kaum möglich, mir ein Bild von dem Ort zu machen, an dem ich mich befand.

Als ich am Rande meines Blickfeldes eine Bewegung ausmachte, schreckte ich zusammen. Aus Angst, der nächsten Bedrohung gegenüberzustehen, drückte ich mich fest gegen den Boden. In der Hoffnung, er würde sich auftun und mich verschlingen.

„Endlich. Guten Morgen, Schlafmütze."

Wie aus dem Nichts verschaffte sich eine Stimme über mir Gehör und das Gefühl der Angst und des Unbehagens ließ schlagartig nach.

Ich erkannte ein Lächeln in der Tonlage, in der Art, wie derjenige die Worte formte und mir damit Geborgenheit in mein Herz sandte. Die zierliche, aber männliche Stimme drang tief in meine Seele ein und versprach mir allein durch ihren Klang, dass alles wieder gut werden würde. Sie kam mir bekannt vor, doch ich fand keinen Namen und auch kein Gesicht zu ihr in meinen Gedanken.

Als ich es schaffte, die Augen etwas weiter zu öffnen, baute sich ein unangenehmer Druck in meinem Brustkorb auf. Nervös atmete ich dagegen an, um mir und meiner Lunge Raum zu verschaffen, doch es klappte nicht.

Ich brauchte etwas Zeit, um zu erkennen, dass jemand über mir stand. Langsam bildeten sich aus den verschwommenen Umrissen klare Formen und Konturen. Ein katzenähnliches Gesicht blickte mich an und lächelte. *Komisch. Habe ich schon einmal eine Katze lächeln sehen?*

„Hallo? Jemand zu Hause?"

Woahhh! Die Katze hat ihren Mund bewegt. Ich muss mir den Kopf angeschlagen haben, härter, als vermutlich gut gewesen wäre.

Als sich eine merkwürdig geformte Pfote meiner Stirn näherte und dagegen klopfte, zuckte ich zusammen.

„Erde an Mary … Bitte kommen … Mary?" Wieder klopfte es.

Und als sich meine Gedanken endlich sortiert hatten, begriff ich. „Milo?" Zitternd hauchte ich seinen Namen, kaum hörbar und vom Wind schon weit davongetragen, bevor er hätte hören können, wie ich ihn nannte. Jetzt ergab es einen Sinn.

Die merkwürdige Katze war Milo. Mein Freund aus Kindheitstagen. Meine Stütze, als ich allein und verloren einer Welt gegenüberstand, die nicht meine zu sein schien.

Er stand mit seinen Vorderpfoten auf meinem Brustkorb, daher stammte das beklemmende Gefühl. Als er verstand, dass ich ihn erkannt hatte und endlich wach genug war, um meine Umgebung zu realisieren, sprang er von mir hinunter. Dabei betrachtete er mich jedoch argwöhnisch, als hätte er Angst, ich könnte jeden Moment durchdrehen. Dieser Gedanke lag nicht so fern. Wie kam ich hierher? Und wo war ich eigentlich?

Milo setzte sich neben mich und wartete, während ich mich aufrichtete und mich umsah. Ich erkannte, wo ich mich befand. Auf den Überresten des höchsten Hochhauses Livingstens.

Der Wind fuhr mir wild durch die Haare und ließ die einzelnen Strähnen, die sich aus meinem Zopf gelöst hatten, über mein Gesicht peitschen. Ich hob meine Hände, um mir meinen Zopf neu zu binden. Dabei sah ich, dass meine Handflächen aufgerissen waren und stutzte.

Wie war das denn passiert? Ich grub in meinen Gedanken und fand den Moment. Es war vor dem Wald, als mich der Wind in die Knie zwang. Vor Schrecken hatte ich nicht mitbekommen, dass ich mir die Hände an den Steinen aufgerissen hatte. Ich vertrieb den Gedanken und band mein Haar zu einem festen Zopf.

Mein Blick glitt über das Dach des Hochhauses. Vor mir lag der Eingang der Rutsche. Ich erschauderte. Er war der Beginn der Reise ins Nichts. Der Startpunkt meiner Wanderung. Moment mal. Oder …

„War ich überhaupt weg?", fragte ich Milo, der mich gespannt musterte.

„Ja", erwiderte er kurz nickend.

„Wie lange? Und wieso bin ich zurück? Hast du hier die ganze Zeit gewartet? Was ist passiert?", sprudelte es aus mir heraus, während immer mehr Fragen in meinem Kopf entstanden.

„Meine Prinzessin, immer so viele Fragen." Milo stand auf und drehte sich einmal um sich selbst, bevor er sich direkt vor mir erneut niederließ.

Um zur Ruhe zu kommen, setzte ich mich im Schneidersitz hin, fummelte am Saum meines Shirts und wartete auf seine Antworten. Und obwohl ich wirklich versuchte, entspannter zu werden, wurde ich immer nervöser.

„Du warst einige Tage fort. Ich habe dich gespürt, aber nicht erreichen können. Es war, als wärst du schon wieder von mir getrennt worden. Nur irgendwie anders … Ich habe gefühlt, dass noch jemand zu dir durchkommen und dich umstimmen wollte, dir Vernunft einzureden versuchte. Also habe ich gewartet und gehofft, dass du es schaffen würdest." Er holte tief Luft und kroch auf mich zu.

„Was schaffen?"

„Hast du den Wald erreicht?" Sein Themenwechsel kam so schnell und schoss wie ein Peitschenknall durch meinen Kopf. Ich wollte der Antwort ausweichen, wollte nicht, dass wahr ist, was ich gesehen hatte. Doch Milo war unerbittlich. Er sprang schließlich auf meinen Schoß und rollte sich zusammen. Augenblicklich beruhigte mich seine Anwesenheit, als würde er mich erden.

„Den Wald?" Ich strich über sein Fell. Ich tat es aus einem reinen Impuls heraus.

„Na ja, also klassisch gesehen ist es kein Wald. Aber es sieht aus wie einer, der gegen die Naturgesetze verstößt und nicht wächst, wie die Wälder aus dieser Welt." Er machte eine kleine Pause und ließ die Worte wirken, bevor er weitersprach. „Er hat viele Namen: Graben der Träume, die Höhle der Verwobenen, die Unendlichkeit des Nichts, das Ende von allem. Such es dir aus."

Eine Gänsehaut überlief meinen Körper und meine Muskeln versteiften sich. Ich war an diesem Wald gewesen. Jetzt verstand ich das Gefühl, das ich bekommen hatte, als ich ihn sah. Das pure Grauen hatte mich aus ihm heraus ergriffen. „Ja, ich war dort." Ich schluckte und hing den Bildern, die die Erinnerung an den Wald mit sich brachten, nach. Irgendwann hielt ich es nicht mehr aus und wendete mich wieder an Milo. „Was genau stellt dieser Wald dar?"

Immer wieder fuhr ich durch sein gemustertes Fell, beobachtete dabei die verschiedenen Schwänze, wie sie sich auf unterschiedliche Arten bewegten und signalisierten, dass ihn die Streicheleinheiten genauso beruhigten wie mich. Ich fragte mich, wie ich auf so eine Kreatur gekommen war. Wie konnte ich mir ein Wesen wie ihn ausgedacht und in die Realität geholt haben? Er entsprang meiner Fantasie, so viel war sicher. Jetzt saß er auf meinem Schoß, aus Fleisch und Blut.

In diesem Moment war ich froh um meine Gabe und meine Magie, die mir erlaubte, Dinge real werden zu lassen, die ich mir vorstellen konnte. Auch wenn sie gerade ein Fluch war, war sie im Ursprung doch gut. Was würde ich ohne meine Magie machen? Und was würde ich ohne Milo tun?

Vorsichtig fuhr ich mit der Fingerspitze den Schwanz des Skorpiones entlang.

Milo schnurrte. „Du musst dir den Wald wie die letzte Station vor der Endgültigkeit vorstellen. Er ist die Grenze zwischen Realität und Unwirklichkeit. Aus der Energie der Unwirklichkeit, die hinter dieser Grenze verborgen liegt, entstehen die Dinge, die du aus deinen Träumen geholt hast. Die du unbewusst in die Realität geschoben hast. Die Vokerts, diese riesigen, abscheulichen Geschöpfe ohne Seele, sind dessen Wächter. Sie passen auf, dass nichts Unrechtes geschieht. Eigentlich sollten sie verhindern, dass etwas wie jetzt passiert.

Niemals hätte sich ein Mensch, der weder Träumer noch Anker war, in diesem Geflecht verweben dürfen. Du weißt sicherlich schon, dass du eigentlich, sofern kein Anker bei dir ist, für die in die Realität geholten Träume, einen Preis bezahlen musst, oder?" Er blickte zu mir auf, fuhr dann aber fort, ohne meine Antwort abzuwarten. „Normalerweise ist es ein Teil deiner Seele, die verschwindet, solange dein Traum in der Realität wandelt."

Ein Donnergrollen, das bis unter meine Haut nachhallte, ließ Milo verstummen. Der Himmel verdunkelte sich schlagartig. Mein Puls schnellte in die Höhe und mein Atem ging flach. Die Panik griff unaufhaltsam nach mir und ich hatte nicht die Kraft, mich gegen sie zu wehren.

Das Geräusch Hunderter heulender Wesen drang an mein Ohr und ich sah Milo an. Hoffentlich hatte er auch hierfür eine gute Erklärung. Am liebsten eine, die positiver war als meine Gedanken, die mich überschwemmten.

„Sie suchen nach dir und wollen dich zurückholen." Dafür, dass Milo aussprach, wovor ich am meisten Angst hatte, gab er sich gelassen. „Sie suchen am Ende dieses Dings nach dir. Sie erwarten dich dort." Er zeigte mit einer Vorderpfote auf den kreisförmigen Eingang der Rutsche. „Mach dir keine Sorgen, ich werde dich beschützen."

Lieb, dass er das anbot. Da stellte sich mir doch glatt die Frage, wie er sich dem, was auch immer sich uns da näherte, stellen wollte. So ganz allein und so niedlich, wie er war. Als hätte er meine Gedanken gelesen, grinste er mich an, sodass er die Zähne bleckte.

„Zurück zum Wald, Prinzessin. Kannst du mir sagen, aus wie vielen Bäumen er besteht?"

Ich stutzte. Was sollte diese Frage?

„Weißt du, wie viele Bäume es waren oder nicht?", hakte er nach, weil ich ihm nicht geantwortet hatte.

„Nein, ich habe sie ja nicht gezählt."

„Aber du hättest zählen *müssen*?"

Ich nickte, was für Milo wohl ausreichend war.

„Das ist nicht gut. Lass uns von hier verschwinden." Er sprang von meinem Schoß hinunter und hielt vor der Tür des Daches an. Ja klar, öffnen konnte er sie nicht. Aber beschützen wollte er mich? Eine Logik, die sich mir nicht erschließen wollte.

„Milo?" Schnellen Schrittes liefen wir die noch vorhandenen Treppen hinunter, doch seine Reaktion auf die Anzahl der Bäume in diesem Wald ließ mich nicht los. „Welche Auswirkung hat die Anzahl der Bäume in diesem Wald?" Auf eine Antwort wartete ich vergebens.

Die letzte Treppenstufe hinter mich gebracht, wollte ich erneut ansetzen und ihn aushorchen, als er zum Glück von sich aus begann zu erzählen. „Die Anzahl der Bäume verrät den Grad der Verwobenheit. Wie viel Macht du aus der Unwirklichkeit schon geholt hast und wie mächtig das Wesen wird, das sie zurückholen will." Er sah mich aus seinen treuen Augen an. Und sein Blick riss mein Herz entzwei. Er hatte Angst. Um mich. Ich verstand jedoch nur Bahnhof.

„Wie meinst du das? Ich dachte, die ganze Geschichte hängt mit Leija zusammen und damit, dass es erst zurückgeholt werden muss, bevor all das wieder möglich wäre. Oder …?" Ich stolperte über meine eigenen Gedanken. Konnte Chris mich belogen haben? Oder wusste er es vielleicht nicht besser? Konnte Leija auch bestehen, ohne dass es mich gab?

„Du hast recht. Leija muss auferstehen, damit es zu einem Normalzustand kommen könnte. Träume in die Realität zu holen und sich selbst zu verweben oder eben nicht. Abhängig davon, ob es eine Verbindung gibt oder nicht. Doch hier ist nichts normal. Hast du dich mal umgesehen? Wieso sind alle verschwunden oder warum sind nur Albträume zurückgeblieben?"

Nachdenklich richtete ich meinen Blick nach vorn, betrachtete die zerstörte Stadt, die leblos vor uns lag. Ich versuchte, Antworten auf die Fragen zu finden, die Milo aufwarf, doch ich hatte noch weniger als er. Das alles war neu für mich. Ich wusste nur die Dinge, die Chris mir erzählt hatte. Und das war nur eine Geschichte, ein Überbleibsel einer anderen Zeit.

Weiter durch die zerbrochene Scheibe der Außentür starrend, erahnte ich sich bewegende Umrisse. Große, in die Länge gezogene Wesen. Ich erschauderte. Meine Gedanken rasten und mit meinem Blick suchte ich die Wände, Türen und Fenster nach einem geeigneten Fluchtweg ab. Es gab noch den Hintereingang, zu dem ich mich umdrehte, als aus dessen Richtung ein ohrenbetäubender Knall zu uns drang.

Tja … Diese Option hatte sich somit in Wohlgefallen aufgelöst. Es gab nur noch den Weg nach vorne oder zurück aufs Dach. Putz bröckelte von der Decke und die Lampe, die nur noch entfernt an einen Kronleuchter erinnerte, schwang ausholend hin und her. Schweiß rann mir über die Stirn, als ich schließlich Milo ansah, der mich mit einem wissenden Blick musterte.

„Auf dir liegt ein Fluch, Prinzessin", sagte er und dann rannte er los. Ohne Vorwarnung. Ohne zu erklären, was er meinte. Er entfernte sich von mir.

Das konnte er mir nicht antun! Wie konnte er mich alleinlassen? Ich schrie seinen Namen, immer und immer wieder, um Milo zum Anhalten zu bewegen, während ich, wie im Schock gefangen, einfach nur dastand und ihn beobachtete. Ihm dabei zusah, wie er mich zurückließ. Hatte er nicht eben noch stolz davon geschwafelt, dass er mich beschützen würde?

Von wegen!

Ich streckte meine Hand flehend zu ihm aus. Er durfte mich nicht verlassen. Nicht er auch noch. Ich wollte und - verdammt noch mal - ich konnte nicht mehr alleine sein. Die Angst davor fraß mich von innen nach außen auf. Die drohende Einsamkeit nahm mir die Luft zum Atmen.

Der Boden unter mir erzitterte, ein ächzendes Geräusch drang aus den Wänden zu mir, die Decke senkte sich mit jedem Atemzug, den ich tat. Alles bewegte sich auf mich zu. Das Haus würde mich zerquetschen. Jeden einzelnen Knochen in meinem Körper zu Staub zermahlen.

Mein Blick heftete sich wieder auf Milo. Eine Windhose raste auf mich zu und elektrische Impulse zogen über meine Haut. Da ich meine Hand noch immer nicht gesenkt hatte, sah ich in meinem Blickfeld, dass es keine elektrischen Impulse waren, die meinen Körper bedeckten, sondern dieser weiße Rauch, den ich mittlerweile als meine eigene Energie erkannte. Es war etwas, das in mir wohnte. Keine Ahnung, wie und auf was er reagierte, aber ich vermutete, der Rauch würde mir helfen.

Bevor ich mir darüber noch den Kopf zerbrechen konnte, erkannte ich, was Milo meinte, als er sagte, er könnte mich beschützen. Mittlerweile war er an der Tür angekommen und über die Scherben nach draußen getreten. Es war klar für mich zu erkennen, und doch erkannte ich ihn nicht wieder.

Milo vergrößerte sich mit einer Geschwindigkeit, die mir Sorge bereiten sollte, doch sie beruhigte mich. Er wuchs auf die Größe eines Elefanten. Er reckte den Kopf nach oben, drückte den Rücken durch und schüttelte sein von einem Schimmern überzogenes Fell. Weißer Rauch umhüllte ihn.

Ich traute meinen Augen kaum. Ich wusste nicht, ob ich Angst haben sollte oder nicht.

Milo begann sich auszudehnen. Er wurde immer breiter, bis seine Konturen verschwammen und sich jeweils rechts und links aus ihm heraus Kopien abspalteten. Und ich verstand. Er vervielfachte sich. Aus den zwei neu entstandenen Teilen wuchs jeweils noch ein weiteres Abbild, sodass nun fünf Wesen vor mir standen.

Sie blieben aber nicht in ihrer Form. Jede für sich veränderte sich auf unterschiedliche Weise. Während eine schrumpfte, wuchs eine andere. Am Ende dieser bemerkenswerten Vorstellung standen fünf verschiedene Wesen vor mir. Eines imposanter als das andere. Eines mächtiger als das nächste. Eines realer als das vorherige.

Vor mir standen ein Drache, der seine schwarzen Flügel drohend aufspannte, seinen Hals reckte und als Vorgeschmack auf seine Kraft Feuer spie. Ein Elefant, der seinen Rüssel emporhob und trompetete, seine Position und sein Durchhaltevermögen verdeutlichte. Ein Löwe, dessen Krallen ausfuhren und ein ohrenbetäubendes Brüllen ausstieß, als wollte er sagen, der König wäre da. Ein Kapuzineraffe, der nervös hin und her tippelte und sich nicht zurückhalten konnte. Seine Energie war selbst für Außenstehende zu sehen. Und zu guter Letzt ein Skorpion, der seinen Schwanz mit dem Stachel aufstellte und die Umgebung betrachtete.

Diese fünf Kreaturen, die so wenig gemeinsam hatten, wie nur vorstellbar, vertraten ein gemeinsames Ziel. Durch ihre Körpersprache wurde es deutlich: Sie wollten mich verteidigen, sie wollten kämpfen, egal, wie es für sie ausgehen würde. Das war ihre Bestimmung, das, wofür Milo erschaffen wurde. Immer für mich da zu sein und mir in allen Lebenslagen zu helfen.

Das Heulen der Hundertschaft wurde immer lauter. Das Geräusch dröhnte in meinen Ohren, Gänsehaut zog sich über meine Haut. Der Rauch, meine Energie, wurde unruhig. Die Feinde hatten uns fast erreicht. Oder vielmehr hatten sie die fünf Teile von Milo erreicht.

Ein Feuerball schoss durch die Luft und die ersten Gestalten tänzelten in den Flammen und verglühten. Sie fielen und blieben liegen. Majestätisch erhob sich der Drache in die Lüfte und spie ein ums andere Mal Feuer auf die Wesen unter ihm. Er dezimierte sie schnell und effektiv.

Der Löwe setzte zum Sprung an und warf sich mitten in die Meute. Seine Pranken schlugen zu. Er erwischte einen nach dem anderen und schleuderte seine Gegner zu Boden. Er trennte mit seinen Krallen sogar Köpfe und Extremitäten vom Rumpf unserer Feinde.

Erst jetzt erkannte ich, dass die Wesen keine Gesichter besaßen. Sie waren ähnlich wie die Vokert, doch um einiges kleiner und spinnenähnlicher. Der Körper war viel zu kurz für die langen Arme und Beine. Die Köpfe waren wie große Bälle ohne Inhalt. Einzig ein riesiger, für die Vokert üblicher Mund, zog sich quer über das Gesicht. Er umrundete ihn beinahe vollständig. Wenn sie heulten und das Maul öffneten, sah es fast so aus, als wollten sie ihren Kopf aufklappen und das Innere nach außen holen.

Der Skorpion verschwand aus meinem Blickfeld. Und der Kapuzineraffe tauchte, wie ein springender, flauschiger Flummi, immer wieder zwischen den Gestalten auf. Einzig der Elefant stand ruhig da und rührte sich nicht. Nicht einmal eine Wimper oder ein Ohr zuckte. Stur und starr verharrte er vor dem Eingang des Gebäudes und betrachtete den Tumult um sich herum.

Der Boden erzitterte und die Wände bebten. Aus Angst, dass das Hochhaus gleich einstürzen würde, hechtete ich zum Ausgang, den der Elefant fast vollständig ausfüllte. Als er meine Bewegungen bemerkte, drehte er sich zu mir um und sah mich aus seinen haselnussbraunen Augen auffordernd an. Als würde ich auch ohne Worte verstehen, was er mir sagen wollte. Doch das konnte ich nicht.

„Du kannst da jetzt nicht rausgehen." Seine Stimme trug eine unermüdliche Ruhe. Er sprach zu mir, ganz so, als wäre hinter ihm nicht die Welt im Chaos versunken.

Wortlos gestikulierte ich in Richtung der wankenden Wände. „Hier drin kann ich aber auch nicht bleiben!" Meine Stimme wurde mit jedem Wort lauter. Schweiß stand auf meiner Stirn.

„Besser hier drin als draußen. Warte nur noch kurz, Prinzessin. Hab Geduld", erwiderte er stoisch.

Ich hatte mich wohl verhört! Aber Milo meinte es offenbar ernst, denn er rührte sich nicht vom Fleck und ließ mich nicht durch. Also versuchte ich, ihn wegzuschieben. Ich legte mein gesamtes Gewicht gegen ihn und presste meine Schulter gegen seinen Bauch. Wäre ich nicht so in Panik gewesen, hätte ich bestimmt gelacht. Wer versuchte schon, einen ausgewachsenen Elefanten aus dem Weg zu schieben? Natürlich hatte ich keinen Erfolg. Er bewegte sich nicht fort.

Irgendwann hatte die Panik mich verlassen und mich überkam eine ungewöhnliche Ruhe, ähnlich einer Gleichgültigkeit. Halb neben dem Elefanten ließ ich mich auf den Boden sinken, zog meine Beine an und legte meine Hände um meine Beine. So sitzend betrachtete ich meine Energie, die mich umspielte und nach und nach an Intensität verlor. Wie sie ihre Schlieren zog, mich liebkoste und irgendwann verblasste.

Ich beobachtete die Situation, die ich nicht ganz erfassen konnte, denn mir war ein Elefantenschädel im Weg. Dann schoss mir etwas durch den Kopf: Der Elefant vor mir war doch ein Teil von Milo. „Milo?"

Er sah zu mir herunter, schlackerte mit den riesigen Ohren und wartete.

„Was genau geht hier vor? Was soll das alles?"

Wenn ich eh herumsaß und er sich nicht an dem, was auch immer hinter ihm geschah, beteiligte, sollte er mir wenigstens ein paar Antworten geben.

„Eigentlich ist es ganz einfach. Sie wollen dich zurückholen. Sie brauchen dich hinter der Barriere, in der Endgültigkeit …"

Er wurde von einem schrillen Ton unterbrochen, der in meinen Ohren schmerzte. Und aus diesem einen lang gezogenen Ton bildete sich eine Stimme, die zu mir sprach. Der Vokert stand inmitten der Wesen.

„Na? Wie gefällt dir dein Spiel? Bist du es nicht langsam leid? Willst du nicht zu deinen Freunden zurück?"

Kapitel 17

Ich horchte auf.

„Vergiss es, Mary", drang Milos Stimme durch den Wust der Geräusche zu mir durch. „Er würde dir alles versprechen, damit du mit ihm gehst." Milo ahnte sicher, dass ich am Ende war. Er wusste, wie sehr ich mit mir und der Situation haderte und dass ich keine Kraft mehr hatte. Eindringlich sah er mich an und wartete.

Langsam stand ich auf und ging auf den Elefanten zu, der die Grenze zwischen mir und dem Vokert darstellte.

„Hör mit den Spielchen auf!", schrie ich dem Wesen entgegen.

Der Vokert trat vor den Elefanten, neben dem ich, stolz aufgerichtet, Stellung bezog. Milo drehte sich in seiner Elefantengestalt so weit, dass er mich, falls nötig, nach hinten hätte schubsen können. Ich konnte nicht mehr am Rand stehen und zusehen. Ja, ich war es satt. Und ich war bereit, mich meinem Schicksal zu stellen.

„Bist du es nicht leid, ein Spiel zu spielen, das du nicht gewinnen kannst? Dessen Regeln du noch immer nicht verstanden hast?" Höhnisch grinste mich der Vokert an. Sein Umhang schwang unheilvoll im Wind, während sich hinter ihm der verbliebene Teil seiner Hundertschaft tummelte.

Die immer noch beachtliche Anzahl der Wesen, die ihn begleiteten, ließ mich taumeln und eine Hand auf den Bauch des Elefanten legen. Ich musste mich abstützen. Obwohl seine Haut rau und rissig war, wusste ich, darunter steckte ein reines Herz. Ich zog neue Kraft aus diesem Rückhalt, dem Wissen, dass ich nicht alleine war.

Zusätzlich gewann ich Energie aus der Erkenntnis, dass ich meine Macht so intensiv in mir spürte und auf mir sah. Nachdem der Vokert aufgetaucht war, hat auch sie sich überdeutlich gezeigt. Sie pulsierte auf meiner Haut im Rhythmus meines Herzens.

Ich war bereit für das, was kam. Es war unausweichlich. Früher oder später würde einer von uns gewinnen oder verlieren. Es war bereits zu viel – viel zu viel – passiert und wir wussten beide, dass nur noch ein kleiner Schritt fehlte. So wie es war, konnte es nicht bleiben. So viel stand fest. Kampfbereit straffte ich die Schultern und sah meinem Gegner entgegen.

Wie auf ein geheimes Zeichen, das ich nicht kannte, sammelten sich meine Gefährten. Na ja, eigentlich sammelten sich alle Teile von Milo um mich. Über mir drehte der Drache seine Runden, der Skorpion saß zu meinen Füßen, der Kapuzineraffe kletterte an mir hoch und hockte sich auf meine linke Schulter. Der Löwe stellte sich an meine linke Seite und schob seinen Kopf unter meiner Hand hindurch, sodass diese auf seinem gewaltigen Kopf zum Liegen kam. Rechts von mir, die Hand immer noch auf seinem Bauch, atmete der Elefant schwer ein und aus.

„Das ist nicht dein Kampf, Mary", flüsterte der Kapuzineraffe in mein Ohr, während alle anderen ihre Taten einstellten und sich wie Statuen um mich platziert hatten.

„Doch, genau das ist mein Kampf. Er ist mir vorherbestimmt." Wut flackerte in mir auf. Die Macht pulsierte mehr und mehr. Sie wollte endlich eingreifen.

„Nein, Mary, du irrst dich", meldete sich nun der Löwe zu Wort. „Es ist nicht dein Kampf. Es ist *unserer*."

Kurzzeitig war ich verwirrt. Es klang merkwürdig, weil sie alle mit derselben Stimme sprachen.

Der Vokert legte den Kopf schief. „Halten dich deine Schoßhündchen zurück? Lässt du dir so einfach deinen Kampf verbieten? Trau dich, Mary. Ich weiß, dass du es auch willst."

Ein Lachen aus etlichen Kehlen schlug uns entgegen. Sie machten sich über uns – über mich – lustig.

Erneut ergriff Wut mehr und mehr von mir Besitz. Meine Energie tanzte nicht mehr in Form von gewöhnlichem Rauch um meinen Körper. Sie schlug Flammen. Wie Stichflammen schoss sie an mir empor. Unaufhaltsam bäumte sie sich auf. Wehten um mich und umhüllten mich, als würde ich in einem weißen Flammenbad stehen.

Egal, ob dieser Kampf für mich bestimmt war oder nicht. Die Wende brachte ich. Jetzt. Hier und heute.

Doch bevor ich etwas Unüberlegtes tun konnte, sprang der Kapuzineraffe von meiner Schulter, der Skorpion verließ seinen Platz, der Drache spie zum wiederholten Male Feuer und auch der Löwe stürzte sich in den Kampf. Aber anders als eben, wo sie alles und jeden erledigten, der ihnen in den Weg kam, schlugen sie diesmal nur eine Schneise durch die Meute.

Sie vernichteten auf ihrem Weg alles und hinderten die Wesen daran, die Grenze zu schließen. Und dann erkannte ich, was sie schon vor mir erkannt haben mussten. Hinter der Hundertschaft war ein Flirren in der Luft. Wie das Flimmern über einem Brand. Diese optische Erscheinung verlief senkrecht und etwas oval und hatte mit einem Feuer oder einer Hitzequelle nichts zu tun. Ein intuitives Wissen machte sich in mir breit und ich erkannte das, was ich dort sah. Es war ein Zugang, ein Übergang des Nichts, der Heimat dieser Wesen.

Ich wusste, dass ich dieses Ding zerstören und damit den Durchgang verschließen musste. Um sie zu stoppen, musste ihr Zufluss, ihre Machtquelle, verschlossen werden. Denn ohne Unterlass purzelten immer neue Wesen daraus hervor, die Macht zog sie wie Nebelschwaden hinter ihnen her und versorgte sie mit Energie, wenn sie sie brauchten.

Als dieser Übergang durch Milo in seinen vielen Gestalten freigelegt worden war, kam der Elefant zum Zug. Seinen Rüssel senkrecht nach oben haltend, holte er tief Luft und blies sie mit einem ohrenbetäubenden Trompeten aus. Genau in die Schneise hinein.

Ich presste mir die Hände auf die Ohren und starrte ungläubig nach vorn. Der Weg festigte sich. Den Wesen, die unmittelbar an dem Rand gestanden hatten, platzten die Köpfe und mir wurde speiübel. Eine stinkende, graue Substanz drang aus den Überresten der Rümpfe hervor und verbreitete sich auf der Straße. Ich schluckte hart gegen meine Magensäure an, weil deren Geruch mir Übelkeit verursachte. Doch hier war keine Zeit für Schwäche.

Die anderen Teile von Milo waren ebenfalls grausam in ihrem Kampf und hatten viele Wesen getötet. Doch das Bild, das sich mir durch das Trompeten des Elefanten bot, fraß sich in all meine Hirnwindungen. Das würde ich so schnell nicht mehr vergessen.

Dann drehte der Elefant sich zu mir und nickte auffordernd. Intuitiv wusste ich, was zu tun war. Die Macht in mir pulsierte wild und unnachgiebig. Sie wollte gebraucht werden, also gab ich ihr nach und folgte ihrem Willen. Ich öffnete meine Sinne und ein innerer Brandherd loderte lichterloh auf.

Der Wind blies heftig um mich herum, riss Strähnen aus meinem Zopf, schleuderte sie in mein Gesicht und zerrte an meiner Kleidung. Es war, als stünde ich in einem Orkan. Meine Macht, der weiße, wie Flammen auf mir tanzende Rauch, bündelte sich in meiner rechten Hand. So lange, bis ich tatsächlich etwas Physisches in ihr hielt. Einen Pfeil. Auch er bestand nur aus Rauch, sehr verdichtet, aber dennoch etwas durchscheinend.

Ich erkannte die Bewegungen der Rauchschwaden in ihm, wie sie sich immer wieder an ihren Platz schoben und dann wieder kurz fortbewegten. Anstatt der Federn am hinteren Ende hingen daran Bänder. Etwa fünfzehn Zentimeter lang. Die Dichten waren sehr unterschiedlich, sodass ich das Gefühl hatte, dass die Schnüre verschiedene Farben hatten.

Das Pendant dazu bildete sich zeitgleich in meiner linken Hand. Auch dieser aus demselben Bestandteil wie der Pfeil und an den Enden waren jeweils diese Fäden. Der Bogen war aufwendig verziert und die Rauchschwaden bildeten wunderschöne Muster. Immer in einem eigenen Rhythmus, genau wie bei dem Pfeil.

Ich betrachtete das Pulsieren der Bewegungen. Es schlug im selben Takt wie mein Herz, so eng war die Verbindung zwischen mir und meiner Waffe. Bestehend aus meiner Macht, aus meiner Energie. Und dann, als hätte ich in meinem Leben noch nie etwas anderes getan, spannte ich den Pfeil in den Bogen, zog die Sehne stramm und ließ den Pfeil zwischen zwei Atemzügen genau ins Zentrum des flimmernden Ovals preschen.

Durch den Aufprall explodierten das Flimmern und die Hundertschaft gleich mit. Sie zerfielen an Ort und Stelle zu Staub, der von einem einzigen Windstoß fortgeweht wurde.

Allein der Vokert blieb übrig und sah mich aus seinen runden, fast schwarzen Augen an. „Du denkst, du hast gewonnen, was?" Er drehte sich um, betrachtete seine gefallene Hundertschaft, sah zum verschwundenen Übergang, bevor er sich schelmisch grinsend wieder mir zuwendete. „Du vergisst, was dein Schicksal ist. Ich werde dich jagen, bis der Tag kommt. Ich werde dich lehren, was es heißt, in Furcht zu leben und Angst zu schmecken." Mit diesen Worten verpuffte er zu schwarzem Rauch, den der Wind verteilte. Einzig seine Worte hallten noch lange in mir nach.

Nachdem wir uns sicher waren, dass nicht das nächste Unheil über uns hereinbrach, entspannten sich die Gemüter. In meinem Fall bedeutete das vor allem, dass die Spannung meinen Körper fluchtartig verließ und ich auf die Knie sank. Froh, diesen Wahnsinn überstanden zu haben, sah ich mich um. Ich drehte meinen Kopf von links nach rechts und verschaffte mir einen Überblick über die Zerstörung, die jedoch nicht vorhanden war.

Nichts, also wirklich nichts, deutete mehr darauf hin, dass an dieser Stelle eine Schlacht geschlagen worden war. Keine leblosen Körper oder Pfützen aus grauem Rotz. Nichts.

Im Augenwinkel bemerkte ich Milo, also vielmehr all seine Gestalten, die in einem wilden Wirbel aus Staub, Glanz, Rauch und Magie wieder zu einem Ganzen wurden. Er schrumpfte auf seine ursprüngliche Größe. All seine Körperteile nahmen an dem gewohnten Ort Platz. Er sah wieder aus wie immer. So, wie ich ihn mir als Kind erträumt hatte. Als seine Verwandlung fertig war, saß er einfach da und starrte in die Ferne.

„Milo?", wagte ich mich vor.

Er regte sich nicht. Ich hievte mich hoch und ging vorsichtig auf ihn zu. Als er immer noch nicht reagierte, machte ich mir langsam Sorgen. Kurzerhand setzte ich mich zu ihm auf den Boden und blickte in dieselbe Richtung wie er.

„Milo?", fragte ich erneut. Ich verstand das alles nicht und hoffte, er könnte mir Antworten auf die vielen Fragen geben. Doch er schwieg weiterhin. Vorsichtig stupste ich ihn an und rang um seine Aufmerksamkeit. „Rede mit mir, bitte. Was war das gerade?", flehte ich. Ich begann zu zittern. „Milo, du machst mir Angst", bettelte ich ihn förmlich an, strich mit meiner Hand durch sein Fell und erzielte endlich eine Reaktion.

Er drehte sich zu mir, sah mich kurz an und wandte sich wieder ab. Ich legte meinen Kopf auf meine Knie und sah in die Welt hinaus. Da ich keine Antworten erhielt, beließ ich es dabei. Vorerst.

***

Keine Ahnung, wie lange, aber es fühlte sich nach Stunden an, die wir vor dem Gebäude auf dem Boden saßen und dabei die Straßen beobachteten, in denen es kein Leben mehr gab. Mein Blick fiel auf die zerstörte Stadt, die zerquetschten Autos und die leeren Hüllen der Ruinen.

Kein Luftzug umschwirrte uns. Kein Geräusch war zu hören. Keine Vögel, keine Motorengeräusche, kein Wind, kein Rascheln der Blätter oder Huschen von irgendwelchen Tieren in Büschen. Es war wie verhext. Genau wie vor meinem Ausflug durch die Rutsche. Nichts von dem, was die Stadt einst ausgemacht hatte, war übrig. Trauer umfasste mein Herz und hielt es gefangen.

„Ich weiß es nicht, Prinzessin. Ich kann dir die Antworten, die du suchst, nicht geben." Traurig sah Milo zu mir hoch und stand auf. „Lass uns von hier verschwinden. Nachdenken können wir auch zu Hause und da wären wir nicht so schutzlos."

Es machte mir Sorgen, wie er sich verhielt. In meiner Erinnerung war er fröhlich und aufmunternd gewesen. Wo kam diese dunkle, traurige Seite her? Was war mit ihm passiert?

Seite an Seite machten wir uns auf den Weg nach Hause. Vorbei an den verirrten Wesen aus meinen Träumen, die mich weiterhin ignorierten. Vorbei an Farb- und Hoffnungslosigkeit. Vorbei an Leere und Nichts. Vorbei an Zerstörung und Verlust. Vorbei an meinen Albträumen.

Ich gab Milo Zeit, bis wir unser Ziel erreicht hatten. Doch in meiner Wohnung angekommen, hielt ich es nicht mehr aus. „Kannst du mir verraten, was los ist?", platzte es patzig aus mir heraus.

Er drehte sich erschüttert zu mir um und sah mich aus großen Augen an. Mit einem gekonnten Sprung hechtete er auf die Couch, drehte sich kurz um sich selbst und machte es sich bequem. „Was weißt du über dein Schicksal?"

Seine Frage überraschte mich. Was hatte sein Verhalten jetzt mit meinem Schicksal zu tun? Ich kramte in meiner Erinnerung nach dem, was Chris mir vor einer gefühlten Ewigkeit erzählt hatte. „Nicht sehr viel. Nur, dass ich die Letzte meiner Art sein soll und dass ich sterben muss, um Leija wieder auferstehen zu lassen." Bei der Erinnerung daran wurde mir schlecht.

„Dann weißt du auch, dass dieses Ende in Stein gemeißelt zu sein scheint?", fragte er vorsichtig.

Ich hatte das Gefühl, die Richtung, die dieses Gespräch einschlug, würde mir nicht gefallen. Sicherheitshalber nahm ich Milo gegenüber auf dem Couchtisch Platz und wartete auf seine Ausführungen.

Ein etwas irrer Gedanke durchbrach meine Anspannung. Und ich grinste flüchtig in mich hinein, als ich mir vorstellte, der Tisch würde unter meinem Gewicht zusammenbrechen. Nicht, dass ich das erste Mal auf ihm saß, doch vorher hatte ich mir nie Gedanken darüber gemacht. Er war sehr klein und bestand fast ausschließlich aus Glas. Doch der Ernst der Lage hatte mich schnell wieder und ich erstarrte über meinen kurzen Aussetzer.

„Was willst du mir sagen? Dass das alles hier umsonst ist? Dass alles Kämpfen keinen Sinn macht? Dass ich es sein lassen soll, weil es keine Hoffnung gibt? Hast du mir nicht gerade noch gesagt, dass ich nicht aufgeben soll – und jetzt das? Spinnst du?"

Stille. Meine Atmung ging stoßweise und ich warf meine Hände etwas zu fest auf meinen Schoß. Um mich zu beruhigen, ließ ich den Blick durch die Wohnung gleiten. Alles hatte sich verändert. Alles war zerstört. Doch schon auf dem Weg hierher hatte sich etwas klar herausgestellt. Das Einzige, das die Zerstörung nicht betraf, war das Haus, in dem meine Wohnung lag. Schon von Weitem konnten wir das Gebäude sehen, das wirkte, als wäre es aus dem Schutt auferstanden. Dabei war es nie kaputt. Ein bisschen so, als würde ich mir all das, was außerhalb ist, nur einbilden. Als stünden wir im Auge des Orkans.

Es war der reinste Hohn und erinnerte mich an das Spiel. Als der Vokert sagte, ich würde alles verlieren. Wann also war es so weit, dass ich auch den letzten Rest verlor?

Ich sah Milo an, wie er versuchte, die Worte so zu wählen, damit ich nicht wieder an die Decke ging. Doch das konnte ich ihm nicht versprechen. Egal, welche Worte er benutzen würde, ich war zu aufgebracht, um nicht zu explodieren.

„Das, was der Vokert dir versprochen hat, hätte er erfüllen können." Er machte eine kurze Pause und neigte seinen Kopf kurzzeitig nach unten. Nach einem tiefen Atemzug sprach er weiter. „Er hätte dich zu deinen Lieben zurückbringen können. So wie es zwischenzeitlich auch war. Der Traum, in dem du gewesen warst, war nicht irgendein Traum. Er spiegelte dir das wider, was du unbedingt wolltest. Er projizierte deinen größten Wunsch, lullte dich ein und hielt dich gefangen." Er ließ der Information Zeit, sich in mein Hirn zu brennen.

Und dann ging mir ein Licht auf. Erschrocken schnappte ich nach Luft. Ich war in dem Traum nicht wirklich ich selbst gewesen. Und dann dachte ich an all die Momente, in denen ich hätte hellhörig werden müssen. Denn wann hatte ich in meinem Leben in einem Club hemmungslos und voller Freude getanzt? Wann war ich dabei nicht in Trance verfallen, weil die Welt mir zu viel war? Wann hatte ich Fay mein Herz komplett vor die Füße geworfen? Jemandem so vertraut, dass ich einfach alles losließ?

„Also ...", setzte ich an.

„Ja, genau. Es heißt, er weiß, was deine Träume und Wünsche sind. Wonach du dich am meisten verzehrst, was du um keinen Preis verlieren möchtest."

„Und was meint er mit dem Spiel? Er erwähnt es immer und immer wieder. Ich verstehe aber nicht das Geringste. Was soll das sein? Und wie ist es mir möglich mitzuspie…"

Ein dumpfes Klopfen erklang an der Wohnungstür. Ich verstummte und sah Milo an. Die Ohren aufgestellt, lauschte er ebenfalls in die Stille. Es klopfte erneut, diesmal etwas eindringlicher. Es war unmöglich. Wir waren die letzten Menschen hier. Es war doch niemand mehr übrig.

Mein Herz sprang mir vor Angst fast aus der Brust. Doch das Gefühl der Angst war anders. Es war weniger bedrohlich. Ich spürte ihm nach und als ich mich auf eine ruhige Atmung konzentrierte, nahm ich wahr, was anders war.

Es war keine Angst, die mein Herz einschnürte. Wie elektrische Impulse jagten die verschiedensten Emotionen durch meinen Körper. Alle wollten gleichzeitig heraus. Mein Herz drohte zu platzen. Vor Glück. Es fühlte sich nach Heimkehren an, nach Geborgenheit und Frieden. Nach Liebe und Vertrauen. Und es stand im absoluten Kontrast zu dem, was ich fühlen sollte. Milos Ohren wackelten. Er drehte den Kopf zu mir und blickte mir direkt in die Augen.

„Mary?" Aus dem Hausflur drang eine Stimme zu uns. Unter Tausenden hätte ich sie wiedererkannt: Chris.

Noch nicht ein Muskel in mir hatte gezuckt, als unglaublich viele Dinge zeitgleich passierten. Die Tür wurde aufgerissen und es polterte. Während mein Verstand noch versuchte, eins und eins zusammenzuzählen, um zu erkennen, wer da hereinkommen wollte, erklang ein reißendes Geräusch hinter mir. Als wäre etwas abgeplatzt.

Meine Nackenhaare stellten sich auf, Gefahr lag in der Luft. Und als ich mich zeitlupengleich umdrehte, stand nicht nur der *kleine* Milo, sondern auch der Löwen-Milo unmittelbar hinter mir. Der Löwe streckte den Rücken durch, hob den Kopf und demonstrierte seine Größe. Katzen-Milo blieb starr wie eine Figur sitzen. Mit einem einzigen Sprung bezog der Löwe vor mir beschützend Position.

Überrannt von der Flut an unterschiedlichen Eindrücken, sah ich Milo und seine Löwengestalt abwechselnd an. Mein Nacken knackte, als ich meinen Kopf immer schneller hin und her drehte, um alles zu erfassen.

Dann richtete sich meine Aufmerksamkeit jedoch schlagartig dem Flur zu, als von dort ein Tumult losbrach. Jemand oder etwas schlug sich zu uns durch. Holz brach und Glas zersprang. Die Geräusche konnte ich nicht einordnen, sie ergaben keinen Sinn, denn ich wusste nicht einmal, dass dort Hindernisse gestanden hätten.

Ein Blick zu Milo ließ mich vermuten, dass er hier Hand oder eher Pfote angelegt hatte. Er starrte konzentriert in die Richtung des Lärms. Was hatte der Kerl denn noch alles drauf? Magie ging also auch? Oder wie sollte er aus der Distanz den Flur blockieren?

Kurz darauf wurde es ruhig. Chris tauchte in meinem Blickfeld auf und mein Herz sprang mir fast aus der Brust. Gleichzeitig hielt eine eisige Umklammerung es an Ort und Stelle. Und mich gleich mit. Als Chris mich entdeckte, entspannte er sich sichtlich. Der gehetzte und sorgenvolle Ausdruck auf seinem Gesicht verschwand. Er stieg über die letzten Reste irgendeines Möbelstücks und stützte sich erschöpft und abgekämpft am Türrahmen des Wohnzimmers ab. Sein Brustkorb hob sich schwerfällig, als wäre er meilenweit gerannt, nur um herzukommen.

Während mein Inneres noch immer darum kämpfte, sich bewegen zu können, tat Chris den Schritt, nach dem ich mich so sehr sehnte, den ich mir so lange herbeigewünscht hatte: den Schritt näher zu mir.

Mit einem lauten Knurren aus der Kehle des Löwen machte Milo deutlich klar, dass Chris sich nicht weiter nähern durfte. Und das tat er auch nicht. Er sah erst den Löwen, der sich drohend vor ihn stellte, und dann mich an.

Verzweiflung legte den Teil von mir lahm, der noch nicht festgesetzt war: meinen Verstand. Wir waren wie in einem

Standbild gefangen. Keiner sagte etwas, niemand bewegte sich. Die Atemzüge zu flach, als dass man sie hätte wahrnehmen können.

Sekunden- oder minutenlang regte sich keiner von uns. Dann stolzierte Katzen-Milo an mir vorbei. Und obwohl er viel kleiner war als der Löwe, so jagte er mir in seinem Auftreten viel mehr Angst ein. Er schritt vor. Langsam, bedrohlich, unheilvoll.

Kapitel 18

Katzen-Milo umrundete Chris. Er setzte dabei behutsam Tatze vor Tatze, das Fell aufgestellt und die Schwänze aufgerichtet. Die ausgefahrenen Krallen hinterließen Spuren im Teppich. Jeder Schritt strotzte vor Macht. Milo musterte jeden Zentimeter von Chris' Körper. Dabei blinzelte er nicht und zeigte auch sonst keine Regung, während er prüfend um Chris herumging.

Obwohl ich nur Zuschauer war, hielt ich den Atem an. Ich konnte mir kaum vorstellen, wie es Chris nun gehen sollte. Doch als ich meine Aufmerksamkeit wieder auf ihn richtete, bemerkte ich, dass er regungslos stehen geblieben war. Selbst seine Augen waren weiterhin auf mich gerichtet. Er sah mich an, als könnte er nicht glauben, dass ich hier war, als wäre ich eine Fata Morgana. Ich verlor mich in Chris' Blick.

Die ganze Zeit, während Milo um ihn herumlief, sahen wir einander stumm an und warteten. Auf was wir warteten, wusste ich nicht. Die Luft zwischen uns begann zu vibrieren. Es war, als würde sich ein Band immer weiter anspannen und nur darauf warten, zusammenzuschnellen.

„Wer bist du? Und was willst du hier?", fragte Milo, als er seine Runde beendet hatte und sich genau vor Chris auf dem Boden platzierte. Seine Stimme riss mich aus dem Sog, der mich zu Chris gezogen hatte, dem ich nicht mehr widerstehen konnte.

Dort saß Milo nun mit seinen restlichen Schwänzen um sich drapiert und blickte Chris durchdringend an. Der Löwenschwanz war nicht mehr Teil vom *kleinen* Milo. Bei der Abspaltung riss sich der Teil wohl komplett aus ihm. Daher auch das reißende Geräusch.

Mit Löwen-Milo in Milos Rücken ergab es aus Chris' Perspektive sicherlich ein eindrucksvolles Bild. Von meiner Position aus jedoch konnte ich kaum an Löwen-Milo vorbeisehen, um Milo zu erkennen. Chris' Gesicht hingegen konnte ich gut sehen.

Er blinzelte verwirrt und sah einen Augenblick lang zu Milo, doch nur einen Wimpernschlag, dann richtete sich seine Aufmerksamkeit wieder auf mich. Seine Augenbrauen fragend verzogen, betrachtete er mich. Er schien nicht ganz zu verstehen, was los war. Eine Erklärung hätte auch ich gerne gehabt. Gerade als Chris erneut einen Schritt auf mich zu machen wollte, räusperte sich Milo.

„Du hast meine Frage nicht beantwortet." Warnend gab der Löwe ein Knurren von sich und fletschte die Zähne.

Chris hob ergebend die Hände, die Fragezeichen standen ihm ins Gesicht geschrieben. „Ich bin Chris ... Mary und ich sind Seelenverwandte ... Ich bin ihr Anker." Er warf diese Informationen so abgehackt in den Raum, dass man meinen konnte, er habe das Reden verlernt. Oder er war nicht er selbst. Er schien sichtlich irritiert und konnte die Situation nicht begreifen.

Der Löwe stand auf, streckte seine Glieder und begann seinerseits mit einer Umrundung unseres unerwarteten Besuchers. Er betrachtete Chris von oben bis unten und stellte sich, nach seiner *Prüfung,* neben mich. Auch Milo kam zurück. Beide blickten mich an und nickten mir kaum merklich zu. Scheinbar hatten sie entschieden, dass von Chris keine Gefahr ausging. Chris war dennoch vorsichtig. Die Arme weiterhin erhoben, kam er bedächtig auf mich zu.

In Bruchteilen von Sekunden und mit Höchstgeschwindigkeit rasten tausend Gedanken durch meinen Kopf und mein Herz geriet aus dem Takt. Widersprüchliche Gefühle preschten hinterher und jagten durch meinen Körper, während ich Chris beobachtete.

Behutsam und mich nicht aus den Augen lassend kam er auf mich zu.

Ich sah in seine schokoladenbraunen Augen und spürte seinen Blick bis tief in meiner Seele. Als er meinen traf, verhakten sie sich ineinander, ließen nicht voneinander ab, sogen auf, was so lange fehlte. Und ich versuchte, alles zu erfassen, bemerkte seine unordentlichen blonden Haare, seine verdreckte und teilweise zerrissene Kleidung. Er wirkte erschöpft und sein ganzer Zustand sprach von harten Zeiten. Es schien, als wäre er gerannt und hätte mehrere Schlachten geschlagen, um herzukommen. Ich hoffte, dem war nicht so. Später, so schwor ich mir, werde ich ihn danach fragen.

Denn ich sah noch mehr. All das. Seine Vollkommenheit, seine Stärke, seinen Mut, seinen Willen. Mein Gegenstück. Ich roch ihn, roch die Sonne, die ihre Strahlen um ihn warf, das Sandelholz, das ihn umfing. Ich nahm ihn wahr. Mit allen Sinnen. Mit allem, was er war.

Und doch wollte ich nicht glauben, dass er es war. Ich konnte es nicht. Wo war er hergekommen? Wo war er die ganze Zeit gewesen? Was hatte ihn von mir ferngehalten? Er war so lange fort gewesen, so lange war ich allein geblieben und musste mit ansehen, wie alle verschwanden. Wie alles verloren ging, was einst Teil meines Lebens war.

Doch als er vor mir zum Stehen kam, gab es für mich kein Halten mehr. Egal, welche Fragen ich mir stellte, ich konnte die Antwort darauf auch erfahren, wenn er mich hielt.

Wie zwei ungleiche Magnetpole konnten wir uns gegen die Anziehung des anderen nicht wehren. Ich spürte die elektrisierende Spannung zwischen uns, kurz bevor ich mich an Chris warf. Er umfing meinen Körper mit seinen Armen und hielt mich fest. Seinen Duft tief einatmend wurde mir warm ums Herz.

Ich zog Chris immer weiter an mich heran, bis meine Muskeln schmerzten. Ich wollte und ich konnte ihn nicht mehr loslassen. Und als er den Kopf neigte und seine Lippen meine Wange streiften, war es um mich geschehen. Der Kuss war so zart und genüsslich, dass sich eine Gänsehaut auf meinem gesamten Körper ausbreitete.

Er wiederholte diese Geste einige Male, während ich nicht in der Lage war, darauf zu reagieren. Erst etliche Momente und Liebkosungen später bemerkte ich, dass ich schluchzte. Die Trauer brach in Wellen über mich ein. Die Wochen des Verlustes, der Angst und des Schreckens.

Konnte es wirklich ein Ende haben?

Erleichtert sank ich immer weiter in seine Umarmung und genoss den Druck seiner starken Arme, seiner harten Brust an meiner Wange und die Hand auf meinem Rücken, die auf und ab fuhr. Meine Tränen versiegten. Es fühlte sich nach zu Hause an. Chris war mein Zuhause. Egal, wo ich war, egal, was geschah, solange er da war, gab es einen Weg ins Licht.

Ich hätte mich noch ewig an seinen Körper schmiegen und diesen Moment genießen können, doch mich überkam ein seltsames Gefühl. Als würde irgendetwas nicht stimmen. Der Schlag traf mich unvorbereitet. Mein Kopf fuhr Karussell, als mir ein schrecklicher Gedanke kam. Ich nahm meine Wange von seiner Brust, sah Chris tief in die Augen und sagte nichts. Ich wartete, während sich dieser eine Gedanke als Korn fest in mein Herz pflanzte.

Ich suchte den Fehler, während seine Hand über meine Wange strich. Mit seinem Daumen wischte er mir die letzte Träne fort, die sich so einsam ihren Weg bahnte, wie ich mich fühlte.

Auch als er seine Hand in meinen Nacken legte, mich langsam zu sich heranzog und gleichzeitig seinen Kopf senkte, konnte ich dem, was kam, nur halb folgen. Seine Lippen trafen auf meine. Es fühlte sich so befreiend an wie der erste Atemzug nach einem langen Tauchgang. Wie der erste Sonnenstrahl am Morgen, der einem ins Gesicht schien. Oder der erste Wassertropfen nach einem Wüstenspaziergang.

Seine Lippen schmiegten sich an meine. Mein Mund öffnete sich ganz ohne mein Zutun und verlangte nach mehr. Ich wollte Chris nie wieder gehenlassen. Er sollte nie wieder aufhören, mich zu berühren, mich zu küssen, mich zu halten. Und doch spannte sich das Gefühl, dass irgendetwas nicht stimmte, wie ein Netz um mein Herz. Langsam zog ich mich zurück, beendete den Kuss, legte Chris meine Hände auf seine Brust und streckte meine Arme. „Mary?", fragte er unsicher.

Während ich auf seine Brust starrte, schüttelte ich den Kopf. Ich wollte die Gedanken vertreiben, die sich einschlichen und in mir Zweifel säten, wo er vielleicht auch berechtigt war.

Am Kloß in meinem Hals vorbeischluckend hob ich den Kopf und blickte in Chris' Augen, die mir so viel versprachen und die doch nicht echt sein konnten. „Wie hast du es hergeschafft?" Ich musste die Antwort hören, musste mich vergewissern, dass es eine reelle Chance gab, dass er wirklich vor mir stand, dass es nicht wieder irgendein Trick war.

Unter meiner rechten Hand spürte ich das gleichmäßige Schlagen seines Herzens und fühlte, wie sich seine Brust hob und senkte. In seinen Augen lag dieselbe Angst, die mein Herz infiziert hatte. Doch ich brauchte jetzt eine Antwort. Eine, die es mir erlaubte zu glauben.

„Du warst so lange fort", flüsterte ich fast unhörbar. Meine Seele zerbrach, während ich für mich schon beschloss, dass es wieder ein Trick des Vokerts sein musste. Er wollte mich täuschen, in die Irre führen. Es wäre zu schön, wenn Chris wirklich hier war. Doch es war zu unwahrscheinlich. Ich verschloss mein Herz und verbot es, sich zu freuen und sich wieder anzuhängen. Ich brauchte einen Beweis. Irgendetwas.

Ich trat einen Schritt zurück, sodass meine Arme voll ausgestreckt waren und ich Chris mit Abstand in die Augen sehen konnte. Ich wollte jede Regung beobachten und nichts übersehen, während ich meine Frage formulierte. „Wie kommt es, dass du gerade jetzt hier auftauchst?"

„Das ist eine lange Geschichte." Er dirigierte mich zur Couch. Wir setzten uns gegenüber. Ich im Schneidersitz, er mit einem Bein auf dem Boden und einem angewinkelt auf der Couch liegend.

Milo, nun wieder ohne den Löwen-Begleiter, legte sich auf meinen Schoß. Ich streichelte ihn geistesabwesend, während ich Chris beobachtete.

„Ich bin zu meiner Mutter geflogen. Zuerst hat es gewirkt, als würde sie sich über meine Anwesenheit freuen. Doch das hat sich schneller geändert, als mir lieb war. Nachdem wir am ersten Abend nach meiner Ankunft nur Belangloses besprochen haben und sie meinen Fragen die ganze Zeit ausgewichen ist, habe ich am nächsten Tag auf Antworten bestanden. Die ich allerdings nicht bekommen habe." Er atmete tief durch und strich sich gedankenverloren über seine Hose, als würde er den Dreck von ihr wegstreichen können. „Sie hat die Dringlichkeit nicht verstanden. Wir haben uns wahnsinnig gestritten. Sie hat mich angebrüllt, wieso sie mir nicht helfen würde und sie zu verhindern wüsste, dass ich zu dir zurückkam. Mitten im Streit wurde ich von jemandem ausgeknockt, den ich nicht bemerkt habe."

Ich erschrak und schnappte nach Luft. „Aber, sie ist deine Mom … Wie …?"

Er hob die Hand und unterbrach mich. „Als ich wach wurde, war ich in meinem alten Kinderzimmer gesperrt. Ich versuchte, durch die Tür mit meiner Mutter zu reden. Erfolglos." Betreten sah er zu Boden. „Auch das hatte sie mir erklärt. Später rechtfertigte sie das, was sie getan hatte. Denn damit deine Kraft wachsen konnte und eine Chance besteht, Leija zu erwecken, dürfte ich nicht in deiner Nähe sein. Sie wusste, ich würde alles daransetzen, um zu verhindern, dass es so weit kommt. Sie will unbedingt das alte Leija und die Macht, die es mit sich bringt. Ich glaube, dass sie dadurch den Verstand verloren hat. Ich erkenne meine Mutter nicht wieder." Verzweifelt fuhr er sich mit der Hand durch sein Haar und ließ sie nun auf seinem Gesicht ruhen.

Hilflos saß er da. Ich spürte, dass in ihm etwas zerbrochen war. Deshalb legte ich ihm eine Hand aufs Knie, um ihm zu zeigen, dass er nicht allein war. Außerdem wollte ich mich noch einmal vergewissern, dass er wirklich hier war.

Aber war er mein Chris oder doch nur eine neue List des Vokerts? Würde der Chris, den der Vokert erschaffen hatte, mir nicht eher eine heile Welt vorspielen? Oder tat er genau das nicht, weil ich ihn sonst sofort auffliegen lassen würde? In meinem Kopf schwirrte alles. Ich war durcheinander, also beschloss ich, mit dem endgültigen Urteil zu warten. Vielleicht würde die Zeit mir zeigen, was richtig und was falsch war.

„Sie ist nicht sie selbst", fuhr Chris fort. „Sie hat gemeint, dass ich nicht in deine Nähe darf, bis es so weit ist."

Abwartend sah ich ihn an. „Bis was so weit ist?", stellte ich die alles entscheidende Frage.

Doch anstatt zu antworten, bereitete sich Stille zwischen uns aus und nahm ungeahnte Ausmaße an, die uns fast verschluckte. Ich hoffte, Chris würde weitererzählen. Ich musste es wissen. Und endlich, kurz bevor ich an der Stille zu ersticken drohte, brach er sein Schweigen.

„Du weißt noch – die Geschichte, die ich dir erzählt habe? Die mit der Wiederauferstehung Leijas und dem Kampf?"

Unfähig, etwas zu sagen, nickte ich. Natürlich, ich erinnerte mich. An mein eigenes Ende, das mir bevorstand, wenn man den Geschichten glauben mag und was unabdingbar war, damit Leija wiedererwacht. Mein Tod.

Ich schluckte. „Also wollte deine Mutter warten, bis alles vorbei ist, damit sie nach Leija kann?", fasste ich zusammen.

„Ja." Chris senkte den Kopf, als würde er sich für sie schämen.

Wieder sagte keiner etwas. Wir hingen in unseren eigenen Gedanken. Irgendwann war ich jedoch aufgestanden. Ich konnte besser denken, wenn ich lief. So ging ich wie ein Tiger im Käfig auf und ab. Hin und her. Die Geschichte, die Chris erzählt hatte, klang schrecklich. Wie konnte eine Mutter ihr eigenes Kind einsperren?

Und … Moment … Wie konnte er hier sitzen, wenn ich noch lebte? Seine Mutter wollte ihn nicht gehen lassen, bevor Leija erwacht war. Aber ich lebte noch. Und Leija war noch nicht wieder zurück. Wie also war es möglich? Ich konnte mich nicht darauf einlassen, dass er *er* war. Dass der Chris hier mein Chris war. Ich suchte den Fehler in seiner Gestik, in der Mimik und in seiner Geschichte. Hatte ich ihn gefunden? Wie war er entkommen?

„Chris?"

Er hatte sich, während ich hier umhertigerte, keinen Millimeter bewegt. „Hm-hm?" Er sah mich aus glühenden Augen an. Die

Gefühle, die in ihnen zu sehen waren, waren so widersprüchlich wie die meinen. Angst und Verzweiflung, Freude und Liebe.

Ich räusperte mich, bevor ich die Frage stellte und meinem Zweifel mehr Futter gab. „Wie hast du es geschafft, zu entkommen?"

„Weißt du, meine Mutter ist an sich kein schlechter Mensch. Sie hat andere Prinzipien. Mein Vater war die Liebe ihres Lebens. Sie ist über seinen Verlust nie hinweggekommen. Sie hofft auf eine neue Liebe, darauf, einmal der Anker eines Träumers zu sein. Eine Seele zu finden, die sie lieben könnte, wie sie meinen Vater geliebt hat. Sie ist der Meinung, nur eine neue, bessere Liebe könnte sie von meinem Vater losreißen. Sie hat sich in all der Trauer selbst verloren und klammert sich an diesen einen Strohhalm. So vehement, dass sie dabei sogar über Leichen gehen würde. Sie versteht mich nicht."

Er stand auf, kam auf mich zu und nahm meine Hände, die ich bei der Geschichte eng um mich geschlungen hatte, in seine, und sah mir fest in die Augen. „Ich habe alles versucht, um wieder zu dir zu kommen, das musst du mir glauben. Ich hatte solche Angst um dich, Mary. Ich war in der Hoffnung auf Hilfe gegangen und habe dich damit hilflos zurückgelassen ... Es tut mir leid." Aufrichtiges Bedauern lag in seinem Blick.

Ob er wusste, dass ich an seiner Echtheit zweifelte? Ich sagte nichts. Chris wusste genau, dass er meine Frage noch nicht beantwortet hatte, also sprach er weiter und bot mir die Antwort.

„Ich habe ihr alles vorgeworfen. Jeden Tag. Alles, was mir eingefallen und der Wahrheit entspricht. So habe ich ihr unterstellt, mein Leben zu zerstören, dass sie mich um meine Liebe bringen würde, so wie sie um ihre gebracht worden war. Der Streit ist ausgeartet. Eine knappe Woche später haben wir uns so sehr angebrüllt, dass sogar die Bilder von den Wänden gefallen sind, weil meine Macht sich selbstständig gemacht hat. Das hat sie erschrocken. Vorher hatte sie so etwas noch nie gesehen. Denn die Macht eines Ankers wird erst aktiviert, wenn man seinen Seelengefährten, also sein Gegenstück, gefunden hat. Und obwohl ich ihr erzählt hatte, wer du für mich bist, hat sie es nicht glauben wollen.

Doch jetzt hat sie die Beweise gesehen. Nun musste sie mir glauben. Ich bin dein Anker, Mary. Niemand kann uns trennen. Wir gehören zusammen."

Er drückte meine Hände und sein Blick war liebevoll auf mich gerichtet. Ein zartes Lächeln umspielte seine Mundwinkel und steckte mich an. Auch mein Mund formte ein hauchfeines Lächeln.

„Ihr ist klar geworden, dass ich niemals zulassen würde, dass Leija wieder auflebt und du dafür stirbst. Der Preis ist zu hoch. Über diese Erkenntnis war sie so geschockt und aufgebracht, dass sie wutentbrannt aus dem Zimmer gerannt und die Tür zugeknallt hat. Und obwohl ich auf einhundertachtzig war, habe ich ihren Fehler sofort bemerkt. Sie hatte vergessen, die Tür zu verschließen … Also habe ich auf den nächsten günstigen Moment gewartet und bin abgehauen, als sie geschlafen hat.

Da sie mein Handy schon am zweiten Tag einkassiert hatte, konnte sie mich nicht erreichen, nachdem ich weg war. Sie hat keine Chance, mich zu finden." Er zuckte mit den Schultern und fuhr fort. „Weißt du, meine Mutter war schon immer fasziniert von der Geschichte über die Anker und Träumer, sodass sie mir immer und immer wieder alles Mögliche dazu erzählt hat. Sie hat ja nie damit gerechnet, dass es jemals wieder zu solchen Bindungen kommen könnte.

Sie hat die besondere Beziehung zwischen Träumer und Anker erwähnt, wenn sie sich gefunden hatten. Dass es eine Möglichkeit gibt, über große Entfernung zu kommunizieren. Dazu muss der Träumer jedoch schlafen, also besser gesagt träumen. Denn ihre Magie entfaltet ihr volles Potenzial, wenn sie träumen. Daher auch ihr Name. Diese Magie ist nicht nur für die Erschaffung zuständig, sondern schlägt auch eine Brücke zu ihrem Anker, damit man sich nicht verliert. Egal, ob in der Realität oder im Traum. Während diese Magie frei in den Träumen umherwallt, kann man die Verbindung von Anker und Träumer herstellen.

Meine Mutter war sich nicht sicher, kannte es nur vom Hörensagen, doch sie hat die Geschichten dennoch so gerne erzählt. Und die Vorstellung, dass es jemals wieder ein Paar geben würde, war so abwegig. Noch abwegiger war, dass es ausgerechnet mich treffen würde."

Deswegen konnte er mit mir sprechen, obwohl er nicht da gewesen war? Ich hatte Chris gehört, in diesem verwirrenden Traum zwischen Realität und ... und keine Ahnung. Was wäre nach diesem Traum für mich gekommen? Noch eine Frage mehr auf meiner Liste.

„Ich war auf dem Weg zu dir, doch Livingsten schien wie abgesperrt. Ich bin nicht hineingekommen. Es war, als würde ich immer wieder aufgehalten werden. Ich hatte mich andauernd verlaufen, bin Straßenzüge entlanggegangen, die endlos wurden, je weiter ich lief. Sie haben sich wie eine Penrose-Treppe geformt und mich in sich gefangen nehmen wollen. Wenn ich ihnen entkommen war, wurde ich von unwirklichen Wesen angegriffen. So ging es einige Tage. Irgendwann veränderte sich was. Ich habe gespürt, dass du Hilfe brauchst. Nicht, dass ich es vorher nicht schon gewusst hatte. Ich musste bei dir sein und wollte dir beistehen."

Seine Augen schimmerten feucht im Schein der untergehenden Sonne. Schuldgefühle und Angst spiegelten sich in seinem Blick.

Ich umfasste seine Hand mit meiner und strich sanft mit meinem Daumen über seine Haut. Ich verstand, was er meinte.

Milo hatte sich mittlerweile zusammengerollt in die Ecke des Wohnzimmers gelegt und betrachtete uns schweigend. Ob er, wie ich, ebenfalls versuchte herauszufinden, ob mein Gegenüber der echte Chris war oder nicht? Oder hatte er sein Urteil schon gefällt?

„Irgendwann hat ein Sog in meinem Inneren getobt und irgendetwas hat mich in eine Richtung gezerrt. In deine. Ich habe deine Not und deinen Schmerz gespürt und wollte zu dir durchdringen. Nicht physisch, sondern psychisch. Solange ich jedoch wach war, ist es mir nicht gelungen. Erst viel später habe ich verstanden, dass ich schlafen muss, um dich erreichen zu können. Denn die Verbindung in unseren Träumen trotzt jeder Distanz. Dafür musste ich nur noch herausfinden, wie es mir gelingen würde, die Träume zu steuern, sie zu lenken und mich in ihnen frei zu bewegen." Ein Grinsen huschte über seine Lippen. „Als wäre das das

Einfachste der Welt. Hast du schon mal versucht, deine Träume zu steuern?"

Ich zuckte kurz zusammen. Nein, natürlich hatte ich das nicht, nur das eine Mal. Davor hatte ich ja nicht geträumt. Nein, das stimmte nicht. Ich erinnere mich ganz vage daran, dass ich mir die Träume sogar aussuchen konnte, die ich träumte. Dass ich sehr wohl bewusst in ihnen steuern konnte, was als Nächstes geschah. Doch dann war eine lange Zeit gar nichts mehr. Einfach nur nichts.

„Es tut mir leid, Mary. Ich ..." Chris brach mitten im Satz ab. Er wusste, er hatte einen wunden Punkt getroffen.

Ich hob kurz die Schultern und warf mich rücklings auf die Couch. Damit Chris sich ebenfalls setzen konnte, zog ich meine Knie an die Brust und umschlang meine Beine. „Schon gut ... Träumen ist für alle etwas Alltägliches."

Er sollte sich nicht schlecht fühlen, nur weil ich bis vor Kurzem nicht geträumt hatte.

Chris nahm neben mir Platz. „Ich bin mir vorgekommen wie ein Idiot und dennoch, wenn es die einzige Chance wäre, hätte ich auch ein Einhorn gefunden. Ich habe immer zu verschiedenen Zeiten geschlafen und mir sogar Schlafmittel besorgt. Hauptsache, ich habe Schlaf gefunden, an genau dem Zeitpunkt, an dem auch du geträumt hast." Sein Blick wurde eindringlicher.

Ich folgte seinen Erzählungen gespannt und beobachtete Chris weiterhin genau. Machte er einen Fehler? Zeigte er Regungen, die nicht Chris entsprachen? Doch nichts. Er war wie immer. Entweder war er er selbst oder eine perfekte Kopie.

„Ich war direkt hinter den Toren von Livingsten in einem Motel. All das, was hier vorgefallen ist, ist auf diese Stadt begrenzt. Über ihre Grenze hinaus ist nichts passiert. Keiner ahnt was davon. Außerhalb gibt es keine Zerstörung oder merkwürdigen Wesen. Dort war alles normal. Aber eines war anders. Es war so, als hätte Livingsten nie existiert." Er sah kurz auf seine Hände, ehe er weitersprach. „Lange hätte ich das Motel nicht mehr zahlen können und die Hoffnung hat mich mehr und mehr verlassen. Ich habe dich nicht erreicht und wusste nicht mehr weiter. Und dann … Dann habe ich dich in meinem Traum gespürt. Das feine Band, das zwischen uns gespannt wurde. Ich habe daran gezupft, um auf mich aufmerksam zu machen. Erst habe ich keine Reaktion erhalten, doch dann hat jemand zurückgezupft. Ich habe einfach gehofft, dass du es bist, weil ich immer dringender zu dir wollte. Ich habe instinktiv gewusst, dass du mich brauchst."

Er legte seine Hände auf meine und betrachtete sie. Als hätte er nie etwas Wertvolleres gesehen, richtete sich sein Blick erneut auf meine Augen. Liebe sprang mir aus ihnen entgegen. Liebe, die ich ihm auch entgegenbrachte. Na ja, zumindest dem richtigen Chris.

Ich traute mich kaum zu atmen. Ich war gespannt, wie er es nun endlich geschafft hatte.

„Und dann habe ich dich erreicht, wenn ich mich schlafen gelegt habe. Du hast offenbar immer geschlafen. Das Band ist stärker und stärker geworden. Irgendwann habe ich dich deutlicher gespürt. Dein Sein und deine Verzweiflung. Es hat mich fast umgebracht." Aus dem Nichts sprang er von der Couch. Nun war es an ihm, wie ein Tiger durch den Raum zu streifen.

Milo richtete seinen Blick auf Chris und beobachtete jede seiner Regungen.

Hm … Ist Milo doch nicht so sicher?

„Kannst du dir vorstellen, wie es war? Ich war außerhalb gefangen. Es war mir unmöglich, nach Livingsten zu kommen. Dabei hast du mich so sehr gebraucht, Mary." Verzweifelt, als würde er wieder fühlen, wie es während dieser Situation war, fuhr er sich mit der Hand durchs Haar, stützte sich mit der anderen Hand am Türrahmen ab und sah schmerzlich zu mir. „Es hat mir das Herz gebrochen zu fühlen, was du spürst, ohne die Chance zu haben, dir zu helfen. Ich habe, auch wenn ich wach war, mit dir geredet, um die Verbindung zu suchen. Und als ich sie gefunden habe, fand ich auch den Weg hierher. Einen Weg nach Livingsten." Er kam auf mich zu, kniete sich vor mich und ich drehte mich ihm entgegen.

Meine Füße stellte ich vorsichtig auf den Boden, legte meine Hände auf die Oberschenkel und sah zu Chris. Er war ein gebrochener Mann. Es zerriss mir das Herz, ihn in diesem Zustand zu sehen. Seine Wunden, seine Verzweiflung, aber auch seine Liebe. Er ließ mein Herz zersplittern. Chris konnte nicht eine Gestalt des Vokerts sein. Unmöglich. Er hatte mein Misstrauen nicht verdient. Nicht nachdem, was er getan hatte, um herzukommen.

Vorsichtig legte ich ihm eine Hand auf die Wange und er lehnte seinen Kopf dagegen. Die Augen geschlossen, genoss er sichtlich die Berührung.

Er atmete wiederholt tief ein. „Doch als ich es endlich nach Livingsten geschafft hatte, wartete die wahre Bedrohung." Chris öffnete die Lider. „Woher kommen diese Gestalten? Sind sie es, die du in deinen Träumen siehst?"

Ich schluckte. „Nicht mehr, nun sind sie ja hier. Jetzt sehe ich sie, wenn ich wach bin." Zitternd zog ich meine Hand zurück und die Knie an.

Sofort sprang Milo auf die Couch und rollte sich neben mir zusammen. Er schien meine Angst zu spüren und wollte mir offenbar Trost spenden. Wärme überschwemmte mein Herz. Es war wie früher. Milo spürte, was ich brauchte.

Mein Herzschlag beruhigte sich. Ich versuchte, mich im Hier und Jetzt zu halten, und sah mich um. Nachdenklich warf ich einen Blick durch das Fenster und sah in die tiefe Nacht hinaus. Müdigkeit wollte sich nicht einstellen. Wie konnte ich auch müde sein? Noch kannte ich den Rest der Geschichte nicht.

Wie hatte Chris es als Einziger geschafft, herzukommen, ohne in diesen merkwürdigen Wald gezogen zu werden? Ich musste es wissen. Wie waren seine letzten Tage verlaufen? Wie hatte er es durch Livingsten geschafft?

Als hätte er meine Frage gehört, sprach er auch schon weiter. Vermutlich aber auch nur, weil seine Geschichte nicht zu Ende war. Es klaffte noch eine Lücke in der Erzählung zwischen „nach Livingsten kommen" und „bei mir ankommen".

„Nachdem ich die Wesen entdeckt hatte, bin ich ihnen ausgewichen und vor ihnen durch die U-Bahnschächte und die Kanalisation geflohen. Ich hatte Glück, dass sie mich scheinbar woanders vermutet haben, als ich hier angekommen bin. Na ja, und hier bin ich." Liebevoll grinste er mich an und sah sich dann jedoch verunsichert um.

Noch immer hockte er vor mir und Milo lag neben mir. Als hätte er auch jetzt wieder meine Bedürfnisse erspürt, streckte Milo sich und sah mich kurz an. Fast unmerklich nickte ich ihm zu und gab ihm zu verstehen, dass alles okay war.

Nachdem Milo gegangen war, setzte Chris sich auf die Couch und zog mich an sich. So lehnte ich an seiner Brust, von seinem Arm eng umschlungen und gehalten. Er küsste mich auf den Scheitel und atmete tief meinen Geruch ein. Ich musste schmunzeln, denn genau das tat ich auch, während ich seinem Herzschlag lauschte und seiner Brust in ihrer Bewegung des Atems folgte.

Halb liegend, halb sitzend verbrachten wir eine kurze Zeit schweigend auf der Couch. Der Moment konnte kaum perfekter sein. Ich schloss die Augen und erlaubte mir zu glauben.

Kapitel 19

Jemand rüttelte an meiner Schulter. Ich schlug mit den Armen nach demjenigen, der es wagen wollte, mich zu wecken. Ich wollte noch nicht aufstehen. Ich war nicht nur von den Ereignissen der letzten Tage mehr als erschlagen, sondern es war auch viel zu gemütlich. Ich fühlte mich geborgen in meiner kleinen Welt und wollte sie partout nicht verlassen.

„Lass mich …“, gab ich im Halbschlaf von mir. Wie ein Teenie mitten in der Pubertät hätte ich am liebsten losgemotzt, mir die Decke über den Kopf gezogen und weitergeschlafen. Doch als ich nach der Decke griff, fand ich keine. Egal, trotzdem herumdrehen und weiterschl…

Wieder wurde ich durchgeschüttelt, unsanfter noch als beim ersten Mal. *Im Ernst?* Genervt schlug ich die Lider auf. Schon zum Meckern angesetzt, erstarrte ich im gleichen Augenblick. Es war noch immer Nacht und ich lag an Chris' Brust, die sich gleichmäßig hob und senkte. Niemand außer ihm war in meiner unmittelbaren Nähe. Milo lag auf dem Teppich vor der Couch zu einem Knäuel zusammengerollt und schlief ebenfalls tief und fest.

Wer hatte mich geschüttelt, wenn noch alle schliefen? Oder hatte ich das nur geträumt? Unruhe überfiel mich und ließ mich nicht mehr los. Milos Schwanzspitzen zuckten und ich wandte mich Chris' Gesicht zu, das ich eingehend musterte.

Mein Blick glitt genießerisch von seinen verwuschelten Haaren über die dichten Wimpern, die seine wunderschönen, leider geschlossenen Augen umrahmten, bis hin zu seinen vollen geschwungenen Lippen. Er war perfekt. Für mich. Chris wirkte entspannt, wie er mit dem kleinen Lächeln auf den Lippen dalag und friedlich schlief. Es sah aus, als würde er etwas Schönes träumen.

Gerade als ich der Versuchung nicht mehr widerstehen konnte, ihm eine Strähne aus dem Gesicht zu streichen, erzitterte die Erde.

Milo fuhr fauchend hoch und sah mich aufgebracht an.

Öhm ... Als ob ich ihn geweckt hätte. Tzz ... Schön wär's!

Das Beben wurde heftiger und auch Chris erwachte endlich. Verschlafen und verwirrt sah er sich um. Als sein Blick bei mir hängen blieb, kehrte sein Lächeln zurück. Mit seinen Händen umfasste er mein Gesicht und näherte sich mir. Sein Atem strich über meine Haut und seine Augen brannten sich in meine. Dieser Anblick ging mir unter die Haut und zog mich in seinen Bann. Auch verschlafen sah er einfach verboten gut aus.

„Guten Morgen, meine Schöne", wisperte er schläfrig.

Da das Beben erneut nur kurz war, hatte ich es nach diesen Worten schon wieder vergessen.

„Morgen wäre schön." Ich nickte in Richtung des Fensters, sodass auch er herausschauen konnte.

„Wie spät ist es? Und wieso bist du wach? Komm her." Chris schien nicht zu wissen, was ihn geweckt hatte, denn er sprach es nicht an.

Ich verlor den Gedanken an das kurze Beben, als ich seine Lippen betrachtete, und redete mir ein, dass die Erde halt hin und wieder bebte. Das hatte sie in der Vergangenheit auch schon getan.

„Wir haben halb vier und ein kleines Beben hat mich geweckt." Ich rutschte näher an ihn heran. Denn in diesem Moment hatte ich etwas anderes mit ihm vor, als zu reden. Wie von Chris angezogen, streckte ich mich ihm entgegen.

In freudiger Erwartung eines Kusses schloss ich die Augen und genoss seine Berührungen, das Streicheln meiner Wangen und seine Lippen auf meinen. Der Kuss begann hauchzart. Wir berührten uns kaum.

Mit seinen Händen hielt er mich auf Abstand, als wollte er mich hinhalten. Er machte sich offenbar einen Spaß daraus, wie ich immer weiter versuchte, zu ihm hochzurutschen und mich nach seinen Lippen auf meinen sehnte.

Als ich es endlich geschafft hatte, erbebte die Erde erneut. Ein Krachen, wie von zerberstendem Holz, drang zu uns durch. Ein Erdbeben? Erschrocken fuhr ich zurück. Nicht eine einzige ruhige Nacht war uns vergönnt.

Wir standen auf, sahen uns hektisch nach Schutz um und stellten uns kurzerhand in den Türrahmen zur Küche, als auch schon das nächste Beben durch die Stadt rollte. Es wurde immer stärker. Staub und loser Putz bröckelten bei der Erschütterung von der Decke. Der Spiegel im Flur landete klirrend auf dem Boden und zersplitterte. Auch das ein oder andere Bild fiel hinab. Nichts schien mehr bleiben zu wollen, wo es war. Und eben dieses Gefühl machte sich auch in mir breit. Ich wollte weg.

Einzig Milo hatte sich nicht untergestellt. Er war aufgesprungen und sah aus dem Fenster, ohne sich zu bewegen. Fast schien es, als würde er nicht einmal mehr atmen. War er vielleicht zu geschockt, um sich zu bewegen? Gerade als ich überlegte, zu ihm zu gehen und ihn aus seiner Starre zu lösen, stieß er ein aggressives Fauchen aus und sein Fell stellte sich auf.

„Milo … Los, komm her!", rief ich ihm panisch zu, denn alles in mir schrie nach Flucht. Er hingegen dachte nicht einmal dran. Er bewegte sich keinen Millimeter und wich nicht von seiner Position.

Chris drückte mich beschützend an sich, ergriff meinen Hinterkopf und legte meinen Kopf an seine Brust. Uns gegenseitig haltend betrachteten wir Milo und warteten. Und nach einigen Minuten ließen die Beben nach.

Erleichtert schmiegte ich mich noch enger an Chris und hoffte auf etwas Ruhe. Unmittelbar als ich dachte, wir hätten es hinter uns, hörten wir das Glas des Fensters splittern. Die ersten Risse zogen sich hindurch. Wie ein Mosaik aus Tausenden Scherben erstrahlte das Fenster in neuer Pracht, ehe es durch eine gewaltige Windböe zerbarst.

Ein ohrenbetäubendes Heulen erscholl, als der Wind, der wie ein Orkan blies, durch die neu entstandene Öffnung in die Wohnung drang und uns mit den Scherben aufzuschlitzen drohte. Milo saß weiterhin still auf seinem Platz. Sein Fell glühte in einem feurigen Rot und die Scheiben, die ihn trafen, zerfielen zu Glasstaub.

Mein Schrei blieb mir in der Kehle stecken, als die Scherben auf uns zurasten. Geistesgegenwärtig drehte Chris uns um, mit dem Rücken zum Wind. Er stellte sich wie eine Trennwand aus Fleisch und Blut zwischen mich und die Glasscherben. Dennoch riss der Wind an uns, zerrte an unseren Kleidern und peitschte mir die Haare ins Gesicht.

Wir warteten, dass der Orkan vorüberzog. Doch vergeblich, der Wind ließ nicht nach. Beständig jagte er durch die Wohnung, als würde er keinen Ausweg finden. Um ihm weniger Angriffsfläche zu bieten, sanken Chris und ich gemeinsam auf die Knie.

„Milo!", brüllte ich gegen den Wind. „Milo, bitte!"

Doch wieder reagierte er nicht. Weder auf meine Rufe noch auf mein Flehen. Er hatte so nah am Fenster gestanden. Aus Angst, der Wind hätte ihn fortgerissen, drehte ich vorsichtig den Kopf in seine Richtung und schaute an Chris' Schulter vorbei in den Raum.

Ich musste Milo sehen und mich mit eigenen Augen vergewissern, dass er noch da war. Und er war da. Kurz atmete ich auf, mein Herz wurde etwas leichter. Aber irgendetwas stimmte nicht. Er stand noch immer an exakt derselben Stelle.

Was war los mit ihm? Bevor ich es mir anders überlegen und jemand etwas verhindern konnte, ließ ich von Chris ab und legte mich flach auf den Boden. Ich rutschte auf dem Bauch liegend in seine Richtung. Kaum lag ich auf dem Boden, spürte ich Chris' Griff an meinem Knöchel.

„Spinnst du? Was tust du?", rief er ungläubig. „Du wirst dich selbst umbringen, wenn du zum Fenster willst."

Ich hatte mich so schnell bewegt, dass er nicht verstanden hatte, was los war, bis ich schon auf halbem Weg zu Milo war. Kurz drehte ich mich zu ihm um, krümmte den Körper nach rechts, um ihn anzusehen. „Ich muss zu ihm. Irgendetwas ist falsch. Ich muss ihm doch helfen." Meine Stimme brach, doch ich war zuversichtlich, zu ihm zu gelangen, denn die Wohnung war klein genug, um sie schnell zu durchqueren. Das zumindest war der Plan.

„Bitte, Mary, ich kann dich jetzt nicht verlieren." Chris hielt mich weiterhin am Knöchel fest und sah mir flehend in die Augen. Er wollte mich von meinem Vorhaben abhalten. Der Griff seiner Finger wurde stärker, als er begann, mich zurückzuziehen.

Doch ich konnte es nicht zulassen. Ich konnte Milo nicht sich selbst überlassen, während dieser Orkan in der Wohnung tobte. „Lass mich zu ihm! Du verstehst es nicht! Milo braucht mich!"

„Er kann sich viel besser verteidigen, als du glaubst. Hast du vergessen, dass er die Scherben einfach zu Staub zerfallen lässt oder dass er vor ein paar Stunden noch als Löwe vor mir saß?" Wieder zupfte er an meinem Bein, er wollte mich ein Stück zurückziehen.

Ich konnte mich kaum dagegen wehren, weil auch der Wind unerbittlich an mir riss und doch presste ich meine Hände hart auf den Boden und griff unerbittlich nach den paar Teppichfetzen, die ich erhaschen konnte. Dass ich dabei unliebsame Freundschaft mit den Scherben machte, war mir egal.

Chris hielt weiter dagegen. „Er schafft es! Aber du kannst all die Dinge nicht! Bitte komm zur Vernunft!"

Meine Fingernägel vergruben sich tiefer im Teppich. Ich wollte nicht aufgeben. Auch wenn Milo mich nicht brauchte. Ich konnte nicht anders.

Weiterhin riss der Wind an mir, drückte mich mal in die eine, mal in die andere Richtung. Hier und da brachte der Wind Schutt mit. Scherben trafen mich im Gesicht, aber ich ignorierte den Schmerz.

Während ich wieder und wieder von scharfen Gegenständen getroffen wurde, drehten meine Gedanken förmlich durch.

Vielleicht war Milo verletzt worden und konnte sich deswegen nicht mehr in Sicherheit bringen? Möglicherweise war er zu geschockt oder hatte etwas anderes. Ich musste ihm helfen, so wie er mir immer geholfen hatte.

„Okay! Warte!", rief Chris.

Erneut drehte ich mich ihm zu und sah ihm dabei zu, wie er, ohne mich loszulassen, sich auf dem Boden ausstreckte und mit seinen Füßen nach Halt suchte. Er hakte sie am Türrahmen ein und breitete die Arme aus. Als er meinte, uns genug gesichert zu haben, nickte er mir mit angespannter Miene zu. „Jetzt." Es gefiel ihm offensichtlich nicht, doch er wusste, dass ich Milo helfen würde. Mit oder ohne seine Hilfe.

Dennoch war ich für seine Unterstützung dankbar, so konnte ich weiterrutschen und Milo sicher erreichen. Langsam streckte ich meine Hand nach ihm aus und bekam ihn trotz des Windes zu fassen. In meiner liegenden Position war es schwierig, genug Kraft aufzubringen, um ihn aus seiner Starre zu wecken und zu mir zu ziehen. Ich begann, mich aufzurichten.

„Wag es nicht, Mary!" Flehend drang Chris' Stimme durch den Sturm. „Du darfst dich nicht größer machen! Denk an die Scherben!"

Aber ich musste. Ich kniete mich hin, als ein erneutes Beben das Haus durchschüttelte. Doch dieses war anders. Es war nicht einfach ein Erdbeben und vor allem hörte es nicht wieder auf.

Pulsierend raste es über und unter uns hinweg. In einer Art Rhythmus schob und zerrte es an uns, am Gebäude, an der Erde. Eisen ächzte, Beton rieb auf Beton, Stein fiel auf Stein. Das Haus schwankte, von der Decke bröckelte Putz, den der Wind mir ins Gesicht blies. Auch die letzten Gegenstände verließen ihren angestammten Platz und rutschten zerstörerisch durch die Wohnung.

Dann hörte ich das Heulen aus tausend Kehlen und die schlimmsten Bilder bildeten sich in meinem Kopf. Panik ergriff mich. „Wir müssen hier weg!"

Doch wie konnte es sein, dass sie hier waren? Wir hatten diese Wesen doch vernichtet? Oder konnte man sie nicht besiegen?

Ein eisiger Schauer rann durch mich hindurch und ich schluckte meine Angst hinunter. Der Wind ließ langsam nach und ich rappelte mich auf. Mit Milo in meinem Arm überbrückte ich das kurze Stück zu Chris.

„Wir dürfen noch nicht gehen. Wir müssen warten." Es war die erste Regung, die Milo zeigte. Und die unlogischste, wie ich fand. Mit stoischer Ruhe sah er zu mir auf und schien zu wissen, was da auf uns zukam.

Der Wind versiegte abrupt.

„Worauf willst du warten? Darauf, dass das Haus zusammenbricht?" Chris richtete sich vollends auf und zog mich an sich. „Wir müssen verschwinden!" Er hielt meine Hand fest, so fest, als hätte er Angst, ich würde ihn loslassen. Ich teilte seine Furcht. Ich hatte ihn doch gerade erst wiedergefunden. „Lass auf keinen Fall los. Egal, was ist. Hörst du?", beschwor er mich mit eindringlicher Stimme.

Ich nickte.

„Lass mich bitte runter, Prinzessin."

Ich brachte einen kleinen Abstand zwischen Chris und mich und setzte Milo auf dem Boden ab. Kurz darauf saß er wieder auf seinem Platz und starrte vor sich hin.

In dem Moment, in dem er sich setzte, brach die Hölle um uns herum aus.

Würde ich Milo wieder verlieren? Das konnte ich nicht zulassen. Erneut wandte ich mich an Milo. „Bitte. Wir müssen gehen ... Milo?" Verständnislos sah ich ihn an. Was genau bezweckte er mit seinem Starren?

Er war erneut zur Säule erstarrt. Und zum ersten Mal sah ich genau in die Richtung, in die er blickte: zum Fenster. Milo war in keiner Schockstarre oder Ähnliches. Er lag auf der Lauer und sah wie eine Raubkatze bei der Jagd aus, kurz vor dem Sprung. Flach auf den Boden gepresst, die Pfoten mit festem Stand, die Krallen ausgefahren, die Muskeln unter absoluter Hochspannung.

Behutsam einen Fuß vor den anderen setzend trat ich ans Fenster. Chris blieb dicht bei mir. Wir versuchten, keine

Geräusche zu machen, obwohl diese kaum das übertönt hätten, was uns entgegenschlug. Das Heulen wurde lauter.

Hier am Fenster stehend wurde mir schlagartig klar, woher die kratzenden Geräusche stammten und vielleicht auch, wieso Milo noch immer durch das Fenster starrte. Er wartete auf das, was auf uns zukam.

Ich richtete meinen Blick dem Heulen entgegen. Nach unten ... Das war unmöglich. Ich schrie aus voller Kehle. Das war nicht möglich. Nein, das kann nicht ... Das geht nicht ... Das ... Nein ...

Wie im Schock gefangen, blickte ich den Wesen entgegen. Gänsehaut und ein Zittern epischen Ausmaßes liefen durch meinen Körper. Denn das, was an der Hauswand hochkletterte, waren nicht die befürchteten Gestalten. Es war viel schlimmer und grausamer.

Es waren die verschwundenen Menschen, die wie Spinnen an der Wand hochkraxelten. In unnatürlichen Rotationen bewegten sie ihre Gliedmaßen, als würden sie im Wasser kraulen. Mit Armen und Beinen, als hätten diese keine Gelenke mehr, sondern eine Art Kugel. Während sie sich zu uns hochkämpften, rissen sie Steine aus den Wänden, ließen den Nachbarn mit dem Kopf voran in die Hauswand krachen und blickten zu uns herauf.

Beim Näherkommen erkannte ich einzelne Menschen. Meine Kollegin aus dem Callcenter, die sonst immer in meiner Nähe saß. Den Verkäufer aus der Bäckerei um die Ecke, wo ich mir manchmal einen Kaffee holte. Aber auch Kinder kamen mir entgegen. Ich kämpfte gegen die hochsteigende Galle an.

„Wir müssen hier weg, bitte. Lasst uns verschwinden", flehte und drängte ich und doch konnte ich den Blick nicht abwenden. Mein Herz brach. Was hatte ich den Menschen angetan?

Das, was die Hauswand grotesk emporkletterte, waren die einstigen Bewohner Livingstens, mit entstellten Gesichtern, die zu Schreien verzogen waren, während aus ihren Kehlen ein vernichtender Laut erschallte, der alles erzittern ließ. Wenig menschlich und doch sie selbst. Nicht zu vergleichen mit den Menschen, die sie einst waren.

Angeführt oder angetrieben wurde diese Meute von Fay. Ihr Gesicht war fast zur Unkenntlichkeit verzerrt. Die Augen lediglich schwarze Höhlen, die Haut fahl, das Haar teilweise ausgerupft und stumpf, sodass man auch die Kopfhaut und die Wunden sehen konnte.

Ihre Kleidung war zerrissen und doch war es unverkennbar Fay. Ich erkannte die Kette, von der jeder von uns einen Teil trug. Wie Teenies hatten wir uns kurz nach unserem Kennenlernen diese Freundschaftsketten gekauft. Und genau wie ich legte Fay ihre nie ab. Gedankenverloren fasste ich um meine und hatte das vor Augen, was von Fay übrig geblieben war. Hoffnungslosigkeit, Trostlosigkeit und Verzweiflung griffen nach mir.

Als ich einen erneuten Blick nach unten warf, rammte sie Mark mit dem Gesicht voran in die Hauswand. Und das allem Anschein nach nur, weil er an ihr vorbei wollte. Unsere Blicke trafen sich. Obwohl sie nie im Leben etwas sehen konnte, denn leere Augenhöhlen mit ausgefransten Lidern starrten mir entgegen. Dieser Anblick zerfetzte den letzten Teil meines Seins in winzig kleine Stücke. Die Schuld fraß sich zu tief durch meine Adern. Ich war nicht mehr in der Lage zu denken, zu fühlen oder mich zu bewegen. Übrig blieb meine Hülle.

Ich spürte einen Zug an meinem Arm, dann an meinen Schultern und bemerkte, dass ich ergriffen und zum Bewegen animiert wurde. Doch das war so weit weg, dass ich nicht reagierte. Es war meine Schuld … Meine Schuld … Ohne mich wäre das alles nie passiert …

Chris riss mich aus meiner Trance, packte mich fester und trug mich in Richtung Wohnungstür. Als er über das Chaos im Flur gestiegen war, setzte er mich behutsam ab. Er bekam die Tür nicht auf, weil sie sich durch die Beben verzogen hatte.

„Es ist zu spät", drang Milos niedergeschlagene Stimme zu uns. Sie riss mich aus meinen mich auffressenden Gedanken, während ich regungslos im Flur stehend zur Wand starrte.

Langsam drehte ich mich zu Milo um. Er hatte sich bewegt. Das erste Mal, dass er sich vom Fenster abgewandt hat und uns dann kapitulierend ansah. Mehr rührte er sich noch immer nicht. Egal, wie dumpf Milos Satz auch bei uns angekommen sein mochte, Chris machte keine Ambitionen, ihm zuzuhören. Er wollte die Niederlage nicht akzeptieren. Und genau das weckte mich aus meiner Trance. Kampfeswille packte mich. Ich durfte jetzt nicht schwach werden. Nicht, wenn es vielleicht noch einen Weg gab.

Hieß es, wenn Milo seine Hoffnungen aufgab, dass wir verloren waren? Nein ... Wenn er es nicht schaffte, dann wollte ich für ihn stark sein und die letzten Menschen und Wesen retten, die ich noch retten konnte.

Ich machte einige Schritte zurück über das Chaos, stieg über den Schutt und stand im Durchgang zum Wohnzimmer. Kurz bevor ich Milo jedoch erreicht hatte, hörte ich Chris fluchen.

„Verdammt! Mary, komm zurück!", schrie er in meine Richtung. „Wir haben keine Zeit mehr."

Nur Bruchteile später griff er nach mir und zerrte mich aus der Wohnung, während ich genau das Gegenteil versuchte. Vehement wehrte ich mich und schubste ihn. Ich wollte seinem Griff entkommen und Milo erreichen. Ich konnte nicht ohne ihn gehen.

„Lass mich los!", flehte ich Chris an und schob seine Arme von mir, die mich unerbittlich hielten und in die entgegengesetzte Richtung zogen. Tränen flossen über meine Wangen. „Bitte." Meine Stimme versagte.

„Wir müssen weg. Er hat seine Wahl getroffen", sprach Chris ruhig auf mich ein, hielt mich weiterhin fest und schlang einen Arm um meine Taille. „Er entspringt deinen Träumen. Ich bin mir nicht mal sicher, ob er sterben kann."

„Ich will es nicht herausfinden. Bitte, Chris, ich kann nicht. Ich kann nicht ohne ihn gehen."

Wir waren an der aus der Angel gehobenen Wohnungstür angekommen. Scheinbar hat Chris sie eingetreten. Sie hing zumindest schief im Rahmen und bot genug Platz, damit wir hindurchpassten.

Chris zog mich enger an sich und flüsterte mir ins Ohr: „Wenn wir jetzt nicht gehen, werden wir alle sterben. Milo wird uns Zeit verschaffen." Dann dirigierte er mich unerbittlich weiter. Auch wenn ich verstand, was er mir sagen wollte, konnte ich es nicht über mich bringen. Mein Herz zerbarst.

„Miloooooooo!", schrie ich wieder und wieder. Ich streckte eine Hand nach ihm aus, während Chris die andere weiterhin umklammerte. Ich versuchte, Milo mit meiner Macht zu mir zu ziehen, doch es funktionierte nicht. Nichts rührte sich in mir. Ich wusste nicht einmal, ob sie dazu fähig gewesen wäre. Egal, was ich versuchte, ich konnte Milo nicht erreichen und ihn dann auch nicht mehr sehen, weil wir schon fast durch die Wohnungstür waren. Das Einzige, das sich in mir regte, war mein Blut, das viel zu schnell durch meine Adern rauschte.

Chris zerrte mich, fest an der Hand haltend und den anderen Arm um meine Taille gelegt, unerbittlich in die entgegengesetzte Richtung. „Es tut mir leid", hörte ich ihn sagen. An seinem gehetzten Gesichtsausdruck konnte ich erahnen, dass auch er die Ausweglosigkeit spürte.

Ich zappelte und wandte mich aus Chris' Griff, schrie und schlug um mich. Ich griff nach dem Türrahmen und krallte mich an ihm fest, als Chris mich hindurchziehen wollte.

Ohne Milo würde ich hier nicht weggehen.

„Wir können ihn nicht hierlassen!" Mit größter Mühe und letzter Kraft gelang es mir, mich Chris' Armen zu entziehen und zwei Schritte zurück in Richtung Wohnung zu machen.

Doch Chris war schnell. Sein Arm schlang sich erneut um meine Taille und er zerrte mich etwas unsanft an sich. „Beruhige dich. Willst du, dass wir alle sterben?"

„Lass mich los, Chris!", krächzte ich.

Obwohl ich den Tumult aus der Wohnung hörte, wollte ich zurück. Es hörte sich an, als seien die ersten Wesen bereits hier. Ein platzendes Geräusch erklang und ich vermutete, dass Milo nun zu kämpfen begann.

Aufgebracht trommelte ich mit den Fäusten auf Chris' Brust herum, während in mir etwas zerbrach. „Er war der Einzige, der immer bei mir war! Ich … ich kann ihn nicht hierlassen!" Tränen rannen über mein Gesicht.

Kurz sah mir Chris in die Augen. Ich sah meinen Schmerz in ihnen und wusste, dass er ähnlich empfand. Doch half das nicht. Meine Seele riss entzwei, als wir weiter aufs Treppenhaus zusteuerten.

Chris reagierte nicht mehr. Er funktionierte nur noch. Es war egal, was ich versuchte. Er kannte nur noch einen Weg und fokussierte sich auf unser Ziel: Wir mussten verschwinden. Das Haus schwankte beachtlich und immer wieder spürte ich das Erzittern des Fundaments.

Tief in meinem Innern wusste ich auch, dass nur noch die Flucht half, doch das hinzunehmen, war schwieriger als alles andere.

Wir waren gerade erneut an der Wohnungstür angekommen, als mir ein schwefelartiger Geruch in die Nase stieg und ich mich umsah. Die Quelle des Geruchs war von meiner Position nicht zu erkennen. Als Chris durch die Überreste der Tür trat, machten wir exakt einen halben Schritt aus der Wohnung, um dann vor unserem Ende zu stehen.

Das, was sich vor uns auftat, war der Abgrund. Das Haus schien sich von innen nach außen aufzufressen. Es gab keinen Ausweg. Das Treppenhaus war kaum mehr vorhanden. Milo hatte recht. Wir konnten es nicht schaffen. Mein größter Albtraum wurde gerade wahr. Der letzte. Das große Finale.

Das Eisen, welches vorhin ächzte, schmolz nun und zerlief im gesamten Treppenhaus. Es verschlang es Stück für Stück und schwand von unten nach oben. Wie ein Schwelbrand zerstörte das schmelzende Eisen alles, was in seine Nähe kam.

Im Hohlraum des Treppenhauses, das durch seine Architektur einen langen Schacht von ganz oben bis unten bildete, kämpften sich die grausamen Kreaturen ihren Weg nach oben. Sie hangelten sich am Geländer entlang, kraxelten an den Wänden empor und sprangen an den Überresten der Stufen hoch. Sie drangen über die verschiedenen Etagen in das Wohnhaus ein. Jedes Wesen, das sich nicht festhielt, fiel dem schmelzenden Eisen zum Opfer.

Die Stufen konnte ein normaler Mensch nicht mehr nutzen, denn vor allem in den unteren Etagen waren diese teilweise nicht mehr vorhanden. Dahingegen sah der Weg nach oben noch halbwegs okay aus. Wenn man instabil so bezeichnen konnte. Hier zeigten sich die ersten Spuren der Beben. Das Geländer war nicht mehr verankert, einige Stufen bröckelten und schienen nicht mehr sicher.

„Und was nun?", fragte ich zitternd. „Hier gibt es keine Fluchtmöglichkeit für uns."

„Und ob. Wir geben nicht auf." Chris griff nach meinem Kinn und hob es an. „Wir kommen hier raus."

Ich schluckte und sah in Chris' Gesicht. Hatte er eine Idee? Immerhin hatte er einen Vorteil und wusste etwas über unsere Kräfte. Doch konnten die wenigen Informationen, die wir hatten, uns helfen? Hätte er sie dann nicht längst angewandt? Mit jeder verstrichenen Sekunde und jedem Atemzug wurden unsere Chancen kleiner. Das Geländer schmolz weiter, die Treppenstufen brachen mehr und mehr weg.

Gänsehaut breitete sich auf meinem gesamten Körper aus. Irgendetwas stimmte nicht. Das Gefühl, das sich mir aufdrängte, war mir bekannt. Unangenehm bekannt. Ich sah mich um und entdeckte unten, im Kern des Treppenhauses, *ihn*. Geschützt durch seinen eigenen Schild, auf dem das geschmolzene Eisen abperlte und den die Flammen lieblich umtanzten.

Der Vokert.

Hektisch zerrte ich an Chris' Shirt und lenkte seine Aufmerksamkeit ebenfalls zum Vokert, den er noch nicht wahrgenommen zu haben schien. Lächelnd winkte der Vokert. Na ja, sofern man diese Fratze als Lächeln bezeichnen konnte.

Chris' Griff wurde fester. Er sah nach oben und dann zu mir. „Vertraust du mir?", fragte er mit ernster Stimme.

O Mann … War das jetzt eine Fangfrage? Wenn er der echte Chris war, vertraute ich ihm blind. Glücklicherweise wurde ich von einer Antwort und einer Entscheidung verschont, denn Milo tauchte hinter uns auf, sprang an uns vorbei ins Treppenhaus und machte sich auf den Weg nach oben. Chris zerrte mich hinter Milo her. Ihm vertraute ich blind. Also los! Hinauf aufs Dach! Es trennten uns nur noch fünf Etagen bis dorthin. Das sollte machbar sein.

Keuchend oben angekommen, sah ich mich um. Meine Hände auf den Knien liegend schnappte ich nach Luft. Ich wollte den frischen Sauerstoff einatmen, der jedoch nicht vorhanden war, denn auch hier schwebte der Schwefelgeruch in der Luft. Das gesamte Haus schien kurz vorm Zerbersten. Es war nur noch eine Frage der Zeit.

Die Erschütterungen des Hauses wurden mehr und mehr. Stehen wurde zum Balanceakt. Die Schreie hallten aus allen Richtungen zu uns. Furcht saß tief in meinen Knochen. Mir war kalt und ich zitterte so sehr, dass meine Zähne klapperten. Obwohl Chris mich nun in seinen Armen hielt, wurde mein Körper nicht ruhig.

Panisch suchten wir nach einem Ausweg und hofften auf eine Eingebung, fanden jedoch nichts. Nichts, was wir hätten gebrauchen können. Die Stadt hatte sich verändert und war nicht wiederzuerkennen. Der Boden war schwarz. Nicht ein Gebäude stand noch. Genau genommen war nichts mehr in unserer unmittelbaren Nähe. Wie ein unendlich tiefer Burggraben zog sich ein schwarzes Nichts um das Wohnhaus und trennte es von allem ab. Gleichzeitig stiegen daraus Rauchschwaden auf und verpesteten die Luft.

Das Atmen fiel mir immer schwerer und wurde unerträglicher. Ich schmiegte mich an Chris, um mich so gut wie möglich vor dem Schrecken zu verbergen. Ich versteckte mein Gesicht an seiner Brust und wollte so tun, als wäre das alles nicht die Wirklichkeit. Ich wollte all das nicht wahrhaben, wollte mich ablenken. Doch es gelang mir nicht.

Als ich Chris' Geruch einatmen wollte, atmete ich nur Staub. Als ich seinem Herzschlag lauschen wollte, hörte ich den viel zu schnellen Takt, in dem es hämmerte. Und ich hörte förmlich seine Angst.

Milo trat zu uns. Chris gab mich wie auf ein stilles Kommando frei, rannte über das Flachdach des Hauses und suchte nach einer Fluchtmöglichkeit.

Auch ich suchte das Dach ab, ohne mich dabei jedoch zu bewegen. Mein Körper streikte. Meine Glieder waren steif, meine Muskeln verspannt und mein Blut nur noch eine zähe Masse. Als bereitete sich mein Körper auf das Ende vor.

Als Chris wieder auf mich zutrat, ging Milo zum Rand des Hochhauses und setzte sich. Sein Blick war in die Ferne gerichtet. Chris umschlang mich mit seinen starken Armen und sah auf mich herab. Als ich zu ihm hochblickte und sein Gesicht betrachtete, erkannte ich seine Resignation und seine Verzweiflung.

Den Kopf schüttelnd sagte er: „Hier ist nichts. Wir kommen nicht runter. Zumindest nicht lebend."

Schnell senkte ich den Kopf. Es war leider nicht mehr zu verdrängen, dass hier etwas nicht stimmte und es keinen Ausweg gab. Erneut sah ich in Chris' Augen. Sie waren dumpf und jedes Funkeln, jedes Glitzern und jeder Funken Leben waren daraus verschwunden. Er hatte abgeschlossen.

Ich spürte seinen Berührungen nach und sog unsere letzten Sekunden in mich auf, denn ich wusste, heute würden wir uns verlieren. Es gab kein Zurück und kein Entkommen. Tausend Gedanken, tausend Fragen. Tausend Dinge, die ungesagt, ungefragt und ungetan waren. All das lag mir auf der Zunge, doch fand ich weder Worte noch Taten, die ausdrückten, was gerade in mir vorging. Wie sehr mir das alles leidtat, dass wir uns begegnet waren und er in all das mit hineingezogen wurde. Mutlos schloss ich die Augen und wartete auf das Ende.

Als ich eine Hand an meiner Wange spürte, lehnte ich mich ihr entgegen. Sie strich mir liebevoll die Tränen und den Dreck von der Haut und hob mein Kinn. Langsam öffnete ich die Lider und traf erneut auf Chris' Blick. Seine Augen sprühten im vollen Kontrast zu vor wenigen Sekunden. Die Liebe, die mir daraus entgegenstrahlte, die Zuneigung und das Vertrauen, rasten durch meinen Körper und zerstreuten die Zweifel.

Ein erneutes Beben schüttelte das Haus durch. Wir strauchelten, hielten einander fest und konnten gerade noch auf den Beinen bleiben. Noch so einem Beben konnten wir kaum etwas entgegensetzen. Ich hörte Steine aufschlagen und Wesen heulen. Und obwohl ich ahnte, dass sie verdammt nah sein mussten, blendete ich all das aus und konzentrierte mich auf den Moment.

Es wurde gespenstisch still und es wirkte, als hätte jemand auf die Pause-Taste gedrückt. Um uns herum passierte nichts, nur wir existierten in dieser Blase. Wer vermochte es, uns diese Zeit zu schenken? Hatte es etwas mit unseren Kräften zu tun? Ich schüttelte den Kopf, es war egal. Wichtig war, dass wir den Moment hatten.

Ich hob meine Hand, legte sie an Chris' Wange, strich über sein wunderschönes Gesicht, sah in seine braunen Augen und hätte am liebsten nie wieder damit aufgehört.

„Ja, ich vertraue dir." Auch wenn meine Antwort zu spät kam, wollte ich, dass er es wusste. Chris sollte wissen, dass er alles für mich war und zu mir gehörte, wie die Luft zum Atmen, die Sonne zum Mond und den Sternen, die Erde zu Wasser und Himmel. Ohne ihn konnte ich nicht existieren. Ohne ihn fehlte mein Gegenstück.

Sein Mund formte das schönste Lächeln, das ich jemals gesehen hatte, bevor er seine Lippen sanft an meine legte und mich küsste. Wir vergaßen alles um uns herum.

Der Kuss wurde intensiver, leidenschaftlicher und zeigte, was Worte nicht erfassen konnten. Gleichzeitig schmeckte er schmerzlich nach einem qualvollen Verlust. Nach tiefem Kummer und salzigen Tränen. Er war ein Abschied.

Nach wenigen Herzschlägen lösten wir den Kuss auf, legten unsere Stirnen gegeneinander und warteten eng umschlungen auf das Ende.

Milo räusperte sich hinter uns und Chris und ich hockten uns zu ihm. Sorgenvoll sah er zu uns auf.

„Es tut mir leid." Langsam kam Milo auf uns zu. „Da habe ich dich nach so vielen Jahren endlich wiedergefunden und dann endet es viel zu früh. Ich wäre gerne ein besserer Beschützer für dich gewesen." Trauer schwang in seiner Stimme mit.

Ich beugte mich zu ihm hinunter und kraulte ihn hinter den Ohren. Dann legte ich zum Abschied meine Stirn an seine kleine, flauschige Stirn. Er fühlte sich ebenso nach zu Hause an, wie Chris es tat.

Als Milo sich verabschiedet hatte, drehte er sich um und ging auf seine vorherige Position zurück. In diesem Moment zersprang unsere Blase und die Zeit schien nicht mehr stillzustehen. Das Haus erzitterte erneut, dieses Mal bis in die Grundmauern. Das Knacken und Krachen, das ich hörte, versprach die vollkommene Zerstörung. Mir sackten die Beine weg und ich ging zu Boden. Ich stützte mich kniend auf meine Hände und Chris hockte sich neben mich.

Die ersten Wesen stiegen über die Kante. Gerade als ich Milo warnen wollte, schoss eine glitzernde Rauchwolke um ihn herum in die Luft. Sie umwickelte Milo und mit einem ohrenbetäubenden Knall stand er in all seinen Gestalten vor uns. Der Drache spie Feuer, der Kapuzineraffe rannte auf die Kante zu, der Skorpion stach schon nach dem ersten Wesen, während der Löwe dem einen oder anderen den Kopf abgerissen hatte. Milo versuchte, einen Kampf zu schlagen, der nicht gewonnen werden konnte, und verschaffte uns damit Zeit. Doch das Ende war unausweichlich.

Gerade als ich mich wunderte, wieso Fay nicht die Erste gewesen war, kam sie über die Kante geklettert. Wieder sah sie mich direkt an und ich starrte zurück. Konnte der Vokert durch ihre Augen sehen? Konnte er durch sie alles steuern und hatte deswegen erst andere vorgeschickt?

Ein Huschen zu ihren Füßen irritierte mich, wodurch ich den Blick senkte. Hinter Fay stand Katzen-Milo. In dem Moment, in dem er Fay anspringen wollte, wurde Katzen-Milo von hinten gepackt. Er jaulte auf, als er von Mark am Nacken gehalten in der Luft baumelte. Es gab für ihn kein Entkommen. Mit einer ausholenden Bewegung schleuderte Mark Milo unaufhörlich gegen den Betonboden. Als sein Körper schlaff wurde, schmiss Mark ihn vom Dach.

„Milooooo!" Verzweifelt schrie ich und rannte auf die Kante zu. Ich wollte Milo retten, wollte ihn nicht sterben lassen, ohne dass ich alles gegeben hatte. Das konnte ich nicht zulassen.

Noch bevor irgendjemand anderes reagieren konnte, war es der Elefant, der mich stoppte. Kurzerhand schlang er seinen Rüssel um mich und schob mich unsanft und bestimmt zurück. Direkt in Chris' Arme, in denen ich dann zusammenbrach.

Wieder umfing er mich liebevoll, bevor er uns ausweichend hin und her drehte und versuchte zu verhindern, was sich nicht mehr aufhalten ließ. Auch er hatte immer wieder nach seiner Magie gegriffen. Doch anders als im Park damals, kamen nur kleine Rauchschwaden zustande, die niemandem irgendetwas antun konnten. Nach kurzer Zeit war seine Magie sogar völlig versiegt.

Fay stürmte mit ihren grotesken Schritten auf uns zu. Den Blick starr auf mich gerichtet, während der Vokert an der Tür des Daches ankam und zu uns hinüberschwebte. Er genoss sichtlich, was er sah, und in seinem Gesichtsausdruck sprang mir die Überheblichkeit, der Sieg, schon entgegen.

Ich zuckte kurz in seine Richtung, hielt mich jedoch zurück, weil Fay mich fast erreicht hatte. Doch bevor es so weit war, rammte Mark sie. Die beiden fielen, sich fast zerfleischend, übereinander her.

Auch wenn ich wusste, dass wir das hier nicht überlebten, war es grausamer, das alles mit ansehen zu müssen. Heftig brachen die Schluchzer aus mir heraus. Ich konnte sie nicht mehr zurückhalten, wurde von der Wucht des Schmerzes geschüttelt und bekam kaum noch Luft. Die restlichen Milos konnten nicht genug ausrichten, um uns zu retten. Sie konnten gegen die Übermacht, die uns gegenüberstand, nichts ausrichten.

Noch immer wälzten Fay und Mark sich über das Dach. Fauchend bissen und kratzten sie sich. Mittlerweile floss massenweise Blut. Ich fragte mich, wie sie das überlebten. Der Vokert sah nur belustigt dabei zu und grinste mich an. Seine Brust vor Stolz geschwollen betrachtete er seinen nahen Sieg.

Während mein Blick über die verschiedenen Milos glitt, schoss ein Bild durch meinen Kopf. Das Bild des Elefanten, wie er auf der

Straße kurzen Prozess mit den Wesen machte. Als hätte er mich gehört, drehte er sich zu mir um und betrachtete mich mit seinen ruhigen, braunen Augen fragend. Als würde er um Erlaubnis bitten, ob ich mir sicher war.

Ich musste nicht lange überlegen und nickte. Wir konnten nicht noch mehr verlieren. Chris sah mich nur verwundert an, doch für eine Erklärung war keine Zeit, der Elefant hob bereits seinen Rüssel. Es war vielleicht die letzte Möglichkeit, dem Ganzen zu entkommen. Er sog die Luft ein, die er kurz darauf mit einem ohrenbetäubenden Trompeten wieder ausstieß.

Was ich nicht bedacht hatte, war die Wucht und deren Auswirkungen auf ein fast in sich einstürzendes Gebäude. Das Beben wurde stärker und das Haus geriet in Schieflage. Ich klammerte mich an Chris, als der Boden unter unseren Füßen verschwand und wir vom Staub verschluckt wurden.

„Es tut mir leid", flüsterte ich ins Nichts.

Kapitel 20

Keuchend und nach Luft schnappend wurde ich wach. Mein Körper schüttelte sich. Hektisch sah ich mich um, um dann jedoch festzustellen, dass niemand nach mir griff oder mich hielt. Doch das Rütteln ging weiter und ich verstand: Die Erde bebte, wild und unbändig. Bevor es von jetzt auf gleich aufhörte und die Welt mich in vollkommener Stille zurückließ.

Stück für Stück sickerte die Erkenntnis, dass ich nicht unter einem Schutthaufen vergraben lag, durch meinen Verstand. Ich saß kerzengerade auf der Couch. Fahrig berührte ich meinen Körper. Tastete alles ab. All meine Gliedmaßen waren an Ort und Stelle und … und meine Wohnung intakt. Ich ließ den Blick über Chris und Milo schweifen, die beide unversehrt waren. Was war hier los?

Mein Herz raste in einem holprigen Takt, während ich langsam immer klarer wurde und mich zu beruhigen versuchte. Milo lag auf dem Teppich vor der Couch. Neben – na ja, halb unter mir - schlief Chris. Seine Hand ruhte beschützend an meiner Hüfte. Er hielt mich selbst im Schlaf. Ich begann mich zu entspannen und begriff, dass ich nur geträumt hatte. Die jetzige Situation brachte jedoch ein hartes Déjà-vu-Gefühl mit sich. In meinem Kopf hämmerte der Glaube an eine Erinnerung.

Die Gefahr hatte es also nicht gegeben? Dann hatte der Vokert mich wieder mit seinem Spiel verwirren wollen? Das Spiel … Ich meinte, es jetzt zu verstehen. Er schwächte mich. Er nahm, was mir lieb war, machte mich mürbe und verwirrte mich, indem er mit Träumen und Realitäten spielte, um mich durcheinanderzubringen. Doch wie hätte ich hier jemals mitspielen sollen? Was sind die Züge, die ich machen konnte? Wie war es mir möglich, ihn zu schlagen?

Die Erde erzitterte. Als Milo fauchend hochschreckte und mich böse anstarrte, gefror für einen Moment alles. Selbst mein Herz schien kurz stehen geblieben zu sein.

Das konnte nicht sein, oder? Die Bilder des letzten Traumes zerrten an meinem Verstand und schoben sich vor mein inneres Auge. Starr saß ich da und wartete auf das nächste Zeichen. Am liebsten etwas, das in meinem Traum nicht vorgekommen war. Ich hoffte inständig.

Doch als das erste Heulen an meine Ohren drang, erwachte ich aus meinem Schock und sprang von der Couch. Zum Glück waren wir bekleidet auf der Couch eingeschlafen. Nur die Schuhe hatten wir abgestreift, damit es ein wenig bequemer war.

Innerlich flehend schlich ich zum Fenster, versuchte, keine Laute von mir zu geben, und hielt unbewusst den Atem an. Vermutlich wäre mein Herz am liebsten auch stehen geblieben, um noch mehr Geräusche zu vermeiden. Hinter mir vernahm ich ein leises Rascheln. Ich zuckte vor Schreck zusammen und drehte mich ängstlich um. Milo setzte sich auf und sah mich aufmerksam an. Abwartend und neugierig.

Während ich durch die Scheiben des geschlossenen Fensters einen Blick nach unten erhaschte, wartete er nur ab. Ich konnte nichts erkennen. Hoch konzentriert darauf, ja kein Geräusch zu machen, hob ich meine Hand zum Griff des Fensters. Ich musste es öffnen, weil ich Gewissheit brauchte, dass sich mein Albtraum nicht wiederholte.

Als meine Hand den Griff berührte, mein Atem sich vorsichtig durch meine Lippen schob, legte sich von hinten etwas auf meinen unteren Rücken. Ich schrie vor Schreck auf. Meinen Fehler bemerkte ich sofort und schlug mir die Hand vor den Mund. Ich drehte mich um. Vor mir stand Chris. Er wirkte verschlafen.

„Was tust du hier? Komm …" Gerade als er mich zurück zur Couch dirigieren wollte, erschallte das erste klare und laute Heulen und er hielt inne. Sein Blick traf meinen und plötzlich schien er munter zu werden. „Was ist los?"

„Ich bin mir nicht sicher", erwiderte ich ängstlich. Mit knappen Sätzen erzählte ich ihm von dem Gefühl, das mich umfing. Von den Bildfetzen meines Traumes, die sich jedoch in Luft auflösten, bevor ich sie richtig greifen konnte. Denn die Bilder des Traumes waren zu schnell, um sie zu halten oder zu erkennen.

Das Einzige, das ich mit Sicherheit wusste, war, dass wir in Gefahr waren. Ich suchte nur noch nach dem Wovor. Ich holte tief Luft, versuchte, mich zu fangen und mich vollständig an meinen Traum zu erinnern. Er wurde jedoch immer verschwommener, umso mehr ich an ihn dachte. Ich sah eine grotesk verzerrte Fay, den Vokert, der uns auslachte und uns bei unserem Untergang beobachtete, und die Massen, die sich uns näherten.

Und ich sah, wie wir starben.

Während die Bilder in immer schnellerer Abfolge an mir vorbeirauschten und ich mich in ihnen zu verlieren drohte, legte Chris mir seine starken Hände auf die Schulter.

Er fuhr zärtlich über meine Arme und nahm dann meine Hände in seine. „Mary, was hast du?"

Das letzte Bild meines Traumes manifestierte sich vor meinem inneren Auge. Unser Tod.

„Wir müssen hier raus. Sofort!" Ich zog Chris hinter mir her. Zumindest versuchte ich es. „Bitte, ich kann dir später alles erklären. Milo?" Ich drehte mich zu meinem kleinen Freund, der jetzt vor dem Fenster saß und durch die Scheibe schaute. Gänsehaut kroch über meinen Körper. „Milo? Komm bitte, wir müssen gehen. Jetzt!"

Im Vorbeigehen schnappte ich mir meine Sneakers vom Boden und schlüpfte hinein. Zögerlich folgte Chris mir und zog mit fragendem Gesichtsausdruck seine Schuhe an. Dann blieb er wie angewurzelt stehen. Und auch Milo machte keine Anstalten, sich zu bewegen. Er saß weiterhin auf seinem Aussichtsplatz.

Ich warf meine freie Hand in die Luft. „Meint ihr, ich mache Spaß? Wir müssen gehen! Sofort! Sonst werden wir alle sterben!" Meine Stimme wurde mit jeder Silbe lauter und meine Verzweiflung größer. Vielleicht hatten sie den Ernst der Lage noch nicht ganz begriffen? Wie denn auch, ich hatte ihnen keinerlei Erklärung geliefert.

Aber …

Erneut wurde der Zweifel in mir geschürt. Der echte Chris vertraute mir blind, das wusste ich. Was ist, wenn das hier nicht *mein Chris* war? Ein Vokert-Chris wollte mich bestimmt absichtlich hinhalten, damit *Fay* und die anderen mich erreichen konnten. Meine Gedanken fraßen sich wie Säure durch meine Adern, verätzten meine Nerven und schlängelten sich mit zerstörerischer Macht in mein Herz.

Vielleicht war das alles hier ein Traum und ich hatte den eigentlich tödlichen Sturz ins Nichts überlebt. War es möglich, dass ich zwischen den Trümmern lag und nicht aufwachte?

Als ein erneutes Heulen zu uns durchdrang, ließ ich Chris los, presste mir verzweifelt die Hände an die Schläfen und sackte auf die Knie. Ich wusste nicht weiter. Was sollten wir tun? Das Heulen kroch durch meine Glieder, versengte meine Knochen und drohte, mich zu zerstören. Ich schüttelte fluchend den Kopf. Das konnte nicht passieren, das durfte nicht wahr sein!

Wieder drängten meine Gedanken mich an den Rand des Wahnsinns. Was war wahr? Was war die Realität? Träumte ich gerade? War ich wach?

Milo stupste mich mit seiner Schnauze an. „Prinzessin, bleib bei mir. Erzähl mir, was du geträumt hast, sonst kann ich dir nicht helfen." Er sprach beruhigend und doch sehr bestimmt.

Ich hob den Kopf und betrachtete Milo. Ich konnte nicht anders, als ihm zu antworten. Während ich ihm von meinem Traum berichtete, ging Chris durch den Raum und blieb vor dem Fenster stehen. Er öffnete es, warf einen Blick nach unten und schloss es ruckartig. Seine Augen flogen zu mir. Schnellen Schrittes erreichte er uns, kniete sich neben mich und nahm mich in den Arm.

Dennoch hörte ich nicht auf zu reden und nachdem ich von Fay erzählt hatte, meldete Chris sich zu Wort.

„Es sind nicht die Bewohner der Stadt, die sich uns nähern." Seine Hand fuhr beruhigend über meinen Rücken, während meine Tränen, derer ich mir nun erst bewusst wurde, in sein Shirt sickerten. „Es sind deine Traumgestalten, die sich einen Weg an der Hauswand zu uns bahnen." Mit einer zügigen Bewegung zog er mich auf die Beine und schob mich aus der Wohnung. „Was ist danach passiert?", fragte er auffordernd.

Nach seinem Einwand hatte ich nicht weitergesprochen. Es gab also einen Unterschied. Etwas war anders als in meinem Traum. Oder in der Realität. Je nachdem, was das hier war. Doch egal, was es war, die Panik, der Druck in meiner Brust und die Angst, das hier nicht zu überleben, waren echt.

Meine Kehle war wie zugeschnürt, mein Mund staubtrocken. Wie ein Fisch auf dem Trockenen öffnete und schloss er sich, doch kein Ton kam heraus. In Ermangelung an Worten und der großen Furcht nachgebend schnappte ich mir kurzerhand Chris' Hand und wir verließen gemeinsam die Wohnung.

Wir stolperten direkt ins Treppenhaus. Auch hier unterschied sich etwas von meinem Traum. Weder war die Tür beschädigt, noch lag Unrat im Flur. Wir hatten freie Bahn. Doch nach dem ersten Schritt in Richtung Treppe erstarrten Chris und ich. Milo war uns schweigend gefolgt. Ein Blick nach unten bestätigte mir, was ich schon befürchtet hatte. Es ist wie in meinem Traum. Der Hausflur war im Zerfall.

„Keine Zeit, wir müssen aufs Dach. Los!" Unaufhaltsam schoss Adrenalin durch meine Adern und feuerte mich an. Hoffnung keimte in mir auf. Hoffnung, es schaffen zu können. Ich war unendlich froh darüber, dass wir in unserer Kleidung geschlafen hatten. So verloren wir keine wertvolle Zeit und kamen schneller fort.

Der Verfall war nicht so weit wie in dem anderen … was auch immer es war. Dieser Umstand würde für uns den Unterschied zwischen Leben und Tod machen.

Der Vokert hatte etwas Entschiedenes vergessen. Sein Versagen war unser Vorteil. Mein Wissen über den Traum, über die Realität, war unsere Chance. Obwohl der Vokert nur Schaden anrichten wollte, hatte er uns sogar geholfen. Wir hechteten die Treppen hoch, doch Milo war schneller und schoss an uns vorbei. Meine Muskeln brannten und meine Lunge schrie nach Luft, als wir endlich die Tür aufs Dach erreichten.

Der Verfall der Stadt, das riesige schwarze Nichts, welches uns umschloss, war nicht so weit vorangeschritten wie in meinem Traum. Während ich noch nach Luft schnappte und meinen Brustkorb weitete, um zu Atem zu kommen, ging Chris langsamen Schrittes auf die Kante zu und blickte hinunter. Einzig meine Angst um ihn ließ mich neben ihn treten und seine Hand umfassen. Gemeinsam sahen wir den Wesen entgegen.

In meinen Gedanken formte sich ein Plan. Milo könnte uns retten. Seine unterschiedlichen Gestalten hatten auch verschiedene Gaben. Und eine würden wir uns zunutze machen. Es war einen Versuch wert und es war unsere einzige Chance, denn die Wesen waren uns auf den Fersen. Ich umgriff Chris' Hüfte, zog ihn näher an mich und steuerte uns gemeinsam auf Milo zu.

Aus unserer *merkwürdigen* Verbindung zog ich meine Kraft. Ich brauchte Chris, seinen Rückhalt, sein Verständnis und seine Liebe. Ob dieser hier nun echt war oder nicht. Nur er konnte mir das geben, was mein Herz so dringend benötigte.

Auf dem Weg zu Milo sah ich Chris aus dem Augenwinkel an und betrachtete sein wunderschönes Gesicht. Ich genoss das Gefühl, das sein Anblick in mir weckte, und fasste einen Entschluss. Da ich nichts fand, woran ich Realität und Traum unterscheiden konnte, entschied ich, dass er der echte Chris war. Ich brauchte ihn hier und jetzt. Ich redete mir ein, dass der falsche Chris meinen Blick nicht so liebevoll erwidern könnte, wie er es tat. Dass er nicht dieses Funkeln in den Augen zeigte, wenn er mich ansah.

Kurz stellte ich mich auf die Zehenspitzen, umfasste mit meiner freien Hand seinen Nacken und zog ihn zu einem kurzen, aber zärtlichen Kuss an meine Lippen. Ein kleines, trauriges Lächeln umspielte seine Mundwinkel, als wir uns voneinander lösten.

„Ich liebe dich", flüsterte ich. Dann ließ ich Chris los und kniete mich auf den Boden zu Milo. Ich legte meine Hand an seine Wange und sah ihn bittend an. Seine Schnurrhaare kitzelten mich und ein leises Schnurren kam aus seiner Kehle. „Milo?"

Mit einem fragenden Blick wartete er darauf, dass ich weitersprach. Da war ein Bild, das mich aus den Erinnerungen meines Traums nicht mehr losließ. Der Drache.

Mittlerweile hatte sich auch Chris zu mir gekniet und hielt meine freie Hand. Dankbar sah ich ihn an. Chris' Händedruck verstärkte sich.

Ich wandte mich erneut Milo zu. „Kann dein Drache unser Gewicht tragen? Unser aller?" Ich spürte Chris' Angst vor der Antwort wie meine eigene.

Als Milos Erwiderung auf sich warten ließ und er nach kurzer Zeit dann nur ein Kopfschütteln zustande brachte, zerrte Chris mich auf die Füße, wobei auch er selbst aufstand. Er zog mich an sich. Stirn an Stirn standen wir auf dem Dach des Wohnhauses. Unser Atem vermischte sich zu einem. Seine Liebe übermannte mich schier, während sich im Hintergrund die Sonne einen Weg über den Horizont bahnte.

Wären die Umstände nicht so dramatisch gewesen, hätte das etwas Kitschiges gehabt. Doch der Schein war trügerisch. Die Luft war klar, doch der Gestank des Schwefels drang nach und nach zu uns empor.

Immer wieder bebte die Erde und hielt uns vor Augen, wie uns die Zeit wie Sand durch die Finger rann. Das Heulen wurde lauter und lauter, verhöhnte uns und machte uns darauf aufmerksam, dass sie immer näher kamen.

Ich begann zu frösteln, als der Wind stärker wirbelte und meine erhitzte und verschwitzte Haut kühlte. Als meine Körpertemperatur zu fallen begann, zog Chris mich eng an sich und drückte meinen Kopf gegen seine Brust. „Ich hätte mir ein anderes Leben für dich – für *uns* gewünscht", flüsterte er in mein

Haar. „Ich liebe dich mehr als mein Leben, Mary. Wie sollte ich mir eine Welt ohne dich vorstellen? Du bist alles für mich."

Ich blickte zu ihm hoch und sah die Träne, die sich aus seinem Augenwinkel stahl. Mit seinen Händen umfasste er mein Gesicht, näherte sich mit seinen Lippen den meinen und hielt kurz vor ihnen inne.

„Du musst leben. Milo?" Er richtete sein Wort an ihn. „Nimm Mary und verschwindet von hier."

Meinen aufkeimenden Widerstand ließ er mit einem Kuss verstummen, der alles in den Schatten stellte. Nie hatte er süßer geschmeckt. Nie sich nach mehr angefühlt. Nie war es schmerzhafter gewesen, ihn zu küssen. Seine Lippen strichen zaghaft und zärtlich über meine. Wie ein feiner Hauch.

Doch die nächste, unmittelbar folgende Berührung war ein Strom aus Empfindungen. Ich legte meine Hände um seinen Nacken und zog ihn näher an mich heran. Als sich mein Hirn endlich wieder einschaltete und Milo bereits auf mich zutrat, sickerte das Gesagte vollständig in mein Bewusstsein.

Ich stieß Chris ein Stück von mir fort und blickte ihm wutentbrannt in die Augen. Wie konnte er glauben, über mein – über unser – Leben zu entscheiden? „Das kannst du so was von vergessen, Chris. Wie sollte ich ohne dich weitermachen, wo ich doch das Problem bin!" Meine Wut darüber, er würde glauben, dass ich ohne ihn ging, ließ meine Energie wild durch mich pulsieren. Weißer Rauch umhüllte mich. „Das hier wird erst enden, wenn ich sterbe." Ich drehte mich zu Milo. „Verwandle dich, nimm Chris mit und verschwindet von hier." Kurz schluckte ich die aufsteigende Galle hinunter, ehe ich die Schultern durchstreckte. „Danach seid ihr in Sicherheit."

Chris, der mittlerweile ebenfalls in Rauch gehüllt dastand, griff fest nach meinem Oberarm und zerrte mich etwas grob zu sich. „Das denkst du also? Du glaubst, wenn du die Märtyrerin spielst, werden Milo und ich glücklich weitermachen können? Als wäre das alles hier …" Er drehte mich unsanft in Richtung Stadtzentrum, damit ich sah, was sich verändert hatte. Dass nichts mehr war, wie es einst gewesen war. „Als wäre das nie passiert!

Als wären *wir* nie passiert! Wie kommst du auf die Idee, dass das klappen würde?" Wütend schnaufte er und lockerte seinen Griff.

Die Emotionen gingen mit uns durch. Unser Rauch umkreiste uns. Chris' Rauch war etwas dunkler und grauer, während meiner im reinsten Weiß schimmerte. Sie verbanden sich. Ich hellte Chris' Rauch auf und er verdunkelte meinen. Wir waren wie zwei Seiten einer Medaille. Wir gehörten zusammen. Und da wurde es mir klar. Es gab keine Lösung. Es gab keine Rettung. Mein Plan fiel in sich zusammen.

Als hätten wir dasselbe gedacht, beruhigten wir uns im Bruchteil einer Sekunde. Keiner von uns würde den anderen zurücklassen. Keiner würde den anderen opfern. Wir sahen einander in die Augen.

Schicksalsergebend legte ich meine Handflächen auf seine Brust und betrachtete jeden Winkel seines Gesichts. Ich nutzte den Moment, den wir noch hatten, und musterte Chris. Wie gern hätte ich diesen Mann besser kennengelernt, ihn jede Sorgenfalte küssend vergessen lassen, mit ihm gestritten und anschließend versöhnt.

Während ich Chris ansah, schallte immer wieder das Heulen in den Höhen des Hauses. Der Wind transportierte unseren Countdown bis zu uns hinauf. Wir hörten sie sich nähern und wussten, dass sie fast da waren. Gerade als wir uns nebeneinander der Kante zugewandt hinstellten, war ein ohrenbetäubendes Reißen hinter uns zu hören.

Panisch drehte ich mich um. Aus Angst, der Vokert war aufgetaucht und würde hinter uns stehen, konnte ich mich kaum bewegen. Bevor ich realisierte, was hinter uns geschehen war, griffen riesige Krallen nach meiner Mitte. Sie rissen mich von den Füßen und trugen mich mit sich in die Luft.

Schreiend schlug ich um mich, vollkommen von der Panik übermannt. Schweiß rann mir über die Stirn, Blut raste durch meine Venen. Blut, welches nach und nach dickflüssig wurde und gefror. Mein Gefühl war ähnlich dem aus dem Traum. Zu wissen, dass es aus war und es dann zu erleben, waren grundverschiedene Dinge. Nur weil ich bereit war, alles zu tun, um andere zu retten, hieß das nicht, dass ich dem Ende freudestrahlend entgegenblickte.

Im Augenwinkel erhaschte ich eine Bewegung und wandte mich ihr zu. Chris ging es ähnlich wie mir. Auch er hing zwischen riesigen Krallen, doch sein Widerstand war kaum vorhanden. Hatte er schon aufgegeben?

Wie ein Sturm peitschte mir der Wind die Haare ins Gesicht, presste meine Rippen zusammen und ließ kaum Sauerstoff in meine Lunge dringen. Verzweifelt versuchte ich, mich an den Krallen festzuhalten, gleichzeitig mir die Haare aus dem Gesicht zu streichen, um irgendetwas zu sehen. Nicht dass es besser wäre zu sehen, wo es endete. Doch völlig blind in das Verderben wollte ich auch nicht tauchen.

Als ich die Höhe wahrnahm, in der wir flogen, befürchtete ich, auf dem Asphalt aufzuschlagen. Ich hatte Angst, dass die Krallen sich lösen würden und dieses Wesen mich fallen ließ.

Während des Fluges war es – bis auf den Wind – erstaunlich still. Nur ein Schrei erscholl immer und immer wieder. Mein eigener. Ich konnte ihn nicht zurückhalten. Meine Kehle brannte.

„Sieh hoch!" Wie ein Befehl drangen die beiden Worte zu mir durch und ich tat, wie mir befohlen.

Ich hob den Blick und sah die Schwingen, den Körper und den Kopf eines Drachen. Auf dessen Rücken sah Milo, am Hals des riesigen Wesens vorbeischauend, auf mich herab. Und erst da verstand ich es. Milo hatte sich verwandelt. Er hatte uns gepackt und war losgeflogen.

„Aber …" Ich wollte etwas sagen, mir fiel jedoch nichts ein.

„Hättet ihr euch nicht so auf euch konzentriert, hättet ihr mitbekommen, dass auf dem Dach der Vokert aufgetaucht war." Kurz verloren wir sturzflugartig an Höhe und ich schrie vor Schreck. „Wir mussten weg."

In meinem Kopf ratterte es, Bilder und Worte fügten sich zusammen. „Warte, aber du sagtest doch …", setzte ich erneut an. Sagte er nicht, er könnte uns nicht alle tragen?

Mein Griff um seine Krallen wurde fester, wohl wissend, dass es nicht helfen würde. Wenn Drachen-Milo uns nicht tragen konnte, fielen wir alle gleichermaßen. Wir befanden uns über dem Nichts. Über dem schwarzen Graben zwischen meinem Zuhause und den Resten der Stadt. Sie war noch nicht so weit zerstört wie in meinem letzten Traum, doch viel fehlte nicht mehr. Ich erkannte noch Straßenzüge, zusammengefallene Häuserblocks und einige Grünstreifen. Doch genau über dem Nichts wäre ein Absturz fatal.

„Ruhig, Prinzessin. Wir werden das schaffen! Du musst nur daran glauben!" Drachen-Milos Stimme drang gepresst aus seinem Maul. Man spürte seine Anstrengung und sah den wilden Atem, der immer mal wieder als Rauchschwaden aus seinen Nüstern wich. Ich bemerkte die ruckartigen und wenig geschmeidigen Bewegungen der Flügel und das nervöse Zucken der Krallen, die mich hielten.

Hoffentlich hat er recht.

„Flieg runter, Milo. Sofort!", schrie ich verzweifelt.

Chris bewegte sich nicht. Er starrte hinab. Suchte er den Boden ab? „Milo", meldete er sich kurz darauf zu Wort. „Kannst du dort landen?" Er zeigte auf eine stark verwüstete Straße. Dort fehlten große Teile des Asphalts. Ich verstand nicht, warum er ausgerechnet dort landen wollte, aber dann erkannte ich unter den Trümmern der Häuser einen Zugang zur U-Bahn-Station.

Anstelle einer Antwort lenkte Milo uns in diese Richtung und sank immer schneller und schneller. Er schnaufte mehr und mehr und sein Griff um meine Mitte verstärkte sich, wurde unangenehm und quetschte meine Organe zusammen.

Schmerzhaft verzog ich das Gesicht, gab aber keinen Ton von mir. Milo musste sich konzentrieren, denn der Flug wurde zum Sturz und wir fielen regelrecht vom Himmel. Asphalt raste auf uns zu, Bäume an uns vorbei. Und kurz vor dem Aufprall ließ der Druck um meine Mitte schlagartig nach und ich fiel.

In Ermangelung von Körperspannung oder sportlichen Hacks landete ich eher fallend auf dem Asphalt. Ich versuchte, den Sturz mit den Füßen abzufedern. Und genau dabei blieb es. Beim Versuch.

Die Landung war unsanft. Ein jäher Schmerz schoss durch meinen rechten Knöchel, hinauf bis ins Becken, woraufhin ich einknickte und wie ein Ball mich selbst überschlagend weiterrollte. Eine Hecke bremste meine Bewegung abrupt.

Fuck!

Kapitel 21

Ächzend befreite ich mich aus dem Gestrüpp, blieb jedoch an Dornen und Zweigen hängen. Ich riss fluchend an allem, was ich in die Finger bekam. Wut überfiel mich. Wut auf die Umstände. Wut auf diesen verdammten Busch. Und letztendlich die Wut auf mich. Mein rechter Fuß hing in der Wurzel des Busches fest und schmerzte. Es machte mich rasend!

„Ahhhhhhh!" Mein Frustschrei befreite meine Seele, doch nicht meinen Fuß. Ich ließ mich nach hinten fallen, sodass mein Kopf aus dem Busch hing, doch der Rest meines Körpers steckte weiterhin zwischen den Zweigen.

Milos Katzengesicht erschien in meinem Blickfeld, sah von oben auf mich herab und grinste mich entschuldigend an. „Geht es dir gut?"

Ich drehte schnaubend den Kopf.

Chris näherte sich in raschem Tempo. Er hatte offenbar keinen Kratzer. War ja klar. Chris war wahrscheinlich nicht wie ein nasser Sack vom Himmel gefallen. Eigentlich sollte ich mich freuen, dass es den beiden gut geht. Doch in dem Moment empfand ich es als ungerecht, dass nur ich festhing und verletzt war. Die Schmerzen in meiner Hüfte und im Fuß wurden nun überdeutlich.

„Ich stecke in einem dämlichen Busch fest. Wie soll es mir da gehen?" Genervt strampelte ich mit den Beinen. Gerade als ich meinen Kopf in den Busch schob, um meine Hände besser um mein Bein legen zu können, tauchte Chris ebenfalls im Busch auf. Er trat von der anderen Seite heran und bog die Zweige zur Seite. Schnaufend fiel ich zurück, den befreiten Fuß hielt ich in der Luft. Dadurch, dass er nun frei war und wieder vollständig durchblutet wurde, bereitete sich der Schmerz intensiver aus. Zischend atmete ich ein.

„Lass mich mal sehen." Chris kam um den Busch herum, half mir aus ihm heraus und fuhr mit seiner Hand zu meinem Knöchel hinab.

Schmetterlinge stoben schüchtern auf und flatterten umher, nur um jäh stillzustehen, als der erste Schmerz durch meine Nerven schoss. Geübt drehte Chris meinen Knöchel und tastete um das Gelenk herum einzelne Stellen ab, während ich ihn ungläubig musterte.

Natürlich war mir bewusst, dass er Assistenzarzt war und wusste, was er tat. Allerdings konnte ich nicht glauben, dass wir noch lebten. Ganz anders, als es der Traum ursprünglich vermuten ließ. Wir hatten es geschafft und den Vorsprung tatsächlich zu nutzen gewusst. Tränen des Schmerzes, weil Chris meinen Knöchel nun in die verschiedensten Richtungen drehte, und Tränen des Glücks standen in meinen Augen.

Milo setzte sich so nah neben mich, dass wir uns berührten.

„Er ist nicht gebrochen, aber stark geprellt", sagte Chris.

Lächelnd sah ich zu ihm und Milo. Scheiß auf den geprellten Fuß. Damit ließ sich arbeiten. „Wir leben", flüsterte ich zaghaft und Tränen liefen ohne Rückhalt meine Wangen hinab. O Mann, was war ich für eine Heulsuse? Kurzerhand zog ich Milo auf meinen Schoß, umfing ihn mit meinen Armen und drückte meine Nase in sein Fell. Ich stupste ihn immer und immer wieder an, als müsste ich prüfen, ob er wirklich noch da war. „Danke! Ich danke dir tausendmal."

Wir verdankten diesem kleinen Wesen unser Leben. Er hat alles riskiert und gewonnen. Chris legte nach der kurzen Untersuchung seine Arme um uns und murmelte ebenfalls ein „Danke". Wie ein Knäuel saßen wir auf der Straße. Ich sog die Luft ein, spürte dem Wind nach und genoss den Augenblick und dass wir lebten.

Das kurze Glücksgefühl hatte ein jähes Ende, als ein Heulen aus weiter Ferne zu uns durchdrang. Gleichzeitig drehten wir uns in dessen Richtung und mein Kinn klappte nach unten.

Das konnte nicht wahr sein! Die Wesen, die zuvor das Wohnhaus hinaufkletterten, eilten nun an dessen Fassade hinab. Einige überschlugen sich und fielen wie Steine vom Himmel. Sie dezimierten sich ganz von allein aus Unachtsamkeit.

Chris legte seine Hand auf meinen Rücken, forderte meine Aufmerksamkeit ein und ich sah zu ihm auf. „Wir sind hier erst einmal sicher, sie kommen nicht an uns ran. Der schwarze Graben dient jetzt als Mauer zwischen ihnen und uns. Sie können es nicht überbrücken. Dafür war es zu tief." Er zeigte auf das schwarze Nichts, das zwischen uns und ihnen lag. Doch der Mut machende Gesichtsausdruck wich echtem Schrecken. „Was?", flüsterte er.

Das Nichts, was wir eben noch überbrücken mussten, das zwischen uns und den Wesen war, zog sich zurück. Die Straßenzüge, die es umfasste, kamen wieder zum Vorschein und die Schwärze verschwand. Es bildete keinen Schutz mehr, sondern gab dem Grauen mehr Raum.

Hektisch zog Chris mich auf die Beine und sah Milo kurz an, ehe er ihm zunickte, mich an der Hand griff und loslief. „Komm, Mary! Lauf!"

Doch er vergaß, dass ich kaum auftreten konnte. Nach drei kurzen, humpelnden Schritten konnte mein verletzter Fuß mich nicht mehr halten. Ich knickte um und fiel auf die Knie. Chris war sofort an meiner Seite, zog mich erneut auf die Beine, legte meinen Arm um seine Schulter und stützte mich.

Wir kamen voran, jedoch nicht schnell genug. Das Heulen in unserem Nacken wurde lauter. Sie kamen näher. Immer näher. Ich traute mich nicht, einen Blick zurückzuwerfen. Meine Angst schoss ins Unermessliche.

Vor einem Berg aus Schutt stehend, setzte Chris mich auf einem Steinbrocken ab. Es war einst ein Teil einer Hauswand. Ein Stück des Fensterrahmens lag unweit von mir.

Ich beobachtete, was Milo und Chris taten. Sie räumten einen Durchgang frei. Es dauerte vielleicht eine Minute, bis Chris mich zurück an seine Seite nahm. Doch diese sechzig Sekunden währten eine Ewigkeit. In dieser Zeit besah ich die Stadt und deren Zerfall, rief mir in Erinnerung, wie es hier aussah, bevor alles begann. Bevor *ich* begann. Überall zeugten Schutt und Asche von Zerstörung und Verfall. Die Autos waren verlassen, als hätten sie mitten in der Fahrt ihren Geist aufgegeben. Sie standen an Ampeln oder auf der Straße. Einige wenige parkten mit offenen Türen. Etwas weiter entfernt wedelte ein aufgespannter Regenschirm im Wind. Gänsehaut überlief meinen Körper. Der Verfall war fortschreitend.

Meinen Gedanken hinterherhängend, humpelte ich neben Chris auf den Durchgang zu, den die beiden erschaffen hatten. Es erinnerte mehr an einen Tunnel, dunkel und unheilvoll. Als Chris stehen blieb und mich losließ, bemühte ich mich, nicht umzufallen.

Eher kriechend durchquerte ich nach ihm den Weg und keuchte vor Anstrengung, als ich endlich auf der anderen Seite ankam. Ich kam auf einem Treppenabsatz der U-Bahn-Station heraus. Chris reichte mir seine Hand und half mir erneut auf die Beine. Offenbar bemerkte er mein Zittern, denn er griff an meinen Rücken und unter meine Kniekehlen und hob mich hoch. Nach kurzem Warten kam endlich auch Milos Stupsnase durch den Gang und ich atmete erleichtert auf.

„Wir müssen uns beeilen. Sie werden kommen und dich finden." Milos Stimme klang so endgültig und abgekämpft, dass in mir neue Zweifel aufkeimten. „Folgt mir!" Mit diesen Worten rannte er los und Chris mit mir in seinen Armen hinterher.

Mehrere Treppen und etliche Meter weiter unter der Erde durchquerten wir einen heruntergekommenen Bahnhof. Flackernde Neonröhren, halb aus ihrer Fassung hängend, begleiteten unseren Weg. Das Licht war spärlich, aber ausreichend. Der Putz bröckelte von den Wänden und auch die Decke sah verdächtig danach aus, dass sie nicht mehr allzu lange halten würde.

In meinem Hals bildete sich ein unangenehmer Kloß. Wenn das schiefging und die Stabilität nachließ, war das unser Grab. Hilfe suchend schaute ich Chris an, doch er ging stoisch weiter und betrachtete genauestens unsere Umgebung.

Wir waren allein, nur der Wind pfiff durch die ewig scheinenden U-Bahn-Schächte. Milo lotste uns immer weiter den Bahnsteig entlang, an einer halb aus dem Bahnhof herausgefahrenen Bahn vorbei, direkt auf das Ende des Steiges zu. Als wüsste er genau, was als Nächstes zu tun war, sprintete er die Treppen zum Gleisbett hinunter und rannte weiter.

Mit einem kurzen Blick in unsere Richtung versicherte er sich, dass wir ihm folgten. Und das taten wir. Eine ganze Weile liefen wir entlang der Gleise. Mittlerweile hatten wir das Tempo gedrosselt und gingen in moderater Geschwindigkeit. Chris hatte mich heruntergelassen und stützte mich.

Der Schmerz meines Knöchels war auszuhalten. Ich beschwerte mich nicht. Mir war es lieber, etwas zu tun zu haben, als in Chris' Armen zu liegen und meinen Gedanken hilflos ausgeliefert zu sein.

Natürlich genoss ich seine Nähe, seine Wärme und seinen Duft. Einfach ihn. Dennoch wünschte ich mir, er würde mich bei etwas ganz anderem in seinen Armen halten und mich nicht mehr loslassen. Verträumt sah ich zu ihm auf, verwarf jedoch kopfschüttelnd all meine sehnsüchtigen Gedanken, die mein Blut heiß und kalt durch meine Adern rauschen ließen. Meine Tagträumereien mussten warten. Warten darauf, dass das hier sein Ende nahm. Wie auch immer es aussehen mochte.

Ruckartig wich Milo von unserer Route ab und steuerte genau auf die Wand rechts von uns zu. Als hätte er etwas entdeckt, blieb er vor einer Tür stehen, die zu einem Versorgungsschacht führte, wie ich nun erkannte. Quietschend öffnete sich die Tür, als Chris die Klinke hinunterdrückte und ihr einen kräftigen Stoß gab. Hinter uns verschloss er den Eingang und verriegelte ihn mit einem Rohrstück, das unweit der Tür lag. Wir setzten unseren Weg fort.

Auch wenn ich es mir nicht anmerken lassen wollte, ging es mir von Sekunde zu Sekunde schlechter. Jeder Schritt tat weh. Wie eine Welle durchfloss der Schmerz meinen Körper. Er schoss hinauf ins Becken und raubte mir mehr und mehr den Atem. Schweiß bildete sich auf meiner Stirn. Ich presste die Zähne zusammen, bis meine Kiefermuskeln pochten.

Als wir die nächste Metalltür passierten, gab mein Fuß unter mir nach und ich sackte zusammen. Da half leider auch Chris' Arm um meine Taille nicht mehr. Wie ein nasser Sack fiel ich auf die Knie und beugte mich vornüber. Schnaufend wollte ich mich aufrappeln, doch sobald ich meinen verletzten Fuß belastete, ließ der Schmerz mich zusammenfahren.

Fluchend gab ich auf, zog das Bein vor und setzte mich auf den Hintern. Entschuldigend sah ich zu Chris auf, der sich anschließend hinter mir niederließ. Seine Beine rechts und links von mir ausgestreckt, sodass ich mich mit dem Rücken an seine Brust lehnen konnte. Genießerisch schloss ich die Augen und versuchte zu vergessen, wo wir uns befanden und in welcher Situation wir steckten.

Ich wollte verdrängen, dass die Luft hier unten abgestanden und stinkend war und was hinter dem ganzen Beton, weit über uns, auf uns wartete. Ich ignorierte das Rauschen des Wassers in den Rohren. Für einen winzigen Augenblick blendete ich alles aus. Ich genoss einzig Chris' Arme, die sich um mich gelegt hatten und mich hielten, als wäre ich das Wichtigste auf der Welt.

„Wo ist Milo?" Abrupt öffnete ich die Augen, sah mich um und wollte mich gerade aufrichten, als Chris' Hand mich an der Schulter zurückhielt und an sich zog.

„Milo schaut sich um. Er prüft, ob sie kommen. Ruh dich aus", flüsterte er in mein Ohr. Sein Atem streifte meine Haut und ich lehnte mich erneut an Chris' Brust.

„Wird es irgendwann ein Ende haben?", fragte ich leise in den Raum. Nicht sicher, ob ich die Antwort hören wollte.

„Irgendwann muss alles ein Ende haben. Die Frage ist, ob wir mit dem Ende einverstanden sind." Er küsste meinen Hals und strich meine Haare nach hinten. „Wie würde dein perfektes Ende aussehen?" Er versuchte mich offenbar abzulenken und es half.

„Es hätte schon einen anderen Anfang gehabt." So erzählte ich ihm von meinem Ende, das ich mir wünschte. Der Vokert und der Alte waren vernichtet und Leija auferstanden. Die Völker vereint, wie es einst war. Chris, Milo und ich glücklich bis an unser Lebensende. Wir sprachen lange. Es gab keinerlei Schuldzuweisung oder Enttäuschung, wir redeten über unsere Wünsche und Ängste.

„Ich bin froh, dass wir uns getroffen haben", sagte ich, drehte meinen Kopf leicht zu ihm, um ihm ins Gesicht sehen zu können, und lächelte ihn an.

„Wie kannst du das sagen? Unser Treffen hat das Chaos erst ausgelöst", erwiderte Chris und sah mich verwirrt an.

„Ich weiß. Und dennoch hat in meinem Leben immer etwas gefehlt, als du nicht da warst. Es war, als würde ich etwas vermissen, was ich noch gar nicht kannte. Erst du machst mich vollständig. Ich liebe dich." Ich lehnte mich vor und küsste ihn flüchtig, während er mich noch näher an sich zog.

Ich fühlte mich verstanden und in diesem merkwürdigen Gewölbe mit Chris geborgen und sicher. Während er mir über den Arm strich, beruhigte sich mein Puls und die Schmerzen pochten nur noch im Hintergrund.

Milo tauchte in meinem Blickfeld auf und ließ sich vor mir nieder. „Wir bleiben hier und ruhen uns aus. Es wird vorerst reichen. Hier werden sie uns so schnell nicht finden."

Der Raum, in dem wir uns befanden, war nicht sonderlich groß. Vielleicht sechs Quadratmeter. Die Deckenhöhe war durch die vielen Rohre, die an ihr entlangliefen, deutlich geringer. Doch es reichte. Es gab zwei Türen. Eine mit einem kleinen Milchglasfenster, durch die wir gerade gekommen waren, und eine auf der gegenüberliegenden Seite. Diese erreichte man durch zwei kleine Stufen, die hinabführten. Nackte, feuchte Betonwände zeugten davon, dass sich hier normalerweise kein Besucher verirrte. Kälte drang uns aus den Wänden entgegen. Das spärliche

Licht warf unnatürliche Schatten. Es war ein schauriger Ort und doch der einzige, den wir gerade hatten, um uns auszuruhen. Lauschend bewegten sich Milos Ohren, ehe er scheinbar zufrieden zu uns blickte. „Du musst anfangen zu spielen, Mary. Das Spiel des Vokerts kannst du nur gewinnen, wenn du mitspielst." Traurig sah er mich an. So, als ob er zwar meinte, was er sagte, es aber nicht für gut befand.

Bevor ich etwas erwidern konnte, echote Chris' Stimme durch das Gewölbe. „Klär uns auf, Milo." Wut peitschte zwischen uns auf. „Was für ein Spiel soll das sein? Und wieso hast du bisher nichts davon erzählt?"

Abwartend sahen wir Milo an.

Sichtlich geknickt erwiderte er unseren Blick. „Na ja, es ist nicht so einfach und eigentlich sollte Mary das auch nicht tun müssen. Es ist zu gefährlich, wisst ihr?" Hilfe suchend sah er mich an. Doch selbst wenn ich wollte, ich könnte ihm nicht helfen, weil ich keinen Schimmer hatte, wovon er sprach. „Es hat sich bisher nicht ergeben, davon zu berichten. Es ist viel zu viel passiert."

„Bitte, Milo." Ich streckte meine Arme nach ihm aus und wollte ihm damit zeigen, dass ich ihn verstand. Ich war nicht sauer, denn die Ereignisse hatten sich wirklich überschlagen. Wie hätte er es denn erklären sollen? „Dann sag es uns jetzt. Wir – nein, *ich* muss wissen, wie ich mitmachen kann. Wie ich aufhalten kann, was hier passiert."

Stille breitete sich zwischen uns aus. Chris zuckte kurz, als wollte er etwas sagen, hielt sich aber zurück. Wahrscheinlich war er über das Ich gestolpert. Doch in diesem Spiel gab es kein Wir. Nur *ich* konnte es spielen. Nur *ich* konnte es beenden.

„Genau deswegen habe ich nichts gesagt." Tief sog Milo die Luft ein. „Mary, du müsstest das alles allein schaffen. In die Welt, in die du musst, in den Wald, in den Graben der Verwobenen, können wir dich nicht begleiten. Und doch musst du genau dorthin. Dort liegt der Schlüssel. Aber anders als du glaubst, kannst du deine Träume beeinflussen.

Solange Chris an deiner Seite ist, wirst du nicht verwoben. Du verlierst also keinen Teil deiner Seele, wenn du in den Träumen etwas erschaffst. Wenn du deine Träume beeinflusst. Und da auch keiner mehr in Livingsten übrig ist, wird auch kein Bewohner mehr verwoben. Es gibt kein Risiko mehr für andere. Nur dein eigenes. Denn, obwohl du nicht verwoben werden kannst, kannst du trotzdem verloren gehen. Wenn du nicht bei dir selbst bleibst, dich von deiner Fantasie hinreißen lässt und einem Trugbild erliegst, wirst du keine Chance auf Wiederkehr haben. Es ist wichtig, dass du das alles verstehst, Mary."

Sein Blick ruhte auf mir, während ich ihn verwirrt ansah. „Wie soll ich wissen, was echt und was ein Trugbild ist?"

„Du spürst es. Du siehst es an den Konturen, an den Farben oder merkst es an deinem Gefühl. Du musst auf deine Fähigkeiten vertrauen. Dann wird es klappen. Okay?" Er wartete auf meine Bestätigung, die ich ihm nickend gab. „Du kannst steuern, was passiert. Kannst denken und handeln, wie deine Fantasie es dir gestattet. Du musst es nur zulassen."

„Wenn es angeblich so einfach ist, wieso hab ich es bisher nie geschafft?", fragte ich mit vor der Brust verschränkten Armen.

„Weil du weder die Magie gekannt hast noch auf dich vertraut hast. Hast du jemals in deinen Träumen geahnt, dass du den Ausgang ändern könntest, nur wenn du daran denkst?" Milo wartete kurz, doch nicht auf meine Antwort. Er wollte das Gesagte anscheinend nur sacken lassen. „Du wusstest es nicht und du hast nicht daran geglaubt. Das ist der Unterschied."

Er hatte recht. Ich hatte zuvor keine Ahnung von meiner Magie. Wie also hätte ich daran glauben sollen, dass ich den Ausgang verändern konnte?

„Das ist alles?", fragte ich. Es musste einen Haken geben, irgendetwas, das ich nicht sah.

Milos Stimme wurde rauer. „Ja. Doch vertu dich nicht, Prinzessin. Die Fantasie kann dein bester Freund und gleichzeitig dein schlimmster Feind sein und werden. Sieh dich doch um. All das, was dieser Stadt und deren Bewohnern geschehen ist, entstand in deiner Fantasie. Wenn die Menschen nicht verwoben worden - wenn sie also nicht durch deine Träume Teil des Waldes geworden wären, hätten deine Traumgestalten ihnen alles genommen. Alles. Nicht nur ihre Heimat. Am Ende vielleicht sogar ihre Leben. In dieser Hinsicht war es Glück, dass sie es nicht erleben mussten, auch wenn die Kehrseite nicht viel angenehmer ist. Denk immer daran, Mary, jede Medaille hat zwei Seiten und jede Entscheidung hat Konsequenzen. Auch die, sie nicht zu treffen."

Ich ließ mir das Gesagte durch den Kopf gehen, rutschte ein wenig von Chris weg, drehte und wendete Milos Worte und kam dennoch nicht ganz dahinter. Außer … „Das heißt, ich träume und dann kann ich den Traum verändern? Einfach so?" Ich heftete meinen fragenden Blick erst auf Milo und dann auf Chris.

Beide sahen mir fest in die Augen, gaben mir Zuversicht und Vertrauen, Stärke und Mut. Doch ihre Körpersprache erzählte mir von Angst und Sorge. Aber auch von unbändigem Willen. Sie würden da sein, wenn ich sie bräuchte. Sie würden kämpfen, wenn es sein müsste. Sie waren da. Immer.

„Sobald du den Dreh raushast, solltest du es ohne Probleme hinbekommen. Wir glauben an dich", sagte Milo.

„Okay, angenommen, ich träume und erkenne es als Traum. Wie komme ich dann in den Wald?", fragte ich tapferer, als ich mich fühlte.

„Dann musst du dich konzentrieren und den Fokus auf dein Inneres richten. Der Weg zum Wald liegt in dir. Wie in jedem Leijaner. Ihr seid damit verbunden. Der Wald gehört zu euch, wie ihr zu ihm. Ohne den einen würde es den anderen nicht geben." Er sah zu mir hoch. „Es müsste sich anfühlen wie eine Brücke zu deiner Heimat. Es sollte sich also im besten Fall nach Geborgenheit anfühlen. Oder sogar in deinem Gefühl nach einem Hilferuf. Denn immerhin ist in diesem Wald etwas, das deine Hilfe braucht."

Ich dachte über seine Worte nach. So wie er es beschrieb, musste es fast etwas Selbstverständliches sein. Etwas, das mir zugeflogen kam. Die Schultern straffend wollte ich mich aufsetzen. „Dann lass u…", begann ich, doch Chris' ruckartige Anspannung der Arme zeigte mir, dass er nicht einverstanden war.

„Nicht so schnell." Chris zog mich näher an sich heran, beugte den Kopf an mir vorbei und sah nun Milo an. „Wie genau stellst du dir das vor? Mary soll einschlafen?" Chris drehte sich etwas und saß nun seitlich von mir. Ein Bein hinter mir, eines vor mir. Er hielt mich weiterhin fest. So fest, als hätte er Angst, ich könnte fortlaufen. Seufzend fuhr er sich durch das Haar, ehe er eine Hand hinter sich ablegte. „Wie soll sie sicherstellen, dass sie im Traum dort landet, wo sie hinwill? Mit Sicherheit sagen, dass es ein Traum ist? Und wie soll sie in diesen Wald kommen? Das, was du sagst, ist alles so kryptisch." Er nahm meine Hand. „Auch wenn es die einzige Möglichkeit ist, ich kann dich das nicht machen lassen. Was ist ... Was ist, wenn ..." Seine Stimme brach. Er kämpfte mit sich und seinen Emotionen.

Ich verstand seine Angst, dass die Prophezeiung in Erfüllung ging. Liebevoll sah ich ihm in die Augen, legte seine Hand an meine Wange und flüsterte kaum hörbar: „Mir wird nichts geschehen. Hörst du? Das hier ist nicht das Ende." Ich gab Chris einen hauchenden Kuss auf die Handfläche, die an meiner Wange lag, lehnte mich dann hinein und sah ihm tief in die Augen. „Für dich werde ich immer wieder in den Kampf ziehen. Für dich werde ich die Grenzen sprengen und etwas Unmögliches möglich machen. Für dich werde ich immer wieder aufwachen."

Ich konnte nicht so schnell begreifen, wie Chris sich bewegte. Innerhalb von Sekundenbruchteilen kniete er vor mir, eine Hand an meinem Rücken und die andere auf meiner Wange, und näherte sich mir mit seinem Gesicht. Mein Herz begann voller Ungeduld zu kribbeln und wartete sehnsüchtig auf seine Liebkosung.

Hauchzart begann der Kuss. Wie eine Feder strichen seine Lippen über meine, flüsterten meinen Namen, ehe er sie schwungvoll auf meine presste, wie ein Ertrinkender, der nach Sauerstoff lechzte. Meine Lippen empfingen ihn freudig und ich erwiderte den Kuss ebenso intensiv. Langsam öffnete ich den Mund, gewährte seiner Zunge Einlass und schmeckte ihn. Unsere Zungen folgten einer eigenen Melodie, einem Rhythmus, den nur sie kannten. Meine Haut brannte unter seinen Berührungen.

„Entschuldigt. Das hier ist kaum der rechte …" Milo verstummte, als Chris sich abrupt von mir löste und sich zu ihm drehte.

„Tut mir leid." Chris löste sich ein wenig von mir, sah mir jedoch weiterhin liebevoll in die Augen.

Und dann sagte keiner mehr etwas. Meine erhitzte Haut kühlte deutlich ab, nun, da Chris nicht mehr hinter mir saß. Als würde es ihm genauso gehen, hockte er sich vor mich.

„Ich kann das nicht zulassen, Mary. Wie sollte ich dich das allein machen lassen?" Seine Hand fuhr vorsichtig mein Gesicht entlang, ehe seine Schultern nach unten sackten und seine Augen feucht schimmerten. Es war, als würde in ihm etwas zerbrechen. Ich konnte das Geräusch von splitterndem Glas förmlich hören.

Milo räusperte sich. „Zwar können wir nicht mit Mary reisen, doch du vergisst, Chris, welche Verbindung ihr zueinander habt, wenn ihr euch beide in der Traumebene befindet. Auch wenn du physisch nicht bei ihr bist, bist du dennoch da. Erinnerst du dich nicht an die Ebene, auf der ihr euch getroffen habt, kurz bevor sie erwacht ist? Als ihr nur Energie gewesen seid."

Ich dachte an den Moment zurück, als Chris und ich uns begegneten und wir beide nur eine Ansammlung aus Rauch und Luftwirbeln waren. Wie merkwürdig und leicht ich mich in diesem Moment gefühlt hatte. Aber vor allem, wie nah mir Chris gewesen war, obwohl uns Hunderte Meilen trennten. Es könnte funktionieren. Hoffnung schöpfend streckte ich den Rücken durch. „Dann lasst es uns versuchen. Vielleicht klappt es."

Kapitel 22

Es kam, wie es kommen musste. Mit dem Wissen, dass ich einschlafen musste, drehten meine Gedanken sich im Kreis. Was fand ich vor, wenn ich ankam? War es wirklich so einfach, wie Milo meinte? Würde alles reibungslos funktionieren? Was wäre, wenn ich scheiterte?

Auf dem Boden liegend, meinen Kopf auf Chris' Schoß gebettet, der sich an die Betonwand lehnte und gedankenverloren über meine Haare strich, suchte ich vergeblich nach Schlaf. Ich war extrem nervös und so langsam drang die Kälte aus dem Raum bis tief in meine Knochen. Ich begann zu zittern, was nicht förderlich war, wenn ich einschlafen sollte. Davon mal ganz abgesehen, dass die Umgebung nicht zum Träumen einlud.

Es wurde auch nicht besser, als mich ein starkes Unwohlsein überkam, sobald ich Milo ansah. Er lag eingerollt vor uns, seinen Kopf auf seine Vorderpfoten gelegt und starrte zur Tür. Zumindest glaubte ich das. Als mein Blick über sein Fell flog, die vielen verschiedenen Schattierungen betrachtete, erkannte ich, dass sein Körper sich gleichmäßig hob und senkte.

Offenbar schlief Milo. Er hatte sich die Ruhe verdient. Ihm war es zu verdanken, dass wir überhaupt noch lebten. Ohne ihn würden wir noch immer auf dem Hochhaus hocken. Oder na ja … eigentlich hätte uns dann der Vokert schon längst in seinen Klauen.

Ich betrachtete Milos Rücken bis hin zu seinen Schwänzen und den Raum, in dem wir uns verkrochen hatten. Die Betonmauern, die Röhren und die Eisentür.

Ein Ruck durchfuhr meine Gedanken und mein Blick flog in einem Sekundenbruchteil wieder zu Milo. Und dann erst verstand ich es. Ich erkannte, was anders war, was fehlte. Wie von der Tarantel gestochen sprang ich auf, kroch auf allen vieren auf ihn zu. Chris kam langsam hinterher, sagte jedoch kein Wort.

Kurz war es, als würde der Raum mit mir zusammenzucken. Als würde er sich zusammenziehen, vor dem Grauen, was hier geschah. Natürlich hatte der Raum sich nicht bewegt. Ich selbst hatte gezuckt, als ich mit meinem Fuß den Boden berührte. Durch die ungewohnte Fortbewegung landete ich etwas unbeholfen neben Milo.

Er fuhr fauchend aus dem Schlaf. „Was ist passiert?"

Vorsichtig strich ich über sein glanzloses Fell, über seine Stirn, über seine Ohren und über den Rücken. Wie hatte mir das entgehen können? Ich schluckte hart gegen die Trauer an und richtete meinen Fokus auf das kleine Wesen. „Geht es dir gut?", flüsterte ich.

Müde hob er den Kopf. Aus seinen Augen waren jeder Schalk, jeder Funken Hoffnung und jeder Kampfgeist verschwunden. „Es geht mir gut. Mach dir keine Sorgen."

Ohne weiter zu überlegen, hob ich ihn auf meinen Schoß und kraulte ihn.

„Was ist los, Mary? Was hast du?" Chris nahm mich am Arm und drehte mich ein wenig zu sich. Doch ich konnte weder seinen Blick erwidern noch antworten. Trauer umfing mein Herz. „Mary? Sprich mit mir." Leise drang Chris' Stimme zu mir durch.

Was wäre, wenn Milo es selbst noch nicht mitbekommen hatte? Nein … Das konnte nicht sein. Er *musste* es wissen. Immerhin fehlte ihm ein Teil. Denn das, was ich verstand und was ich erkannt hatte, war, dass von Milos fünf Schwänzen einer fehlte. Der des Drachen war nicht mehr da. Einfach fort. Als hätte er nie existiert.

Eine einsame Träne kullerte meine Wange hinab, als ich krampfhaft versuchte, stark zu bleiben. Chris' Hand wanderte an meine Wange, strich die Träne fort und legte seinen Arm dann um mich. Er zog mich an sich und gemeinsam saßen wir dort und betrachteten unseren kleinen Freund.

„Milo?", begann ich zaghaft. „Was ist passiert? Der Drache … deine Schwänze … Weißt du, dass einer fehlt?" Vorsichtig fuhr ich mit den Fingern durch sein Fell, nahm sein Gesicht in meine Hand und strich ihm über seine Wangen.

Traurigkeit legte sich in seinen Blick. „Doch, ich weiß es. Mir war bewusst, welches Risiko ich eingegangen bin, als ich uns gerettet habe. Wir hatten keine Wahl." Er drückte seine flauschige Stirn an meine.

Ich war nicht mehr imstande zu reden. Tausend Gedanken schossen mir durch den Kopf. Noch bevor ich sie sortiert hatte, ergriff Chris das Wort. „Wie geht es dir wirklich?" Er legte liebevoll seine Hand auf den Nacken unseres kleinen Gefährten.

„Körperlich geht es mir gut. Es fällt mir noch etwas schwer, zu verstehen, dass er fehlt. Er war ein Teil von mir." Kurz seufzte er tief. „Aber ich werde klarkommen. Wie wir alle", erwiderte er tapfer.

Erneut setzte Stille ein und diesmal durchbrach sie niemand. Wie ein Knäuel saßen wir auf dem Boden und hielten uns gegenseitig. Wir spendeten einander Trost und gaben uns Zuversicht. Spätestens ab diesem Moment war an Schlafen nicht mehr zu denken.

Meine Gedanken überschlugen sich. Es war schlimm genug, dass so viele Menschen verschwunden waren und Livingsten einem Trümmerhaufen mit Gruselkabinett glich, doch dass jemand meinetwegen den Tod fand, war nicht richtig. Ich drohte an meiner Schuld zu ersticken.

„Es tut mir so leid, Milo. Wie kann ich es wieder …" Ich schluckte gegen die aufsteigenden Tränen an. „Es ist alles meine Schuld." Ich hielt ihn fest und wollte ihn nie wieder gehen lassen. Aus Angst, der Nächste könnte verschwinden.

Ein Kribbeln raste durch meine Adern. Und je mehr ich mich zu beruhigen versuchte, umso mehr scheiterte ich. Der Raum schien mich zu erdrücken. Seine feuchten Wände griffen nach mir, die abgestandene Luft ließ meine Lunge volllaufen und die Kälte des Bodens zog durch meine Knochen. Ich musste hier weg. Sofort!

Nervös rutschte ich innerhalb unseres Knäuels hin und her. Unüberlegt stand ich auf, keuchte kurz wegen der Belastung meines Knöchels und stützte mich an der Wand ab. Gut, dass der Raum schmal war. Dadurch konnte ich mich, ohne zu weit auszuholen, an den Wänden entlang in Richtung Tür tasten.

„Mary, was tust du da?" Chris war mit Milo in seinem Arm aufgestanden. Seine braunen Augen funkelten im Widerstreit seiner Gefühle. Wut, Sorge und Liebe nahmen mich aus ihnen gefangen.

Kurz hatte ich alles um mich herum vergessen. Versunken in meiner Unruhe, hatte ich nur noch die Flucht im Sinn. Ich sah den beiden entgegen und fuhr nervös mit der Handfläche über den rauen Beton der Wand, an der ich mich abstützte. Die steile Sorgenfalte auf Chris' Stirn machte mich bei dem Anblick der beiden zusätzlich fertig. Ich hatte es satt, dass er sich ständig sorgen musste. Ich hatte es satt, immer nur zu reagieren.

„Ich muss hier raus. Das alles erdrückt mich." Mit einer ausladenden Geste umschloss ich sowohl die Umgebung als auch meine Gefährten.

Chris setzte Milo ab. „Ich bin gleich wieder da, mein Freund."

Obwohl ich mich lange nach Gesellschaft, vor allem von Chris, gesehnt hatte, brauchte ich Ruhe. Ich musste nachdenken, einen klaren Kopf bekommen und den nächsten Schritt planen.

„Du kannst jetzt nicht rausgehen. Wo willst du denn hin?" Milos Stimme echote in meinem Kopf.

Wo sollte ich hin? Was war außer meiner Wohnung noch übrig? Langsam sank mein Kinn auf meine Brust. Mein Atem ging flach. Meine Beine wurden weich und die Wände des Raumes kamen näher und näher. War das der Punkt, an dem ich mir eingestehen musste, dass nichts mehr geblieben war?

„Ihr versteht das nicht … Ich muss hier raus. Ich brauche Luft." Ich humpelte weiter zur Tür, bis ich Chris' Atem in meinem Nacken und seine Hände an meiner Taille spürte, die mich zu sich drehten. Ein wohliger Schauer durchlief meinen Körper, als ich der Drehung nachgab und Chris in die Augen sah. Ich nahm sie nur verschwommen wahr. „Warum?", flüsterte ich. Und obwohl sich das Warum auf Tausende Dinge beziehen konnte, wusste er genau, wovon ich sprach. *Wieso ich?*

„Weil du es immer warst. Du bist das Alles, mein Gegenstück. Du bist der Schlüssel. Die Liebe und mein Glück." Chris lehnte seine Stirn gegen meine. Seine Augen geschlossen, flüsterte er weiter: „Weil du die Stärkste bist." Es folgte ein Kuss auf meine Nasenspitze. „Weil du die Hoffnung bist." Ein weiterer Kuss traf mich, flüchtig an meinem Hals, an der empfindlichen Stelle unter meinem Ohr. „Weil du meine Liebe bist." Er lehnte sich weiter vor, seine Lippen berührten hauchzart die meinen und baten um Erlaubnis. Sie waren ein Versprechen und eine Entschuldigung zugleich.

Ich erwiderte den Kuss, ließ mich von ihm gefangen nehmen und gab mich dem Gefühl hin, gehalten, geliebt und gebraucht zu werden. Meine Hände fuhren durch sein Haar, strichen über seinen Nacken, während meine Unruhe sich in den Hintergrund verkroch und anderen Gefühlen Platz machte. Ich zerging vor Sehnsucht nach diesem Mann und doch wusste ich, wenn das alles hier nicht bald ein Ende fand, waren auch wir verloren.

Wir waren die Letzten und standen mit dem Rücken zur Wand. Ein Leben wie dieses habe ich mir weder für mich noch für die Liebe meines Lebens gewünscht. Hier unten, zwischen all dem Dreck und der Feuchtigkeit, wartete nichts auf uns. Nur der Tod. Wir brauchten einen besseren Plan.

Als wir gemeinsam - da jeder von uns endlich verstanden hatte, dass es nur zusammen funktionierte – den neuen Plan entworfen hatten, ging es an die Umsetzung. Wir mussten aus dem Tunnel heraus und zurück ans Tageslicht. Ein, zwei Stunden brauchte es noch, bis die Sonne unterging. Wir benötigten zumindest das Gefühl der Normalität.

Milo huschte vor uns, wartete dann an der nächsten Abzweigung und lauschte auf das Heulen der Gestalten und auf Bewegungen, die eigentlich nicht mehr sein durften. Langsam humpelte ich an Chris' Seite hinterher. Eine ganze Zeit lang folgten wir dem Gleisbett in Richtung Stadtrand.

Ein klares Ziel hatten wir nicht, zumindest fühlte es sich für mich so an. Wir wollten nur an den Punkt gelangen, der am weitesten von meiner Wohnung entfernt lag. Das war nicht einfach, denn das Wohnhaus bildete den Mittelpunkt. Am Rand waren wir, egal, wo wir waren, gleich weit vom Zentrum entfernt.

Fast zwei Stunden später lief Milo weiterhin voran und spähte die Umgebung aus. Er rannte voraus und kam zurück, sobald er es für sicher hielt.

Alles lief nach Plan, doch mich beschlich das Gefühl, dass es nicht das beste Zeichen war. Trotzdem folgten wir unaufhaltsam dem Weg.

Mittlerweile hatten wir erneut einen ramponierten Bahnhof passiert und waren die Treppen hochgestiegen. Durch den Wind, der durch mein Haar blies, vermutete ich, dass wir am Ende des Ganges angelangt waren. Meine Lunge brannte vor Verlangen nach frischem Sauerstoff. Wir wurden schneller.

Aus dem Dunkel des Schachtes befreit, ließ ich mich auf den kühlen Asphalt sinken. Es war Abend, die Sonne ließ ihre letzten Strahlen aufblitzen und tauchte dann vollends ab. In meinen Knochen machte sich der Tag bemerkbar. Die besten Voraussetzungen, um in den Schlaf zu finden.

Ich sah mich um. Auch hier waren alle Farben fort und Geröll türmte sich. Die Häuser waren nur noch ein Gerippe aus Stahl und Beton.

Stundenlang waren wir nun auf der Flucht und mein Körper bat um Ruhe, Nahrung und Wasser. Ich schluckte trocken. Nun mussten wir nur noch einen Ort finden, an dem Schlafen möglich und am besten auch etwas zu essen und zu trinken zu finden war.

„Komm, wir sind fast da." Chris half mir hoch.

Milo spitzte erneut die Ohren, während wir ihn beobachteten. Seine Schnurrhaare bewegten sich seicht im Wind und als die

Ohren endlich stillhielten und er uns ansah, gingen wir weiter. „Sie scheinen uns woanders zu vermuten. Wir sollten noch etwas Ruhe haben." Milo gesellte sich neben uns.

Chris übernahm die Führung und steuerte uns auf ein Mehrfamilienhaus zu. Anders als das Gebäude, in dem ich wohnte, gab es nur drei Etagen und somit drei Klingeln. Viel war von dem Haus nicht mehr übrig geblieben. Das Erdgeschoss stand noch fast vollständig, doch die oberen Etagen waren teilweise eingebrochen und hatten auch die rechte Außenmauer des Erdgeschosses mit sich genommen.

Meine Kehle wurde eng, als ich vor dem Haus in dessen Trümmern den Himmel eines Kinderbettes entdeckte. Mir wurde schlecht. Ich hoffte, unser Plan funktionierte. Es musste.

Nachdem Chris mit einem Schlüssel hantiert hatte, aber erfolglos blieb, brach er die Haustür auf. Mich ließ er vor der Eingangstür stehen. Ein erneutes Brechen – vermutlich von einer Tür – war zu hören und ich drehte mich zu diesem Geräusch. Dort entdeckte ich durch ein Fenster Chris, wie er zielsicher im Erdgeschoss herumwanderte. Mir wurde mulmig zumute. Nicht nur die Anstrengungen der letzten Tage, auch diese Situation machten mir zu schaffen.

Ich humpelte in die Wohnung, ging in Chris' Richtung und als ich meine Umgebung genauer betrachtete, verstand ich, wieso er sich hier gut auszukennen schien. Zwei Schritte von meiner Position entfernt lag ein Bilderrahmen mit zerbrochenem Glas auf dem Boden. Chris stand neben einer jungen Frau auf dem Foto.

„Das ist, na ja, war meine Wohnung. Hier habe ich gelebt, bevor …" Er sah mich entschuldigend an.

Obwohl ich wusste, dass er mir keine Schuld an dem Ganzen gab, tat es dennoch weh, ihn niedergeschlagen zu sehen.

„Ich war schon hier, bevor ich dich gefunden habe, Mary. Nachdem ich es in die Stadt geschafft hatte, dich aber nicht gefunden habe, bin ich hierher zurückgekehrt. Ich habe einen Plan gebraucht, um dich zu finden. Ruheloses Umherstreifen hatte mich nicht weitergebracht. Hier habe ich den Schlaf gefunden, der mich zu dir geführt hat. Vielleicht findest du hier den Schlaf, der uns alle herausführt?" Er trat näher zu mir, nahm meine Hand, legte sie über seine Schulter und stützte mich. Langsam stiegen wir gemeinsam über die zerstreuten Gegenstände, die sein Leben ausgemacht hatten, und gingen in den nächsten Raum. Dieser war zumindest an einem Punkt aufgeräumt. Sein Bett war zwar nicht gemacht, doch zumindest von Trümmern befreit.

„Hier kannst du dich ausruhen und schlafen. Milo und ich werden aufpassen, dass nichts passiert, während du schläfst." Er setzte mich behutsam auf die Matratze, legte meinen Kopf auf dem Kissen ab und hob meine Beine aufs Bett. Als ich bequem lag, zog er mir vorsichtig die Schuhe aus, wobei ich scharf einatmete, als er meinen verletzten Fuß befreite.

„Ich komm sofort wieder, warte, Mary."

Als hätte ich mich auch nur noch einen Millimeter bewegt. Mein Körper schrie nach Ruhe. Ihm musste es doch genauso ergehen. Ich hörte ein Rascheln und Scheppern aus dem Nebenraum und dann kam Chris zurück. Vollbepackt mit einem Verbandskasten, zwei Gläsern gefüllt mit Wasser, die er darauf balancierte, und einer Schüssel mit einem kleinen Sprung in der anderen Hand.

„Hier, trink erst einmal", sagte er, während er mir ein Glas hinhielt und die Schüssel für Milo auf den Boden stellte. Wir tranken und meiner Kehle ging es direkt besser. Dann machte Chris sich an sein Werk und verband meinen Fuß. Er stützte ihn mit einer Bandage und als er zufrieden war, deckte er mich liebevoll zu, setzte sich zu mir und beobachtete mich. Kurz ließ ich ihn gewähren.

Ich spürte die Müdigkeit nach mir greifen, doch wollte ihr nicht nachgeben. Nicht auf diese Weise. „So wird das nichts. Du kannst mich nicht anstarren. Wie soll ich so einschlafen können?"

Ein schelmisches Grinsen huschte über sein Gesicht. „Ich glaube, ich muss nur kurz warten, dann geht das ganz von selbst." Seine Hand strich eine Strähne hinter mein Ohr, wobei er mit seinen Fingerspitzen sanft über meine Wange glitt.

Ich wollte nicht allein hier liegen, während ich in meinem Traum um alles kämpfen sollte. Wenn ich dort körperlich allein sein sollte, dann wenigstens hier nicht. Und hatte Milo nicht gesagt, dass es für unsere Verbindung besser wäre, wenn Chris direkt bei mir war? Ich umfasste Chris' Hand, die noch immer an meiner Wange lag, und sah ihn bittend an. Ohne ein einziges Wort sagen zu müssen, umrundete er das Bett und legte sich neben mich. Auf die Decke wohlbemerkt. Immer auf der Hut. Immer bereit, alles und jeden zu verteidigen, sollte es nötig sein.

Chris streckte den Arm in meine Richtung und wartete darauf, dass ich näher rückte. Doch nichts geschah. Nicht, dass ich nicht gewollt hätte, mein Körper hatte einfach seinen Dienst aufgegeben. Ich spürte das sanfte Schwanken der Matratze, als Milo sich zu unseren Füßen zusammenrollte.

„Ich habe dir doch gesagt, ich müsste nur kurz warten." Chris rückte noch etwas näher. „Komm her …", murmelte er, griff um mich und zog mich an seine Brust. Halb auf ihm liegend, kuschelte ich mich eng an ihn. Seine Wärme umfing mich. Meinen Kopf auf seiner Brust, seinen Arm um mich und sein Bein unter meins geschoben, schloss ich die Augen. Noch ehe ich seinem Herzschlag hätte lauschen können, schlief ich ein.

Kapitel 23

In einem belebten Café am Tisch sitzend, wurde ich wach. Die Geräuschkulisse sprach von einem überfüllten Raum und hektischen Menschen. Vor mir auf einem Tisch mit einer kleinen Tischdecke stand eine dampfende Kaffeetasse. Ein Löffel stand in ihr und bewegte sich kreisend durch den Milchschaum. Jemand rührte den Kaffee um. Wie ich verzögert feststellte, war ich es selbst. Langsam ließ ich den Löffel los und hob den Blick.

Mir gegenüber saß meine Adoptivmutter. Moment ... Ich blinzelte mehrfach ... Meine Adoptivmutter? Wann hatte ich mit ihr je Kaffee getrunken? Liebevoll lächelte sie mich an, streckte ihre Hand über den Tisch und wollte nach meiner greifen, doch ich zog sie blitzschnell zurück.

„Liebling, was hast du denn?" Diese Stimme. Sie war viel lieblicher und süßer, als die meiner Adoptivmutter je war. Zumindest anders als in meiner Erinnerung, denn meine Mutter hatte schon ewig kein Wort mehr mit mir gewechselt.

Mir lief es kalt den Rücken hinunter. Eine Gänsehaut folgte der eisigen Welle. Ruckartig stand ich auf. Der Stuhl fiel scheppernd zu Boden, der Tisch wackelte gefährlich und Kaffee schwappte über den Rand der Tasse.

Meine Gefühle machten eine Hundertachtziggradwendung. Von Verwirrung und Angst zu absoluter Euphorie. Grinsend verließ ich das Café. Ein Hochgefühl jagte durch meine Adern, ließ mich berauscht werden und trieb meine Mundwinkel bis ins Unermessliche.

Dieses Mal hatte der Vokert zu hoch gepokert. Er hatte sich verschätzt. Ich hatte nie eine liebevolle Mutter. So wusste ich quasi sofort, dass es sich um einen Traum handeln musste. Wenn ich mich genauer umsah, erkannte ich auch, was Milo meinte.

Die Konturen waren unscharf. Es war, als würden sie am Rand verschwimmen. Auch die Farben waren gedeckter, nicht ganz so satt wie im echten Leben. Und mein Gefühl schrie mir förmlich entgegen, dass das hier nicht real sein konnte. So eine Mutter hatte ich nie gehabt.

Ich ließ den Blick über die belebten Straßen und den vollen Park wandern. Und da sah ich ihn: den Vokert. Gemächlich ging ich auf ihn zu. Meinerseits ein festgetackertes Lächeln auf den Lippen. Stolz, weil ich ihm nicht auf den Leim gegangen war.

Wach auf!

Ich zuckte zurück. War das etwa Chris? Ich drehte mich um mich selbst, doch fand von ihm keine Spur. Achselzuckend und mit weiterhin hoch erhobenem Haupt ging ich dem Vokert entgegen.

Zu spät bemerkte ich meinen Fehler. Anders, als ich erwartet hatte, schien er keinesfalls überrascht oder erschrocken, als ich grinsend vor ihm auftauchte. Ganz im Gegenteil, denn sein Lächeln wurde immer breiter und wischte mir mein Grinsen schlagartig aus dem Gesicht.

„Na? Habe ich deine Mutter nicht gut getroffen?" Sarkasmus troff aus seiner Stimme. Mit seiner rechten Hand strich er sich nicht vorhandenen Staub von der linken Schulter und sah weiterhin auf mich herab. Als ich nicht reagierte, bückte er sich und sah mich bedeutungsvoll an. Das Schwarz seiner Augen schien mich schier verschlucken zu wollen. Unsere Blicke standen in hartem Kontrast zueinander. Seiner schwarz wie die Nacht, meiner hellgrau, fast weiß.

„Willst du mir nicht antworten oder hat es dir die Sprache verschlagen?" Sein ausgestreckter Zeigefinger näherte sich meinem Arm. Kurz bevor er ihn berührte, stieß ich seine Hand zur Seite. „Finger weg!"

„Oh! Also doch nicht stumm!" Lachend richtete er sich auf. „Da bin ich ja beruhigt. Wie schade wäre es gewesen, dein Sein stumm zu beenden. Wie geht es dir und deinen Liebsten? Chris und Milo, richtig? Seid ihr gut untergekommen?"

Mein Verstand raste. Irgendetwas stimmte nicht. Worauf wollte er hinaus? Was hatte er vor? Aus dem Augenwinkel beobachtete ich meine Umgebung, um etwas, das nicht hierhergehörte, auszumachen. Doch ich fand nichts.

Wach aaaaauuuuuffff!

Das Blut gefror mir in den Adern. Es war wie ein Déjà-vu. Ich, die träumte, und Chris, der nach mir rief. Verdammt! Ein Lachen erscholl über den nun leeren Park und wehte mir das Haar um die Ohren.

„Verstehst du es jetzt? Du kannst nicht gewinnen. Niemals. Er ist fast so weit. Bald kann er Leija wiederherstellen und neu aufleben lassen." Kurz machte er eine Pause. „Es wartet Besuch auf dich. Und nein, es ist nicht deine Mom." Höhnisch lachend wandte er sich ab und verschwand.

Erstarrt blieb ich zurück, hörte Chris in meinem Kopf meinen Namen rufen und kämpfte gegen den Schlaf und um das Aufwachen. Ich hetzte durch die Stadt, weg von dem Park und suchte panisch nach dem Ausgang. Doch ich wachte nicht auf, obwohl ich mich kniff, kratzte und biss. Nichts half. Ich lief bis zum Stadtrand, beschleunigte immer wieder meine Schritte, bis meine Lunge ächzte und meine Muskeln schmerzten. Chris' Rufe hallten unaufhörlich in meinen Ohren.

Nach Atem ringend blieb ich mitten auf der Straße stehen und sah mich um. Ich suchte weiterhin den Ausweg, fand keinen und rannte dann in die andere Richtung. Ich stolperte über ein

Trümmerteil, das ich nicht gesehen hatte, und als mir der Asphalt näher kam, wachte ich endlich auf.

***

Kurz verstand ich die Welt nicht mehr. Mein Kopf war schwammig von ihrem Wechsel. Wo war ich nun? Wiedererwartend lag ich nicht in Chris' Bett, sondern in zwei starken Armen. Mein Blick war gegen eine Wand gerichtet. Wir waren noch in seiner Wohnung. Ich erkannte sein Bett.

Der Herzschlag, der an meiner Schulter echote, war Chris'. Das spürte ich, ohne ihn ansehen zu müssen. Und dennoch wollte ich mich vergewissern. Als ich in sein Gesicht betrachtete, bereute ich es auf Anhieb. Es war schmerzverzerrt. Mit dem Zeigefinger meiner linken Hand tippte ich ihm sanft gegen die Brust. Ohne mich viel zu bewegen, wollte ich auf mich aufmerksam machen und ihm zeigen, dass ich wach war, aber irgendetwas stimmte nicht.

Chris senkte seinen Blick und als er mich ansah, erscholl eine weibliche Stimme hinter ihm. Sie war es, die ich im Traum gehört hatte und die meiner Mutter gehört haben sollte. Also hatte der Vokert diese beiden Personen vermischt. Das Aussehen meiner Adoptivmutter und die Stimme dieser Frau.

„Du weißt nicht, was du tust. Du zerstörst alles, wofür unsere Familie seit jeher steht." Die Frau, die im Grunde mit lieblichem und sanftem Klang sprach, bekam einen hysterischen Unterton.

Meine Gedanken überschlugen sich. Ich bekam jedoch kein Bild. Nichts wollte zu einem Ganzen werden. Chris wandte den Blick nicht von mir ab. Stumm nickte ich ihm zu. Er sollte mich absetzen und genau das tat er. An einer Wand angelehnt, stand ich nun vor ihm. Meine Hände auf seiner Brust ruhend sah ich zu ihm auf.

„Nein, du verstehst es nicht", sagte Chris an die Frau gerichtet. „Du wirst sie in Ruhe lassen. Hast du mich verstanden, Mom?"

Wie ein Fausthieb traf mich das letzte Wort. Sie war seine Mutter? Wie war sie hierhergekommen und wie hatte sie uns finden können? Und dann fiel es mir wie Schuppen von den Augen. Es konnte keine andere Erklärung geben. Der Vokert musste sie hergelockt haben, damit wir endlich aufhörten. Er wollte, dass ich aufgab und versuchte es mit allen Mitteln. Deswegen glaubte er, wir würden nie gewinnen?

„Geh beiseite, Chris. Lass es mich beenden und uns gemeinsam Leija wieder aufleben lassen. Du wirst sehen, dass dieses *Opfer* keines ist." Verachtung schwang in ihrer Stimme. „Sobald die Verbindung gekappt ist, wirst du dich kaum noch an sie erinnern."

Geschockt von diesen Worten, wurde ich immer kleiner. Egal, wie grausam der Vokert auch war, egal, wie viel Angst ich schon gefühlt hatte, diese Situation übertraf alles. Eine Mutter, die sich gegen ihren Sohn stellte. Ein Sohn, der zerrissen zwischen Heimat und Zukunft wählen sollte. Doch als ich in Chris' Augen sah, fand ich dort keine Zweifel. Stattdessen lagen dort Trauer und pure Entschlossenheit. Langsam drehte er sich zu seiner Mutter um. Vollständig von ihm verdeckt, verharrte ich weiterhin an der Wand, starrte auf seine breiten Schultern und wartete.

„Es tut mir leid. Ich weiß nicht, was in deinem Kopf vor sich geht und wer dir diese wahnwitzige Idee eingepflanzt hat, doch dein Weg wird hier enden. Du wirst nicht an Mary herankommen. Hast du mich verstanden?" Seine Gestalt verschwand hinter weißem Nebel, als er seiner Mutter seine Antwort mitteilte. Er breitete sich wie eine durchscheinende Wand aus und stellte sich vor uns auf.

„Du wirst Mary kein Haar krümmen!" Er trat einen Schritt auf sie zu. „Du wirst kehrtmachen und von hier verschwinden!" Wieder ein Schritt.

Ein leises Flüstern seiner Mutter drang an mein Ohr. „Du wirst mir nichts tun. Dazu bist du nicht imstande." Obwohl diese Worte fest klingen sollten, war ihr die Angst anzuhören. Sie war in der schlechteren Verhandlungsposition.

„Lass es nicht darauf ankommen!" Chris stand nur noch zwei Schritte von seiner Mutter entfernt, doch sein Nebel umhüllte weiterhin uns beide.

Ich sah mich nach Milo um, als ein ohrenbetäubender Knall durch das Schlafzimmer hallte. Es klang wie der Schuss aus einer Pistole. Sofort begann es in meinen Ohren zu klingeln. Chris' Nebel bebte in Wellen, als ein erneuter Knall die Stille zerteilte und auf den Nebel traf. Ich schrie auf. Wurde jemand getroffen? Hatte sie gerade wirklich auf ihren Sohn geschossen?

„Mary, leg dich auf den Boden!", forderte Chris mich harsch auf. Das Grollen, das aus seiner Kehle stieg, ging mir durch Mark und Bein.

Obwohl ich ihn durch das laute Klingeln kaum verstehen konnte, hörte ich einige Fetzen und legte mich, ohne es zu hinterfragen, auf den Boden. Meine Arme fest um den Kopf geschlungen, wartete ich. Ich presste meine Augen zusammen.

Konnte ich vielleicht helfen?

Zögerlich linste ich durch ein Lid und erkannte Chris' Nebel, der sich selbst und seine Mutter umfasste. Beide warfen sich über den Boden und immer wieder schrie die verzweifelte Frau.

„Du verstehst es nicht, Chris! Du wirst mir noch danken, wenn das alles vorüber ist!" Unaufhörlich redete sie auf ihren Sohn ein.

Milo stand vor mir, als wollte er mich beschützen. Dankbarkeit schwoll in meinem Herzen an. Rasch schloss ich das Lid. Die Kampfgeräusche, die mich umfingen, wollte ich am liebsten ausschließen, sie schafften es, bis tief in meine Hirnwindungen und brannten sich dort ein. Etliche Schüsse, eine schreiende Frau und ein Stöhnen später war es vorbei.

Als ich Chris scharf einatmen hörte, hob ich zögerlich den Kopf und bereute es im selben Atemzug. Sein Nebel hatte sich weiterbewegt, prallte nun auf die gegenüberliegende Wand und löste sich auf. Dann ging Chris zu Boden. Ohne darüber nachzudenken, stieg ich über das Bett. Meine Angst wuchs ins Unermessliche. Was war geschehen? Meinen verletzten Fuß ignorierend humpelte ich zu ihm. Er hielt sich den rechten Arm. Blut sickerte unter seinen Fingern hindurch und tropfte auf den Boden.

„Ich werde im Wohnzimmer auf euch warten und euch warnen, falls noch etwas hinterherkommt", ließ Milo uns wissen und rannte durch die Tür.

Mit zusammengepressten Lippen sah Chris mich an. Unbeholfen tastete ich mit den Händen in der Nähe seiner Wunde herum, wissend, dass ich keine Ahnung hatte, was zu tun war. Ich war völlig überfordert.

„Es ist nur ein Kratzer, Mary. Es ist alles okay", sprach er beruhigend auf mich ein. Aber es sollte doch genau umgekehrt sein.

Da fiel mir seine Mutter ein. Panisch blickte ich mich um, suchte sie und die Pistole. Sie musste eine Waffe bei sich gehabt haben, denn in den Wänden klafften Einschusslöcher. Die Wohnung versank im Chaos, Möbel waren verrückt und Scherben lagen auf dem Boden. Doch eines fand ich nicht: seine Mutter.

„Der Nebel hat sie verschluckt. Sie ist nicht mehr hier", flüsterte Chris. Der Schmerz in seiner Stimme war überdeutlich zu hören.

„Es tut mir leid", war das Einzige, das ich sagen konnte. Dann betrachtete ich wieder seine Wunde und rief mir, entschlossen ihm zu helfen, alles ins Gedächtnis, was ich über Erste Hilfe gehört und gelesen hatte. Viel war es leider nicht. Ich sah zu Chris auf und schaute ihn verlegen an. „Was muss ich tun?", fragte ich unsicher.

„Kannst du schauen, ob die Kugel noch drin ist?", fragte er mit zusammengepressten Zähnen.

Ich nickte und er zog seine Hand von der Wunde. Sofort floss das Blut schneller seinen Arm hinab. Ich hatte Mühe, etwas zu erkennen.

„Warte." Ich eilte zur Kommode und schnappte mir ein Shirt, das davor auf dem Boden gelegen hatte. Ich drückte es auf die verletzte Stelle, ließ es das Blut aufsaugen und erhaschte einen Blick auf die Wunde. Chris betrachtete sie ebenfalls. Wenigstens einer, der mit dem Anblick etwas anfangen konnte. Denn ich sah nur Blut.

„Ist nur ein Streifschuss", hörte ich ihn sagen.

Übereifrig fiel ich ihm in die Arme. Tränen brannten in meinen Augen. Er zog scharf die Luft ein.

„Sorry!" Schnell nahm ich Abstand. Und dann arbeitete auch mein Hirn wieder. „Wo hast du den Verbandskasten?" Mit meinem Blick suchte ich das Schlafzimmer ab.

„Ich glaube, er ist unters Bett gerutscht."

Rasch krabbelte ich darunter und zog den Kasten hervor. Bei Chris angekommen, holte ich einen Verband und eine Kompresse heraus. Mit zittrigen Händen verarztete ich seine Wunde und die Blutung hörte kurz darauf auf. Anschließend wusste ich nicht mehr, was ich tun sollte oder konnte. Stumm rückte ich an seine unverletzte Seite und lehnte mich ihm ein Stück entgegen.

Chris bewegte sich kaum, dennoch spürte ich seine Lippen auf meinem Scheitel. „Ich bin froh, dass dir nichts passiert ist." Er erhob sich schwerfällig.

„Und ich wünschte, ich könnte dasselbe sagen", flüsterte ich. Keine Ahnung, ob er mich gehört hatte oder nicht. Doch meinte ich es auf so viele verschiedene Arten.

Mein Herz zerriss Stück für Stück, während ich Chris beobachtete, wie er im Schlafzimmer Gegenstände sortierte und Möbel an ihren Platz schob.

Wie musste es ihm gehen, wo er sich gegen seine Mutter hat wehren müssen? Sie hatte auf ihn geschossen. Auf ihren eigenen Sohn. Und dass er sie hat verschwinden lassen müssen, machte das alles nicht besser. In meinem Kopf irrten die wildesten Gedanken, was mit seiner Mutter geschehen war, aber ich traute mich nicht zu fragen. Viel wichtiger war, für Chris da zu sein. Langsam stand ich auf und ging auf ihn zu. Er stand, mir den Rücken zugewandt, vor der Kommode und wühlte darin.

Behutsam legte ich ihm meine Hand auf den unverletzten Arm und wartete. Als er sich nach ein paar Atemzügen endlich zu mir umdrehte, sah ich seinen tiefen Schmerz. Die Trauer in seinen Augen, die zusammengepressten Lippen, die herunterhängenden Schultern und die verspannten Muskeln. Es raubte mir den Atem. In seiner Hand hielt er ein Bild seiner Mutter und ihm.

Ich schmiegte mich an Chris' Brust. „Es tut mir so leid", hauchte ich, während sein Körper bebte und sein Herz raste. „Ich wünschte, ich könnte die Zeit zurückdrehen."

Seinen unverletzten Arm um mich und sein Kinn auf meinem Scheitel liegend standen wir zwischen den Trümmern seines Lebens.

Eine ganze Weile harrten wir in seinem Schlafzimmer aus. Vor der Kommode, vor dem Bild seiner Mutter. Irgendwann fing Chris an, über seine Kindheit zu reden. „Sie war eine wundervolle Frau. Sie hat mich geliebt und war auch für mich da. Sie war immer an meiner Seite und hat das Leben genossen. Trotz des Verlustes meines Vaters hat sie mich nie spüren lassen, dass ich nie genug gewesen wäre." Traurig sah er vom Bild auf. „Ich weiß nicht, was passiert ist. Vielleicht hat es daran gelegen, dass ich ausgezogen bin. Möglicherweise hätte ich bleiben müssen."

Ich griff nach seinem Kopf und sah ihm in die Augen. „Das tust du jetzt nicht. Du bist nicht schuld an dem, was passiert ist." Ich ließ meinen Blick über sein Gesicht wandern und suchte nach dem Zeichen, dass er mich verstanden hatte. Dass er es auch fühlte.

Chris schüttelte den Kopf. „Nie hätte ich erwartet, dass sie zu so etwas fähig wäre. Ich war alles für sie. Als ich ihr mitgeteilt habe, dass ich eine gute Stelle gefunden hatte, dafür aber wegziehen müsste, war sie außer sich. Sie hatte Angst, mich zu verlieren. Wie passt das alles zusammen? Ich versteh es nicht." Er fuhr sich verzweifelt durch sein Haar.

„Ich kann es dir nicht erklären, aber ich bin mir sicher, dass das nicht deine Mutter war. Wenn sie die Frau war, die du beschreibst, dann war das hier nicht deine Mutter. Sie liebt dich. Wie sollte sie, egal, welches Ziel sie auch verfolgen möge, dir so etwas antun können? Du erzählst von dem großen Herzen und der übermächtigen Liebe für dich … Bitte mach dich nicht kaputt. Zerstör dich nicht selbst für etwas, das dir jemand einreden möchte."

Nachdenklich wanderte Chris' Blick durchs Zimmer, bis er auf mich fiel. „Was macht dich da so sicher?" Zweifel und Hoffnung sprangen mir zu gleichen Teilen entgegen, als er diese wohlüberlegten Worte äußerte.

„Das Spiel." Jede Unsicherheit war aus mir verschwunden. „Nachdem fast all meine Albträume, die man mir bescheren konnte, schon in Erfüllung gegangen waren, blieb nur noch ein Zug. Da du dich nicht verweben lässt und auch nicht zum Albtraum werden konntest, musstest du einem Albtraum begegnen. Deinem Albtraum." Ich machte eine Pause, bevor ich weiterredete, damit er Zeit hatte, meinen Gedanken folgen zu können. „Sein Ziel ist es, dass ich aufgebe und endlich mache, was er möchte. Dass ich einschlafe und ihm den Rest meiner *Macht* gebe. Denn nur dann kann er zurückholen, was verloren gegangen ist. Nur dann kann Leija wieder auferstehen."

Kapitel 24

Nach einer Ewigkeit der Stille und des Nachdenkens machte Chris durch ein Räuspern auf sich aufmerksam. „Was macht dich so sicher, dass nicht ich dein Albtraum bin? Dass ich noch nicht zu deinem Albtraum wurde oder noch werden könnte?"

Ich dachte kurz über die Frage nach und erinnerte mich an die Zweifel und die Angst, als ich vermutete, er könnte der Vokert-Chris sein. Ich überlegte, die Tatsache lieber zu verschweigen, entschied mich dann aber für die Wahrheit. „Ich bin mir sicher, weil du es nicht sein kannst."

Verwirrt sah er mich an. Okay ... Zugegeben, die Antwort war echt lahm.

„Lass es mich so erklären: Immer wieder wurde ich in Traumwelten gezogen, die mir als Realität vorgegaukelt wurden. Jedes Mal musste ich zweifeln, ausharren, glauben und hoffen, dass die Realität genau das ist, wo ich mich gerade befand. In einigen Träumen bist auch du vorgekommen, doch es war anders. Wir waren anders. Mein Herz hat wie sonst auch höhergeschlagen, wenn ich dir begegnet bin, und noch immer habe ich körperlich auf dich reagiert. Aber die Verbindung war falsch. Irgendwie ... *flach*." Ich seufzte ergeben. „Verstehst du, was ich meine?"

Er nickte kaum merklich, wirkte aber nicht überzeugt.

Verlegen strich ich mir eine Strähne hinters Ohr und wandte den Blick ab. Ich wurde nervös. Noch nie hatte ich versucht, solch klare und liebevolle Worte für jemanden zu finden. „Weißt du … Wenn ich dich ansehe, blüht mein Herz auf. Wenn ich deine Stimme höre, drehen die Schmetterlinge in meinem Bauch vollkommen durch. Wenn ich deine Lippen betrachte, verbrenne ich förmlich vor Lust, sie zu küssen. Wenn ich dich berühre, weiß ich, wie es ist, auf Wolken zu schweben. Wenn ich mich dir nähere, brennt mein Feuer für dich lichterloh. Und wenn ich mich von dir entferne, fröstle ich."

Ich legte meine Hände auf seine Brust und richtete meinen Blick schüchtern und ängstlich darauf. Ich konnte Chris nicht ins Gesicht sehen. Noch nicht. Sonst verlor ich den Mut. „Wie soll etwas, das so unfassbar ist, etwas, das so stark ist, ein Traum sein? Wie solltest du zu meinem Albtraum werden können?" Nun strich mein Blick über seine Wangenknochen, über sein Kinn bis zu seinen Lippen. Ich schluckte und sah ihm in die glänzenden Augen. „Ich liebe dich. Nie könntest du …"

Bevor ich den Satz hatte beenden können, zog Chris mich an sich und verschloss meinen Mund mit seinen wundervollen Lippen. Ich schmeckte ihn, seine Liebe, sein Ich und schmolz dahin. Ich hob meine Arme, legte sie um seinen Nacken und hielt ihn fest, gab ihm keine Chance zu entkommen.

Doch er dachte auch nicht daran. Stattdessen steuerte er mich rückwärts zum Bett. Als ich das Holzgestell an meinen Kniekehlen spürte, fielen wir gemeinsam auf die Matratze. Chris lag über mir. Kurz trennten sich unsere Lippen und wir sahen einander an. Er bat mich stumm um Erlaubnis, also nickte ich.

Chris richtete sich auf, um sich den Pullover über den Kopf zu ziehen. Ich betrachtete seinen Oberkörper, seine Muskeln und genoss den Anblick, der sich mir bot. Mir wurde heiß und kalt. Hatte dieser Mann eigentlich keinerlei Makel? Ich konnte meinen Blick nicht von ihm abwenden und meine Schmetterlinge wanderten tiefer.

Als Chris sich zu mir beugte und wir auf dem Bett eine bequemere Position eingenommen hatten, strich ich mit meinen

Händen die Konturen seiner Muskeln entlang. Ich fuhr über seinen Bauch und die feinen Härchen über seinem Bund. Und wieder hinauf. Seine Muskeln zuckten dort, wo ich sie berührte. Ich fasste Mut und sah ihm in seine feurigen Augen. Rohe Leidenschaft und pure Lust strahlten mir daraus entgegen.

Seine Unterarme lagen links und rechts neben meinem Kopf, sodass wir uns ununterbrochen ansahen. Wir sogen das Feuer des anderen in uns auf. Das Stöhnen, das Chris' Kehle bei meinen Berührungen entwich, war der Funke, der mich zum Überkochen brachte. Ich keuchte und Chris presste seine Lippen erneut auf meine.

Unser Atem und unser Herzschlag – alles verfiel in einen gleichen Takt. Ich wollte mehr, wollte ihn. Kurz schob ich Chris von mir herunter, jedoch nur, um mir ebenfalls mein Oberteil auszuziehen. Als ich mich wieder aufs Kissen sinken ließ und Chris sich über mich beugte, erscholl ein Knall vor der Schlafzimmertür.

Blitzartig sprang Chris aus dem Bett. Ich kroch eher unbeholfen zur Bettkante. Dann lauschten wir. Erneut war ein Knall zu hören. Chris schlich zur Tür, öffnete sie einen Spalt und spähte hindurch. Sofort ging ein Ruck durch seinen Körper und er schloss die Tür. „Wir müssen weg." Er wühlte in seiner Kommode nach Kleidung, warf mir einen Pullover zu, während er sich seinen hastig überstreifte und zu mir zurückkam. Dabei stopfte er sich irgendetwas in die Hosentasche.

Ich tat es ihm mit dem Pullover gleich und ließ mir von Chris aus dem Bett helfen. Er zog mich zum Fenster, um es zu öffnen und hinauszuklettern. Ich folgte ihm. Ungelenk wie ich war, blieb ich mit dem Fuß am Fensterrahmen hängen und wäre fast gestürzt, hätte Chris mich nicht aufgefangen.

„Danke", murmelte ich atemlos, während er mich auf dem Boden absetzte.

Zischend sog Chris die Luft ein.

„Was ist los?", flüsterte ich.

Anstatt mir zu antworten, griff er nach meiner Hand und zerrte mich weiter. Immer wieder blickte er sich um.

„Chris? Bitte, sag doch was."

Er dachte nicht daran, mir zu antworten.

„Was geht hier vor? Wo ist Milo? Wieso ist er nicht mitgekommen?", fragte ich weiter.

Erneut folgte Stille, während wir durch die Überreste der Straßen huschten, an Ruinen vorbei und letztendlich vor einem Durchgang zum Stehen kamen – oder eher einem Trümmerhaufen, der eine Höhle formte. Chris ließ meine Hand los, rüttelte an den Betonstücken und prüfte die Stabilität.

Es waren die Überreste der Häuser, die an dieser Stelle einst standen. Als ich mich umdrehte, erkannte ich die Straße. In etwas Entfernung befand sich der Park und neben uns war das Café, in dem ich im Traum aufgewacht war. Alles war zur Unkenntlichkeit zerstört. Der Anblick schnürte mir die Kehle zu.

Noch bevor ich mich vollends umgesehen hatte, ergriff Chris meine Hand und zerrte mich hinter sich her. Ich hatte verstanden, uns blieb keine Zeit. Fragen rasten durch meinen Kopf, während ich mich in den Trümmerhaufen ziehen ließ. Humpelnd lief ich ihm hinterher.

„Sagst du mir endlich, was los ist?"

„Sobald wir in Sicherheit sind."

Was gleichbedeutend mit einem Nein war. Solange der Vokert hier lauerte, waren wir nirgendwo sicher. Trotzig und völlig unpassend, wie ich wusste, blieb ich zwischen den Trümmern stehen, verschränkte die Arme vor der Brust und sah Chris abwartend an.

„Mary, bitte. Lass uns reingehen und dann erzähl ich dir alles." Sein Blick war gehetzt und trüb.

Aus Angst vor dem, was er mir erzählen würde, verweigerten mir meine Beine den Dienst. Erneut musste Chris mich an die Hand nehmen und mich hinter sich herziehen. Als wir in der Trümmerhöhle untergekommen waren, setzten wir uns und sahen einander schweigend an. Ich zog die Beine an und legte mein Kinn auf den Knien ab.

„Wir waren nicht mehr allein", flüsterte Chris. „Dieser merkwürdige Typ, der die Farben stiehlt, war in meiner Wohnung."

Das Grauen griff nach mir. Aber nicht wegen des Mannes, sondern wegen dem, was sich in meinen Gedanken breitmachte. Milo …

Milo wäre doch um ein Leichtes mit dieser Gestalt klargekommen, er hätte ihn in Sekundenschnelle vernichten können. Der Kloß in meinem Hals wurde immer dicker. „Wo ist Milo?" Meine Stimme klang gepresst. Ich versuchte, die Tränen zurückzuhalten, wollte die Antwort hören und doch fürchtete ich mich davor.

Bevor Chris mir antwortete, rückte er zu mir, zog mich an seine Brust, sodass ich seitlich an ihm und meine Hand an seinem Herzen lehnte. Sein Kinn auf meinem Scheitel abgelegt, holte er tief Luft. „Milo ist … Er konnte und kann uns nicht mehr helfen." Und während er sprach, wurde sein Griff um mich schützender, tröstender und enger.

In seiner Umklammerung drehte ich mich zu ihm. Und dann wurde ich stumm. Meine Welt drehte sich nicht mehr. Mein Herz hörte auf zu schlagen. Mein Atem stockte. Weinend und schreiend brach ich zusammen. Mein Kinn sank auf meine Brust, weil mich meine Körperspannung verließ.

Tränen rannen mir über die Wangen. Durch die Höhle hallten die Klagelaute wider. Wie wild trommelte ich mit meinen Fäusten auf Chris' Brust. Ich wusste, er konnte genauso wenig dafür wie ich. Doch mein Herz zerbrach. Es fiel in Tausende Scherben und ich konnte es nicht mehr halten.

Nach einigen Minuten richtete ich mich schniefend auf. Ich musste es mit eigenen Augen sehen. Ich musste Milo helfen, wenn noch Hoffnung bestand. Wohl wissend, dass Chris keine Schuld trug, sah ich ihn wütend an. „Wir müssen zurück."

Ich war schon halb durch die Höhle, als Chris mich mit seinen starken Armen erneut von hinten umschlang. Seine Hand strich unaufhörlich über meinen Arm, ein Finger über meinen Bauch.

Jede seiner Berührungen sendete Trost. Und doch reichte es nicht. Wieder brach eine Welle der Trauer aus mir heraus.

„Wie kannst du dir so sicher sein, dass er tot ist? Was ist, wenn er nur verletzt ist und unsere Hilfe braucht? Wir können ihn nicht allein lassen." Ich wand mich unter seiner Umarmung, wollte zu Milo. „Was ist, wenn er nicht sterben kann? Wir wissen nicht, was mit meinen Fantasiewesen passiert."

„Vertrau mir. Wir können nicht mehr helfen."

Dieser Satz, so trostlos und verzweifelt, wie er über seine Lippen kam, ließ mich ihm glauben, was die Situation nicht besser machte. „Was machen wir denn jetzt?" Meine Stimme war nur als ein leises Krächzen zu vernehmen und verhallte unbeantwortet an den Wänden der Höhle.

Stumm nahm Chris meine Hand in seine, verflocht unsere Finger miteinander und ging an den Rand. Dort lehnte er sich an die Trümmerstücke und streckte seine Beine von sich. Chris machte es sich bequem, so gut es eben ging, und sah mich an. Sein Blick sagte alles und ich brauchte eigentlich keine Antwort. Wir wussten beide, dass es nur einen Weg aus dem Albtraum gab.

Ich kroch auf Chris zu, setzte mich schräg neben ihn und erwiderte seinen Blick. Er sah müde und abgekämpft aus. Ein Teil seiner Kleidung war zerrissen und verdreckt. Sein Gesicht staubverschmiert. Und trotzdem strahlte er Zuversicht aus, als hätte er keinen Zweifel daran, dass wir das beenden könnten. Sie sprang auf mich über. Ich lehnte mich an Chris und wusste, dass ich schlafen sollte, doch ich konnte nicht abschalten. Meine Gedanken ließen mir keine Ruhe. Unsortiert schwirrten sie durch meinen Kopf.

„Woran denkst du, Mary?"

„Ich denke über die Menschen nach, die verschwunden sind. Wie es ihnen geht und ob sie jetzt nicht vielleicht bessere Leben führen als in ihrer Realität." Während ich sprach, starrte ich meine Füße an. Ich trug nicht einmal Schuhe. Kurz ließ ich meinen Blick auch zu Chris' Füßen wandern und sah, dass es ihm ebenso erging.

„An so etwas darfst du nicht mal denken." Er nahm mein Gesicht in seine Hände, damit ich ihn ansah. „Egal, wie schön das Leben auch jetzt für sie sein mag, es ist nicht echt. Es ist nicht ihres. Alles, was einem im Leben widerfährt, passiert aus einem bestimmten Grund. Nicht immer sind unsere Erfahrungen positiv und nicht immer können wir mit ihnen gut umgehen. Doch ohne diese Erfahrungen würden wir nicht wachsen. Ohne Hindernisse würden wir nicht stärker werden. Ohne Negatives wüssten wir das Positive nicht zu schätzen. Egal, wie schön gerade alles für sie sein mag, es muss enden. Sie müssen die Chance haben, ein echtes Leben zu führen." Er lehnte seine Stirn gegen meine. „Hol sie zurück und gib ihnen die Chance, die sie verdienen."

Ich nickte. Chris hatte recht. Langsam ließ ich mich sinken, bettete meinen Kopf auf seinem Schoß und schloss die Augen. Chris fuhr mit seiner Hand durch mein Haar, schob es hinter mein Ohr und strich es zurück. Er strich mit den Fingern zärtlich mein Gesicht entlang und beruhigte mich.

Eine ganze Zeit passierte nichts. Meine Gedanken hörten nicht auf zu kreisen. Ich richtete mich auf. Unsere Blicke trafen sich. An Schlaf war momentan nicht zu denken. Wir waren viel zu aufgewühlt.

Chris kramte in seiner Hosentasche und zog ein kleines Päckchen heraus. „Das habe ich vorhin mitgenommen. Ich habe vermutet, dass Schlafen nicht so einfach möglich sein wird, nachdem, was alles passiert ist." Er hielt mir die Packung hin. Es waren Schlaftabletten. „Ich hoffe, du kannst sie auch ohne Wasser schlucken?"

Meine Antwort war ein kurzes Nicken. Leider war ich in diesen Dingen geübt. Egal, ob Schlaftabletten oder illegale Substanzen, die ich früher beim Partymachen genutzt hatte, um schneller in Trance zu verfallen. Alles bekam ich herunter.

Chris drückte zwei Tabletten aus dem Blister und gemeinsam nahmen wir jeder eine. „Schlaf gut", flüsterte er, als ich meinen Kopf auf seinem Schoß ablegte. Wieder strich er über mein Haar und mein Gesicht. Seine Fingerspitzen erzeugten kleine Impulse, wie kleinste Stromschläge. Mein Verstand folgte ihnen und ich spürte jeder Berührung nach. Gleichzeitig fuhr ich mit meiner Hand auf seinem Bein die Löcher seiner Hose ab und strich über seine Haut. Nach einiger Zeit setzte die Wirkung ein. Mein Verstand wurde träge und meine Bewegungen fahrig. Meine Augen ließen sich nicht mehr offen halten und fielen zu. Mit den Gedanken an den Wald, griff der Schlaf nach mir.

„Beende diesen Albtraum für uns", nuschelte Chris seine letzten Worte.

Kapitel 25

Wind peitschte mir die Haare um die Ohren. Auch mit geschlossenen Augen wusste ich, dass ich nicht mehr in der Höhle war. Und auch nicht lag. Es roch nach Moos und Laub, nach Wald und frischem Tau. Der Wind war kühl und ich sog den Sauerstoff tief in meine Lunge. So frische Luft hatte ich lange nicht mehr geatmet. Ich spürte etwas Hartes an meinem Rücken. Langsam und ängstlich schlug ich die Augen auf. Ähnlich unserer Höhle bestand auch mein Untergrund aus grobem Stein. Es war jedoch keine Höhle, sondern Teil einer Felswand.

Instinktiv presste ich mich dagegen, als ich meine Umgebung erkannte. Nur einen Meter von meiner Fußspitze entfernt tat sich ein Abgrund auf. Einer, dessen Ende ich kaum sehen konnte, obwohl ich mich ein wenig nach vorn beugte, ohne den Kontakt zur Wand zu verlieren.

Dort, wo ich stand, gab es wenig Licht. Wieder pfiff der Wind an mir vorbei. Ein Frösteln überzog meinen Körper. Noch immer trug ich Jeans und den Pullover von Chris, jedoch keine Schuhe. Nicht unbedingt die Kleidung, die man in einem Gebirge tragen sollte.

Um abzuschätzen, wie tief der Abgrund war, schob ich den kleinen Stein, den ich neben meinem Fuß entdeckte, über die Kante und wartete. Dabei zählte ich in Gedanken die Sekunden. Schon als ich bei drei angelangt war, kam der Stein auf dem Boden scheppernd auf. Erleichtert atmete ich aus. Natürlich wäre ein Sturz aus dieser Höhe dennoch mehr als schmerzhaft, aber vielleicht nicht direkt tödlich. Doch was sollte ich nun hier? Ich wollte eigentlich in den Wald.

Nachdem ich mein Umfeld abgeschätzt hatte und mich endlich traute, in die Ferne zu sehen, blieb mir der Mund vor Staunen offen stehen. Denn ich war genau dort, wo ich hinwollte. Nur etwas weiter entfernt als gehofft. Ich konnte ihn sehen - den merkwürdigen Wald. Erneut ließ mich sein Erscheinungsbild ratlos zurück. Er widersprach jedem Naturgesetz.

Aus sicherer Entfernung betrachtete ich ihn genauer. Links von mir erstreckte sich ein Blätterdach aus Hunderten Baumkronen. Wobei die unterschiedlich langen Baumstämme aus dieser Wand horizontal herausragten. Die Wurzeln bewegten sich unheilvoll in der sie umgebenden schimmernden Luft. Es sah aus, als würden sie den Schimmer daraus aufsaugen und danach greifen.

Auf jedem dieser Baumstämme lag eine, wie es aussah, schlafende Person. War das beim letzten Mal auch so gewesen? Hatte ich alle anderen nicht wahrgenommen, weil ich auf Fay fixiert gewesen war? Zumindest wirkten sie friedlich, als würden sie ohne Albträume schlafen.

Aus meinem letzten Traum wusste ich jedoch, dass der Schein trug. Sie speisten die Bäume mit ihrer Kraft und gaben ihnen damit die Möglichkeit zu leben. In der Mitte all dieser Bäume und Menschen lag Fay. Sie repräsentierte den Ursprung all dessen. Ihr Baumstamm war der größte. Um sie herum wuchsen etliche weitere, die Menschen auf sich trugen. Zum Rand hin kamen Sprösslinge zum Vorschein, die teilweise noch unbesetzt waren.

Geschockt von dem Ausmaß meiner Träume und dessen Folgen, starrte ich wie hypnotisiert zum Wald. Fieberhaft überlegte ich, wie ich all diese Menschen wieder in die reale Welt bekam, als ein Beben durch die Baumstämme fuhr und einige Blätter zu den Wurzeln fielen.

Unheilvoll bahnte sich das Beben seinen Weg und ließ alles erzittern. Der Felsvorsprung, auf dem ich stand, wackelte und ließ mich straucheln. Ich presste mich mit dem Rücken fester gegen die Wand und ließ mich dabei auf die Knie sinken, in der Hoffnung, das Beben ließe mich dann in Ruhe.

Als sich ein tiefes Grollen aus der Baumkrone dazugesellte, blieb mir fast das Herz stehen und mein Blick flog automatisch zur Blätterwand. In diesem Moment wurde mir klar, dass ich genau deswegen hier war. Weil ich mich dem stellen musste, was sich dahinter verbarg.

Denn das Grollen symbolisierte den Beginn. Es war wie der Startschuss. Es wusste, dass ich da war. Ich spürte hinter dem Blätterdach eine Macht, die sich zu mir gesellen wollte. Gänsehaut überkam mich und ich schluckte trocken.

Egal, wie sehr ich wusste, dass ich das hier schaffen konnte, hatte ich dennoch Angst. Die Bäume teilten sich und gaben das Bild auf etwas Riesiges frei. Das Erste, was ich sah, waren hölzerne, lange Klauen, gefolgt von knochig wirkenden Armen, die jedoch ebenfalls aus Holz oder einer Art Baum zu bestehen schienen.

Die Klauen legten sich auf den Rand der Öffnung und krallten sich fest. Es sah aus, als zögen sie daran und würden den Durchgang verbreitern wollen. Den Geräuschen zufolge, die das Wesen dabei machte, kostete das, was auch immer es da tat, viel Kraft, denn ein Schnaufen und Stöhnen schallte mir entgegen.

Ich konnte nicht anders, als das Geschehen zu beobachten. Ob ich nun starr vor Schreck oder Unglaube war, konnte ich nicht benennen. Doch ich wusste, egal, was mich an Ort und Stelle hielt, war richtig. Es gab kein Entkommen aus diesem Wald. Es gab kein Zurück für mich.

Mittlerweile war dieses Ding so weit herausgekrochen, dass man die Schultern erahnen konnte. Der Kopf erinnerte an einen abgetrennten Baumstumpf, auf dem Moos wuchs. Übergroße hölzerne Augen und ein großes Astloch, das den Mund darstellen sollte, prangten mir entgegen. Sein Gesichtsausdruck glich dem des Alten, auch seine Züge waren ähnlich. Meine Gänsehaut breitete sich auf meine Organe aus.

Scheiße!

Der Durchgang öffnete sich immer weiter und so langsam ahnte ich, dass dieses Ding riesiger sein musste als alles, was ich mir hätte vorstellen können. Ein Ruck ging durch meinen Körper und ich spürte ein mentales Ziehen. Das war Chris.

Mary, du schaffst das.

Denk an das, was Milo dir gesagt hat.

Die Träume gehorchen dir.

Ein kurzes Schweigen folgte, während ich das Wesen weiterhin beobachtete, wie es sich aus seinem Versteck kämpfte.

Und wenn es nicht klappt, musst du aufwachen.

Wir finden dann einen anderen Weg.

Doch Aufwachen war keine Option. Wir wussten beide, es gab keinen anderen Weg. Es musste hier und jetzt enden. Egal, wie.

Ranken und Äste stoben aus dem Durchgang, kurz bevor der Rest des Körpers sich in die Freiheit herauskämpfte. Ich schluckte und legte meinen Kopf in den Nacken. Obwohl ich auf einer Anhöhe hockte, musste ich weit nach oben sehen, um mein Gegenüber von oben bis unten mustern zu können.

Das Wesen bestand durch und durch aus morschen Holzgeflechten, teilweise moosbewachsen, und ab und an hing ein einsames Blatt an einem seiner Äste. Es richtete sich zu seiner vollen Größe auf und drehte sich einmal um die eigene Achse, bewegte seine Glieder und blieb anschließend ruhig stehen. Dann kam es wieder in Bewegung und sah sich neugierig um. Jeder Schritt, den das Wesen tat, hallte in dem Wald wider und ließ ihn erzittern.

Mit dem Rücken presste ich mich gegen die Steinmauer. Mein Blut jagte durch meine Adern, rauschte in meinen Ohren und mein Herzschlag schien sich selbst überholen zu wollen. Langsam atmete ich ein und aus. Ich versuchte, einen kühlen Kopf zu bewahren, sonst würde das hier für mich zu Ende gehen und nicht für dieses Ding.

Verdammt, Mary, was ist das?

Konnte Chris etwa sehen, was ich sah? In Gedanken erklärte ich ihm, was ich vermutete: Dieses Ding war es, das die Ältesten damals heraufbeschworen hatten. Es beschützte die Grenze. Und weiterhin gab es keine Spur von dem Land, der Welt der Träume. Zu den Füßen dieser Kreatur machte ich eine Gestalt aus. Von meiner Position konnte ich nicht erkennen, was oder wer es war. Vorsichtig beugte ich mich näher zur Felskante, spähte hinunter und konzentrierte mich. Ich wollte unbedingt erkennen, wer da unten stand, sodass mein Wunsch in Erfüllung ging.

Mein Blick schärfte sich. Und wie bei einem Zoom einer Kamera wurde das Bild kurzzeitig herangezogen. Es vergrößerte sich und ließ mich deutlich sehen, wer sich da unten herumschlich. Ich erkannte den Alten aus dem Park, den Obdachlosen, den Kerl, der mich im Krankenhaus besucht hatte. Diesen Leopold von irgendwas.

Mit ihm hatte alles angefangen. Nachdem ich begriff, wer dastand, huschte das Bild, wie an einem Gummiband gezogen, zurück und ich sah alles wieder in seiner normalen Größe. Was zum Teufel war das gewesen? Und viel schlimmer: Was wollte der Typ hier? Was hatte das zu bedeuten?

Ich setzte mich im Schneidersitz vor die Felswand und überlegte, was zu tun war und was eben passiert war. Chris' Worte hallten durch meinen Kopf. Milo hatte gesagt, ich könnte die Träume kontrollieren und sie in die Realität holen.

War es das gewesen, was gerade geschehen war? Hatte ich deswegen erkennen können, wer da unten stand? Weil ich es wollte und ich mich drauf konzentriert hatte? Lag darin das Geheimnis? War es das, worin meine Macht im Eigentlichen bestand? In meiner Fantasie, die über das normale Maß hinausging?

Es gab nur einen Weg, das herauszufinden. Tief atmete ich ein und aus und saugte die Energie aus der Umgebung in mir auf. An der Wand abstützend stellte ich mich aufrecht, richtete meinen Blick nach unten, sah meinem Gegner entgegen und kam letztendlich aus der Deckung des Vorsprungs hervor. Wohl wissend, dass dies mein Kampf war und hier und jetzt die Prophezeiung ihr Ende fand.

Ich trat einen weiten Schritt vor. Und mit diesem Schritt trat ich ins Nichts. Doch ich fiel nicht. Stattdessen erwachte meine Fantasie. Ich zwackte sie an, stellte mir vor zu wachsen, um mit meinem Gegenüber auf Augenhöhe zu sein. Gleichzeitig heilte ich meinen Fuß, in der Hoffnung, dass auch das klappte.

Als ich nicht aufschlug, sondern aufkam, stellte ich staunend fest, dass es geklappt hatte. Auch meine Verletzung war verschwunden. Fast hätte ich vor lauter Naivität und Euphorie gelacht. Aber nur fast. Denn das Wesen vor mir hatte mich entdeckt.

Der Alte jedoch war nicht mehr zu sehen. Der lebende Baum, das Wesen vor mir, stellte sich drohend auf. Ein Knurren in der Kehle sah es mich hasserfüllt an. Kurze Zeit beäugten wir uns und tanzten regelrecht umeinander. Machte ich zwei Schritte nach rechts, tat er zwei Schritte nach links.

Hast du einen Plan?

Nein, den hatte ich nicht. Das Einzige, was ich wusste, war, dass ich an diesem Ding vorbei musste, um den Alten zu erreichen. Denn er war mein eigentlicher Gegner, er war es, der vernichtet werden musste. Er war jedoch nicht zu sehen.

Meine Nackenhaare stellten sich auf. Ich spürte die Bedrohung, bevor ich sie sah. Hinter mir bewegte sich etwas auf mich zu und ich drehte mich abrupt um. Lange, sich schlängelnde Äste kamen über den Boden auf mich zu. Kurz vor mir hoben sie sich in die Luft und schossen auf meine Brust zu.

Okay, er spielte also mit unfairen Mitteln? Das wollten wir mal sehen!

Ich hob meine Arme gekreuzt vor meine Brust und dachte an einen Schild, der mich schützen sollte. Und prompt erschien er an meinem rechten Arm. Die Äste prallten davon ab und ich grinste. Zum einen, weil ich das mit den Träumen anscheinend echt schnell heraushatte, und zum anderen, weil die Äste mir so nichts anhaben konnten.

Doch machte ich einen fatalen Anfängerfehler: Ich stand mit dem Rücken zu meinem eigentlichen Gegner. Und als ich von ihm von hinten gepackt und umgestoßen wurde, tat nicht nur der Aufprall weh, sondern vor allem mein Verstand. Wie konnte man nur so dumm sein?

Keuchend hievte ich mich auf die Beine, stützte mich auf ein Knie und mit der anderen Hand am Boden ab, als aus dem Boden Wurzeln herausschossen, meine Gliedmaßen umfingen und mich an Ort und Stelle hielten. Ich hob den Kopf, sah meinem Widersacher in die Augen und lächelte. Denn auch hier war meine Fantasie meine Waffe. Ich dachte an die Wurzeln, die mich umfingen, wie sie sich auflösten und zu Staub zerfielen. Und genauso geschah es.

Auf die Füße springend wollte ich auf meinen Gegner zurasen und meinerseits einen Treffer landen. Tja, da hatte ich wohl meine Fantasie nicht mit einbezogen. Anders als geplant, sprang ich nicht auf die Füße, sondern landete erneut auf den Knien. Ich hätte mich offenbar mehr darauf konzentrieren müssen, dass ich körperlich fitter wurde.

Das tat ich nun. Dieser Fehler sollte mir niemals zweimal passieren. Ich wischte mir den Staub vom Gesicht, spürte den Schweiß, der schon jetzt an meiner Stirn herunterrann, und sprintete auf das Wesen zu. In dem Moment des Rennens erkannte ich, wie er sich einen festen Stand suchte und auf den Aufprall vorbereitete.

Doch auch ich war bereit. Mit den Händen traf ich seine Schultern, als er gleichzeitig nach meinen griff. Beide stemmten wir unsere Füße in den Boden und versuchten, den anderen wegzudrängen. Mit mäßigem Erfolg.

Wir ließen voneinander ab und stoben auseinander. Fieberhaft überlegte ich, was ich tun konnte. Was meine Fantasie anstellen konnte, damit dieses Ding verschwand. Doch alles, auf das ich mich konzentrierte, das unmittelbar mit ihm zu tun hatte, schien nicht zu wirken. So wünschte ich ihn weg, niedlicher, kleiner oder besiegbarer. Und jeder erneute Angriff meinerseits endete wie der vorherige. Alle zeigten keine Wirkung. Mit ihm geschah nichts. Er blieb, was er war.

Versuch das um ihn herum zu verändern, nicht ihn.

Vielleicht klappt das besser.

Okay. Ich überlegte. Aber alles, was mir einfiel, war zu gefährlich für den Wald, für die Menschen, die in ihm gefangen waren. Feuer? Nein. Wasser in der Masse, die ich benötigt hätte? Nicht vorhanden. Ein Orkan? Keine Option und vermutlich wenig hilfreich.

In Ermangelung eines besseren Plans stellte ich mich aufrecht und konzentrierte mich auf meine Macht: meinen Nebel. Da ich noch immer nicht genau wusste, zu was er eigentlich imstande war, war es einen Versuch wert. Als ich ihn das letzte Mal gebraucht hatte, hatte er mir exakt das erschaffen, was ich benötigt hatte, um im Kampf gegen die Hundertschaft das Portal, aus dem sie krochen, zu zerstören. Vielleicht würde es dieses Mal ebenso funktionieren.

Der Nebel kam, mehr aber auch nicht. Er formte sich nicht, gab mir keinen Hinweis oder Impuls. Frustriert und meinen Gegner nicht aus den Augen lassend, raufte ich mir die Haare. Tief sog ich die Luft ein. Mein Herz stolperte.

O nein, du gibst jetzt nicht auf!

Chris hatte gut reden. *Pff!* Doch seine Worte setzten einen anderen, völlig wirren Gedanken in Gang. Während sich meine Idee in meinen Windungen ausbreitete, traf mich die Faust des Wesens unmittelbar im Gesicht. Meine Nase knackte und ich schrie auf. Ich spürte das Blut an meinem Mund vorbeirinnen, hob meine Hand vorsichtig an die Nase und betastete sie.

Mir die Hand auf die Nase pressend sah ich erneut seine Faust auf mich zurasen und wich aus. Doch es setzte nach, holte mit dem Bein aus, dem ich nicht schnell genug ausweichen konnte, und sein Fuß trat hart gegen mein Schienbein. Schmerzerfüllt schrie ich auf und ging in die Knie.

Denk an deinen Schutz. Du musst dich schützen. Schnell!

Chris klang nervös. Das hier lief nicht so, wie wir uns erhofft hatten. Nicht so, wie wir es brauchten. Ich war noch zu ungelenk in meiner Fantasie, zu sehr eingerostet von der jahrelangen Blockade, unter der ich litt. Ich konnte sie nicht intuitiv nutzen.

Schnell dachte ich an eine Kuppel, die sich über mich legte und sperrte das Wesen aus. Es prallte wieder und wieder davon ab, gab dann jedoch nach einigen Versuchen auf und wartete. Genau wie ich wusste auch das Wesen, dass ich irgendwann herauskommen musste.

Ich spuckte auf den Boden. Roter Speichel lief mir aus dem Mund. Mit dem Handrücken wischte ich mir das Blut aus dem Gesicht, hob den Blick und sah dem Wesen hasserfüllt entgegen. Ich hatte es satt. Wut pulsierte durch meine Adern. Meine Idee formte und formte sich. So wie ich war, konnte ich nicht bleiben. So konnte ich nicht bestehen. Also ließ ich alle Ideen zeitgleich erwachen.

Ich lehnte meine Fantasie an Superhelden an, stellte mir vor, schneller, beständiger, unverwüstlicher, stärker und gelenkiger zu sein. Und genau so geschah es. Meine Nase knackte schmerzlos und der Blutstrom stoppte. Ich hatte mich selbst geheilt und spürte die Veränderung körperlich. Langsam richtete ich mich auf. Neuen Mut gefasst, sollte ich jetzt in der Lage sein, den Kampf zu beenden.

Wie eine Rakete schoss ich aus meiner Kuppel auf meinen Gegner zu und schlug ihm ins Gesicht. Meine Faust schmerzte vom Aufprall, doch das Wesen neigte nur leicht den Kopf. Als hätte es den Schlag nicht einmal gespürt. Verdammt! Meine Gedanken rasten erneut. Das war unmöglich.

Nervös sah ich mich um und entdeckte den Alten. Er stand mit verschränkten Armen am Rand und betrachtete belustigt das Schauspiel. Er wirkte nicht sonderlich überrascht, mich in dieser Größe zu sehen. Wieder sprangen mir die Gedanken durch den Kopf. Und einer blieb hartnäckig.

Vielleicht musste ich mich nicht auf das Wesen konzentrieren? Möglicherweise war der Alte der Schlüssel zum Erfolg? All meine Fantasie nutzend, tackerte ich den Alten mithilfe des Laubs um ihn herum am Boden fest, während ich gleichzeitig immer schneller zu ihm rannte und auf dem Weg dorthin eine angemessenere Größe annahm.

Nein, was tust du da? Du verlierst deinen Vorteil! Mary?

Ich ignorierte Chris' Worte. Das hier war mein Kampf. Ich musste dem Alten in die Augen sehen, während er verstand, dass es zu Ende war.

Bei ihm angekommen, hielt ich ihn mit dem Laub, das um ihn herumwirbelte, an Ort und Stelle und ließ die Blätter seine Kreise immer enger ziehen.

„So sehen wir uns wieder!", spie ich dem Alten entgegen und ließ zu dem Laub einen Ast nach dem anderen niederfallen, um ihn einzukesseln.

„Du meinst, das würde helfen?" Amüsiert sah er mich an und deutete mit einem Nicken auf das Gestrüpp.

Seine Reaktion kurbelte meine Wut und meine Frustration nur noch mehr an. Ich erschuf ein Unwetter über seinem Kopf und Blitze regneten auf ihn nieder. Doch sein Grinsen verschwand nicht. Im Gegenteil.

„Du hättest auf deinen Freund hören sollen. Du hast es nicht verstanden. Du kannst das hier nicht gewinnen. Leg dich einfach auf einen Baum, der dir gefällt, und wechsle in ein Leben ohne Leid und Schmerz. Deine Freunde warten auf dich. Lass das alles hinter dir und komm endlich zur Ruhe." Seine Worte lullten mich ein und trugen mich hinfort. Ich wollte mich wirklich auf einen Baum legen, so verlockend klang seine Stimme.

Mary!

Chris' Schrei ließ mich wieder ins Hier und Jetzt zurückschnellen. Ich ließ die Stimme des Alten an mir abprallen, als auch schon zwei riesige Hände von hinten nach mir griffen. Die Finger umschlossen meinen gesamten Körper und ich verlor den Kontakt zum Boden. Immer höher wurde ich gehoben, bis ich selbst über dem Wesen angekommen war.

Sein verwurzeltes und vermoostes Gesicht sah mir entgegen. Den Mund weit aufgerissen, bewegte er seine Hand in dessen Richtung. Die Hand, in der ich feststeckte.

Fuck!

Ich ließ mich wachsen und fiel letztendlich aus seiner Hand, als ich zu groß wurde. Kampfbereit stellte ich mich ihm gegenüber. Ein kurzer Blick über meine Schulter verriet mir, dass der Alte verschwunden war.

Doppel-Fuck.

Eins nach dem anderen.

Ein stechender Schmerz raste durch meinen Oberschenkel. Zu spät bemerkte ich die Äste, die sich vom Körper des Wesens auf meinen im raschen Tempo zubewegten. Ich ließ mich zu schnell ablenken und setzte den Fokus falsch. Meine Konzentration lag nun völlig auf meinem Schutz.

Der Versuch, meinen Schmerz durch die Fantasie zu lindern, misslang. Ich war zu keiner Handlung mehr in der Lage und konnte keinen Angriff mehr starten. Ich konnte nur noch reagieren. Des Sieges sicher, grinste mich das Wesen mit seinem merkwürdigen Mund an und ich wurde kleiner. Nicht viel, aber doch ein ganzes Stück.

Traurig und abgekämpft sah ich zu den Bäumen auf, dachte an die Menschen, die dort lagen, die meinen Träumen zum Opfer gefallen waren, und ließ zum ersten Mal den Gedanken zu, wie es wäre, ebenfalls dort zu liegen.

„Ich weiß nicht, was ich tun soll", flüsterte ich. Ich wusste, dass Chris mich hören würde. Ich brauchte einen Hinweis von ihm. Egal, was ich tat, ich fand keinen Weg zum Sieg. Ich schaffte es nicht einmal, dem Wesen einen Kratzer zuzufügen. Wie sollte ich ihn dann besiegen?

Es betrachtete mich abwartend. Als hätte es den Kampf schon gewonnen, drehte es sich zur Baumwand, wedelte einmal mit einer Hand und direkt neben Fays Baum erschien ein noch größerer Baum. Er sah anders aus als die anderen. Sein Laub war heller und schimmerte in den verschiedensten Farben. Er war wunderschön und rief mich zu sich. Ich spürte seine Anziehungskraft auf meiner Haut, in meinen Muskeln und in meinen Knochen. Unerbittlich kämpfte ich gegen den Drang an.

Tränen rannen über meine Wangen und ein Schluchzen brach aus mir heraus. Obwohl ich nie auf jemanden angewiesen sein wollte und mich nie wie ein weinerliches Mädchen empfunden hatte, wünschte ich mir doch, dass Chris jetzt hier wäre. Dass er mir helfen könnte. Das Ding schien für mich nicht besiegbar zu sein und der Alte war mir immer einen Schritt voraus.

Ich bin bei dir. Immer. Egal, wie schwer es gerade für dich aussehen mag.

Diese Menschen, zu denen du willst, kannst du nur erreichen, wenn

du sie weckst.

Wenn du dich zu ihnen legst, bist du nur ebenfalls gefangen.

Auf dem Boden kniend, die Hände vors Gesicht geschlagen, weinte ich. Ich weinte um meine Freunde, um die Menschen der Stadt, um verpasste Chancen und zerstörte Leben. Um Milo und Chris. Ich hörte die Schritte des Wesens und spürte sie in der Erschütterung der Erde.

Doch ich konnte nicht mehr, ich war es leid. Egal, wie viel Kampfgeist auch da gewesen war, wie viel Wille, es war für mich nicht machbar. Der Sieg war ferner als alles andere. Den Kopf hebend, schrie ich meinen Schmerz hinaus. Mein Herz brach.

Vergiss es, Mary! Steh auf! Wir schaffen das!

Mit tränenverhangenem Blick sah ich erneut auf die Bäume. Ich konzentrierte mich auf Chris und nahm all meine Fantasie zusammen, die mir neben meinem Schutz noch geblieben war, und formte Chris aus Fleisch und Blut in Gedanken, damit er hier erscheinen konnte. Doch es passierte nichts.

Ich spürte Chris' Verzweiflung wie meine eigene. Um mich herum fielen Äste, Stämme und Laub zu Boden. Scheinbar kämpfte das Wesen weiterhin gegen meinen Schild. Doch ich konnte mich nicht mehr aufraffen hinzusehen. Es versuchte, den letzten Rest zu vernichten, der von mir noch übrig war. Viel war es nicht mehr.

Als mein Blick wieder an den Bäumen entlangfuhr und er am Durchgang vorbeikam, stutzte ich. Was wäre, wenn … Vorsichtig stand ich auf, den Blick weiterhin starr auf den Durchgang gerichtet.

Milos Worte kamen mir in den Sinn, als er mir sagte, dass jede Medaille zwei Seiten habe. Doch er hatte nur zum Teil recht. Eines war mir in diesem Moment klar geworden: Genau wie das Leben nicht nur aus Schwarz und Weiß bestand, hatte auch eine Medaille nicht nur zwei Seiten.

Wie zwischen Schwarz und Weiß Tausende Farben standen, besaß auch eine Medaille mehr als diese zwei Seiten. Es waren mindestens drei. Eine vordere, eine hintere und eine Kante, auf der sie stand. Man ließ sie außer Acht, weil die Wahrscheinlichkeit, sie zu treffen, gering war. Weil wir in einem Kampf immer nur von Sieg oder Niederlage ausgingen, vermutete keiner den Weg, den ich wählen musste. Wir alle hatten die Kante nicht beachtet.

Chris' Nervosität schwappte zu mir herüber. Scheinbar war ihm nicht klar, worauf ich hinauswollte. Doch erklären konnte ich es auch nicht. Wie denn auch?

Ich trat den ersten Schritt auf den Durchgang zu. Das Wesen rammte immer wieder meinen Schild und ließ mich straucheln, wenn es ihn zu heftig traf. Doch ich kam nicht vom Weg ab. Auf meiner Oberlippe spürte und schmeckte ich das getrocknete Blut. Einen Schritt nach dem anderen machte ich auf den Wald zu.

Was tust du?

Noch ein Schritt.

Verdammt, Mary! Rede mit mir!

Ein weiterer Schritt. Mit jedem ließ ich mich kleiner und kleiner werden. Die Strecke, die ich zurücklegen musste, wurde dadurch zwar länger, doch die Angriffe des Wesens immer weniger. Meine Beine beschleunigten auf übermenschliche Geschwindigkeit, sodass ich bald angekommen sein würde. Meine Gedanken waren bei Chris, bei seiner Wärme und seinem Lachen. Bei dem Leben, das wir hätten führen sollen. Bei der Liebe, die uns hätte weiterwachsen lassen.

Bleib stehen!

Chris' Schreie wurden lauter und verzweifelter, aber es gab keinen anderen Weg. Das war mir klar geworden. Wenn ich das Wesen nicht besiegen konnte, musste ich anders an ihm vorbei. Ich musste zu dem, was es schützte, und vernichten, warum es da war. Ich musste Leija von innen heraus zerstören. Sonst gewann keiner.

„Es geht nicht anders", flüsterte ich.

Die Kante der Medaille – mein Weg, den ich nehmen musste, war das Durchschreiten des Tores, das dieses Wesen bewachte. Den Schritt hinter den Durchgang, um alles von innen heraus zu zerstören.

So nahm die Geschichte das Ende, das auch dem Mädchen prophezeit war. Es musste sterben. Ich musste sterben, um aufzuhalten, was durch mich begonnen hatte.

Tränen der Trauer liefen über mein Gesicht, während ich an Milo dachte. An Chris und an meine Freunde. Die hoffentlich zurück ins Leben fanden. Ich rief mir ein Bild von Chris vor Augen. Von dem jungen Mann, der mich bei unserer ersten Begegnung überwältigt hatte. Sein Lächeln, seine leuchtenden Augen. Seine starken Arme und seine unersättliche Liebe zu mir.

„Ich liebe dich!"

Nein! Mary ...

Unsere Verbindung wurde brüchig und dennoch musste ich diesen Weg weitergehen. Ich wusste, dass Chris sich Vorwürfe machte, weil er nicht helfen konnte, und er diesem Kampf zugestimmt hatte.

Dann war es still. Ich stand kurz vor dem Durchgang. Die Blätterdächer links und rechts von mir ragten bis ins Unendliche auf. Dahinter lag nur Schwärze. Pulsierende Magie drang mir daraus entgegen.

Schlagende Geräusche erklangen hinter mir. Das riesige Wesen suchte unaufhörlich nach mir, doch finden konnte es mich nicht, weil ich zu klein geworden war. Manchmal musste man sich kleiner machen, um zu wachsen. Und genau das tat ich. Nicht nur im wörtlichen, sondern auch im übertragenen Sinn. Ich wuchs über mich hinaus und tat den letzten Schritt.

Denn ich wählte die Kante, den wenig offensichtlichen Weg. Den Weg, der mich an mein Ziel trug. Der Weg in den Traum, direkt an dem Wesen und dem Alten vorbei ins Zentrum der Unendlichkeit des Nichts.

Ende Band 1

Triggerwarnung

Achtung: Im ersten Kapitel dieses Buchs werden Themen wie Traumata, körperliche, seelische oder sexualisierte Gewalt angeschnitten. Lest das Buch nur, wenn ihr euch psychisch stabil fühlt

Danksagung

Mein tiefer Dank gilt meiner wundervollen Familie, die immer hinter mir steht und mich auf meinem literarischen Weg unterstützt hat. Ohne eure Geduld, euren Glauben an mich und eure unerschütterliche Liebe wäre dieses Buch nicht möglich gewesen. Ihr seid mein Fels und meine Inspiration. Danke, dass ihr so viel ertragen habt.

Ein herzliches Dankeschön geht an meine fantastische Lektorin, die mit unermüdlichem Einsatz und scharfem Blick fürs Detail dieses Manuskript veredelt hat. Deine Hingabe und dein Engagement haben diesen Text auf ein neues Niveau gehoben. Deine konstruktive Kritik und deine klugen Ratschläge waren von unschätzbarem Wert und haben mich motiviert, stets mein Bestes zu geben. Danke, dass du mich immer wieder ermutigt hast.

Ein ebenso großes Dankeschön geht an meine talentierte Coverdesignerin, die mit ihrem kreativen Gespür und ihrer künstlerischen Brillanz das perfekte Cover für dieses Buch geschaffen hat. Deine Fähigkeit, meine kurze Zusammenfassung des Buches in so ein visuelles Kunstwerk zu verwandeln, ist bewundernswert. Du hast dem Buch ein Gesicht gegeben, das neugierig macht und einlädt, seine Seiten zu entdecken. Danke für diesen perfekten Umschlag.

Ohne euch alle wäre dieses Buch nicht das geworden, was es heute ist. Danke von Herzen für eure Unterstützung und euren Glauben an dieses Projekt.

Eure J. S.